土佐朋子編著

静嘉堂文庫蔵『懐風藻箋註』本文と研究

汲古書院

まえがき

本書は、静嘉堂文庫所蔵の今井舎人著『懐風藻箋註』（函五四架七七）について、翻刻と研究を行ったものであり、本文篇と研究篇で構成されている。

本文篇には、影印と翻刻とを収め、解題を付した。

研究篇は九章構成とした。主として、第一章から第三章は、筆者である今井舎人に関する論考、第四章から第六章は、書誌と伝来および『箋註』における懐風藻本文の性格に関する論考、第七章から第九章は『箋註』の注釈内容に関する論考となっている。

『懐風藻箋註』は、元治二年（一八六五）に成立した懐風藻注釈書である。現存している懐風藻注釈書の中では最も古いことになるが、刊行されないまま、筆者の自筆稿本一本が残されていただけであったために、その全貌は必ずしも明らかにされていなかった。

最新の懐風藻注釈書である辰巳正明氏の『懐風藻全注釈』では、沖光正氏による「翻刻私家版」に基づいて『箋註』の注釈が引用されている。その引用を通して『箋註』の注釈内容を知ることは可能ではある。しかし、より厳密な解釈や検証を行うためには、研究者自身が『箋註』の記述内容そのものを直接に参看し確認できるようになっていることが必要ではないか。そのように考えて、ここに改めて翻刻を行い、影印および『箋註』に関する論考とあわせて刊行することにした。

目次

凡例

一、文中における『懐風藻箋註』の書名は、各章初出時以外は原則として『箋註』と略称した。

二、引用文献の表記は、論文題目には「　」を、書名・雑誌名には『　』を用いた。発表年は原則として西暦で示した。論述の都合上、元号が必要な場合は（　）で西暦を併記した。

三、（　）内の括弧は〈　〉とした。

四、書名は原則として『　』を付したが、『懐風藻』については、頻出するため『　』を省略した。

五、漢字の字体は、原則として、改訂常用漢字表にあるものについてはその字体を用い、それ以外の文字については、正字を用いた。

六、漢数字で年月日・数値などを表す時は、原則として、位取り記数法によって表記した（例：十一月→一一月）。

七、版本などの墨格については、「■」と示した。

八、本書に用いた懐風藻写本の呼称と所蔵機関は次のとおり。

来歴志本—国立公文書館内閣文庫蔵　広橋本—天理大学附属天理図書館蔵　伊達本—宮城県立図書館伊達文庫蔵　屋代弘賢校本（不忍文庫本）—川越市立図書館蔵不忍文庫旧蔵　陽春盧本—東京大学総合図書館南葵文庫蔵小中村清矩旧蔵　脇坂本—静嘉堂文庫蔵脇坂安元旧蔵　鍋島本—肥前祐徳稲荷神社中川文庫蔵鹿島鍋島家旧蔵　尾州本—名古屋市蓬左文庫蔵尾州徳川家旧蔵　榊原本—天理大学附属天理図書館蔵榊原忠次旧蔵　慈渓本—宮内庁

書陵部蔵　養月斎本―東京大学総合図書館南葵文庫蔵伊勢貞丈旧蔵　田中本―国立歴史民俗博物館蔵田中教忠旧蔵　昌平坂本―国立公文書館内閣文庫蔵昌平坂学問所旧蔵　塩竈本―塩竈神社蔵村井古巖旧蔵　渋江本―天理大学附属天理図書館蔵渋江抽斎旧蔵　遼寧本―中華人民共和国遼寧省図書館蔵　川口本―石川県立図書館川口文庫蔵

九、群書類従本『懐風藻』は、版本と活字本の間で文字の異同が見られ、活字本には独自の校異が付されている。本書では、版本を用いた。

一〇、本文篇「影印」「翻刻」、研究篇「第八章　『懐風藻』版本書入二種――河村秀根・慈本書入本の紹介と翻刻――」「第九章　狩谷棭斎書入『懐風藻』――川瀬一馬「狩谷棭斎著『懐風藻校注』」修正――」には、それぞれ凡例を付した。

静嘉堂文庫蔵『懐風藻箋註』本文と研究

本文篇

解　題

書誌と伝来

写本が一本、静嘉堂文庫に所蔵されている（函五四、架七七）。

横一六〇ミリ、縦二三五ミリの四つ目綴じ線装本。

表紙は改装、菱花が濃青色で摺り込まれた薄青色地。この表紙は静嘉堂文庫独自のもので、沖光正氏が、「『懐風藻箋註』考」（『上代文学』五六号、一九八六年四月）において、昭和一七〜一八年（一九四二〜一九四三）頃の静嘉堂文庫での補修作業の際に改装されたものだろうと推定している。

左肩双辺題簽「懐風藻箋註　完」。

墨付五一丁。遊紙はなく、一丁裏から本文が始まる。一三丁目に錯簡、本来は最終丁であったはずの丁が一三丁目に綴じ込まれている。この一三丁裏は他の丁に比べて汚損が激しいことから、本書の最終丁にむき出しの状態で綴じられていたと推測される。もともとはごく簡便な装丁であったと思われ、本書が草稿本であったことをうかがわせる。

無辺無界。一丁あたりの行数や一行あたりの文字数は一定しておらず、写式に厳密な統一感はうかがえない。注釈は原則として、詩文の本文に対して割注の形式をとるが、本文と混合している箇所も多く、本文との境界が不明瞭な箇所も少なくない。また、原則として、詩文本文にも注釈文にも訓点や句点を付しているようだが、付されていない箇所も多く見られる。訂正や補入にも一定の形式をうかがうことはできない。

蔵書印は、二丁表右下に長方形陽刻朱印「静嘉堂蔵書」のみ。

静嘉堂文庫には、明治二七年（一八九四）に死没した鈴木真年の遺著が、明治三一年（一八九八）に一括購入され、「鈴木真年旧蔵書」として所蔵されている。『懐風藻箋註』の作者である今井舎人は鈴木真年と同一人物だが、『箋註』はこの鈴木真年旧蔵書には分類されていない。『箋註』は、これらの遺著とは別のルートで静嘉堂文庫に渡ったと考えられるが、具体的には不明である。

沖氏の前掲論文によれば、初めて『箋註』に言及したのは、昭和八年（一九三三）の山岸徳平氏による「懐風藻概論」（『上代日本文学講座』第四巻、春陽堂）だという。同じく昭和八年（一九三三）に刊行された澤田總清『懐風藻註釈』は「例言」に、「本註釈については、懐風藻新釈、懐風藻箋註、上代文学集等に負ふ所が多かつた」としており、『箋註』を参照したことを明らかにしている。その後、大野保『懐風藻の研究』（三省堂、昭和三二年〈一九五七〉）が、作者、本文、注釈の特徴などについて簡単に紹介し、「校異篇」では対校本の一本として使用している。小島憲之『日本古典文学大系　懐風藻　文華秀麗集　本朝文粋』（岩波書店、昭和三九年〈一九六四〉）は解題で「最初の注釈書」として紹介しているが、本文や注釈内容に関する言及は特に見られない。田村謙治「懐風藻研究史　江戸版本の書入について」（『城南紀要』八号、昭和四七年〈一九七二〉三月）では簡単な書誌が紹介されている。

このように、昭和初期からその存在が知られ、本文や注釈内容が参照されることもあった。しかし、それらは断片的なものにとどまっており、『箋註』全体を知ることはできなかった。写本一本しか存在せず、刊行も翻刻もされていなかったために、誰もが参看できる状態ではなかったことが最大の原因であろう。

そのような中、『箋註』の書誌を詳細に紹介し、本文や注釈に対する本格的な検証を加えたのが、沖光正氏の前掲論文および「『懐風藻箋註』考補遺」（『上代文学』六二号、平成元年〈一九八九〉四月）である。沖氏は、『箋註』の翻刻も行っている。公刊はされていないようだが、沖氏によれば、静嘉堂文庫に一部寄贈したとのことである。そして、平成一四～一五年（二〇〇二～二〇〇三）の日中比較文学研究会編「懐風藻研究注釈篇」（『懐風藻研究』九号・一〇号）では、『箋註』の注釈内容が引用された。但し、この注釈は二〇番詩で終わっている。平成二三年（二〇一一）に刊行された辰巳正明『懐風藻全注釈』（笠間書院）では、沖光正氏の「翻刻私家版」に拠って引用されることとなった。研究篇「第四章　書誌と伝来」を参照。

作者と成立

作者は鈴木真年（天保二年～明治二七年〈一八三一～一八九四〉）、成立は元治二年（一八六五）である。

序文末尾の署名「今井舎人」は、真年が使用した多くの別号の中の一つである。真年は、父方の源氏につながる新田―今井の家系、母方の鈴木―穂積の家系を意識して、多くの別号を案出し、それらを自らの書写物や著作物に書き散らしている。そのために、一見して真年のものと分かりにくいものが多い。

天保二年（一八三一）、江戸神田鎌倉河岸の煙草商橘屋鈴木甚右衛門の長子として生まれた真年は、二〇代から三〇代前半にかけて、平田鉄胤と栗原信充に師事し、国学・漢学・有職故実など幅広く学問を修めると同時に、それを通じて屋代弘賢によって確立された考証学を継承することとなった。

一九歳で『古代来朝人考』『御三卿系譜』という系譜関連の著作をなし、平田門下であった二九歳頃には、門下生の間ではすでに系譜に詳しい今井舎人として知られていた。『箋註』を書いた元治二年（一八六五）には三五歳、紀州藩士となって系譜編集に携わっており、その頃にはすでに系譜学で一定の評価を得ていたことが想像される。明治維新以後は、弾正台を皮切りに、省庁の役人を歴任。文部省、印刷局、参謀本部など転任を繰り返すが、いずれにおいても下級役人に留まっている。

同時に、明治二七年（一八九四）に没するまでの間に、多くの著作や書写活動を行っている。系譜に関するものが多いため、真年には「系譜学者」というレッテルが貼られてきた。しかし、一方で真年は系譜とは関係のないものも数多く書き遺している。『箋註』もその一つである。

真年のこの脱領域的な活動のありようは、真年を「系譜学者」としてではなく、考証家として捉えた時初めて理解される。真年が生きた一九世紀は、すでに考証学が確立していた。一七世紀後半から一八世紀前半にかけて、屋代弘賢を中心とした知的ネットワークが形成され、学問領域の境界を越え、多種多様な知識と情報とを駆使して、最善の結論を導き出そうとする考証学が構築されていた。

真年よりも少し前には、すでに国学者による懐風藻書入が行われており、時期をほぼ同じくして弘賢自身も懐風藻校本（不忍文庫本）を作成している。国学の主流派が見落としてきた懐風藻という漢詩文集が国学者によって見直される背景には、弘賢を中心とする考証家たちの脱領域的な知的ネットワークの成立があったと考えられる。鈴木真年の『箋註』著述は、このような考証家たちの興味関心と知的営為の系譜の上にあるものと思われる。

「第一章　『懐風藻箋註』と鈴木真年――新資料『真香雑記』の「今井舎人」――」「第二章　今井舎人と鈴木真年――鈴木真年伝の新資料――」「第三章　鈴木真年の知的環境」を参照。

構成と形式

冒頭に「懐風藻箋註序」が置かれている。次に「懐風藻箋註」という項目が設けられ、懐風藻という書名に対する注釈が施されている。

その後から懐風藻本文が始まるが、構成が懐風藻そのものとは異なっている。

懐風藻では、本文冒頭には「懐風藻序」が置かれ、それに続いて「目録」が掲載される。その後、大友皇子の伝記と漢詩が収録され、以下同様に河島皇子、大津皇子と続いていく。伝記を持つ九人の詩人は、必ず伝記の後に漢詩が掲載される。

それに対して、『箋註』では「目録」がない。また、「懐風藻序」と、「大友皇子」「河島皇子」「大津皇子」「釈智蔵」「葛野王」「釈弁正」の六人の各伝記は飛ばされ、巻末にそれら六人の各伝記、「懐風藻序」の順でまとめて筆写されている。「釈道慈」「釈道融」「石上乙麻呂」の三人の伝記は、懐風藻と同じようにそれぞれの漢詩の前に置かれている。

そのため、『箋註』では、懐風藻本文冒頭には大友皇子の漢詩「五言侍宴」が置かれ、「五言述懐」、河島皇子「五言山斉《ママ》」、大津皇子「五言春苑宴」というように、漢詩に対する注釈が続く。

このような構成をとっていることから、『箋註』における関心は、序や伝記よりも漢詩に向いていたと見られる。そのため、まずは漢詩に注釈を施す方針で執筆が開始されたのだろう。大友皇子の1番詩から注釈が付けられ、伝記は省略されることになった。しかし、途中から方針を変更したのだろうか、「釈道慈」からは伝記に対しても省略することなく注釈が施されている。そして、省略した「懐風藻序」と六人の伝記も、巻末に一括して書写され、注釈が施されている。

原則として、注釈文は割注の形をとるが、本文から注釈にそのまま継続される箇所も多い。

「第四章　書誌と伝来」を参照。

本文の性質

おおよそ群書類従本懐風藻と版本と田中本系統の本文によって再構成された、校訂本文だと言えるだろう。田中本とは、拙稿「田中教忠旧蔵本『懐風藻』について――未紹介写本補遺――」（『汲古』六四号、二〇一三年一二月）で紹介した、林家に伝来した本文を伝える一本である。

釈道融の二首と亡名氏の一首を本文として持つことから、これまで、群書類従本懐風藻が「底本」とされていると言われてきた。しかし、明らかに群書類従本懐風藻以外の文字を採用している箇所は六〇箇所以上確認される。そして、そのほとんどにおいて、退けられた群書類従本懐風藻の文字が注記されることもない。このような校訂の状況からは、群書類従本懐風藻を「底本」という規範として位置づける意識は希薄であり、むしろ群書類従本懐風藻は、最適な本文を作るために参看された主要な本文の一本であったと考える方が自然であろう。

群書類従本懐風藻以外の文字が採用された箇所の多くは、版本または田中本系統の本文に依拠している。群書類従本懐風藻、版本、田中本のいずれとも一致しない文字を採用する箇所もあり、未発見の伝本を見ている可能性も否定はできないが、それらの箇所の文字は誤写や意改が疑われる場合が多い。

九〇箇所を超える異本注記が見られ、割注または傍書の形で異文が示されている。この異本注記は、異同がある箇所すべてに付けられているわけではない。採用本文に対して、別の本文の可能性もあると真年自身が考えた箇所に施されているようである。筆者の真年が群書類従本懐風藻・版本・田中本系統本文を比較して、最適と考える本文を決定し、それに確信を持っている箇所は、たとえ三本間に異同があっても異本注記は施されていないように見受けられる。

『箋註』の本文校訂は、複数の本文を用いているものの、池田亀鑑以降の近代的な文献学の知見に基づいて行われているわけではない。主として用いられた三本は真年に参看可能な範囲に存在した伝本であり、文字の採用や異本注記は、本文の正統性という観点ではなく、真年の恣意的な判断に基づいて行われている。

このような本文校訂のあり方は、屋代弘賢校本（不忍文庫本）と似ている。弘賢と真年では、参看された伝本の数が違う。当然のことながら、弘賢の方が多くの伝本を参照している。しかし、複数の本文を比較対照させて、本文が異なる箇所については、自身の見識に基づいて最適と思われる本文を選択し、必要と考えれば異文を注記しておくという手法は同じである。弘賢も真年も考証学的ではあっても文献学的とは言い難い。

それ以前は、ある特定の本文が絶対的なものとしてそのまま書写されたり、書写者の主観や判断によって本文が校訂されたりしており、本文の相対化という観点はほぼ見られない。真年は、考証学の方法に学んで、自身に可能な範囲内ではあるが、出来る限りの本文を参看し、自身の学識に基づいて最善の本文を編集したのであろう。

「第五章　『懐風藻箋註』と群書類従本『懐風藻』」「第六章　『懐風藻箋註』本文の性格」を参照。

注釈の特徴と意義

懐風藻の漢詩文に対して、漢籍に用例を求め、それらを指摘するという注釈内容となっている。『箋註』成立以前の懐風藻解釈のありようは、版本の書入に見ることができる。考証学が成立する一八世紀以降には、国学者による書入が多く残されている。それらには、国史を中心とした和書が用いられる傾向がある。考証学の成立とともに、学問の領域を超えた知の収集が行われるようになり、漢詩文が国学者の興味の範疇に入ってきたものと考えられる。国学の中でも、特に国史学寄りの人々の興味の対象になったことが、歴史的観点からの書入が多く遺された原因であろう。

日本古代の漢詩文に対して、漢籍に基づく注釈を施すという『箋註』の方法は、今日の目からはごく当たり前で常識的なもののように感じられる。しかし、版本書入を見る限り、当時の懐風藻解釈は、漢詩文そのものよりも、詩人の伝や歴史に対する興味関心が高く、史書などの和書に基づく理解が求められていたように思われる。そのような当時の懐風藻受容の状況にあっては、伝記よりも漢詩文を重視し、その表現に対して漢籍に基づく注釈を行うという『箋註』の方法は極めて特異である。

筆者の鈴木真年に、このような当時としては異質な注釈が可能だったのは何故なのだろうか。一つには、真年が国学も漢学も修め、考証学の研究手法を学んでいたことが挙げられるだろう。もう一つには、系譜考証と同じく由来や来歴を辿ることに強い興味を持つ真年の資質が挙げられようか。真年は古代日本の漢詩文が含み持つ思想や発想の由来を、漢詩文の本場である大陸に求めたのではないかと考えられる。

一見すると、真年の注釈は、漢籍に典拠を求める現代の注釈方法と同質であるように思える。

しかし、現代の注釈では、懐風藻詩人が参看できたはずの漢籍にその典拠を求める。そのため、懐風藻の注釈に引用される漢籍は、懐風藻以前の時代のものに限定される傾向にある。文献の新旧に注意が払われる。

それに対して『箋註』では、明らかに懐風藻の詩人には参照することのできない宋代の詩賦、朱子の思想、清朝の評論なども用いて、懐風藻を解釈しようとしている。文献の新旧はほとんど問題にされず、すべてがフラットに扱われ、懐風藻の作品を読むために総動員されている。『箋註』の問題意識は、懐風藻の漢詩文の典拠を明らかにすることではなく、懐風藻を「現代」に構築された知の一部として捉え、それがいかなる発想や思想を含み持っているのかを、漢詩文の本場である大陸の資料に基づいて解明することにあると考えられる。

「第七章　『懐風藻箋註』引用典籍一覧および考証」「第八章　『懐風藻』版本書入二種――河村秀根・慈本書入本の紹介と翻刻――」「第九章　狩谷棭斎書入『懐風藻』――川瀬一馬「狩谷棭斎著『懐風藻校注』」修正――」を参照。

影

印

凡　例

一、静嘉堂文庫蔵『懐風藻箋註』の影印を収めるものである。

二、影印に際しては、原本比率約六八％の縮小とした。

三、現存本には、本来五一丁にあるべき丁が、一三丁に綴じ込まれるという錯簡がある。影印では、この錯簡を正し、本来の位置に戻したが、柱には静嘉堂文庫に現存されている状態での丁数を記した。

四、便宜を図るため、詩・詩序・伝記に対して、「翻刻」と共通する番号を上部欄外に付した。この番号は、大野保『懐風藻の研究』（三省堂、一九五七年）に準拠しているが、同書にて番号が付されていなかった「歎老」には私に付した。

懐風藻箋註（表紙）

懷風藻箋注序

昔元托克托著宋史。於其日本傳。猶非駁我邦人之學白氏長慶體。以爲鄙俚無取矣。余切研皇朝國史之年有年矣。故不敢違聽見。若斯懷風藻。寥々短篇。雖然一無愧後世之作者矣。故聊爲箋註。若夫其人之詞或有巧拙。又係其才之長短。雖然李白之豪放。老杜之沈著。且最爲詩家之最上乘。云爾

元治二年　三月　今井舎人序

故余名爲箋注

懐風藻箋註

礼記王制命太師陳詩以觀民風　詩召南斯以采藻　小雅

魚在在乎藻　左傳隠公三年君子曰苟有明信澗谿沼沚之毛蘋

蘩薀藻之菜可薦於鬼神　杜預以藻爲聚藻其説

非是　毛晃曰薀水草名　論語子曰臧文仲居蔡山節藻梲　故是

書名懐風藻藻取水草之義也

大友皇子

五言侍宴

皇明光日月　天子之德其光輝與日月同也　春秋運斗樞曰日者

太陽之精月者太陰之精　書益稷帝光天之下至于海隅蒼生

帝德載天地　言天子之德之廣大載天地也　易乾彖大哉乾

元萬物資始　坤象至哉坤元　三才天地人　並泰昌　言天地之間人之愈生
万物資順　易尚徳載　因天子之徳並安昌也　易
有地天泰　万國表臣義　万國之人臣服天子表其義也　易曰先王
以建万國　左氏哀七年禹會塗山執玉帛者万國　清乾隆御
批通鑑疑古時無万國　余按周武王之伐殷紂至盟津諸侯不
期而會者八百國之時　豈無万國乎　唯言其大数而已　中庸義者宜也

五言侍宴應詔

道徳承天訓　言天子之道徳　承天之訓命也　塩梅寄真宰　言天子之治天下猶造化之生万物也　書説命
若作和羹爾惟塩梅　荘子　有主其事　羞無監撫術　安能臨四海　言吾雖羞恥無
監撫天下之道　安能臨天下而可治之乎　論語　孟子梁恵王上孟
子曰是乃仁術也　礼記月令端徑術　術即道也　朱子以為法之巧者非吾

3

義　爾雅東夷南蠻北狄謂之四海　清閻若璩四書釋地引胡渭之說

日海之言寰區　中庸聰明睿智足以有臨也　左氏昭廿八年照臨四方曰明

河嶋皇子

五言山齋

塵外年光滿　言人之居世厭塵俗而涉歳月也　林間物候新　言林間之風景風殊新也

月澄遊席　言清風明月時至澄我之遊席也　松桂期交情　言松桂與我期交情也言有盡而意無盡使後人一唱三歎

4

大津皇子

五言春苑宴

開衿臨靈沼　言我人開衣衿而臨靈沼池側也　宋吳以道曰爲劉向之學者曰靈之言善也　呂東萊讀詩記引朱子之說曰言如神靈之所爲也

遊目歩金苑　遊目見古詩　言我人遊目而歩二苑中也

澄徹一作清苔水深　言水中澄徹苔浮深也

晻曖 言山間之雲霧深掩不分明也 雲岑遠 言雲岑所掩山峯遠也 驚波共

之絃響 言波浪之驚人耳与歌絃之響 哢鳥与風聞 言鳥之弄舌鳴与風声偕聞也

羣公倒載（同[illegible]也）帰 言公卿爛酔倒載与而帰也 彭沢宴誰論 言陶淵明之飲酒風流韻致与

誰得倫乎

五言遊猟

朝択三能士 言其朝択有三才能之士也 暮開万騎筵 言暮開万人之筵也

喫臠倶豁矣 言其与衆人倶食臠肉《キリニクヲ》而大悦矣也 傾盞倶陶然 言其傾酒杯而心意楽

也

月弓輝谷裏 言如張弓之月色照谷中也 雲旌（一作旗）張山嶺前 言浮雲如旌旗掩山嶺前

也 曦光已隠山 言其夕陽日光已隠山間 壮士且留連 我輩壮士且留連而可遊也 詩意甚

有勇壮激烈之気

6

七言述志　書舜典詩言志　説文心之所適謂之志　論語子曰吾十有五而志于學　孟子夫志氣之帥也

天紙風筆畫雲鶴　其辭之非俗人之所企及言天紙風筆以虛無之筆而天子之兒畫雲鶴也

山機霜杼織葉錦　言其山中之霜被木葉如錦也　元脱几束

有此傍儋　史日本傳醜詆我邦之語以為稱從不知古人

後人聯句

7

赤雀含書　史記註引緯書曰赤雀含書　時不至　李誠當其可謂之時　史記蒯徹曰時乎時時不再至　言赤雀之含丹書而至矣

欲為天子其時潜龍勿用　易乾初九潜龍勿用　未安寢　言其我欲為潜龍故欲取天下

未至也

時不至而不能安眠也

五言臨終

金烏臨西舍　言日光之照西舍屋也　戰國策曰中有三足烏　鼓聲催短命　言其鼓声促人之死也

泉路　左氏不及黄泉　杜預曰地中之泉故曰黄泉　無賓主

唐人黄泉無旅店之語 此久離家國 言其今久離家國而向泉路也
相似 言地下無主客意也
釈智蔵
五言 翫花鶯
桑門寡言晤 言其僧徒與人寡遇言也 詩彼美 淑姫可與晤言 策杖事迎逢
言其横杖與人事以此 芳春節 言以是春有花忽値
迎逢也 之節
竹林風 言値竹叢中風也 唯以晋魏畢阜嵆康阮籍阮咸□ 求
向秀山濤七賢之風尚擬之奇妙也
友鶯嫣樹 言鶯鳥来友樹中鳴也 含香花笑叢 言其花香似笑叢中也 未冠準詩花
冬二啓矣 笑何人 訣 雖喜遨遊志 言其雖好遊也 詩邶風 柏舟以敖以遊
意相似
媿乏雕蟲 言其雖好遊而乏作詩之才也 前漢楊雄

10　9

日雕蟲篆刻　壯夫不爲也

五言秋日言志

欲知得性所　孟子告子曰生之謂性　荘子庚桑楚性者生之質也　言人欲尋其天然得性之所、来尋仁智情

言人之本性固有仁智也　論語知者楽水　仁者楽山智者動仁者静　気爽山川麗　言其秋天気爽山川景麗也

風高物候芳　言秋日風大吹而万物芳也　燕巣辞夏色　言其燕巣離

雁渚聴秋声　言其我人鴻雁来時川中之小渚聴之也　因茲

欧陽脩賦此秋声不可聴也　栄辱　易枢機之発栄辱之主

竹林友　言天地之間物候相変如此

故我人之友

孟子曰仁則栄不仁則辱　莫相驚　言一貴一賤之交能莫相驚也

荀子有栄辱篇

五言春日翫鶯梅

聊乗休暇景 言其我等乗暇而入苑望青陽 言其入園中而
望春色也 素梅開素靨 言其梅花之開花似美人之嬌靨 笑開靨也 嬌鶯
弄好聲 言鶯之嬌而鳴 對此開懐抱 言對此景開心中之懐
優是暢愁情 言優然而暢愁 不知老將至 言其處
情也 月荘
苗老將至也 論語孔子曰發憤忘食楽 但事酌春觴 言但其春日
以忘憂 不知老之將至
傾一杯也 論語顔淵仲弓曰請事斯語 史記曹參不事事
五言遊龍門山
命駕遊山水 言乗車而遊山 長忘冠冕情 言長忘貴官之情也 安得
王喬道 列仙傳王喬古仙人 控鶴入蓬瀛 言引鶴而入蓬莱瀛洲也 史記封禪書海中有

12

三神山之名曰蓬萊方丈瀛洲。

大納言直大二中臣朝臣大嶋

五言詠孤松一首 東屋益簪録朝通有隻永八十一首是詩稱首之始歟

隴上孤松翠 言田隴之上獨枝秀翠也 凌雲心本明 言松之凌雲心本明也 餘根堅厚地 言松之餘根堅于厚地之中也

貞質指高天 言松之貞質指高天也 弱枝異萬草 言松之弱枝異于萬草也

茂葉同柱榮 言松之茂葉同柱之上 侏儒柱也

13

孫楚高貞節 言孫楚之貞節也 晉書孫楚枕石漱流誤云枕流漱石人或難之孫楚曰枕流欲洗其耳漱石欲礪其齒

隠居脱簪一作輕簪笠 高隠逍 也史記虞卿傳曰躡蹻簦 言隠者脱簪也

五言山齋

宴飲遊山齋 言飲宴遊山中之亭 遨遊臨野池 言遊而臨野池也 詩擲柏舟傚我無酒

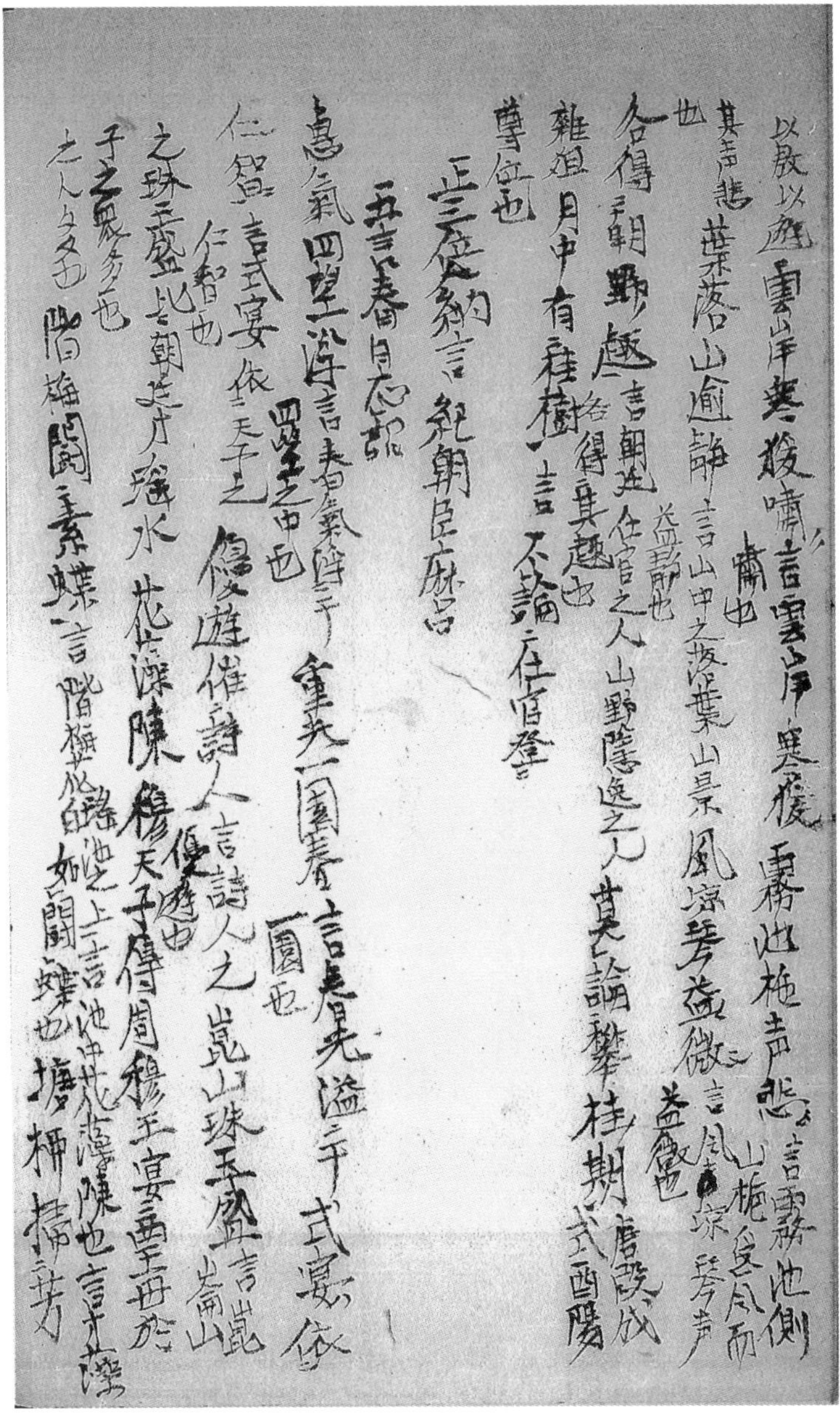
以厳以邀　雲岸寒猿嘯　言雲岸寒猿嘯也　霧池柂声悲　言霧池側山柂良舟而
其声悲　葉落山逾静　言山中之落葉山景益静也　風涼琴益微　言風涼琴声益微也
也　各得朝野趣　言朝廷仕官之人山野隠逸之人各得其趣也　莫論攀桂期　唐段成式酉陽
雑俎月中有桂樹　言不論仕官登
尊位也
正三位大納言紀朝臣麻呂
五言春日応詔
恵気四望浮　言春気浮于四望之中也　重光一園春　言是春光溢于一園也　式宴依
仁智　言式宴依于天子之仁智也　優遊催詩人　言詩人之優遊也　崑山珠玉盛　言崑崙山
之珠玉盛比朝廷才人　瑤水花藻陳　穆天子伝周穆王宴西王母於
子之衆多也　瑤池之上　言池中花藻陳也　言才藻
之人多也　階梅闘素蝶　言階梅花白如闘蝶也　塘柳掃芳

16 15

塵 言堤中之柳掃〻芳 塵也 天徳 易乾天徳不〻可爲首也 十〻倍于堯舜也 言天子之徳 皇恩

霑萬民 言天子之恩霑〻被天下之 万民也

文武天皇

五言詠月

月舟移霧渚 言乗月舟行移〻霧渚 楓楫泛霞濱 言楓楫 泛〻舟霞

濱也 臺上澄流耀 也水中可居之地曰渚 言水流映于 臺上也 酒中沈去輪 言飲酒中月輪 沈也 水下斜

陰碎 言水下斜陰 碎也 樹除秋光新 言樹除秋色 新也 獨以星間鏡 言以星 間之明月

還浮雲漢津 詩倬彼雲漢爲章于天 言還浮〻舟於天河之津〻也 蘇海

白鏡也 珠塵[illegible]哉 收西洋人陽瑪諾天問畧云雲漢小星無數如

五言述懐

年雖足戴冕 白虎世本黄帝作冕 言吾年雖足戴〻冕也 言以爲感

人也
智不敢垂裳 易堯舜垂衣裳而天下治言天子之德遠不及堯舜不能治天下蓋明王之謙辭也
服常 夙夜念 言朕夙夜念之朕字書堯典堯謂四岳曰朕在位七十歳
天子自稱曰朕自是之後非 屈原離騷朕皇考曰伯庸上下通稱史記秦始皇本紀
天子不得稱焉 何以拙心匡 言何以匡正朕之 拙心也 猶不師往古 猶者
公羊傳可止之辭 書説命事不師古言不師往古 何以救元首 望之書元首明
天子之望也 然毋三絶務 史記孔子世家孔子晩而喜易讀易韋 哉言何救之
章言欲賦短詩也備也 編三絶言朕無孔子三絶之勤也 且欲臨短
五言詠雲
雲羅囊珠起 言雲囊珠起也 言自天上降雪恰似雲羅衣 雪花含彩新 言雪花含光彩
新也 林中若柳絮 晉謝道韞詩不若柳絮因風起言林中雪似柳絮散也 梁上似

歌塵 列子伯牙鼓琴動梁上之塵 言梁上飲揚塵也 代火輝霄篆 言重代火光輝于

霄漢也 遅風廻路邊 言遅風廻洛陽之水邊也 園裏看花李 言園中見花李也

冬條尚帯春 言冬之枝條尚帯春色也

高市麻呂

五言 従駕 応詔

臥病已白髪 言我臥病已白髪也 意謂入黄塵 左氏隠公元年不及黄泉無相見也杜預注地中之泉

故曰黄泉 易天玄地黄 言我死而入黄泉 不期逐恩詔 豈期得天子従駕之恩詔

身為鳥之塵土也

上林春 史記司馬相如有上林賦 言従天子之車駕過園中 園中春光明媚也 松巌鳴泉落 言松之山巌鳴泉

落也 竹浦笑花新 言竹浦含笑花新開也 臣是先進輩 論語子曰先進之

程子曰先進後進猶言先後輩也 言臣是公卿之先輩也於礼楽君子也

19

濫陪後車賓 言目今入後車賓中也

巨勢朝臣多益須

五言春日応詔

玉管吐陽氣 言玉管吐陽氣也 春色啓禁園 言春色啓開禁中也 望山智趣廣

言我輩望山廣智趣也 臨水仁狎敦 言我等臨水流與仁以親狎敦厚也 松風催雅曲

言簫之松風似催雅曲也 鶯哢添談論 言鶯之哢舌助人之談論也 今日良酔徳

詩既酔以酒既飽以徳 言今日我輩一酔誠由天子之徳也 誰言湛露恩 詩湛々露斯 匪陽不晞 厭々

夜飲不酔無帰 言我等之酔誠由天子之恩也 湛露謂湛露也

20

○姑射遁太賓 客也 荘子曰藐姑射之山有神人 言由遁太賓 崆巌

索神仙 求仙人也 荘子黄帝見廣成子於崆峒之山言崆峒之山豈無待聰覧隟言天子萬
機之暇聞 仁智寓山川 論語子曰仁者楽山知者楽水言仁智之神於弄
見之隟 能寓于山川也
春色 若衣鬱也 言天子之志弄清蹕歴林泉 言清蹕者言止行人歴林登望
春景也 泉之住処也
鏘翼 低也 言登上錦鏘翼 降臨鼠鱗淵 言降臨錦鱗魚之游
徘徊也 泳淵中也
絲竹時盤桓 盤桓見貌陶淵明帰去来辞撫孤松而盤桓言聴絲竹之文
而躊躇不進也
酒降 留連 言作文飲酒留 薫風入琴臺 家語舜弾五弦之琴而歌
連而遊也 南風之薫可以解吾民之慍薫
風夏風也 九弾琴 蓂日照歌莚 十八史略堯時有蓂莢生於庭十五日以
甚也 前月生一葉十五日以後日墜一葉因是
以知晦朔 言日光 岫室開明鏡 言岫之穴岫間明月自来 松殿浮翠
照歌席也 似開明鏡也
烟 言松殿似浮青翠烟也 幸陪瀛洲趣 言従天子似陪仙島也

誰論上林篇 言誰人敢論上林之篇乎

犬上王

五言遊覧山水

蹔一作暫以三餘暇 三國志注引魏略董遇三餘勤學以夜者書之餘冬者歳之餘陰雨者時之餘也言以三暇

遊息瑶池濱 言吾輩遊息乎池側也

吹臺哢鶯始 言歌吹之臺哢鶯之哢者鳥初始鳴也

桂庭舞蝶新 言桂庭蝶之飛舞新也

沐鳧双廻岸 言水中之沐鳧双廻岸也

窺鷺獨銜鱗 言窺魚之鷺只含鱗魚也

雲罍酌烟霞 詩酌彼金罍史記梁孝王世家有雲罍樽言雲罍酌烟霞也

花藻誦英俊 尹文子才過千人謂之英才過萬人謂之俊言花藻之詩篇英雄之所以誦也

留連仁智

間言遊而留連山水縦賞如談論言
之間也
雖盡林池楽言遊覧林池而
尽楽也
縦賞山水之景豈如談論
之有味乎
未翫此芳春言未盡此三春之景
也

紀朝臣古麻呂

七言望雪一首

無為聖徳重寸陰 論語子曰無為而治者其舜也與 書洪範思曰睿
睿作聖鄭玄周礼注聖無不通也朱元晦孟子
注聖者神明不測之號 淮南子禹不重径璧而重寸之陰 言無為之聖
人重日之寸陰也 礼記云徳也者得於身也

有道神功軽球琳 論語子曰就有道而正焉 周礼大司楽有道者莊
子神人無功 書禹貢球琳琅玕 伝球琳美玉也 言有道之
神人有功者賤
美玉也
無接端坐惜歳暮 言天子無衣裳垂坐于禁中而
惜歳之暮者也

披軒褰簾望遠岑 言天子披車簾而遥望山峯也

浮雲靉靆縈巖岫　論語子曰不義而富且貴於我如浮雲　言浮
驚飈蕭瑟響庭林　言雲靉靆而縈廻于山岫之間也　言驚人之飈風其声蕭瑟而響落
庭林之中也
落雪霏霏一嶺白　言雪墜落霏々飛而一山嶺皆白也　斜日黯黯半山金　言斜日失光而黒似半山金也
柳絮未飛蝶先舞　言柳絮雖未飛而似蝶飛舞也　梅芳猶遅花早臨
言梅花雖遅而雪花先出似
早開也
夢裡鈞天尚易涌　史記秦穆公病不知人夢遊鈞天　言夢
中鈞天之楽尚可涌出也　松下清風信難斟　言松下之清風信難斟酌也
五言秋宴得声清驚情四字一首
明離　離易明両作離　照昊天　詩浩々昊天　重震　易震　啓秋声　宋欧陽修賦日是秋声
丕可以閩也　言明両作離日照昊天時　気爽烟霧発　散　時泰風雲清
重震動聞秋声也
言天気爽而烟霧散時泰平而風雲清也　玄燕翔已皈　言春来之燕翔而

縦去寒蟬嘯 且驚 言聞寒蟬声而忽 忽逢文雅席 還愧七歩
情 言我今日忽逢文雅 驚春秋之変矣
之席 且無曹植 七歩作詩之俊才 誠可恥為也 三国志曹子建七歩賦
詩曰煮豆燃豆萁 豆在釜中泣 元是同根生 相煎何太急 文帝大有恥色
大学博士 大学学官之名 博士 戦国策鄭同見趙王 王曰子南方之 実好
道融 浄麻呂 博士也 史秦始皇紀有博士

五言 春日応詔 一首

玉燭凝紫宮 言日光照紫宸 宮殿也 淑気潤芳春 言春暖之気潤芳春
曲浦戯嬌鴛 言曲池戯嬌鴛鴦 鴦也 瑤池躍潜鱗 鱗也 穆天子伝穆王宴西王母于瑤池之上 言宮池
躍潜伏鱗 階前桃花映 言宮階前桃花映也 塘上柳條新 言塘堤上柳條新也
魚也
軽烟松心入 言軽烟入松心中 囀鳥葉裡陳 言鳥囀葉裡中鳴也 言黄鶯之囀木葉緑
竹日邊広也 楽 王羲之蘭亭記 雖無糸竹管絃 史記秦穆公

為愛遊二鈞天一廣樂九奏　言錄　率舞洽往塵　言發率舞往來之間塵洽起也
竹之声恰如二廣樂一也
此時誰不樂　言是時百官公卿誰不歡樂也　普天蒙厚仁　詩普天之下莫非王土　言以天子
臣蒙厚仁也　比普天群

判事紀朝臣末茂　年卅一　二人
五言臨水觀魚一首
結宇南林側　言結屋宇於南林之側而住也　垂釣北池潯　言垂釣於北池邊也　人來戲
鳥沒　言鳥戲驚人來而散也　船渡綠萍沈　言舟渡池中而綠萍沈也　苔搖識
魚在　言池中苔搖而知有魚也　緡盡　詩其釣維何維絲伊緡　覺潭深　言
系盡而覺潭水深也　空嗟芳餌下　言空歎芳餌之下　六韜芳餌之下有懸魚
獨見有貪心　言魚為貪餌而為人所釣　嗟嘆人亦如此為

利名謗身者多矣

釋弁正二首

五言與朝主人一首

鐘鼓沸城闉 言鐘鼓之声城闉中 沸起也 戎蕃預國親 言[illegible]言 戎蕃之人豫我國之親也

神明今漢主 中華人 言神明之天子今唐主似漢主也 易神而明之存乎其人 柔遠書 柔遠

能遠中庸柔 静胡塵 言唐帝之德柔服遠人而 胡塵不動也 琴歌馬上怨 言遠人馬上遠人也 鼓琴而怨

楊柳曲中春 言楊柳曲中有春也而人不怨 唯有關山月 言關山之月能憐而思之遠人也

偏明北塞人 言偏月色明北塞遠人也

五言在唐憶本郷一絶

日邊瞻日本 言吾遠遊日出之邊思望見日本也 唐書 日本古倭奴 史記張守節正義武后改倭曰日本 雲裏望雲云

端 言遠望雲中其端也 望遠遊勞遠國 言吾遠遊而勞遠國長懷苦

長安 言唐都名長安而吾苦其土身不如都名也 羈旅牢愁無限感傷

謂呂守老人

五言三月三日 石部

玄覽 老子滌除玄覽 易天玄而地黃 動春節 言天氣動而宸駕出

離宮 言天子之車駕出離宮也 勝境既寂絶 言佳景之勝境寂雅趣亦 風景同也

無窮能 言風雅之趣無窮也 折花梅花側 言折花梅園之側也 酌醴 詩作醴作酒 碧

瀾中 酌醴也 言乘舟于碧波中而 神仙非存意也 言神仙之人所存心 廣濟是攸同

庸拙濟 天下之蒼生 是我輩亦 鼓腹 而懸 淮南子猿鼓腹 太平日 言我等鼓腹太平日也

與神仙之用意同也

共詠太平風 言借賦詠歌太平風也

藤原朝臣史五首年六十三
五言元日應詔
正朝觀萬國 言月正元日之朝天子見萬國之人也 元日臨兆民 呂刑一人有慶兆民頼之 言天子元日臨兆民也
有政（一作致）敷玄造 易天玄 敷布治教也 言天子之爲政代天而撫機 大學其機如此 鄭玄注曰機謂發動所由
撫機御紫宸 言天子撫萬機而出紫宸也 年花已非故 言今年之花已非去年之花
淑氣亦惟新 言春之淑氣新也 鮮雲秀五彩 言鮮雲五彩秀也 麗景耀三春 言佳麗之景耀三春中也
濟濟周行士 言盛朝廷之士周行 周之列位也見詩左氏 穆穆我朝人 詩穆穆文王 朱熹曰穆穆深遠之意 言深遠我朝人也
感德遊天澤 言感天子之德而遊也 飲和惜聖塵 言我人之飲和蒙天子之塵澤也
五言春日侍宴應詔
淑氣光天下 言嘉淑之氣光天下也
薰風扇海濱

家語舜作五絃琴歌曰南風之薫兮 春日歡春鳥 言春日歡春鳥 鳴鳥也 蘭

言南風自南吹到三海濱也

生折蘭人 言蘭見生亦有折蘭人也 塩梅 國語引説命曰若作和羹爾惟塩梅 傍説命龔之 道

尚故 言天下之政塩梅調理得宜而道尚舊也 文酒事猶新 言作文飲酒事猶新也 隠逸

林藪 言隠遁之人去林藪中也 没賢陪紫宸 言賢人陪天子宮庭也

五言遊吉野

飛文山水地 言於山水中飛文章也 命爵 礼爵如雀飲酒器 薜蘿中 乃薜蘿以為衣 言命杯酌於薜

蘿中 漆姫控鶴擧 前席齊宣王后曰無塩女色黒若漆 洛媛

也 魏曹植有洛神賦 詩邪之 言洛媛之姫引宓而上天也 接魚通 言持魚而交通也

媛也 注後見 烟光山巌上翠

言山巌上烟光翠也 日影浪前紅 言水影中日光紅也 翻知玄圃近 言却知ー一之近

對翫入松風 言對翫則松風吹入也

32

夏月夏色古　言夏月照映而　夏之光景古也　秋津　日本紀神武帝所名　秋氣新　言我邦秋氣新也
昔者同皇一作后　言昔者同皇后　今之見吾賓　言今日見吾賓客也　靈仙駕鶴
去　列仙傳周靈王太子晋吹笙駕鶴上天　言仙人乘雀去也　星客乘査逡　言星客乘筏而上去　渚性臨
流水　言愛水者臨流水也　莊子庚桑楚　性者生之質也　孟子告子曰生之謂性　素心開靜仁　論語子曰仁者靜　孔安國曰
無欲故靜　邢昺曰里仁疏曰仁者善行之大名也　言素心開仁者之靜也　大學靜
而后能安

33

五言七夕一首
雲衣兩觀夕　言雲衣而兩度觀夕也　月鏡一逢秋　言明月如鏡而一逢秋也　機下非曾
故　言機下而居非舊故也　援息是威猷　言引而止是威謀也　鳳蓋隨
風轉　言鳳蓋隨風而轉也　鵲影逐波浮　言烏鵲影逐波浮也　面前開短
樂　言面前開短樂也　則後悲長愁　言則後悲長愁也
正五一作六位下一作上左大史荊助仁一首　年卅七

五言詠美人一首
巫山行雨下 宋玉高唐賦楚襄王晝眠有神女謂曰我巫山之神女也朝為
為雲而夕為雨 唐劉庭芝詩傾國傾城漢武帝、為雲
為雨楚襄王 言美人巫山行雨下見之也
洛浦廻雪霏 魏曹植有洛神賦 言洛水之浦 月泛眉間魄 言美人之眉泛
廻雪交飛美人凌雪之貌似之也
月魄也 左氏昭七年鄭子産曰人生始化曰魄 雲開髻上暉 言美人之雲
高誘淮南子注曰魄人陰神也耳之司聞目之司見皆 鬢鬟之光雲
魄也
閨也 腰逐楚王細 墨子楚靈王好細腰後宮多餓死 言美人 體隨
之腰逐楚王而細也
漢帝飛 趙飛燕外傳飛燕體骨隨風而飛 言美人如趙飛燕之體骨
隨漢成帝而飛也
誰知交甫珮 言美人似鄭交甫之 留客令忘歸 言美人之艶色留
佩
客令忘歸也
大學博士從五位下刀利康嗣一首 年八十
五言侍宴一首

嘉辰光華節 言今日嘉辰光華佳節也 淑氣一作暢 風自春 言淑氣風今自春也

金堤拂々弱柳 言天子之堤風拂々弱柳也 玉沼泛輕鱗 言天子之池泛輕魚鱗也 爰降豊宮

宴 左氏昭三年周康王有豊宮之宴 言天子之宴也 廣埀柏梁仁 漢武帝有柏梁臺賦 言天子埀柏梁之

仁也 八音寥亮奏 金石絲竹匏土革木之八音寥亮奏也 百味馨香陳 言百味之馨香

陳也 日落松影閣 言落日松影閣也 風和花氣新 言風和花氣新也 馨香 俯仰

一人德 呂刑一人有慶兆民頼之 言俯仰天子之德也 唯壽万歳真 荘子守道之真 言天子壽考万年得道之

真也

皇太子學士従五位下伊与守調馬養一首 年卅五

五言從駕應詔一首

帝堯叶仁智 大戴礼五帝德史記堯本紀云帝堯其仁如天其知如神 言天子如帝堯有仁智也

仙蹕玩山川 言天子之車駕遊幸弄翫山川之是示也 疊嶺杳不極 言重疊之

峰嶺過而不絶、驚波斷復連 言驚ノ人波声斷 雨晴雲巻羅 言雨
極也　復連也
晴而雲似巻 霧盡峰舒蓮 言霧盡而峰上蓮 舞庭落夏
羅也　舒也
槿 言吾輩舞庭而夏槿花 歌林驚秋蟬 言吾輩林中歌而 仙槎
墜也　驚秋蟬也
泛榮光 言天子之所乗似仙槎而 鳳笙 一作鳳 帶祥煙 言天子之吹笙
泛榮光也　帶吉祥之煙也
豈獨瑤池上 穆天子傳周穆王宴西王 方唱白雲天 又云千歳厭世
王母於瑤池上　乗彼白雲到
帝郷 言豈獨瑤池之上方唱白雲之歌而已乎

從四位下播磨守大石王一首 年五十七

五言 侍宴 應詔 一首

淑氣浮高閣 言春之淑氣浮 梅花灼景春 言梅花明妍春光
高閣也　景春中也
叡睠留金堤 言天子之睠顧金 神澤施群臣 孟子聖而不可知
堤也　之謂神 説卦

神也者妙万物而為言者也　荘子曰有神人無名　言天子不可思議之恩澤
施群臣也
琴瑟設仙御　言琴瑟設天子之御座処　文酒啓水濱　言作文飲酒於水
濱也　叨奉無限寿　毎言群臣安奉無限寿也　倶頌皇恩均　群臣倶頌賛天子之恩均也

大学博士田辺史百枝　一首

五言春苑応詔　一首

聖情敦汎愛　言天子之情広愛群臣也　荘子汎如不繋之舟　論語
汎愛衆而親仁
神功亦難陳　言天子之神功亦以言語難陳也　唐鳳翔台下　書益稷篇韶九
成鳳凰来儀
難陳之也
言天子之徳似唐堯而鳳凰　周魚躍水濱　周本紀武王伐紂白
魚躍入王舟
翔台下也　松風韻
添詠　言松籟之吹声有韻而　梅花薫帯身　言梅花之芳薫
添詠也　入身也
琴酒開芳苑　言芳苑弾琴飲酒也　丹墨点英人　言英人之

人以丹墨ニ蓋過ニ上林會ニ 上林漢武帝苑名司馬相如有上林賦言
賦詩也 偶逢ニ 天子之宴會一
奉寿三万年 春言臣等奉営 聖ニ 聖嘉永終ニ万年春也
大神朝臣安麻呂一首 年五十二作之
五言山齋言志
欲知閑居趣 晋潘岳有閑居趣言雅人 来尋山水幽 言来尋山水
欲知閑居趣也 幽處也
浮沈烟雲外 言我身浮沈而弄烟雲外 攀翫野花秋 言攀手翫ニ
也 野花秋也
稲葉負霜落 禾稲之葉負霜 蝉声逐吹流 言蝉声逐風吹而
而落也 流也
祗為仁智賞 論語子曰知者楽水仁者楽山言我非真楽山 何論ニ朝
水之祗不為仁智之賞
市遊 何足論ニ朝市之遊乎
石川朝臣石足一首 年六十三
五言春苑応詔

再年行愈〻良節　言聖天子之心愈〻良　仁趣動芳春　礼記建辰之月夏長仁也言天
辰佳節也　子之仁徳動芳春也
素庭満英才　言聖天子之朝庭満英才也　紫閣引雅文　言天子之
孟子得天下之英才而教育之　閣文士摂
雅文也　水清瑤池深　言水清而天子花開禁苑新　言天子之苑百
之池深也　戯鳥
花新開
隨波散　言遊戯之鳥隨波而　仙舟逐石巡　言天子之舟逐石舞袖
散也　而巡也
留翔鶴　言天子舟中美人之舞袖　歌声落梁塵　事見列子　言歌声
留翔鶴也　落梁塵也
今日足忘徳　言今日之宴會足忘天子之徳也　勿言唐帝民　尭之時有
老子上徳不徳是以有徳　老人鼓腹
而歌曰日出而作日入而息耕田而食鑿井而飲帝力何有於我哉　勿言
尭帝之民也
山前王　一首
五言侍宴
至徳洽乾坤　言天子之徳洽于天地也　清化朗嘉辰　言天子之徳清而嘉辰

辰之景ヲ　四海既無為　論語子曰無為而治者其舜也與　九域正清淳　言海
朗也　言四海之内無為而治也
内正清而淳　元首壽千歳　尚書元首明哉股肱良哉　言　股肱頌三春　書舜曰臣作股
朴也　天子之寿千歳也
股肱耳目　言天子股肱之臣頌三春之　優々沐恩者　言臣等優々沐　誰不仰
恩也　天子之恩也
芳塵　言臣等誰不蒙天子之恩乎

比良夫一首　年五十

五言春日侍宴応詔

論道與唐儕　書周官論道経邦　言論道　語徳共虞隣　言語徳與舜隣也
上与唐尭齊也
冠周埋尸愛　呂氏春秋賈誼新書文王埋枯骨　賀殷解網仁　史殷紀湯
言天子之徳仁治文似周文也
出野見張網　四面湯命解其　淑景蒼天麗　言光景佳淑而
三面　言天子之仁似殷湯也　蒼天麗美也　嘉氣碧
空陳　言嘉氣陳于碧　葉緑園柳月　言柳葉緑
空之中也　而園月照之

花紅山櫻春 言春山櫻花紅也 雲間頌皇澤 晉書〻〻陸士龍 言雲間頌天子之澤也

日下沐芳塵 晉書日下荀鳴鶴 言日下沐天子之恩澤也 宜献南山寿 詩経小雅 如南山之寿

寿千秋衛北辰 爾雅北極謂之北辰 北辰天之樞也 言天子如北辰万世不動言臣下宜守衛天子也

安倍朝臣首名一首 年六十四

五言春日応詔

世頌隆平徳 言世人皆頌天下泰平之徳也 隆昌也 時謡交泰春 易天地交泰 言時人歌天下泰平之春也

舞衣揺樹影 言宮中美人之舞衣揺樹影也 歌塵動梁塵 言美人之歌声動梁塵也

湛露 詩小雅湛〻露匪陽不晞 重仁智 言天子之恩澤広及海内如湛露之潤万物 天子重仁智也

流霞軽松筠 言流霞軽松 凝麾賞無倦 唐詩 凝麾出守 言凝麾賞美無倦也

花将月共新 共也 言花月俱新也

大伴宿祢旅人一首 年六十七

五言初春侍宴

寛政 論語子曰居上不寛 中庸寛裕温柔 書 克寛克仁 高祖紀寛仁大度 情既遠 言天子之寛政情既遠也

迪古道惟新 言天子遵古而道新也 穆々四門客 四門穆々 孔傳穆々美也 詩穆々文王 朱子曰穆々深遠之貌 朱子爲是

濟々三德人 詩大雅濟々多士文王以寧 毛萇曰濟々盛也

梅雪乱殘岸 言梅花如雪飄乱岸上也 烟霞接早春 言烟霞之景接早春也

共遊聖主澤 言今日之莚誠聖主之恩澤也 鄭玄周礼注 聖無不通也

同賀擊壤仁 言如堯時賀擊壤者之衆仁澤也

従四位下左中弁兼神祇伯中臣朝臣人足 二首 年五十

46　45

五言遊吉野宮二首

惟山且惟水言山水之景能智亦能仁論語知者楽水仁者楽山言山水光景似仁智也

万代無埃至一作所之穢也言万世無塵埃一朝逢異民言一朝逢異人也

風波轉入曲言池中風波之声似曲調也魚鳥共成倫言係之遊與魚鳥偕成伍也倫類也

此地即方丈方丈見釋氏要覧言此地僧侶達悟者之居処也誰説桃源賓言誰人得説晉

陶潜之桃花源荒誕之話乎

仁山狎鳳閣論語仁者楽山言吉野苑中之山道鳳閣也智水啓龍樓言啓

閣宮樓之帳觀水也花鳥堪沈翫言園中之花鳥声遊者堪翫楽也何人不淹留

言何人不久留遊乎

大伴王二首

五言従駕吉野宮　應詔二首

欲尋張騫跡 漢武時張騫到大宛身毒見史記 尋張騫遠遊之跡也 言欲 幸逐河源風 言到河原逐風涼処也 朝雲指南北 言朝雲往南北 夕霧正西東 言東西 東夕霧

嶺峻絲響急 言山嶺陵峻似絲響急也 谿曠竹鳴融 融也 言谿空而溪風凨鳴 起也

將歌造化趣 造物見莊老 言余詩欲歌造物 握素愧不工 言手握素紙愧予詩辞之不工也 主之趣

正五位下肥後守道公首名一首　年五十六

五言秋宴一首

望苑商氣艶 言望苑中之秋景 鳳池秋水清 言天子之池秋水清也

晩燕吟風還 言燕子之晩吟風 物衰也 而還也 新雁拂露驚 月冬月鳴 雁至 言聞新雁拂露而驚秋也

昔聞濠梁論 莊子 莊子與惠子

遊濠梁之上 濠水名梁橋也 言遊濠水之橋 今辨遊魚情 莊子有子
也 莊子秋水篇 莊子與惠子遊於豪梁之上 莊子曰 鯈魚出遊 從容是魚樂也 非魚安知其
樂之語 言今解遊魚 芳筵此僚友 友朋 言今日之佳宴此久留 追節結惠子
之情也
雅声 言催節而歌 雅声也 曰子非魚安知魚之樂 莊子曰子非我安知我不知魚之樂
從四位上治部卿境部王二首 年廿五
五言宴長王宅一首
新年寒氣尽 言正月暖和無寒氣也 寒氣也 上月 言月之上 淑光軽 言寒
氣尽 月光 送雪梅花笑 一作咲 梅開 言雪下 含霞竹葉清 言其是色
清婧
含霞竹葉清也 一本 歌是飛塵曲 言其人之歌声動梁上之塵
葉作素 絃
即激流声 激也 言琴絃之弾声似水流之 欲知今日賞 言今日之賞是

咸有不皈情　言英人有不帰之情也

五言秋夜山池一首

對峰傾菊酒　言對山峰傾飲菊花酒也　臨水拍桐琴　言臨水流而拍弾桐琴也

忘皈待明月　言愛秋色忘皈而待明月上也　何憂夜漏深　何憂夜漏刻之長乎

大學頭從五位下山田史三方　四首

五言秋日於長王宅宴新羅客一首　并序　東國通鑑馬韓弁

韓辰韓後改稱曰新羅百濟高麗

君王以敬愛之沖衿　言君王以敬愛衆人之中情也　老子　道沖而用之　詩　青々子衿　廣開

琴罇之賞　言弾琴開樽使人承敦厚之命令　礼記　温柔敦厚詩教也

欣戴鳳鳥之儀　言欣戴如鳳皇鳳鳥之容　於是琳瑯滿

旨言珠玉満　日此才藻之美　薜蘿交ゝ莚　言詞客充ゝ宴　玉俎彫ゝ華　言玉俎之美彫華
列星光於烟幕　一作暮　烟幕　言星光如列珍　羞錯味　言水陸之珍味錯列
珍綺色於霞帷　言綺帷之美似霞　羽爵騰飛　言飛杯混賓主
於浮蟻　一醉　言賓主俱清談振発　晋書王衍為清談　雅之話振発　言凡忘貴賤
於窓雞　世説宋處宗窓有長鳴雞　言貴賤忘窓雞之鳴　言歌塵落ゝ塵　言歌声落梁塵
郢曲与ゝ巴音雜ゝ郢音　言楚都郢中之曲與巴音合奏　劉向新序
國中属而和者数千人　客対楚王　客有歌郢中者其始日下里巴人
咲林開ゝ靨　言於林中笑而開靨　珠暉　一作輝　共ゝ霞影相依
言其美如珠与霞影相干　時露凝旻序　詩旻天疾威　言秋天露下之時候
盤
風轉ゝ商郊　言商郊風吹

寒蟬唱而柳葉飄霜雁来 月令白鴻雁度而芦花落小山

丹桂流彩別愁之篇長坂紫蘭散馥同恩之翼 曰

云暮春矣月将繁焉 醉我以五千一作之文既舞蹈於

飽德之地 詩既醉以酒既飽以德 言博我以三百之什史遷 謂古

舞蹈地上

者詩三千餘篇孔子刪之爲三百篇 宋歐陽修清朱竹垞曰古詩

無三千 論語詩三百一言以蔽之又曰誦詩三百 可見孔子之時詩

止三百

且一作直狂簡於叙志之場 論語狂簡斐然成章 言於

一叙焉之場尽狂態

清四字西園遊 宋王晉卿有西園雅集東坡先生米芾蘇

子由等也與此詩年代大後矣可見古有西園

遊 兼陳南浦之送 文選送客到南浦

含毫振藻式賛高風云云
白露懸珠日 言秋日白露下也 黄葉散風朝 漢武帝楽府草木黄落雁南翔
對揖三朝使 言与三韓使者對揖也 言尽九秋韶 言尽九
秋韶諭韶子謂韶 牙水含調激 呂氏春秋伯牙弾琴鍾子期善聴伯牙志在高山子期曰善哉々如高
山志在流水子期曰善哉如流 虞葵落扇飄 言楚項羽之虞美人葵美如之落扇而飄也
水
已謝靈臺下 詩経始〻朱子曰言如神靈之所為也 徒欲報瓊瑤 詩報之以瓊瑤 言欲
報詩章之美也
五言七夕一首
金漢星楡冷 言秋天楡星冷也 銀河月桂秋 藝海珠塵載西洋人陽瑪諾天問略云銀河衆
小星如練帛至秋而現 唐段成式酉陽
雜俎月中有桂呉剛斫之其説世所誤 靈姿理雲鬢 言織女理之也

雲鬢。仙駕度ニ潢流一 言仙駕渉水流 窈窕鳴ニ衣玉一 詩関雎窈窕淑女 毛長朱子白幽閑

也 貌 太田錦城曰ヽヽ是麗貌貞李 ○前漢書后佩玉晏鳴関雎歎之 言美

斯遥客居佳冶窈窕毛朱説失之 女鳴ニ衣玉一

玲瓏映ニ彩舟一 言織女之美艶映彩舟也 所ニ悲明日夜一 誰慰ニ別離憂一 二此

句古雅有味

54

五言三月三日曲水宴一首 晋書束晳三日曲水宴引周公營洛邑 駮一書生

錦巖飛瀑激 言山巖似錦瀑水飛激 三女俱亡 春岫曄桃開 春山桃花不憚曄開

流水急唯恨盞遅来 二句説盡

従五位下息長真人臣足一首 年卅四

55

五言春日侍宴

物候開ニ韶景一 言物候開春景色 淑気満地新 言春之善気満地新

聖衿偽暄節 詩商頌子衿 言天子之衣 置酒引搢紳 賈誼傳
先生 論語子張書諸紳 註紳大帶之垂者 襟當暄和之時
言置酒引貴人也 帝徳被千古 皇恩洽万民 二句全似
唐人 多幸憶廣宴 還悦湛露仁 詩湛々露斯匪陽不晞厭々
言説天子恩澤之深也 夜飲不醉無帰 注湛落也
従五位下出雲介吉智首 一首 年六十八
五言七夕一首
冉冉逝不留 言歳月冉々長往 不留也 時節忽驚秋 言驚秋至 菊風披夕
霧 雲霧 言風吹菊花開夕霧 桂月照蘭洲 言月照 仙車渡鵲
橋 古人謂淮南子烏鵲叙橋渡織女 淮南無此語 或曰見神異経十洲記 今安神駕逡 註清流
天庭陳相喜 言天上陳相喜之情 華閣釋離愁 詰

鮮美閣上散　河横天欲曙　言銀河横天天欲曉　更歎後期悠　更歎後相見之長離悠遠

主税頭従五位下黄文連備　一首年五十六

五言春日侍宴一首

玉殿風光暮　言天子殿上春色暮　金墀春色深　言金階上春色稍深　雕雲遏歌響　言美人之歌声天上之雲留之留也　流水散鳴琴　言水流之声如琴鳴　燭花粉壁外　言粉壁外燭花開　西京雑記　燈花発得銭財　星燦翠烟心　言星明而我心如烟不凝滞物　欣逢則聖日　言見天子日　束帯仰韶音　言衣冠束帯而候天子之韶音也

従五位下刑部少輔兼大学博士越智直広江　一絶

文藻我所難　言我不能文章　荘老我所好　言本性

好去莊老　行年已過半　言年過今四為　何勞遠人　大觀何為人世　勞苦年

従五位下常陸介春日藏老一絶　年五十二

五言述懐

花色花枝染　言艶花之色枝笑如　花染　鶯吟鶯谷新　一作新　言鶯声

臨水開良宴　言臨水流開佳宴　泛爵賞芳春　言泛杯於水中賞春　景

従五位下大學助背奈王行文二首　年六十二

五言秋日於長王宅宴新羅客一首　賦得風字

嘉賓韵小雅　言嘉賓之風雅似小雅　設席嘉大同　言設宴席嘉賓衆人同至

鑒流開筆海　言臨流揮毫　學海字見揚雄法言　元張鎰

攀桂登談叢　言攀桂談話　浩詩人海誰知我亦鷗　字可擬類　東陳無己有後山詩談叢　浩

我邦人俗語用斯 盃酒皆有月此句點化李白歌声共歌風言歌
字亦奇 来
声歌風 何事専對士論語子面 幸用李陵弓ヽヽ見史漢

五言上巳禊飲応詔

皇慈被万国ヽヽ見易 言天子慈仁及万邦 清乾隆帝 帝道沾
御批通鑑輯 古無万国
君子生 言王道 仁澤及庶民 沾 竹葉禊庭満 言竹満庭 桃花
曲浦軽 一作落 曲浦 桃花 雲浮天裏麗 言ヽヽ天景 樹茂苑中栄
軽閲 麗
吉花中楼 自顧試二庸短一 言自用短 何能継二叡情一 言得
茂
継 天子之叡情乎

皇太子学士正六位上調忌寸古麻呂 一首

63　62

五言初秋於長王宅宴新羅客
一面金蘭席。言謂忌寸與新羅客一面相見ーー　三秋風月時。言三秋佳景ーーー
琴罇叶幽賞。言彈琴開樽叶者賞思之稱　文章敘離思。言作叟叙離別之思
人含大王德。言其人含　地若小山基。楚辭招隱士者淮南小山之所作也昔淮南王安博雅好古招懐天下俊偉之士自八公之徒咸慕其德而帰其仁各竭才智著作篇章分造辭賦以類相從故或稱小山或稱大山其義猶詩有小雅大雅也
言地若小山基也
江海波潮靜。言ーー也　披霧豈難期。言披雲霧不難期也
正六位上刀利宣令　二首　年五十九
五言秋日於長王宅宴新羅客　二首　賦得稀字
玉燭調秋序。玉燭字見宝典言日輪調秋氣之序也　金風扇月幃。

言秋風吹ニ月　新知未幾日　言新相識未幾　送別何依々　毛詩
照燈焯　経幾日　昔我往
楊柳依々　言送別之　山際愁雲断　言山間　人前楽緒稀　言人
情殷勤
前楽了　相顧鳴鹿爵　爵杯也　詩小雅鹿鳴　相送使人帰也
稀也　宴ニ群臣佳賓也
言相送使者帰
五言　賀ニ五八年
縦賞ニ青春日　言縦賞ニ青陽春日之気景　相期白髪年
言ノノ　清生百万聖　言清士　古詩白日莫ニ空過青春不ニ再来
上宴下一本　ノノ也　岳千年一賢　唐有ニ員半千　山岳ニ五
百年難得之賢者也
當時宅　言如今於宅　披雲廣楽天　雲開
歡朝燕宴
茲時盡清素　言是時相集廉清　何用子雲玄　前漢楊雄著
潔白之人　太玄　言何用ニ
ノノ千
大学助教従五位下下毛野朝臣虫麻呂一首　年卅六

五言秋日於長王宅宴新羅客一首并序　賦得前字

夫秋風已發張歩兵所以思遠（官名）晋書張翰臨秋風思鄭魚同人生

宋大夫於焉傷志　楚辭宋玉九辯悲哉秋之為氣也蕭瑟　遺言適意仕宦歸

原弟然則歳光時物好事者賞而可憐勝地良遊相　今草木搖落而変衰　王逸云宋玉楚大夫屈

子也

遇者懐而忘返況乎皇明撫運　言明天子當　時属無為　論語

為而治者其舜也與之文軌通　中庸今天下車同軌書同文　軌車轍迹　子曰無

言天下平治　也　顧亭林日知録古謂字為文左氏有

文存其年史記秦始皇紀而華夷翕欣戴之心　言華夷合和楽

一書文字

備而朝野得歓娯之致　言朝野之人得歓楽之致也　長王以五日休暇

漢制五日賜休暇　披鳳閣而命芳筵　言開禁閣而為宴　使人以千

里四輔遊　値雁池而沐恩　聘　言則入池中　旁偕而沐恩

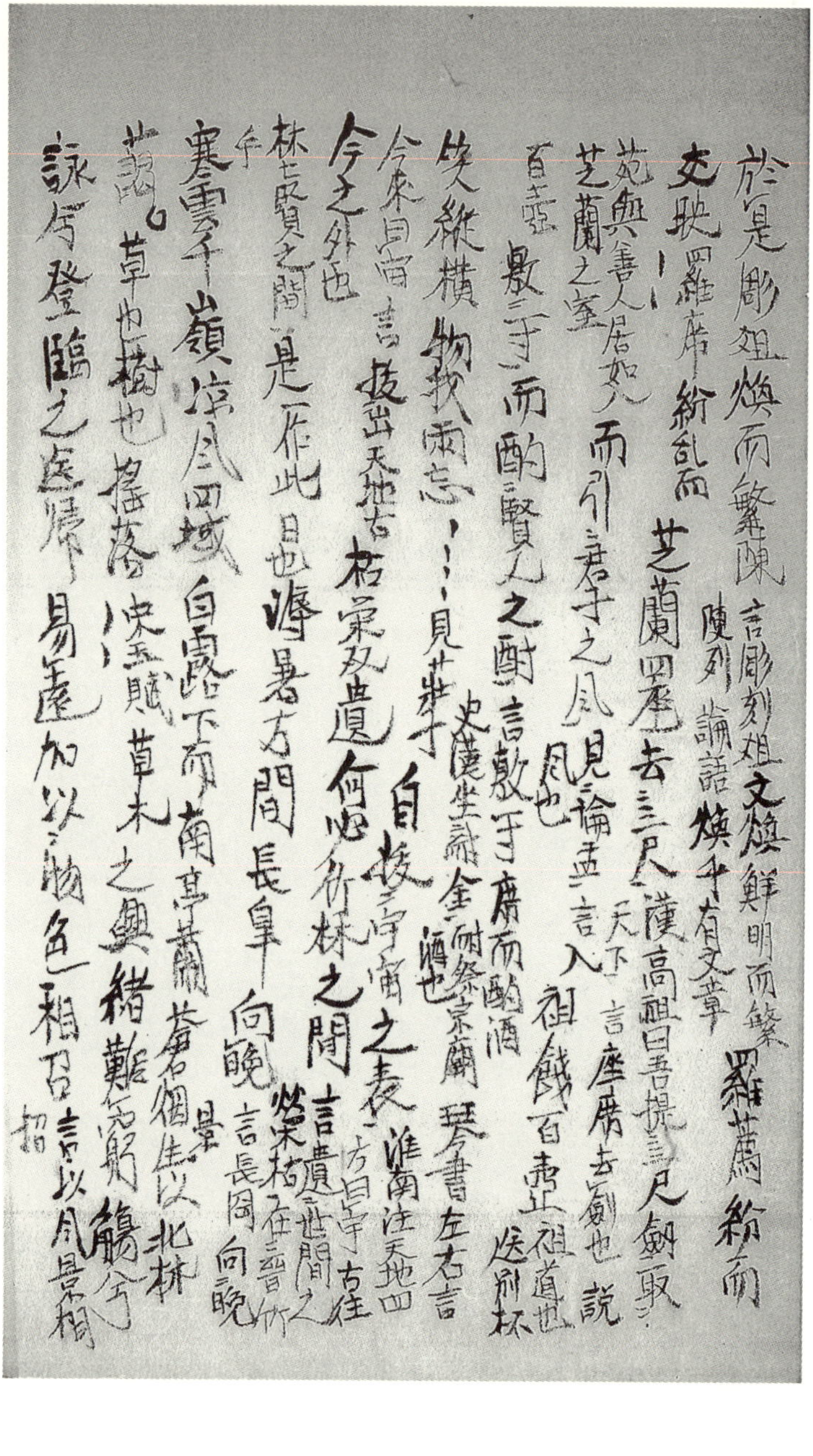
於是彫俎煥而繁陳　言彫刻俎文煥鮮明而繁　羅薦紛而
文映　羅席紛乱而陳列　論語煥乎有文章
芝蘭四座去三尺　漢高祖曰吾提三尺劍取天下　言座席去劍也　說
苑與善人居如入芝蘭之室　而引君子之風　見論語　言入風也　祖餞百壺　祖道也送別杯
百壺　歡于而酌賢人之酎　言歡于席而酌酒　史漢坐銘金酎祭宗廟　琴書左右言
失縱橫物我兩忘　見莊子　自披宇宙之表　淮南注天地四方曰宇古往
今來曰宙　言披出天地古　枯榮雙遺　何必竹林之間　言遺世間之榮枯在晉竹
今之外也
林七賢之間　是一作此日也　避暑方間長皐向晚　言長岡向晚
乎　寒雲千嶺涼風四域　白露下而南亭蕭　蕭若個生以　景　北林
蕭　草也樹也搖落　宋玉賦　草木之興緒　歎鷦鷯兮
詠何登臨之送歸　易遠加以物色相召　言以風景相招

煙霞有奔命之場 左氏成七年楚申公巫臣遺楚將子 山水助仁
反書曰使爾疲奔命以死
風月無息肩之地 請諫々翰操々紛郎華形 五言飛花
西傷之華篇繼二北梁之芳韵 人操々 一作操一字
聖時逢七百 祚運啓三千 言天子之祚運啓開千年 況乃梯山客 言梯山
垂毛亦比肩 山海經有比肩獸 寒蟬鳴葉後 朔雁度雲
前 北方之人 渉雪前 獨有飛鷹曲 並入別離絃
從五位下備前守田中朝臣浄足 一首
五言晚秋於長王宅宴 一首
苒々秋云暮 言遂々 登暑 颯々葉已涼 言颯木葉 西園開曲席
東閣引珪璋 一々見詩經 引杯也 言群々 水底遊鱗戯 巖
前菊氣芳 言山嶺 蕭前 菊芳香 君侯愛客日 霞色泛鸞觴

67　68

左大臣正二位長屋王三首　年五十四

五言元日宴應詔

年光泛仙御 籞一 言年光泛仙也　月色照上春　玄圃梅已放

紫宸庭桃欲新　柳絲入歌曲　蘭香染舞巾　於是三元

節 正月七月十二月　共悅望雲仁　史記五帝紀帝堯其仁如天其智如　大戴禮五帝德

神　就之如日望之如雲　俱悅天子之仁

五言於寶宅宴新羅客一首　賦得烟字

高旻開遠照 秋天曰旻天　秋天遠照　遙嶺靄浮煙　遙嶺浮煙靄

有愛金蘭賞　無疲風月筵　言同志之人有愛金蘭之賞

於風月筵席無疲　易二

人同心其利斷金　桂山餘景下　菊浦落霞鮮　莫謂滄一作蒼

斷金

波隔長為壯思篇　莫言其彼相隔　長為壯思之詩篇也

70　69

五言初春於作宝樓置酒

景麗金谷室 風景佳麗似晉石崇金谷園之室 年開積草春 言開元歳草緑為春

松烟双吐翠 松之烟集吐翠 桜柳分含新 桜柳分而含新芽 嶺高闇

雲路 山嶺高而雲往来之路暗 魚驚乱藻濱 言魚驚乱藻濱 激泉移舞

袖 言激泉而流声 韵松筠 言水流之声與松竹相似

従三位中納言兼催造長官安倍朝臣廣庭一首 年七十四

五言春日侍宴

聖衿感淑氣 言天子之衣衿感春之淑氣 高會啓芳春 言若春啓高人之會

樽一作五斉濁盈 言五樽中濁 楽万國風陳 言楽陳万國

花舒桃苑香 桃花酒盈 香苑園中 草秀蘭筵新 言草中秀而蘭筵

也 堤上飄絲柳 堤上柳絲飄 波中浮錦鱗 錦鱗新布蘭

72　　71

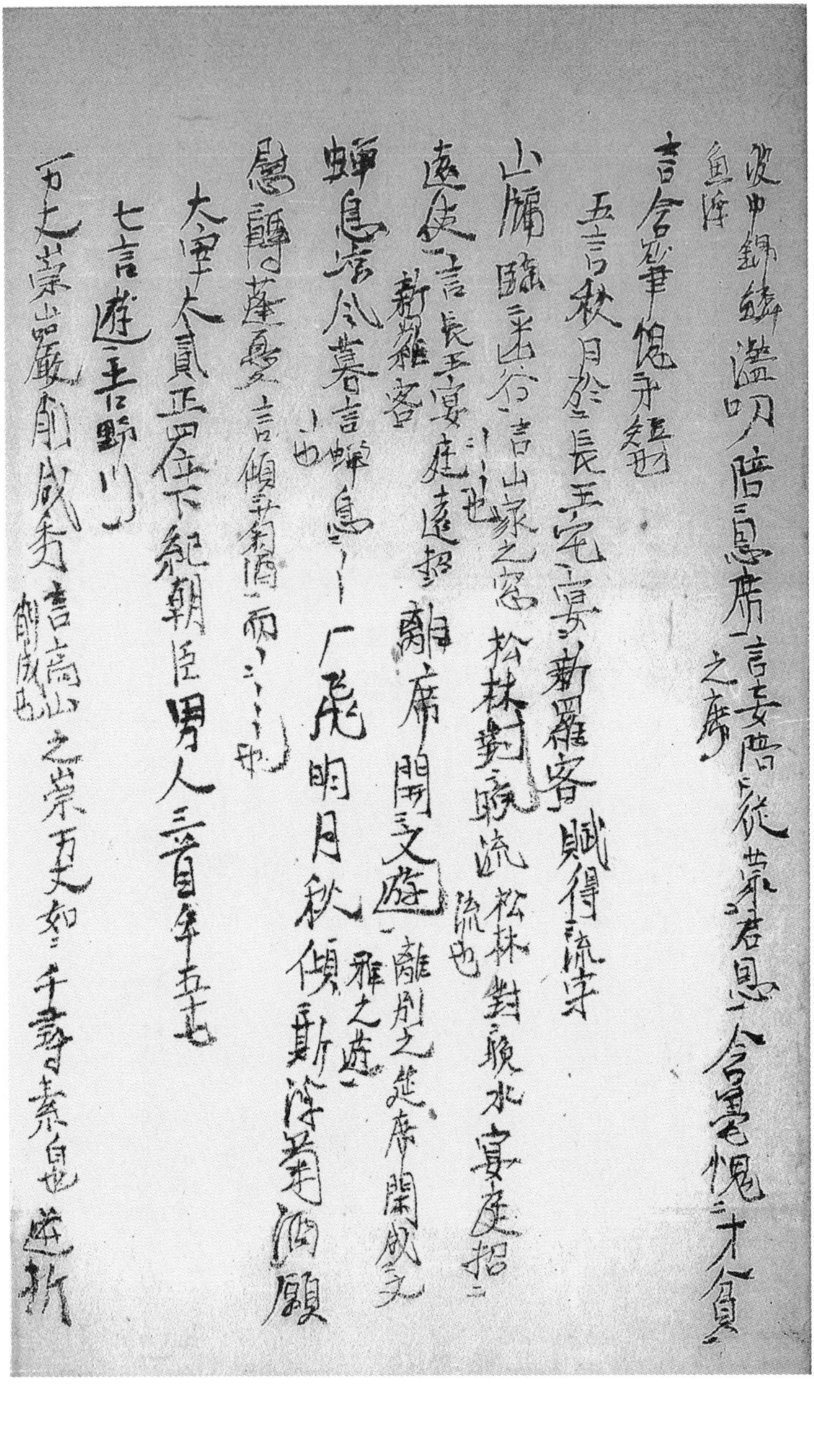

汝中錦繡濫叨陪息席 言妾陪従崇君恩含寒愧才負 之序
魚浮
言含毫愧乎短拙
五言秋日於長王宅宴新羅客 賦得流字
山牖臨幽谷 言山家之窓 山谷也 松林對晩流 松林對晩水 流也
遠使 言長王宴庭遠招新羅客 宴庭招 離席開文遊 離別之筵席開文雅之遊
蟬息涼風暮 言蟬息也 雁飛明月秋 傾斯浮菊酒 願
慰轉蓬憂 言傾菊酒而 也
大宰大貳正四位下紀朝臣男人 三首 年五十七
七言遊吉野川
萬丈崇巖削成秀 言高山之崇萬丈如削成也 千尋素濤逆折

流言千尋之水流遙而作 欲訪鍾池越潭跡 言欲訪鍾池之跡

留連〈流連也〉美稽蓬瀛槎洲 言留連美景而遊ーー也

五言 扈従吉野宮

鳳蓋停南岳 言鸞輿也停之ーー停南 追尋智与仁 論語知者楽水

仁者楽山 言追尋山水 嘯谷将孫語 言嘯山谷之間而与孫作孫

之語

攀藤共許親 言樹攀藤枝而与山峯山巖 許由相親 夏景新 言山巖

也ーー 泉石秋光新 也 泉石ーー 此地仙霊宅 言斯地乃仙人之宅 何ーー

須古姑射倫 藐姑射之山有神人 言何用姑射之仙人乎

五言七夕

犢鼻標竿日 晋書世説 南阮富而北阮貧 七月七日乞巧南阮

曬衣服錦綺粲目阮咸以竹竿挂犢鼻褌 隆腹曬書
曰未能免俗聊復爾耳
妹令上郝隆七月七日日午曬腹臥 人問其故 風亭悦仙會 言清
曰我曬腹中之書也
風入亭中悦之言 針閣賞神遊 言乞巧奠之祭弄針 月針
人之會 閣中[illegible]也
琢岳嶺 針 上月 波激池流 言手池之流水 激瀲瀁之 憐一作歡 情未
充年 言歡情未畢之時 天漢嫦娥光浮 言天河浮皎也
正六位上但馬守百濟公和麻呂三首 一作齋 年五十六
五言初春於左僕射長王宅讌 隋開皇置左僕射古爲輕官僕人射也 自唐以來爲宰相之官
帝里浮春色 言帝王之里春色 上林開景華 言似漢上林苑而帝王園華開

芳梅含雪散言梅白似雪而散落　嫩柳帶風斜言庭中之嫩柳帶風而斜也
庭燠將滋草言庭中暖而草將滋　林寒未笑一作咲花言林寒而花未咲
鶉衣追野坐言鶉衣百結而追之野人之坐　鶴蓋入山家言鶴蓋入山家
芳舍塵思寂言舍中無塵俗之想　拙場風響譁言拙場風声喧也
琴罇一作樽興未已言彈琴開樽而飲興味未歇　誰載習池車注唐張旭臨池學書池水尽黒言誰載書家之

五言七夕　車平

仙期呈織室言牽牛之與女仙織女星會于織室　神駕逸河邊言神駕逸于河邊也
咲臉飛花映言織女之含笑臉恰似飛花之映也　愁心燭處煎

牛女年〻待織女 不見愁心獨居甚情 昔悵 一作 河難越 昔日悵傷天河之難渡 言世間
而似焦煎 数〻也
今傷漢易旋 言彦夜之會傷天河之易旋 誰能玉機上
旋也
誰人玉機上 留怨待明年 言留怨而待明年也

五言 秋日於長王宅宴新羅客 賦得時字
勝地山園宅 言佳勝之地 秋天風月時 言秋天明月清 風之時 置酒
開催賞 言置酒催賞 倒屣 一作展 逐蘭期 言倒屣而逐觀蘭之期也
人是雞林客 梅花 人是朝鮮 曲即鳳樓詞 〻所奏曲乃〻〻也 青海千里外
言是下帰国之後於青海千里之外 白雲一相思 必生于白雲一可相思也
正五位上大學博士守部連大隅 一首 年七十三

五言侍宴

聖衿（衣衿）聖人之愛韶景　言天子愛山水翫芳春　言看山臨水翫賞春景也　椒

（一作樹）花帯風散　言椒花帯花而散也　柏葉合月新　言柏葉合月而新也

冬花消（一作銷）雪嶺　言冬花於雪嶺消也　寒鏡泮氷（一作氷）津　言水津氷似寒鏡

而泮解也　幸陪濫吹席　言今日幸陪ゝゝ　還笑（一作擊）擊壤民

言還笑ゝ時ゝゝ也

正五位下圖書頭吉田連宜　首　年七十

五言秋日於長王宅宴新羅客　賦得秋字

西使言既歸　言西方使者ゝ　南望餞送筵　言南望而ゝゝ人　六

随蜀星遠 言人随蜀星一而遠也 驂帯断雲浮 言驂ヽヽ一也 一去殊《ヒテ》

郷國 也 言去ヽヽヽ 万里絶風牛一 書曰晋楚馬牛其風也 左氏僖四年 風馬牛不相及也 賈逵曰風放也

言万里放馬牛 不相来也 未尽新知趣 言今日相見而ヽヽヽヽ 還作飛乖愁

言却作ヽヽヽ也

吾言従駕吉野宮

神居深亦静 言天子之居深静 勝地寂復遠 言佳勝之地寂而遠 雲巻三舟

谿一作谿 也 言雲巻ヽヽ 霞開八石洲 言八石洲《ヤイシノス》ヽヽ也 葉黄送初夏 言

也ヽヽヽ 桂白早一作迎 迎一作早 秋 也 言桂花白ヽヽヽ 今日夢淵上

遺響千年流 言ヽヽヽヽ也

82　　81

外従五位下大学頭箭集宿祢虫麻呂二首

五言侍讌

聖豫開ー芳序ー　言天子豫開芳　皇恩施ー品生ー　天子之恩施ー品彙也

流霞酒処泛　流霞於飲酒処泛也　薫吹曲中軽　言薫吹曲中軽揚也

紫殿連珠絡　紫宸殿似ー丹墀蓂草栄　言天子之ーー也　ーー也

即此乗槎客　漢張騫ーー　ーー也　倶欣天上情　ーーーー也

五言春日於左僕射長王宅宴

霊台披広宴　長王之甚台開ーー　詩大雅経ー始霊　宝斎歓ー

台ー朱子曰言如神霊之所為也

琴書ー　言於ー宅斎用弾琴読書ー合也　趙発青鸞舞ー　言長王宅中美人舞似漢趙飛燕之舞

也　成長官赤鱗舞ー　夏踊ー赤鱗魚　言夏日赤ーー踊也　柳條未

84　83

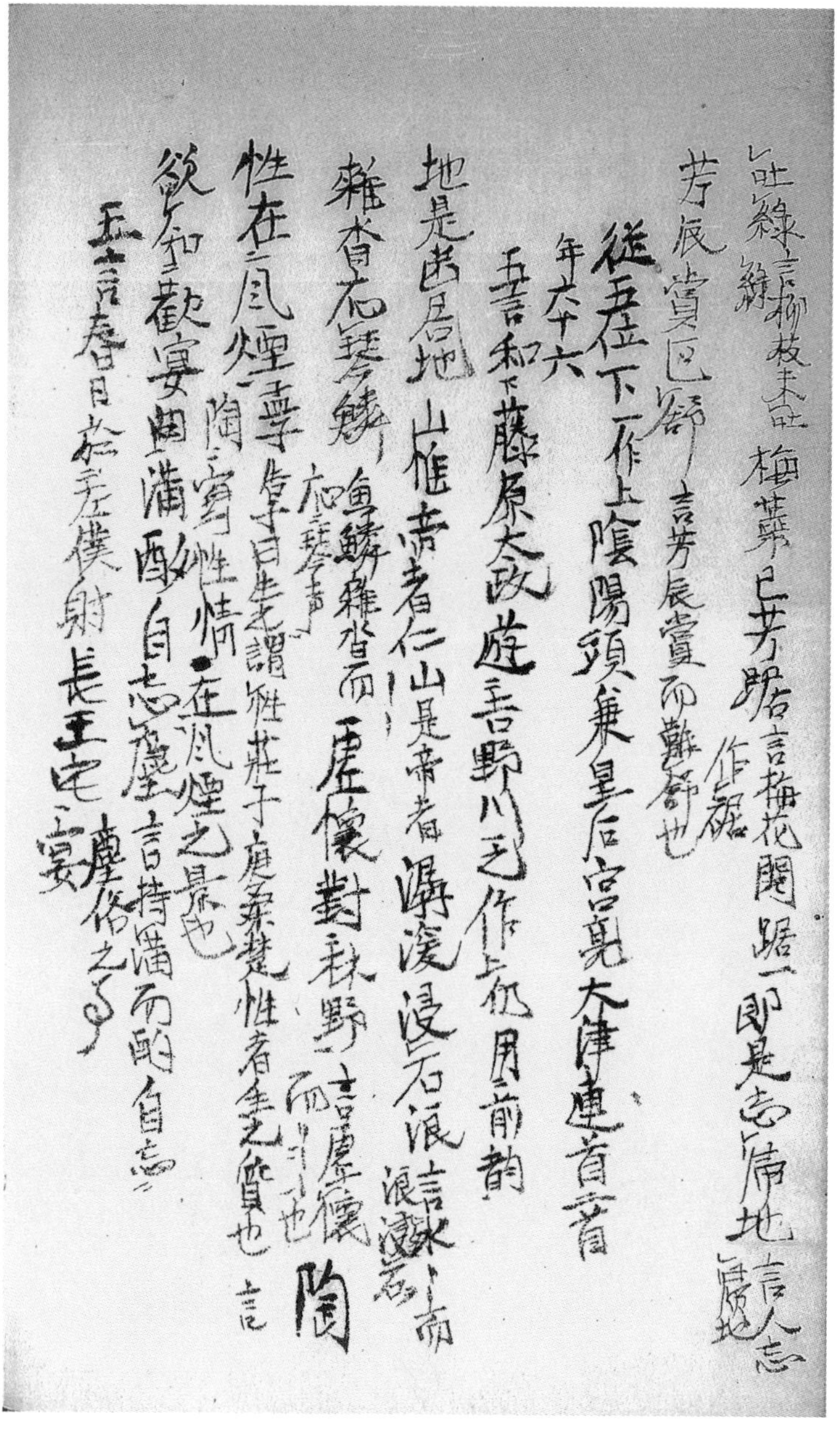

吐緑言柳枝未吐緑　梅芳已芳　踞言梅花開踞一即是志帰地言人志帰地

芳辰賞叵舒言芳辰賞而難舒也作樂

従五位下一作上陰陽頭兼皇后宮亮大津連首二首

年六十六

五言和下藤原大政遊吉野川之作上仍用前韻

地是幽居地　山惟帝者仁山是帝者　潺湲浸石浪言水潺湲浸石浪

雑沓応琴鱗魚鱗雑沓而応琴声　虚懐対秋野言虚懐而対秋野也　陶

性在風煙言学尽乎日生之謂性荘子庚桑楚性者生之質也言

陶性情在風煙之景也

欲知歓宴曲満酌自忘塵言持満而酌自忘塵

五言春日於左僕射長王宅宴塵俗之事

日華臨水動 言日輪影映水而動 風景麗春墀 言春墀風景麗矣 庭梅

已含笑 一作咲 庭梅已〻 門柳未成眉 門前之柳未成眉黛之青 芳罇

此處 言彈琴欲開樽於此處而宜 賓客有相追 賓客相追而至 飽德良爲

醉 詩小雅既醉以酒既飽以德 傳盞 一作盃 莫遲 言傳盃莫遲 遲遲也

贈正一位左大臣藤原朝臣總前 三首 年五十七

五言七夕

帝里初涼至 言天子之地新涼至 周禮五鄰爲里 鄭風將仲子無踰我里毛萇曰里居也 神衿

翫早秋 言天子之衣衿〻〻 瓊筵振雅藻 言瓊玉之筵

金閣啓良遊 言金閣上成良遊也 龍車越漢流 言

87　86

龍車越二天漢一　欲レ知二神仙會一　青鳥入二瓊樓一　青鳥見二漢武内傳一
之流

五言秋日於二長王宅一宴二新羅客一　賦得二難字一
職貢梯航使　周礼有二職方氏一　言職分貢　從レ此及二三韓一　自言
梯航之使者
是及二馬韓弁韓
辰韓一也　岐路雖二南一　子楊朱見二岐路一而哭レ之為二其可二
以南可以北一
命行易言岐路離別分二衣襟一　琴樽一作
去易也　促膝難　言彈二琴間樽一而飲レ之
由猿吟一作斷　唐詩猿啼三声涙沾衣　葉裏蟬音寒　言葉
叫　粗相似
草裏寒蟬　贈別無言語　愁情幾万端　贈別無言　不堪愁
吟也

五言侍宴一首
聖教越二千祀一　言天子睿聖之教越二千年一也　爾雅夏曰レ載
商曰レ祀　英

声満九垠言其声満天下九垠九州之上根也無為息無事言天子無為而天下治
無事垂拱勿労處出書記成垂拱而天下治言天子垂衣裳拱手而勿労若虞舜之意
錦牌照蘭麗錦日照蘭闈而美麗和風扇物新暖和之風吹物而新
花樹開一嶺絲柳飄三春一錯繆一作謬殷湯網史記殷本紀湯見
張網四面繽紛周池蘋言池中苹藻錯乱也左氏隠公三年
春苟有明信蘋蘩薀藻之菜可
嘉魚鼓枻極南浦言鼓枻而遊
一一也肆筵楽東濱言布
詞楽一一之
風景也

正三位式部卿藤原朝臣宇合 六首 年卅四
五言暮春曲宴南池 并序

夫發語之詞 王畿千里之間 詩邦畿千里惟民所止 誰得勝地 言誰
乎 帝京三春之内 幾知行楽 遊書人生行楽耳 則有
沈鏡小池 勢無劣於金谷 晋石崇豪富作金谷園 染翰
良友 言染翰良友 數不過於竹林 晋阮籍嵆康山濤王戎劉伶
爲弟爲兄 後漢書世説陳太丘之子元方難爲兄季方難爲弟 阮咸等爲竹林之遊 向秀
醉花醉月 包心
中之四海 言人度量大而包含四海 盡善盡美 論語八佾子謂韶盡
對曲裏 曲江也 之長流 是一作此 日也 人乗芳夜 美矣又盡善 人乗花宵
時屬暮春 暮春一作晩 映浦紅桃 半落輕錦 低岸翠柳
初拂長絲 於是林亭 問我之客 去來花邊 池臺慰
我之主 主一作賓 左右琴罇 罇一作樽 月下芳蹟 蹟一作歌

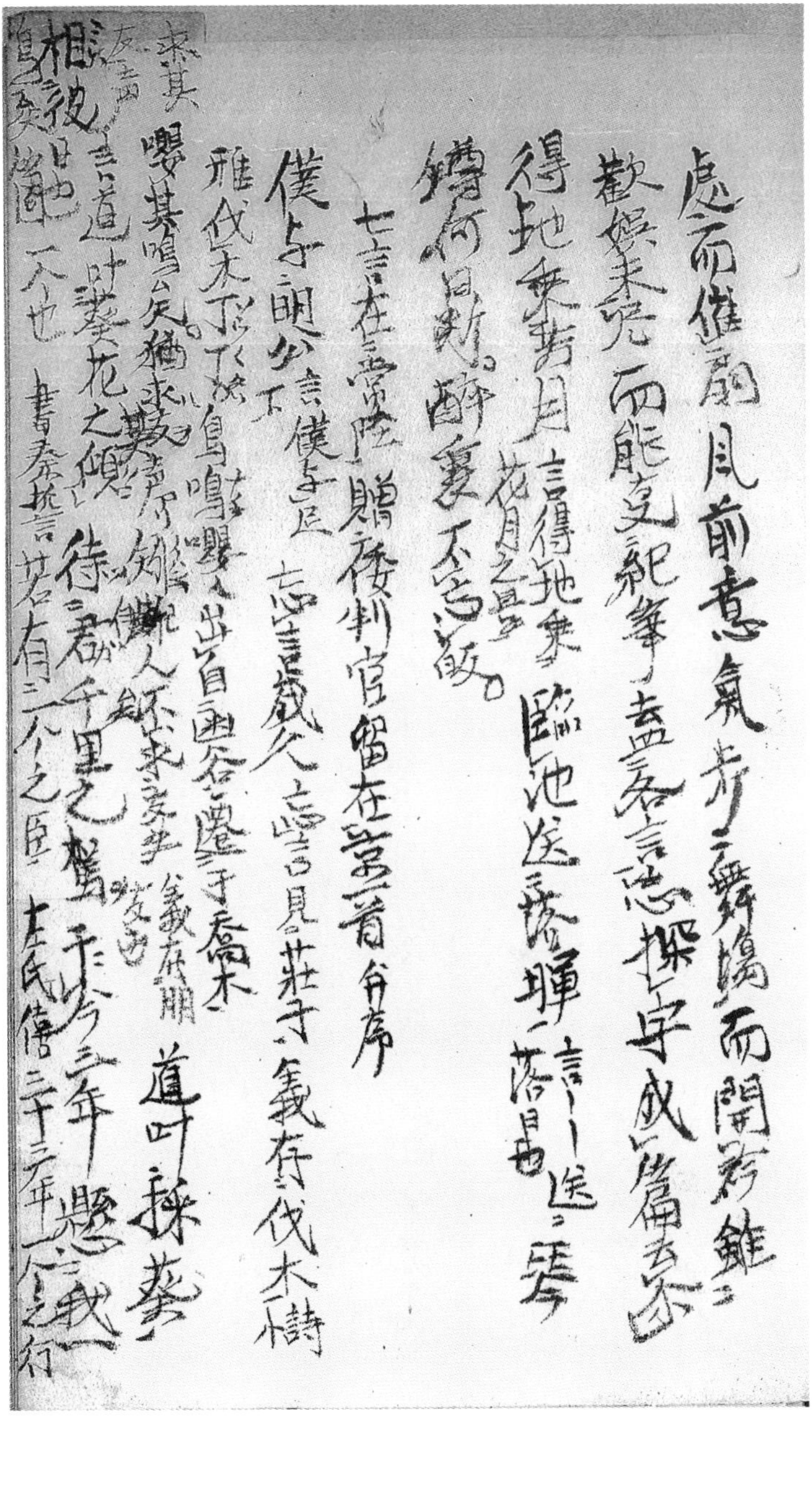
處而催扇風前意氣 者二舞鳩而開若雖二
歡娯未盡而能叓紀筆 盍各言志探字成篇云尓
得地乗芳月 言得地乗 花月之景 臨池送落暉 言送落日 送琴
觴何日斷 醉裏不忘歸。
七言在常陸贈倭判官留在京一首 并序
僕与明公 言僕与臣 忘言歳久 言忘言見荘子 義存伐木詩
雅伐木丁丁 伐木丁丁 鳥鳴嚶嚶 出自幽谷 遷于喬木
嚶其鳴矣 猶求其友声 相彼鳥矣 猶求友声 矧伊人矣 不求友生 公義存朋友 道叶採葵
言道叶 葵花之傾 待君千里之駕 于今三年 懸我一
相彼鳥也 一人也 書奏據言 若有三人之臣 左氏傳二十二年 一人之行
[illegible]

水鏡

李　荀子一个箇頁天之攝　後漢民伍傳　群爲陳　於此九穀
如何授官同日作別殊鄕以爲判官　言於是九
言如何而授官何爲同日作別乎　雖年上長　公潔等氷壺明鏡　十日之然
言異郷土以爲判官　學隆ニ節
水鏡　言公之志行清潔与氷壺相似其明過
卷一老杜讀書破万巻下筆如有神　智載五車　言多智
水鏡
言李愛讀万巻　也
留驥足於將展　言千里之馬足欲展　言留才士也　頷
頷琢玉條　言頷如琢玉枝　廻鳧鳥之擬飛
後漢方技傳王喬化泰簡金科　言誠辱金科之擇也
鳧至

何異下宣尼返魯刪定詩書 論語子曰吾自衛反魯然後楽正雅頌各得其所
史記孔子世家古者詩三千餘篇孔子刪之為三百五篇
宋歐陽永叔清朱竹垞云古無三千 清趙翼陔餘叢
考與舉逸詩古氏引詩曰翹翹車乘招我以弓史記春申君
傳詩曰大武遠宅而不涉其考据精確
叔孫入漢制設礼儀 史記叔孫通傳 群臣飲酒争功抜剣撃柱高帝厭之通制朝儀
西漢文天子下詔敦擇三能之士使各得其所明公独
自遐観此挙一理今之失進 論語子曰先進於礼楽君子也程子曰先進後進猶言
前後輩還是後輩如呉馬痩塩人尚無識
臣泣玉世独不悟 韓非 楚人卞和得玉璞於楚山中献楚

之厲王厲王使玉人相之玉人曰石也王則以和為誑而刖其左
足武王立和獻之玉人曰石也王又以和為誑又刖其右足文王立卞和
抱玉璞哭于楚山之中三日三夜泣盡而繼之以血人曰天下之刖者
多矣子何哭之悲也和曰吾非悲刖也悲夫貞士而名之以誑也文王
使玉人理之果得玉因命曰和氏之璧
然而歳寒後驗松竹之貞　論語子曰歳寒然後知松
栢之後凋也
風生廻解芝蘭之室　家語與善人居如入芝蘭之室
幾失然明　見左氏襄三十一年　非鄭子産
非齊桓公何舉寧戚　見劉向新序
知人之難　書知人則哲惟帝其難之　匪今日耳　遇時之罕自
昔然矣　史記蒯通曰時乎時時不再来　又曰時
者難得而易失也　大器之晩　老子大器晩成
終作寶質　如有我一得之言　晏嬰曰愚者千慮必有一得

一得庶幾慰君三思之意 論語季文子三思而後行 今贈一篇
之詩輙表寸心之歎 一作上契 其詞曰
自我弱冠 典礼二十曰弱而冠 従王事 詩王事无 風塵歳
月不曾休 言奔走風塵之中勤 大渉歳月不休息 褰帷独坐辺亭夕 懸榻
長悲 王勃記徐孺下陳蕃之榻 揺落秋 宋玉賦悲哉秋之為気也蕭瑟兮草木揺落而変衰 杜子美詩揺落深知宋玉悲 琴瑟之交 一作
遠相阻 芝蘭之契 説苑与善人居如入芝蘭之室久而自臭也 接無由 接無因
何見李将鄭 李白鄭虔 有別何逢逵与猷 馳心悵
望白雲天 唐書白居易 寄語徘徊明月前 日下 晋書日下荀鳴鶴
皇都君抱玉 言君有才藻 雲端辺国我調絃

端以因我清絃入化經三歲矣五韓以失幾度年知己
三也
史記晏嬰傳越石父曰君子屈二于不知己一而伸二于知己一者
忘言見莊子罕遇從來然爲期不怕風霜觸猗
似二山巖一心松栢堅
七言秋日於左僕射長王宅宴
帝里烟雲乘季月言帝者之里烟雲靄而王家山水送秋光
夫言王家山水之美景送二秋光一也
霑蘭白露未催臭泛菊丹
霞自有芳石壁蘿衣猶自短
然長言松蓋長遨遊已得攀龍鳳言今日之遊陪
攀鳳翼大隱何用覓仙場詞客攀龍鱗

92　91

可見仙居乎

五言悲不遇

賢者悽年暮　言賢人傷年　明君冀日新　言明君日勤

周占一作載逸一作遺老　六韜文王得太公望同其徳　殷夢得伊

人　殷紀高宗夢得説　車而返　搏挙非同翼　相忘不異鱗　南冠

労楚奏　見左氏成九年　北節倦胡塵　見漢書蘇武伝　学類東

方朔　漢書東方朔曰三冬文史足用　年余朱買臣　余上買臣年四十　買臣負薪讀書

二毛雖已冨　言徒年老也　左氏僖二十二年　何有二毛　万巻徒然貧　言不能讀

万巻之書也

五言遊吉野川

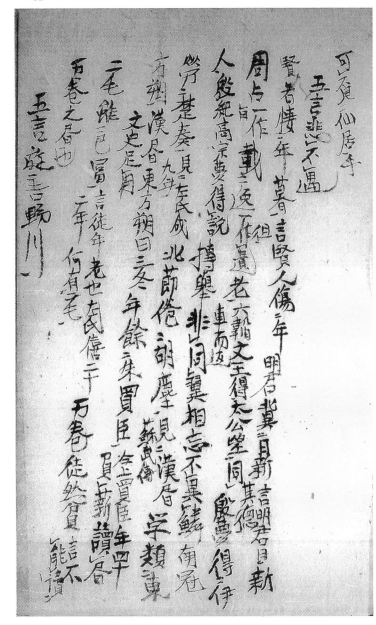

芝蕙蘭蓀澤四種香草　松柏桂椿岑四樹相生之岑山峯

野客初披薜以爲衣薜蘿也　朝隱暫投簪言朝爲隱者而投之棄簪也

忘筌莊子得魚而忘筌筌魚笱也　陸機海晋人呉人言文海

忽之子也　飛繳張衡林後漢人張衡字平子言文林卿

清風入阮嘯阮籍嘯　流水韵嵇琴韵一作韻嵇康琴言清風

籍之口長嘯流水之声與嵇康彈琴之声相和自入阮

天高槎路遠言天高槎　河廻桃源深有桃源花

山中明月夜言山中皓月之夜自得幽居

五言奉西海道節度使之作

往歳東山役　言往年東山道之今年西海行　言今歳到西海

行人一生裏　幾度倦邊兵　行人一生中幾度勞倦邊兵

從三位兵部卿兼左右京大夫藤原朝臣万里　一作麿

五首

五言暮春於弟園池置酒　并序

僕聖代之狂生耳。直以風月為情、魚鳥為翫。

貪名狥利、未適沖襟。

對酒當歌、是諧私願。乘良節之已暮、尋

昆弟之芳筵。一曲一盃、盡歡情於此地。或吟或詠、

縱逸氣於高天。千歲之間、嵇康我友。一醉

之飲。但備交節。不慮軒冕之栄身。徒知泉石之
楽性。於是絃歌迭奏。蘭蕙同欣。宇宙荒芒 言天地畧古往今来
芒々 烟霞蕩而満目。園池照灼。桃李咲而成蹊
言桃李開而行人至 史李広伝賛諺曰
桃李不言下自成蹊 既而日落庭清。鐏
傾人酔。陶然不知老之将至也 論語 夫登高能賦
即是丈夫之才体物縁情。豈非今日之事。宜裁四
韻各述所懐云爾
城市元無好 言生来不好城市煩 林園賞有余 言賞
閙為之地 弾琴仲散地 言似嵆康弾琴之地 下筆
林園之景佳賞而
有余興
伯英書 後漢張芝之字伯英 言下筆如張芝也之書

96　95

雲衣落 言天晴雲閑。池明桃錦舒。言池明而桃花寄似錦舒發
言禮法士。寄語」」 知我有麁踈 知我踈世乎

五言過神納言墟

一旦辭榮去 千年奉諫餘 言一日辭官栄而去千年奉諫草之餘暇 松竹含春
彩 松竹含春色之美彩 容暉寂舊墟 言納言歿而舊清夜琴
樽罷 言清夜弾琴飲酒罷 墟寂寞 傾門車馬踈 無普天皆帝國 詩普天之下
莫非王土 歸去遂焉如 言歸去而往何地乎
君道誰云易 論語子曰為君難 臣義本自難 又云為臣不易 奉規終不用
言規諫天子而不用也 歸去遂辭官 放曠遊道 一作遊嵇

98　97

竹（竹林詩也）言放曠之心似稽康沈吟佩楚蘭 言沈吟佩蘭 離騒經紉秋蘭以
為佩 天閣若一啓 將得水魚歡
五言仲秋釋奠 延喜式秋釋奠先聖用二月八月上丁日
運冷時窮蔡吾衰久歎周悲哉圖不出逝矣水
難留見論語 玉俎風蘋薦 言玉俎薦 蘋草 金罍月桂
浮詩姑酌金罍 月映天縱論語字圖 神化遠万代仰芳猷
杯中
言孔子天縱之才神化遠被万世之下仰芳猷
五言遊吉野川
友非干祿友 言友非干祿之人 賓是滄霞賓 言賓客是
縦歌臨水智 言縦歌似知者曰樂水也 長嘯 仙但餐煙霞

100　　99

山仁。梁前松吟古峽上簧声。勅琴樽猶未極。明
月照河濱。

従三位中納言丹墀真人広成三首

五言遊吉野山。

山水随臨賞 言山水之景臨而賞歎。 嵓巖谿逐望新 言山嵓巖谿間之景逐望新也
朝看一作著度峰翼 鳥 言朝看渉峰 夕乱一作翫躍潭鱗
言夕時鱗魚乱躍碧潭中 放曠多幽趣 言遊世放曠心思多 超然少俗塵
言超然于事物外則無俗塵之攪擾 栖心佳野域 言寄心於吉野地名 尋問美稲津 美稲津

七言吉野之作

高嶺嵯峨多奇勢 言高山従耳 長河渺漫作廻

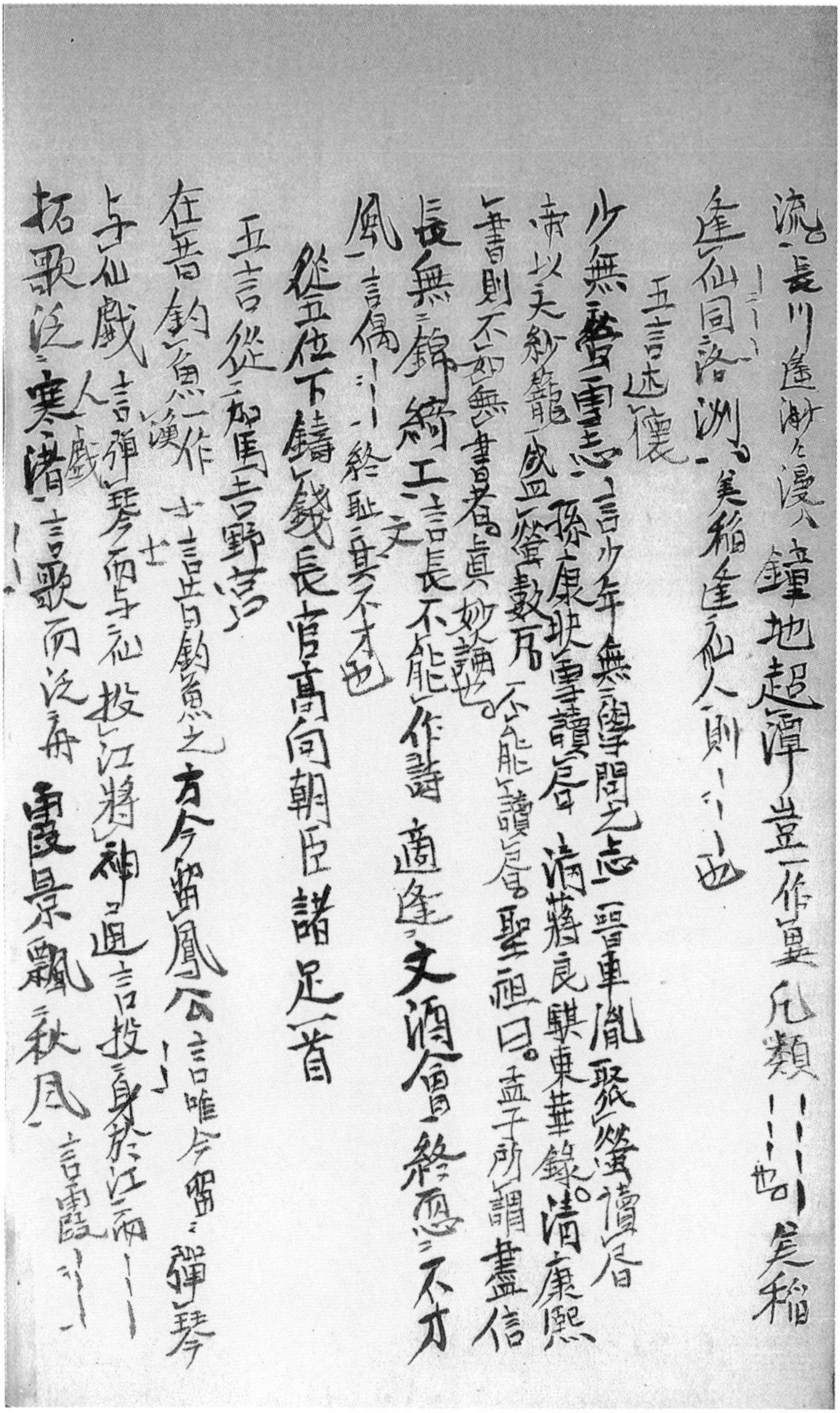
流長川逢瀰漫鐘地起潭豈一作異凡類ーーー也美稱
逢仙同洛洲ーーー美稱逢仙人則ーーー也
五言述懷
少無螢雪志 言少年無學問之志 晉車胤聚螢讀書
孫康映雪讀書 清蔣良騏東華錄。清康熙
帝以夫紗籠盛螢數乃不能讀書 聖祖曰。孟子所謂盡信
書則不如無書者真妙論也
長無錦綺工 言長不能作詩 適逢文酒會 終愧不才
風 言偶ーーー終恥其不才也 文
從五位下鑄錢長官髙向朝臣諸足一首
五言從駕吉野宮
在昔釣魚士 一作漢士 言昔日釣魚之士 方今留鳳公ーー 言唯今留 彈琴
与仙戲 人戯 言彈琴而与仙 投江將神通 言投身於江而ーーー
柘歌泛寒渚ーー 言歌而泛舟 霞景飄秋風 言霞ーーー

誰謂姑射嶺(莊子逍遙遊藐姑射之山有神人) 駐蹕望仙宮

釋道慈 二首

釋道慈者。俗姓額田氏。添下人。少而出家。聰敏好學。英材明悟。爲衆所備(一作歎)。太宝元年。遣學唐國。歴訪明哲。(言遍訪於人)(詩。既明且哲以保其身) 留連講肆。妙通三藏之玄宗。廣談五明之微旨。時唐簡擇(擇也)于國中義學高僧一百人。請入宮中。令講仁王般若。法師學業穎秀。預入選中。唐王憐其遠學。特(一作時)加優賞。遊學西土。十有六歳。養老二年。歸來本國。帝嘉之。拜僧綱律師。性甚骨鯁。(史漢言如骨鯁咽中) 爲時不容。解任歸遊山野。時出京師。造大安寺。時年七十餘。

五言在唐奉本國皇太子。

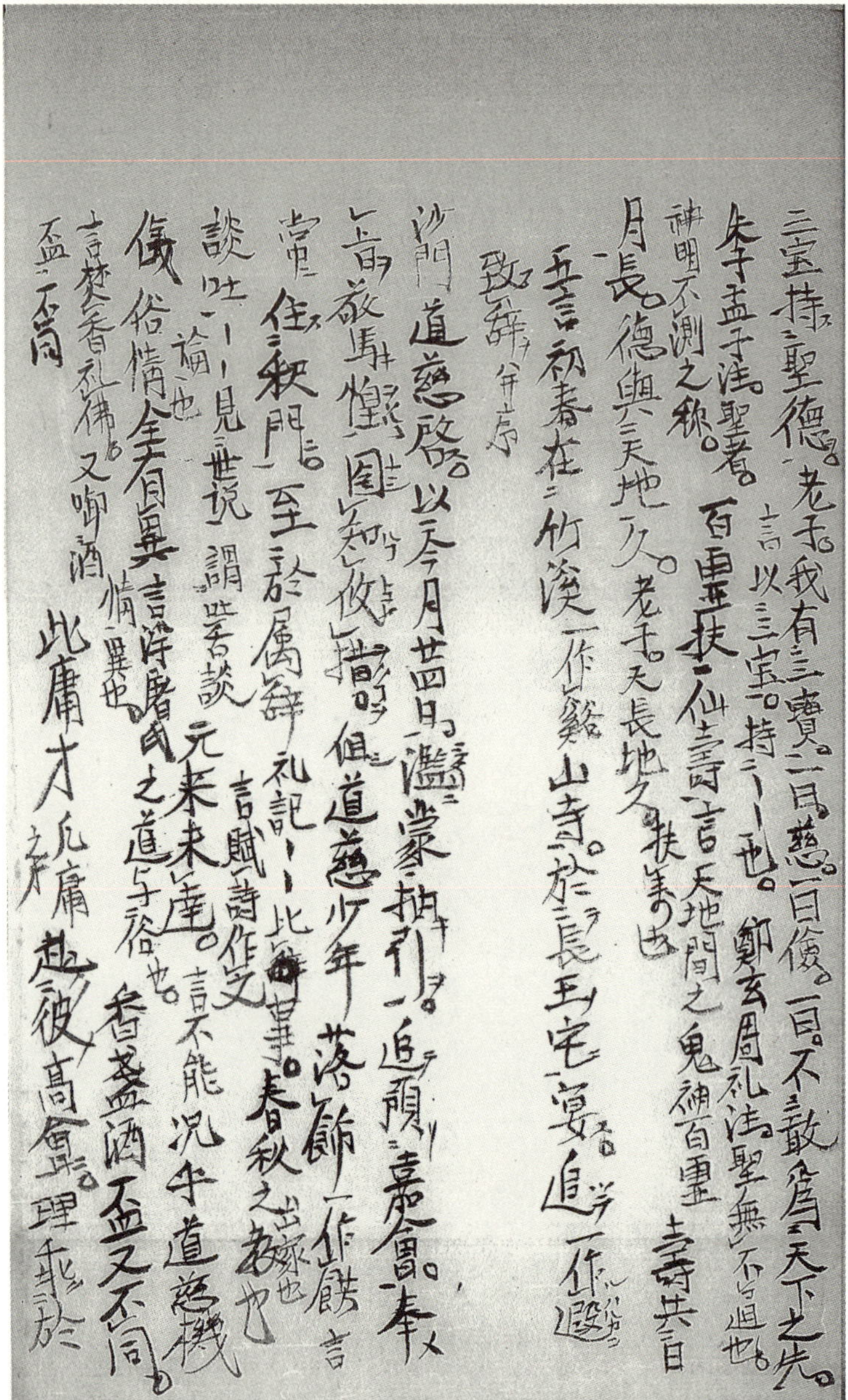
三寳持聖德。老子、我有三寶。一曰慈。二曰儉。三曰不敢爲天下之先。李孟子注、聖者。言以三寳持一一也。鄭玄周礼注、聖無不通也。神明不測之称。百靈扶仙壽。言天地間之鬼神百靈 壽共日月長。德與天地久。老子、天長地久。扶未明也。

五言初春在竹溪一作谿山寺。於長王宅宴。追一作遐致辭。并序

沙門道慈啓。以今月廿四日濫蒙抽引。追預嘉會。奉旨驚惶。罔知攸措。但道慈少年落飾一作餝 言常住釈門。至於屬辭、礼記、〻〻比事、春秋之教也。言賦詩作文 談吐、論也。見世説。謂苦談 元来未達。言不能 况乎道慈機 儀俗情全有異、言浮屠氏之道与俗也。情異也。香盞酒盃又不同。言焚香礼佛、又啣酒盃不同。此庸才凡庸赴彼高會。理乖於

事。事息於心。若夫魚鹿易処。方円改質。乖者規矩方圓之器也。
韓非子。左手畫圓。右手畫方。忍其失養性之宜。乖係物之
智者不能也。用。言撫躬之驚惕。不遑啓処。小雅。不遑啓処。毛萇
曰。啓跪也。処居也。
諱哉。以韻。以辞高席。謹至如左。鐵汙也
耳目。
素緇杳然別。言素衣與緇衣僧。遂別也。金漆諒難同。易。二人同心。其利断金。
言朋友之道。以膠投漆。衲衣蔽寒体。言僧衣蔽防寒。綴鉢足飢嗜
與漆相合難也。
言鉢食御飢也。結蘿餘垂幕。言ヽヽヽ枕石臥巌中。世説。晋孫
楚枕石漱流
ヽヽ也。言ヽヽヽ。抽身離俗累。言抽身而離塵俗之累也。滌心
守真空。言洗心而守釈氏之真空。策杖登山嶺。言杖而ヽヽ
披襟稟和風。言披衣襟而入春風也。桃花雪

古冷 言桃花白似竹溪一作谿 山冲 言竹溪間山空洼也 老子道沖而用之。
或不盈。雪冷 鶯哢春柳雖変 言鶯春色至而柳雖変 謝霊運詩 池塘生春草 園
柳変鳴禽。餘寒在単躬 言単身 言餘寒在僧既一作已 方外士。
荘子遊法之外 言僧徒方外之人。何煩入宴宮 何用入宴席也
外従五位下石見守麻田連陽春 一首 年五十六
五言和藤江守詠裨叡山先考之旧禅処柳樹之作
近江惟帝里 ——之旦 惟帝王 裨叡寔神山 言上 ——也 言—— 山静俗塵寂。
言山静而—— ——也 谷閑真理専 言谷閑則奉仏之真理独専也 於穆 詩 於
穆清廟 之辞。穆深遠之貌 今日見於歎矣 我先考。我先人独悟闡芳縁。
独悟浮生之若夢。 而開……因縁也
宝殿臨空構。 言宝殿高聳而構造也

梵鐘入風傳。寺鐘声入風傳 煙雲万古色。言煙雲之色万古同態 松栢九
冬專。松栢入九十旬冬專 日月荏苒去。言歳月遙往 慈範獨
依々。不獨 言先人之慈悲方範 寂寞精禪處。言先人寂寥俄爲積草
墀。傳在階 言荒爲草積 古樹三秋落。古木三秋落 寒草九月衰。
唯餘兩楊樹。言餘二兩楊 葉 孝鳥朝夕悲。蕭廣濟孝子傳
子思親而朝夕悲也。柳一 有孝鳥朝夕悲 言孝

外從五位下大学頭塩屋連古麻呂一首

五言春日於左僕射長屋王宅宴

上居屋原有傍城闕。言卜居一一 乘輿一作輿 引朝
冠。言乘輿而引公卿也 繁絃辨山水。言彈琴繁絃声弁山水也
琴志在高山鐘子期曰哉々若高山也志在流水 呂氏春秋列子曰伯牙彈

懐風藻箋註（四五オ）

108　107

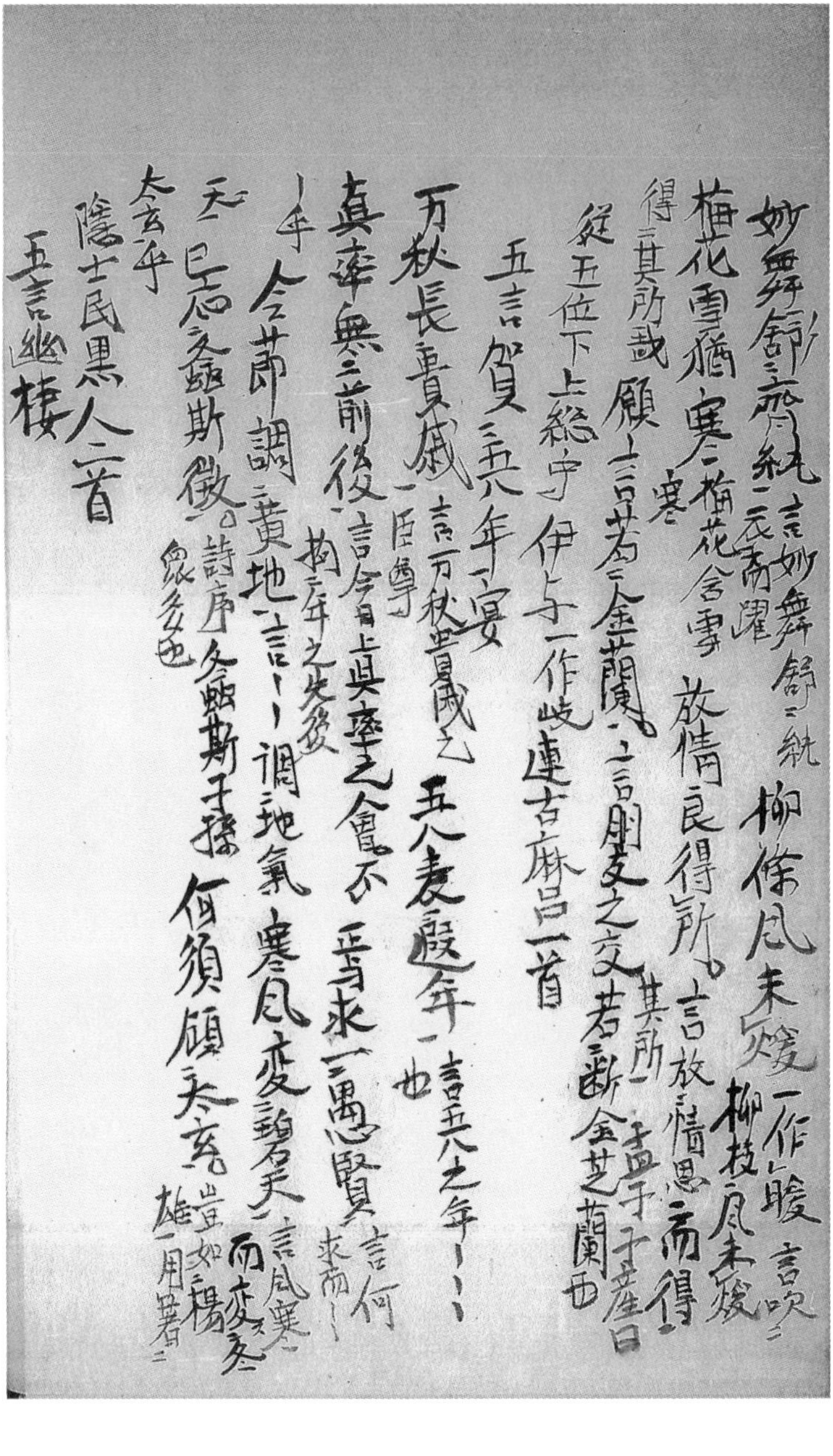

妙舞節齊紈 言妙舞節紈 一云商羅 柳條風未煖 一作暖 言吹柳枝風未煖
梅花雪猶寒 一梅花含雪 寒 放情良得所 言放情思而得 得其所哉 其所 孟子 子産曰
願言若金蘭 言朋友之交若斷金芝蘭也
従五位下上総守伊与一作岐連古麻呂一首
五言 賀五八年宴
万秋長貴戚 言万秋貴戚之 一臣學 五八表遐年 言五八之年｜｜｜一也
真率無前後 言今日上真率之會不拘年之先後 鳴求一愚賢 言何求而｜｜
令節調黄地 言｜｜調地氣 寒風変碧天 言風寒之而変冬 天
已忘徭斯微 詩序 冬徭斯于塒 衆多也 何須顧太玄 豈如楊雄用著太玄乎
隠士民黒人二首
五言 幽棲

試出囂塵処　言試出市中煩囂処　追尋仙桂叢　言追尋仙家桂樹之叢
巌谿無俗事　言登山巌渉谿水〻〻也　山路有樵童　言山路樵童行
泉石行行異　言泉石之景随行処而異態　風烟処処同　言風烟〻〻〻也
欲知山人楽　松下有清風　言山人之所楽松下有清風耳
吾言独坐山中　全詩似唐人
煙霧辞塵俗　言愛山中之煙霧而辞〻〻之累　山川壮我居　言我居山川之景佳而壮
此時能草一作莫賦〻〻　不才〻
言此時能　風月自軽秦　言清風名月軽秦之

釈道融五首

釈道融者俗姓波多氏　少遊槐市　周礼内有三槐九棘　言遊朝市
博学多才　特善属文　性殊端直　昔丁母憂　言当母之喪

寄住山寺。偶見法華経。慨然歎曰。我久貧苦。未見宝珠之在衣中。周孔糟粕。荘子輪扁曰。書古人之ノ｜安足以留意。遂脱俗累。落飾出家。精進苦行。留心戒律。時有宣律師。六帖一作巻抄。辞義隠密。当時徒絶無披覧。法師周観。未踰浹辰。敷講莫不洞達。世読此書。従融一作斯始也。時皇后嘉之。施絲帛三百匹。法師曰。我為菩提修法施耳。因茲望報。市井之事耳。遂策杖而遁。

自此以下可有五言詩歟。今闕焉

我所思兮在無漏。一作楽土 無漏見仏経。詩魏風。楽土楽土。爰得我所。欲往従兮貪瞋難。一作痴 秋家戒貪瞋痴 欲往従則難 路険一作嶮易子在由己。一作行且老兮无黽勉。言行且老去何勉。力詩黽勉求之。満注十頌 古夫言字雑録 黽勉勉強之一兒行也壯士去兮不復一作再返。史記荊軻傳。荊軻歌曰。風蕭々兮易水寒。壯士一去不復還。
一作日月逝。論語陽貨曰。日月逝矣。歳不我與。
山中
山中今何在　言人山中何物　有二倦鳥日暮還　鳥倦飛而草日暮倦返
庵風湿蓑裳　言草廬中風湿蓑裳也　桂月水石間　言月照二水石間　残果
宜遍。老衲衣且免寒。言老衲衣且免寒　兹地無伴侶　言是地無友朋
攜杖上峰巒　攜杖而上二山峰也
從三位中納言兼中務卿石上朝臣乙麻呂四首
石上中納言者。左大臣第三子也。地望清華。清華字見北齊顔之推家訓
人才頴秀　言才之風親脫　雍容閑雅。甚善二風儀。雖勗志典墳。
左傳昭十二年。楚左史倚相能讀三墳五典。　亦頗愛篇翰。嘗有朝譴　言勉忘讀居
飄寓南荒　言免朝廷之責而謫寓南方　臨淵　前漢董仲舒傳　臨淵羨魚　字面

屈平漁父吟澤畔　寫心文藻一遂有衡一作衡悲心藻澤兩巻今傳於世天平年
中詔簡擇也入唐使元來此舉難得其人時選朝堂無出公右
遂拜大使衆僉悦服為時所推皆此類也然遂不往其後
授從三位中納言自登台位風采日新芳猷雖遠遺訓
蕩然

112

五言飄寓南荒贈在京故友一首

遼夐遊千里言遙遊里之遼徘徊惜寸心風前蘭送馥風送蘭香
月後桂舒陰月影似桂舒陰斜雁凌雲響雲鳴丁涉輕蟬抱樹吟
相思知別慟言相思而知離別之悲過與論語顏淵子哭之慟註慟哀之過也徒弄白雲琴言徒手弄弾
琴而已

113

五言贈掾公之遷任入京一首

余含南裔怨言余含遷於南君詠北征一作祖詩詩君詠北行詩
興哀秋節秋古之悲秋言詩興悲傷哉槐樹衰月衰言可傷槐彈琴

顧落景言顧落日歩月誰逢稀言歩月誰相望天垂別言望天而別
一旦後莫長違言暫別耳莫長不見也
五言贈舊識一首
万里風塵別言万里之遠風塵中之離別三冬蘭蕙衰言三冬蘭蕙香草衰凋霜花逾
入鬢一作鬢寒氣益顰眉言寒氣益苦寒而顰眉夕鴛迷霧裏
言向夕鴛鴦迷霧中曉雁苦雲垂言曉雁苦垂天之雲開衿期不識言開衿而朋友不
知之吞恨獨傷悲言獨悲耳
五言秋夜閨情一首
他郷頻夜夢談与麗人同言他郷頻夜夢与美人語寝裏歡如
實言夢中之歡如實境驚前恨泣空一作空言驚覺而泣空思向
桂影言空思向月影獨坐聽秋風山川嶮易路言山川険阻平易路展
轉憶閨中言展轉反側而思也

116

正五位下中宮少輔葛井連廣成二首

五言奉和藤太政佳野之作一首 仍用前韻四字

物外囂塵遠 言至人隠者遊物外則世間囂塵遠 富貴栄華之囂塵遠 山中幽隠親 言住山而親幽隠

笛浦棲丹鳳 琴淵躍錦鱗 言淵中錦鱗躍 月後

楓声落 月後楓葉落 風前松響陳 言風前松風聞仁対山

路 言対山路 猶智賞河津 言賞河津之景 声響

117

五言月夜坐河浜一絶

雲飛低玉柯 言雲飛而低樹 月上動金波 言月上 落照曹

王卅死 言落日曹子 植之苑 枝 流光織女河 言織女河流光

118

已名氏

五言歎老

耄矣羽雙鬢霜 佇停白髪 言八十之翁両鬢 須自怜 言老羸而 自可憐 春日不

須消 言雪逢日則消 如何余鬢之白以春日照不消也 笑拈梅花坐

懐風藻本奥書

伝記1

戯嬉似少年　山水元無主　言戯遊似少時　山水之景　死生亦有天

心爲錦繍美　中庸詩曰衣錦尚絅悪其文之著也　元無主人　自要布表纏

言以布表纏衆　城隍易城復于　言心　雖阻絶寒月照無邊　言寒月

年　隍

長久二年冬十一月二十八日灯下書之　古人三余　魏董遇三余勤学人問

余問者年之余今已得三者也　之日夜者晝之余冬者時之

淡海朝大友皇子　文章生　惟宗孝言

皇太子者淡海帝天智天皇之長子也　魁岸奇偉言身体魁大　風範弘深

眼中精耀顧盻煒燁　言眼中精光観見　唐使劉徳高見而異曰

此皇子風骨不似世間人　實非此國之分　嘗夜夢天中洞啓　朱衣

老翁捧日而至　擎授皇子　忽有人從腋底出來　便奪將去

覺而驚異　具語藤原内大臣鎌足　歎曰恐聖朝萬歳之後

有巨猾大狡猾間釁　然臣平生曰　豈有如此

事乎　臣聞天道無親　惟善是輔　老子曰天道無親常與善人

伝記2

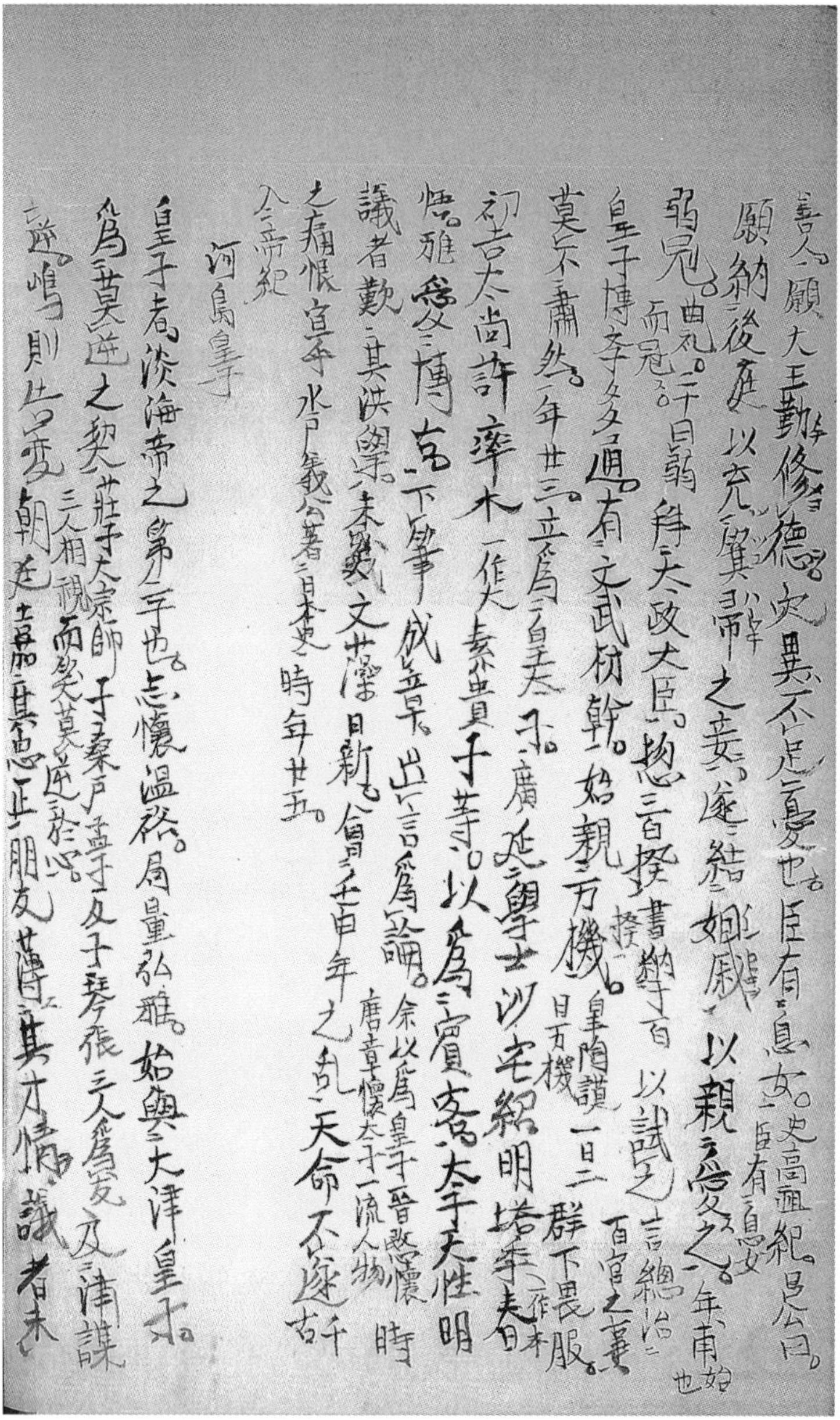
善之。願大王勤修德。災異不足憂也。臣有息女。史高祖紀。呂公曰。臣有息女
願納後庭。以充箕帚之妾。遂結姻戚。以親愛之。年甫始也
弱冠。曲禮。二十曰弱而冠。拜太政大臣。總百揆以試之。書舜典納于百揆。言總治百官之事
皇子博學多通。有文武材幹。始親萬機。皐陶謨一日二日万機。群下畏服。
莫不肅然。年廿三。立爲皇太子。廣延學士沙宅紹明。塔本春初（一作本）
初。吉太尚。許率木（一作母）。木素貴子等。以爲賓客。太子天性明
悟。雅愛博古。下筆成章。出言爲論。余以爲皇子晉愍懷唐章懷太子一流人物。時
議者歎其洪學。未幾文藻日新。會壬申年之亂。天命不遂。千古
之痛恨。宜乎水戸義公著大日本史。時年廿五。
入帝紀
河島皇子
皇子者。淡海帝之第二子也。志懷温裕。局量弘雅。始與大津皇子。
爲莫逆之契。莊子大宗師。子桑戸孟子反子琴張三人爲友。三人相視而笑。莫逆於心。及津謀
逆。嶋則告變。朝廷嘉其忠正。朋友薄其才情。議者未

詳厚薄。然余以為忘私好而奉公者。忠臣之雅事（雅常也）。背君親而厚交者。悖徳之流耳。（孝経曰。不愛其親而愛他人謂之悖徳）但未尽争友之益而陥其塗炭者。（湯誥有夏昏徳。民墜塗炭）余亦疑之。位終于浄大参（一作三）。時年卅五。

大津皇子

皇子者。浄御原帝（天武帝）之長子也。状貌魁梧。（大身貌巨）器宇峻遠。（言心器峻遠）幼年好学。博覧而能属（一作解）文。及壮愛武。多力而能撃剣。性頗放蕩。不拘法度。降節礼士。由是人多附託（託寄也）。時有新羅僧行心。解天文卜筮。詔皇子曰。太子骨法。不是人臣之相。以此久在下位。恐不全身。因進逆謀。迷此詿誤（詿誤也）。遂図不軌（不法為反逆）。嗚呼惜哉。縕（与蘊同）彼良才。不以忠孝保身。近此姧豎。卒以戮辱自

伝記4

伝記5

終古人慎交遊之意。因以深哉。時年廿四。

釈智蔵

智蔵師者。俗姓禾田氏。淡海帝世。遣学唐国。時呉越之間有高学尼。法師就尼受業。六七年中。学業穎秀。同伴僧等。頗有忌害之心。法師察之。計全躯之方。遂被髪陽狂。奔蕩道路。密写三蔵之要義。盛以木筒。着漆秘封。負担遊行。同伴軽蔑。以為鬼狂。遂不為害。太后持統天皇世。師向本朝。同伴登陸。曝涼経書。法師開襟対風曰。我亦曝涼経典之奥義。衆皆嗤笑。以為妖言。臨於試業。昇座敷演。辞義峻遠。音詞雅麗。論雖蜂起。応対如流。皆屈服。莫不驚駭。帝嘉之。拝僧正。時年七十三。

葛野王

王子者。淡海帝之孫。大友太子之長子也。母浄御原帝之長女十市内親王。器範宏邈。言器宇宏大　風鑑秀遠。材称棟幹。地兼帝

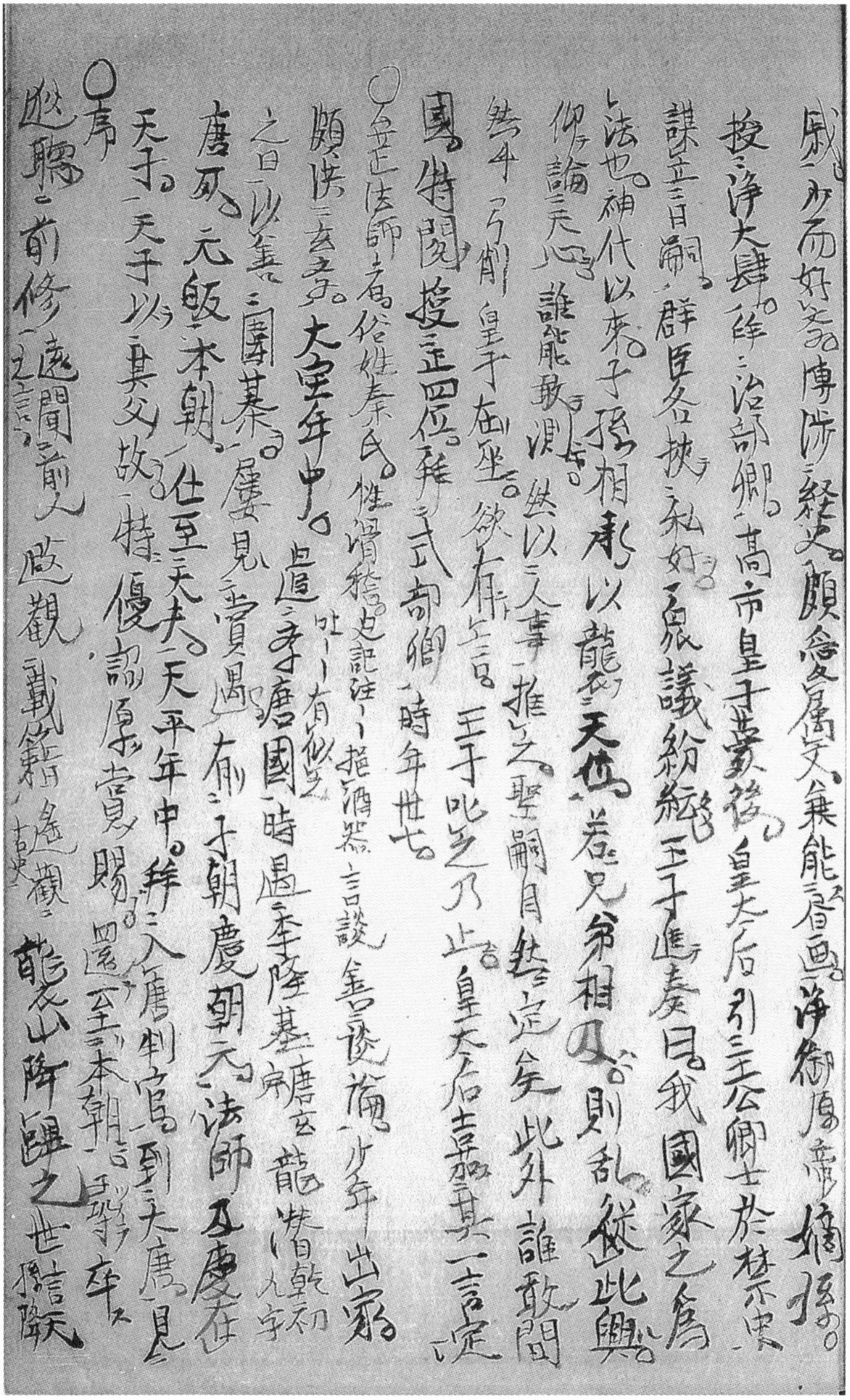

戚。少而好学，博渉経史。頗愛属文，兼能書画。浄御原帝嫡孫。授浄大肆，拝治部卿。高市皇子薨後，皇太后引王公卿士於禁中，謀立日嗣。時群臣各挟私好，衆議紛紜。王子進奏曰，我国家之為法也，神代以来，子孫相承，以襲天位。若兄弟相及，則乱従此興。仰論天心，誰能敢測。然以人事推之，聖嗣自然定矣。此外誰敢間然乎。弓削皇子在座，欲有言。王子叱之，乃止。皇太后嘉其一言定国。特閲授正四位，拝式部卿。時年卅七。

○弁正法師者，俗姓秦氏。性滑稽，善談論。少年出家，頗洪玄学。大宝年中，遣学唐国。時遇李隆基（唐玄宗）龍潜之日，以善囲碁，屢見賞遇。有子朝慶，朝元。法師及慶在唐死。元帰本朝，仕至大夫。天平年中，拝入唐判官，到大唐見天子。天子以其父故，特優詔厚賞賜。還至本朝，尋卒。

○序

逖聴前修，遐観載籍。襲山降蹕之世，

臨熊龍名山之時　橿原建邦之時。日本紀、神武帝ヽヽ　天造草創。易ヽヽ草昧　創始也
人文未作　言無人文　至於神后征坎　征三韓　品帝乘乾。品陀天皇履帝位
百濟入朝啓龍編於馬廐　伏羲龍馬負圖出河　廐戸皇子　博識
高麗上表圖烏冊於鳥文。王仁始導蒙於輕島　辰爾終敷教
敷教於譯田。遂使俗漸洙泗之風、人趨齊魯之學
逮乎聖德太子設爵分官。肇制禮義。然而專崇釋教、未遑
篇章。及至淡海先帝之受命也　天命　恢開帝業　弘闡皇猷。
弘闡天子之謀猷　道格乾坤　上下　道則天地　功光宇宙　功光四方　古今　既而
以為調風化俗、莫尚於文。潤德光身、孰先於學。爰則
建庠序　立学校　徵茂才　秀才也　定五禮　見周礼　吉凶軍賓嘉
興百度　憲章法則　中庸　文武　規摹弘遠。夐古以来
未之有也。於是三階　攝政大中　平煥　四海殷昌　旒纊

無為天子。巖廊（禁言）多暇（多閑）。旋招文学之
醴之遊。当此之際。宸翰垂文。賢臣（天子右）献頌。雕章
麗筆。非唯百篇。但時経乱離。悉従煨燼。言念湮滅。軫
悼傷懐。自茲以降。詞人間出。龍潜王子（大津）。翔雲鶴於風
筆。鳳翥（天皇天武）。泛月舟於霧渚。神納言（高市麿）
之悲白鬢。藤太政之詠玄造。騰茂実於前朝。飛英
声於後代。余以薄官余閑。遊心文囿。閲古人之遺跡。
想風月之旧遊。雖音塵眇焉。而余翰斯在。撫芳題
而遥憶。不覚涙之泫然。攀縟藻而遐尋。惜風声之

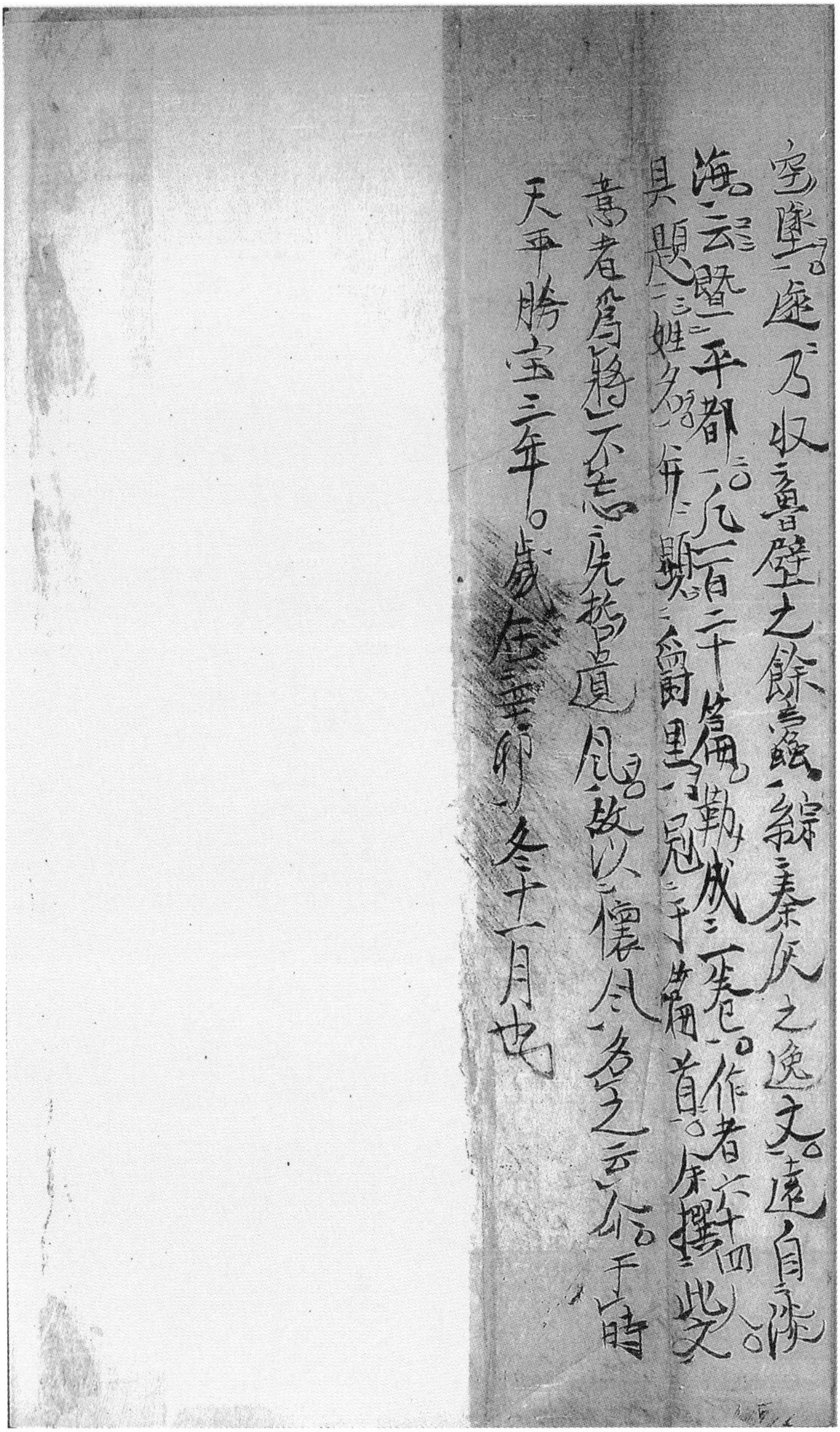
空墜。遂乃收魯壁之餘蠹綜秦灰之逸文。遠自淡
海云暨平都凡一百二十篇勒成一卷。作者六十四人
具題姓名并顯爵里冠于篇首。余撰此文
意者為將不忘先哲遺風故以懷風名之云爾。于時
天平勝宝三年歳在辛卯冬十一月也

懐風藻箋註（裏見返し）

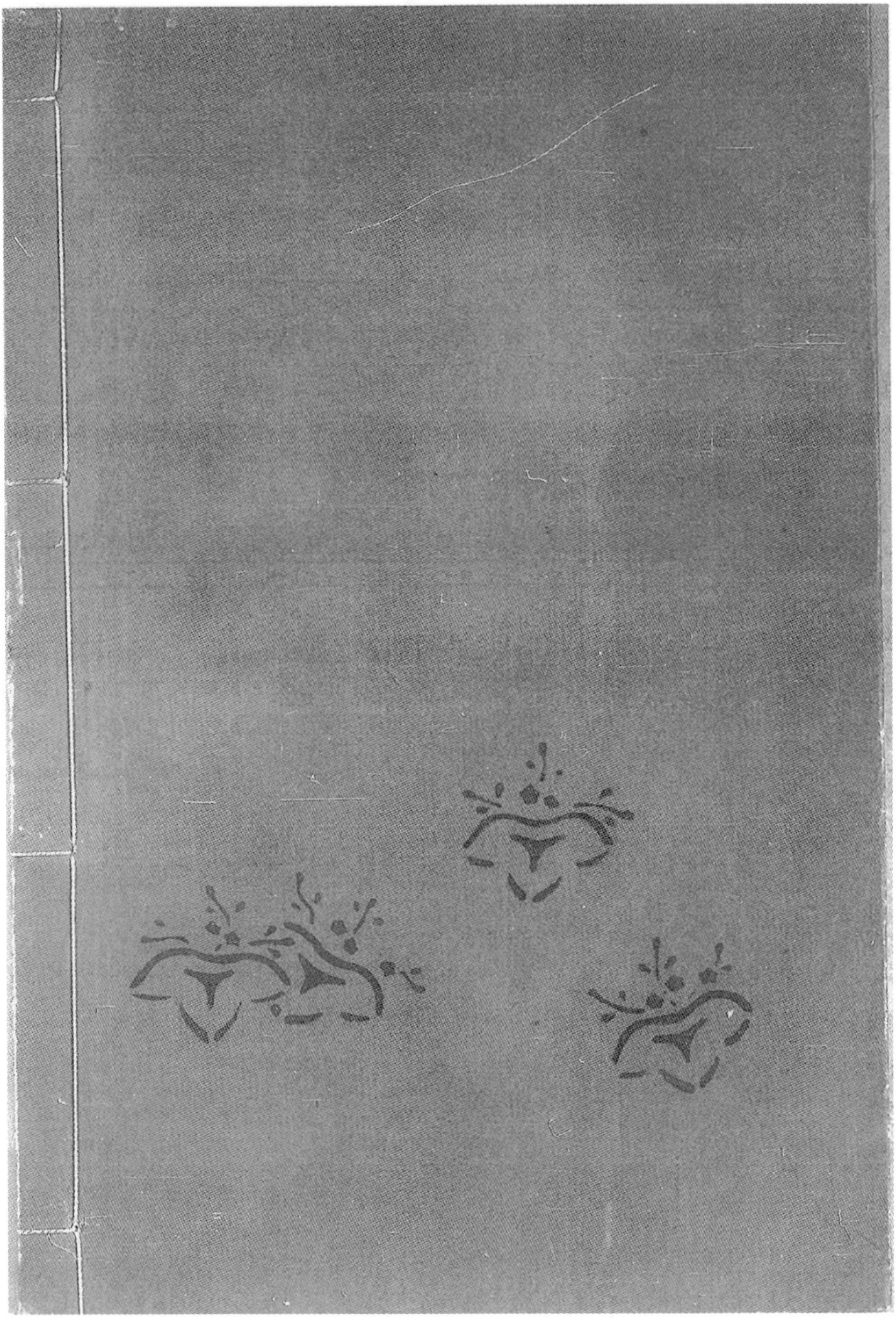

懐風藻箋註（裏表紙）

翻刻

凡例

一、静嘉堂文庫蔵『懐風藻箋註』を翻刻したものである。

二、懐風藻本文に対する注釈文を【 】で括って示した。

三、現存本では、本来五一丁にあるべき丁が一三丁に綴じ込まれるという錯簡がある。翻刻では本来の位置に戻した。

四、便宜を図るため、詩・詩序・伝記に対して、「影印」と共通する番号を上部欄外に付した。この番号は、大野保『懐風藻の研究』（三省堂、一九五七年）に準拠しているが、同書にて番号が付されていなかった「歎老」には私に付した。

五、漢字の字体は、改訂常用漢字表にあるものについては、原則としてその字体を用いて表記した。ただし、「藝」「辨」「辯」「臺」「谿」「絲」など、通用字と字義が異なるものは原文のままとした。また、表外字については、原則として正字を用いた。

六、句読点、訓点、ルビは、原文のまま付した。一点があって二点がないなど、誤りと思われる箇所も原則として原文のまま翻刻した。

七、重文符号（「々」「丶」など）は、原文のまま用いた。

八、明らかに文字を訂正している箇所は、原則として、訂正後の文字のみを記した。

九、判読が困難な箇所は「□」で示した。

一〇、明らかな誤字も原文のまま翻刻した（例：詩序4「芝蘭之室」、89「馳心悵望白楽天」）。

一一、重複、衍字や脱字と思われる箇所もそのまま翻刻した。詩や詩序などの本文の一部が抜けている箇所については、抜けている文字数を「(○字ナシ)」というように示した。また、10は詩人名が、48は詩本文が、58は詩題がそれぞれ脱落している。それぞれ「詩人名ナシ」「本文ナシ」、「詩題ナシ」と示した。

一二、写式については、原文の状態を忠実に翻刻することよりも、読みやすさを重視して翻刻した。

懐風藻箋註序

昔元托克托《脱々》著宋史。於日本伝。痛非駁我邦人之学白氏長慶体。以為鄙俚無取矣。余切研皇朝国史之学有年矣。故不敢逞臆見。若斯懐風藻。寥々短簡。雖然無愧後世之作者矣故聊為箋註。若夫其人之詞。或有巧拙。又係其才之長短。雖然李白之豪放。老杜之沈著。最為詩家之最上乗。云爾。元治二年三月　今井舎人序。

故余為箋註

懐風藻箋註

礼記王制命二大師一陳レ詩以観二民風一　詩召南斯以采レ藻　小雅魚在在レ藻　左伝隠公三年君子曰苟有二明信一澗谿沼沚之毛蘋蘩薀藻之菜。可レ薦二於鬼神一　杜預以二蘊藻一為二聚藻一　其説非レ是　毛晃曰蘊水草名　論語子曰臧文仲居レ蔡山レ節藻レ梲　故是書名懐風藻藻取二水草之義一。

大友皇子

五言侍宴

1

皇明光二日月一【天子之徳其光輝与二日月一同也　春秋運斗枢曰日者大陽之精月者大陰之精　書益稷帝光二于天之下一到二海隅蒼生一】　帝徳載二天地一【言天子之徳之広大載二天地一也　易乾彖大哉乾元万物資始　坤彖至哉坤元万物資順易尚二徳載一】　三才【天地人】　並泰昌【言天地之間人之受生因二天子之徳一並安昌也　易有二地天泰一】　万国表二臣義一【万国之人臣二順天子一表二其義一也　易屯先王以建二万国一　左氏哀七年禹会二塗山一執二玉帛一者万国　清乾隆御批通鑑疑二古時無二万国一　余按周武王之伐二殷紂一至二盟津一諸侯不レ期而会者八百禹之時豈無二万国一乎　唯言二其大数一而已

中庸義者宜也】

2

五言述レ懐

道徳承二天訓一【言天子之道徳承二天之訓命一也】　塩梅寄二真宰一【言天子之治二天下一猶三造化之生二万物一也　書説命若作二和羹一爾惟塩梅　荘子有二真宰一】　羞無二監撫術一　安能臨二四海一【言吾惟羞恥無監撫天下之道安能臨二天下一而可レ治レ之乎　孟子梁恵王上孟子曰是乃仁術也　礼記月令端径術　術即道也　朱子以為二法之巧者一非二古義一　爾雅東夷南蛮北狄西戎謂二之四海一　清閻若璩四書釈地引二胡謂之説一曰海之言冥也　中庸聡明睿智足二以有一レ臨也　左氏昭廿八年照二臨四方一曰レ明】

河島皇子

3

五言山斉

塵外年光満【言人之居レ世厭二塵俗一而渉二歳月一也】　林間物候新【言林間之風景殊新也】　風月澄二遊席一【言清風明月時至澄二我之遊席一也】　松桂期二交情一【言松桂与レ我期二交情一也　言有レ尽而意無レ尽使二後人一唱三歎一】

大津皇子

4

五言春苑宴

開レ衿臨二霊沼一【言我人開二衣衿一而臨二沼池側一也　宋晁以道曰為二劉向之学一者曰霊之言善也　呂東萊読詩記引二朱子之説一曰言如二神霊之所一レ為也】　遊レ目歩二金苑一【遊レ目見二古詩一　言我人遊レ目而歩二苑中一也】　澄徹【一作清】苔水深【言水中澄徹苔浮深也】　晻曖【言山間之雲霧深掩不分明也】　霞峰遠【言雲霞所掩山峰遠也】　驚波共レ絃響【言波浪之驚二人耳一与二歌絃一同レ響也】　哢鳥与レ風聞【言鳥之弄レ舌鳴与二風声一偕聞也】　群公倒載帰【言公卿爛酔倒載車輿而帰也】　彭沢宴誰論【言陶淵明之飲酒風流韻致与誰得論乎】

5　五言遊猟

朝択二三能士一【言其朝択有三才能之士也】　暮開二万騎筵一【言暮開二万人之筵一也】　喫レ臠倶豁笑【言其与二衆人一倶食二臠肉《キリニクヲ》一而大笑也】　傾レ盞倶陶然【言其傾酒杯而心意楽也】　月弓暉二谷裏一【言如レ張レ弓之月色照二谷中一也】　雲旌【一作旗】張二嶺前一【言浮雲如レ旌掩二山嶺前一也】　曦光已隠レ山　壮士且留連【言其夕陽日光已隠二山間一我輩壮士且留連而可レ遊也　詩意甚有二勇壮激烈之気一】

6　七言述志【書舜典詩言志　説文心之所レ適謂二之志一　論語子曰吾十有五而志于学　孟子夫志気之帥也】

天紙風筆画二雲鶴一【其語之工非後人之所企及　言天紙風筆以虚無之筆而天子之児画二雲鶴一也】　山機霜杼織二葉錦一【言其山中之霜被二木葉一恰如レ錦也　元脱々宋史日本伝醜詆二我邦之詩一以為二拙俗一　不レ知古人有二此伎倆一】

後人聯句

赤雀含書【史記註引緯書曰赤雀含レ書】　時不レ至【学記当二其可一謂二之時一　史記蒯徹曰時乎時時不二再至一　言赤雀之含二丹書一而至余欲レ為二天子一其時未レ至也】　潜龍勿レ用【易乾初九潜龍勿レ用】　未二安寝一【言其我為二潜龍一故欲レ取二天下一時不レ至而不レ能二安眠一也】

7　五言臨終

金烏臨二西舎一【言日光之照二西舎屋一也　戦国策日中有二三足烏一】　鼓声催二短命一【言其鼓声促二人之死一也】　泉路【左氏不レ及二黄泉一　杜預曰地中之泉故曰二黄泉一】　無二賓主一【唐人黄泉無二旅店一語相似　言地下無二主客一也】　此夕離レ家向【言其今夕離レ家死而向二泉路一也】

8　釈智蔵

五言翫二花鶯一

○桑門寡二言晤一【言其僧徒与人寡遇言也　詩彼美淑姫可二与晤言一】　策レ杖事二迎逢一【言其横レ杖与レ人事二迎逢也】以二此芳春節《ノ》一【言以二是三春有レ花之節一】　忽値二竹林風一【言値二竹叢中風一也　唯以二晋王戎畢卓稽康阮籍阮咸向秀山濤七賢之風尚一擬レ之奇妙甚】　求レ友鶯嫣○樹【言鶯求レ友樹中鳴也】　含レ香花笑レ叢【言其花香似レ笑二叢中一也　宋寇準詩花能二含笑一笑二何人一　語意相似】　雖レ喜二遨遊志一【言其雖レ好レ遊也　詩邶柏舟以敖以遊】　還媿乏二雕蟲一【言其雖レ好レ遊而乏二作レ詩之才一也　前漢楊雄曰雕蟲篆刻壮夫不レ為也】

9

五言秋日言レ志

欲レ知二得レ性所一【孟子告子曰生之謂レ性　荘子庚桑楚性者生之質也　言人欲レ尋二其天然得レ性之処】　来尋二仁智情一【言人之本性固有二仁智一也　論語知者楽水仁者楽山智者動仁者寿】　気爽山川麗【言其秋天気爽山川景麗美也】　風高物候芳【言秋日風大吹而万物芳也】　鷰巣辞二夏色一【言其燕離レ巣也】　雁渚聴二秋声一【言其我人鴻声来時川中之小渚聴レ之也　欧陽修賦此秋声不レ可レ聴也】　因レ茲竹林友【言天地之間物候相変如レ此故我人之交】　栄辱【易枢機之発栄辱之主　孟子曰仁則栄不仁則辱　荀子有二栄辱篇一】　莫二相驚一【言一貴一賤之交態莫二相驚一也】

（詩人名ナシ）

10

五言春日翫二鶯梅一

聊乗二休仮景《ノ》一【言其我等乗レ暇而弄二景色一也】　入レ苑望二青陽一【言其入二園中一而望二春色一也】　素梅開二素闓一【言其梅花之開レ花似美人之笑開闓《ヘクホ》也】　嬌鶯弄二嬌声一【言鶯之嬌而鳴也】　対レ此開二懐抱一【言対二此景一開二心中之懐一】　優《ユタカニ》是《レ》【一作レ定】　暢《フ》二愁情《ヲ》一【言優然而暢二愁情一也】　不レ知二老将レ至【言其歳月荏苒老将レ至也　論語孔子曰発レ憤忘レ食楽以忘レ憂不レ知二老之将レ至】　但事《トス》レ酌《コトヲ》二春觴《ヲ》一【言但其春日傾二一杯一也　論語顔淵仲弓曰請事二斯語一　史記曹参不レ事レ事】

11　五言遊二龍門山一

命レ駕遊二山水一【言乗レ車而遊レ山観レ水也】　長忘二冠冕《ノ》情一【言長忘二貴官之情一也】　安得二王喬道一【列仙伝王喬古仙人】　控レ鶴入二蓬瀛一【言引レ鶴而入二蓬萊瀛洲一也　史記封禅書海中有二三神山一名曰二蓬萊方丈瀛洲一。】

大納言直大二中臣朝臣大島

12　五言詠二孤松一一首【東厓盍簪録蒯通有二雋永八十一首一　是詩称二一首一之始也】

隴上孤松翠【言田隴《アセミチ》之上独松秀翠也】　凌レ雲心本明【言松之凌レ雲心本明也】　餘根堅《ク》二厚地一【言松之餘根堅二于厚地之中一也】　貞質指《ス》二高天一【言松之貞質《キハ》指二高天一也】　弱枝《ハ》異二万草一【言松之弱枝異二于万草一也】　茂葉《ハ》同一柱栄二【言松之茂葉同二柱之上侏儒柱《ミチカキハシラ》一也】　孫楚高二貞節一【言孫楚高二隠遁之貞節也　晋書孫楚枕石漱流謬云二枕レ流漱レ石人或難レ之孫楚曰枕レ流欲レ洗二其耳一漱レ石欲レ礪二其歯一】　隠居脱レ簦【一作レ笠】軽【簦笠也　史記虞卿伝負レ簦　言隠者脱レ笠軽也】

13　五言山斎

宴飲遊二山斎一【言飲宴遊二山中之亭一也】　遨遊臨二野池一【言遊而臨二野池一也　詩邶柏舟微二我無レ酒以敖以遊】　雲岸寒猿嘯《ク》【言雲岸寒猿嘯也】　霧池栫声悲《ム》【言霧池側山栫受レ風而其声悲也】　葉落山逾静【言山中之落葉山景益静也】　風涼琴益微《ナリ》【言風涼琴声益微也】　各得二朝野《ノ》趣一【言朝廷仕官之人山野隠逸之人各得二其趣一也】　莫レ論二攀桂《ノ》期一【唐段成式酉陽雑俎月中有二桂樹一　言不レ論二仕官登二尊位一也】

正三位大納言紀朝臣麻呂

14　五言春日応レ詔

恵気四望浮【言春気浮二于四望之中一也】　重光一園春【言春光溢二于一園一也】　式宴《ハ》依二仁智《ニ》一【言式宴依二天子之仁

智一也】 優遊催二詩人一 【言詩人之優遊也】 崑山珠玉盛 【言崑崙山之珠玉盛比二朝廷才子之衆多一也】 瑤水花藻陳 【穆天子伝周穆王宴二西王母於瑤池之上一 言池中花藻陳也 言才藻之人多也】 階梅闘二素蝶一 【言階梅花白如レ闘レ蝶也】 塘柳掃二芳塵一 【言堤中之柳掃二芳塵一也】 天徳（三字ナシ） 【易乾天徳不レ可レ為レ首也 言天子之徳十二倍于堯舜一也】 皇恩霑二万民一 【言天子之恩蒙二被天下之万民一也】

文武天皇

15 五言詠レ月

月舟移二霧渚一 【言乗レ月舟行移二霧渚一也 水中可レ居之地曰レ渚】 楓檝泛二霞《ノ》濱一 【言楓檝泛二舟霞濱一也】 臺上澄流耀 【言水流映二于臺上一也】 酒中沈去《ミルノ》輪 【言飲酒中月輪沈也】 水下斜陰砕 【言水下斜陰砕也】 樹除秋光新 【言樹除秋色新也】 独以二星間鏡一 【言以二星間之明月一】 還浮二雲漢津一 【詩倬彼雲漢為二章于天一 言還浮二舟於天河之津一也 藝海珠塵収二西洋人陽瑪諾天問略一云雲漢小星無数如二白練一也】

16 五言述懐

年雖レ足レ戴レ冕 【世本黄帝作レ冕 言吾年雖レ足レ戴二玉冕一也 言為二成人一也】 智不二敢垂レ裳 【易堯舜垂二衣裳一而天下治 言天子之徳遠不レ及二堯舜一不レ能レ治二天下一 蓋明王之謙辞也】 朕常《ニ》夙夜念 【言朕夙夜念レ之 朕字書堯典堯謂二四岳一曰朕在レ位七十歳 屈原離騒朕皇考曰二伯庸一 上下通称 史記秦始皇本紀天子自称曰レ朕 自レ是之後非二天子一不レ得レ称レ朕也】 何以拙心匡 【言何以匡二正朕之拙心一也】 猶不レ師二往古一 【猶者公羊伝可レ止之辞 書説命事不レ師レ古 言不レ師二往古二】 何救《ソ》二元首《ノ》望《ヲ》一 【書元首明哉 言何救二天子之望一也】 然毋二三絶《ノ》務一 【史記孔子世家孔子晩而喜レ易読レ易韋編三絶 言朕無二孔子三絶之勤一也】 且欲レ臨《ント》二短章一 【言欲レ賦二短詩篇一也】

17 五言詠雪

雲羅囊レ珠起【言自二天上一降レ雪恰似二雲羅衣囊レ珠起一也】 雪花含レ彩新【言雪花含二光彩一新也】 林中若二柳絮一【晋
謝道韞詩不レ若柳絮因レ風起 言林中雪似二柳絮散一也】 梁上似二歌塵一【列子伯牙鼓レ琴動二梁上之塵一 言梁上似レ払
レ塵也】 代レ火暉二霄篆一【言雪代二火光一光暉二于霄漢一也】 逐《テ》レ風廻《ル》二洛濱一【言逐レ風廻二洛陽之水濱一也】 園裏看二花
李一【言園中見二花李一也】 冬条尚帯《ヲフ》レ春《ヲ》【言冬之枝条尚帯二春色一也】

高市麻呂

18 五言従レ駕応レ詔

臥レ病已白髪【言我臥レ病已白髪也】 意《ニ》謂《フ》レ入二黄塵一【左氏隠公元年不レ及二黄泉一無二相見一也 杜預注地中之泉故曰二
黄泉一 易天玄地黄 言我死而入二黄泉一身為二塵土一也】 不レ期逐二恩詔一【豈期得二天子之恩詔一】 従レ駕上林春【史記
司馬相如有二上林賦一 言従二天子之車駕一過二園中一園中春光明媚也】 松巌鳴泉落【言松之山巌鳴泉落也】 竹浦笑花
新【言竹浦含レ笑之花新開也】 臣是先進輩【論語子曰先進之於二礼楽一君子也 程子曰先進後進猶レ言二先後輩一也
言臣是公卿之先輩也】 濫陪《ス》二後車《ノ》賓一【言臣妄入二後車賓中一也】

巨勢朝臣多益須

五言春日応レ詔

19 玉管吐二陽気一【言玉管吐二陽気一也】 春色啓二禁囲一【言春色啓二開禁中一也】 望レ山智趣広【言我輩望レ山広二智趣一
也】 臨レ水仁狎敦【言我等臨二水流一与二仁人一親狎《ナル、》敦厚也】 松風催二雅曲一【言一陣之松風似レ催二雅曲一也】 鶯哢
添二談論一【言鶯之弄レ舌助二人之談論一也】 今日良酔レ徳【詩既酔以レ酒既飽以レ徳 言今日我輩一酔誠由二天子之徳一
也】 誰言湛露恩」【詩湛々露兮匪レ陽不レ晞厭々夜飲不レ酔無レ帰 言我等之酔誠由二天子之恩一也 湛露墜露也】

20 ○姑射遁二太賓一【荘子邈姑射之山有二神人一 言山中遁二太賓客一也】 崆巌索二神仙一【荘子黄帝見二広成子於崆峒之

山一　【言空峒之山求二仙人一也】　豈《ニ》若《カンヤ》　聴覧《ノ》隙　【言天子万機之政聞見之隙】　仁智寓二山川一　【論語子曰仁者楽レ山知者楽レ水　言仁智之態寄二于山川一也】　神衿弄二春色一　【衿衣襟《エリ》也　言天子之心弄二春景一也】　清蹕歴二林泉一　【言清蹕之声止二行人一歴二林泉之佳処一也】　登《テ》望二繍翼径《ノ》一　【言登二上錦繍翼径路一也】　降臨二錦鱗淵《ノニ》一　【言降臨二錦鱗魚之游泳淵中一也】　絲竹時盤桓　【盤桓見レ易　陶淵明帰去来辞撫二孤松一而盤桓　言聴二絲竹一而躊躇《タメラヒ》不レ進也】　文酒乍《タチマチ》留連　【言作レ文飲レ酒留連而遊也】　薫風入二琴臺一　【家語舜弾二五弦之琴一而歌曰南風之薫可レ解二吾民之慍一　薫風夏風也入二弾レ琴臺一也】　蓂日照二歌筵一　【十八史略堯時有二蓂莢草一生二于庭一十五日以前日生二一葉一十五日以後日墜二一葉一因レ是以知二晦朔一　言日光照二歌席一也】　岫室開二明鏡一　【言山中之穴岫間明月自来似レ開二明鏡一也】　松殿浮《ハフ》二翠烟一　【言松殿似レ浮二青翠烟一也】　幸陪二瀛洲《ノ》趣一　【言従二天子一似レ陪二仙島一也】　誰論《カン》二上林《ノ》篇一　【言誰人敢論二上林之篇一乎】

犬上王

五言遊覧山水

21

蹔【一作暫】以二三餘暇一　【三国志注引二魏略一董遇三餘勤レ学以二夜者昼之餘冬者歳之餘陰雨者時之餘一也　言以二三暇二】　遊息瑤池濱　【言吾輩遊息《ヒフ》二于池側一也】　吹臺哢鶯始《リ》　【言歌吹之臺鶯《ハ》之哢レ舌而始鳴也】　桂庭舞蝶新《ナリ》　【言桂庭蝶之飛舞新也】　沐鳬双廻《リ》レ岸《ヲ》　【言水中之沐鳬双廻《ル》レ岸《ヲ》也】　窺鷺独銜レ鱗　【言窺レ魚之鷺口含二鱗魚一也】　雲罍酌二烟霞一　【詩酌二彼金罍一　史記梁孝王世家有二雲罍樽一　言雲罍酌二烟霞一也】　花藻誦《ス》二英俊一　【尹文子才過二千人一謂二之英一。才過二万人一謂《フ》二之俊《ト》一。言花藻之詩篇英雄之所レ誦也】　留連仁智間《ノ》　【言遊而留二連山水之間一也】　縦賞如二談論一　【言縦賞二山水之景一豈如《シカンヤ》二談論之有《ルニ》レ味《ヒ》乎】　雖レ尽二林池楽一　【言遊二覧林池一而尽レ楽也】　未レ翫二此芳春一　【言未レ翫二此三春之景一也】

紀朝臣古麻呂

22 七言望レ雪

無為聖徳重二寸陰一【論語子曰無為而治者其舜也与　書洪範思曰レ睿睿作レ聖　鄭玄周礼注聖無レ不レ通也　朱元晦孟子注聖者神明不レ測之号　淮南子禹不レ重二径壁一而重《ス》二日之寸陰《ヲ》一　言無為之聖人重二日之寸陰一也　礼記云徳也者得二於身一也】　有道神功軽二球琳一【論語子曰就二有道一而正焉　周礼大司楽有レ道者　荘子神人無レ功　書禹貢球琳琅玕　伝球琳美玉也　言有道之神人有レ功者賤二美玉一也】　垂拱端坐惜二歳暮一【言天子垂二衣裳一正坐二于禁中一而惜二歳之暮一也】　披《キ》レ軒褰《カヽケテ》レ簾《ヲ》望《ム》二遙岑《ヲ》一。【言天子披二車簾一而遙望二山峰一也】　浮雲靉靆縈《メクル》二巌岫一【論語子曰不義而富且貴於レ我如二浮雲一　言浮雲靉靆《タナヒイテ》而縈廻二于山岫穴之間一也】　鶯颷蕭瑟響《ク》二庭林一【言驚《カス》レ人《ヲ》之颷風《ミチカセ》其声蕭瑟《サヒシク》而響《ク》二庭林之中一也】　落落雪霏々一嶺白《シ》【言雪墜落霏々飛而一山嶺皆白也】　斜日黯々《トシテ》半山《ノ》金【言斜日失レ光而黒似二半山金一也】　柳絮未レ飛蝶先舞【言柳絮雖レ未レ飛而似二蝶飛舞一也】　梅芳猶遅花早臨《クム》【言梅花雖レ遅而雪花六出似二早開一也】　夢裏《ノ》釣天尚易《シ》レ涌《キ》【史記秦穆公病不レ知レ人夢游二釣天一　言夢中釣天之楽尚所二涌出一也】　松下《ノ》清風信《ハ》難レ斟【言松下之清風信難二酌取一也】

23 秋宴

五言得二声清驚レ情四字一首

明離【易明両作《ルハ》離】照二昊天一【詩浩々昊天】　重震【易震】啓二秋声一【宋欧陽修賦曰是秋声不レ可レ聞也　言明両作離日照二昊天一時重震動聞二秋声一也】　気爽烟霧発《散》　時泰風雲清【言天気爽而烟霧散時泰平而風雲清也】　玄燕翔已帰【言春来之燕翔而帰去】　寒蟬嘯且驚【言聞二寒蟬声一而忽驚二春秋之変更一】　忽逢二文雅席一　還愧二七歩情一【言我今日忽逢二文雅之席一且無二曹植七歩作レ詩之俊才一誠可二恥羞一也　三国志曹子建七歩賦レ詩曰煮レ豆焚二豆萁一。豆在二釜中一泣。元是同根生。相煎何太急。文帝大有二恥色一。】

大学博士【大学学宮之名　博士戦国策鄭同見二趙王一王曰子南方之博士也　史秦始皇紀有二博士一】美努連浄麻呂

24 五言春日応レ詔一首

玉燭凝二紫宮一【言日光照二紫宸宮殿一也】　淑気潤二芳春一【言嘉淑之気潤二芳春一也】　曲浦戯二嬌鴛一【言曲池戯二嬌鴛鴦一也】　瑤池躍二潜鮮（鱗）一【穆天子伝穆王宴二西王母于瑤池之上一。言宮池躍二潜伏鱗魚一也】　階前桃花映【言宮階前桃花映也】　塘上柳条新【言塘堤上柳条新也】　軽烟松心入【言軽烟入二松心中一也】　囀鳥葉裏陳《ニツラヌ》【言黄鶯之囀木葉中鳴也】　糸竹遏二広楽一【王羲之蘭亭記雖レ無二糸竹管絃一　史記秦穆公病夢遊二鈞天一広楽九奏　言糸竹之声恰止（留）二広楽一也】　率舞洽二往塵一【言衆人率舞往来之間塵洽起也】　此時誰不レ楽【言是時百官公卿誰不二歓楽一也】　普天【詩普天之下莫レ非二王土一】　蒙二厚仁一【言以二天子一比二普天一群臣蒙二厚仁一也】

判事紀末茂一首　年卅一《二イ》

25 五言臨レ水観レ魚一首

結レ宇南林側【言結二屋宇於南林之側一而住也】　垂レ釣北池潯【言垂レ釣於北池辺也】　人来戯鳥没【言鳥戯驚二人来一而散也】　船渡緑萍沈【言舟渡二池中一而緑萍沈也】　苔揺識二魚在一【言池中苔揺而知レ有レ魚也】　緡尽【詩其釣維何維糸維緡】　覚二潭深一【言釣糸尽而覚二寒潭水深一也】　空嗟芳餌下【言空歎芳餌之下　六韜芳餌之下有二懸魚一】　独見レ有二貪心一【言魚為レ貪レ餌而為レ人所レ釣嗟嘆人亦如レ此為二利名一謬レ身者多矣】

釈弁正二首

26 五言与二朝主人一一首

鐘鼓沸二城闉一【言鐘鼓之声城牆中沸起也】　戎蕃預二国親一【言夷蕃之人蒙二我国（中華）之親一也】　神明今漢主【言神明之天

子今唐王似㆓漢主㆒也　易神而明㆑之存㆓乎其人㆒】　柔㆑遠【書柔㆑遠能邇　中庸柔㆓遠人㆒也】　静㆓胡塵㆒【言唐帝之徳柔㆓服遠人㆒而胡塵不㆑動也】　琴歌馬上怨【言遠人馬上鼓㆑琴而怨也】　楊柳曲中春【言楊柳曲中有㆑春也而人不㆑管】唯有㆓関山月㆒【言関山之月能憐而照㆓夷人㆒也】　偏迎㆓北塞人㆒【言偏月色迎㆓北塞人㆒也】

27

五言在唐憶㆓本郷㆒一絶

日辺瞻㆓日本㆒【言吾遠遊日出之辺思望見㆓日本㆒也　唐書日本古倭奴　史記張守節正義武后改㆑倭曰㆓日本㆒】　雲裏望㆓雲端㆒【言遠望雲中望其端也】　遠遊労㆓遠国㆒【言吾遠遊而労㆓遠国㆒也】　長恨苦㆓長安㆒【言唐都名長安而吾苦㆓其土㆒身不㆑如㆓都名㆒　羇旅牢愁無㆑限感慟】

調忌寸老人

28

五言三月三日応㆑詔

玄覧【老子滌除玄覧。易天玄而地黄】　動㆓春節㆒【言天気動而成㆑春也】　宸駕出㆓離宮㆒【言天子之車駕出㆓離宮㆒也】勝境既寂絶【言佳景之勝境寂也】　雅趣亦無㆑窮【言風雅之趣無㆑窮也】　折㆑花梅苑側【言折㆑花梅園之側也】　酌㆑醴【詩作㆑酒作㆑醴】　碧瀾中【言乗舟于碧波中而酌㆑醴也】　神仙非㆑存㆑意【言神仙之人存《所》心也】　広済是攸㆑同【広救㆓済天下之蒼生㆒是吾輩亦与㆓神仙之用㆑意同也】　鼓㆑腹【淮南子猿鼓腹而熙】　太平日【言我等鼓腹太平日也】　共詠㆓太平風㆒【言偕賦㆑詩詠《歌》㆓太平風㆒也】

藤原朝臣史五首　年六十三

29

五言元日応詔

正朝観㆓万国㆒【言月正元日之朝天子見㆓万国之人㆒也】　元日臨㆓兆民㆒【呂刑一人有㆑慶兆民依㆑之　言天子元日臨㆓兆民㆒也】　有【一作斉】㆑政敷㆓玄造㆒【易天玄　言天子之為㆑政代㆑天而敷《布》㆓治教㆒也】　撫㆑機【大学其機如㆑此　鄭玄注

曰機謂二発動所レ由】御二紫宸一【言天子撫二万機一而出二紫宸一也】年花已非レ故【言今年之花已非二去年之花一】淑気亦惟新【言春之淑気新也】鮮雲秀二五彩一【言鮮雲五彩秀也】麗景耀二三春一【言佳麗之景耀二三春中一也】済々周行士【言盛朝廷之士　周行周之列位也　見二詩左氏一】穆々【詩穆々文王　朱熹曰穆々深遠之意】我朝人【言深遠我朝廷人】感レ徳遊二天沢一【言感二天子之徳一而遊也】飲レ和懽二聖塵一【言我人之飲レ和蒙二天子之塵沢一也】

30
五言春日侍レ宴応レ詔

淑気光二天下一【書帝光二天之下一　言嘉淑之気光二天下一也】薫風扇二海濱一【家語舜作二五絃琴一歌曰南風之薫兮　言南風扇吹到二海濱一也】春日歓レ春鳥【言春日歓レ春而鳴鳥也】蘭生折レ蘭人【言蘭生亦有二折レ蘭人一也】塩梅【国語引二説命一曰若作二和羹一爾惟塩梅　偽説命襲レ之】道尚故【言天下之政塩梅調理得レ宜而道尚旧也】文酒事猶新【言作レ文飲レ酒事猶新也】隠逸去二幽藪一【言隠逸之人去幽藪中也】没賢陪二紫宸一【言賢人陪二天子宮庭一也】

五言遊二吉野一

31
飛レ文山水地【言於二山水中一飛二文章一也】命レ爵【礼爵如レ雀飲酒器】薜蘿《アヲカツラツタ》中【言命杯酌於二薜蘿中一也】漆姫控レ鶴挙【新序斉宣王后曰二無塩女一色黒若レ漆　言漆黒之姫引レ鶴而上レ天也】洛媛【魏曹植有二洛神賦一　詩邦之媛也】注媛美皃】接レ魚通【言持レ魚而交来也】煙光巌上翠【言巌上煙光蒼翠也】日影浪前紅【言水影中日光紅也】翻知玄圃近【言却知、、之近】対翫入二松風一【言対翫則松風吹入也】

32
夏月夏色古。【言夏月照映而夏之光景古也】秋津【日本紀神武帝所名】秋気新【言我邦秋気新也】昔者同二皇【一作レ汾】后一【言昔者同二皇后一遊也】今之《ハ乏》見二吉賓一【言今日見二賓客一也】霊仙駕レ鶴去【列仙伝周霊王太子晋吹レ笙騎レ鶴上レ天　言仙人乗レ鶴去也】星客乗レ査《リ》浚《サニ》【言星客乗レ筏而止也】渚性臨二流水一【言愛水者臨二流水一也　荘子庚桑楚性者生之質也　孟子告子曰生之謂レ性】素心開二静仁一【論語子曰仁者静　孔安国曰無欲故静　邢昺里仁疏

曰仁者善行之大名也　言素心開二仁者之静一也　大学静而后能安】

33　五言七夕一首

雲衣両観《ヒル》レ夕《ヲ》【言雲衣而両度観レ夕也】　月鏡一《ヒ》逢《フ》レ秋《ニ》【言明月如レ鏡而一逢レ秋也】　機下非《ス》二曽《テ》故《ニ》一【言機下而居非二旧故一也】　援息是威猷【言引而止是威謀也】　鳳蓋随《テ》レ風《ニ》転《シ》【言鳳蓋随レ風而転也】　鵲影逐《テ》レ波《ニ》浮《フ》【言烏鵲影逐レ波浮也】　面前開二短楽一【言面前開二短楽一也】　別後悲二長愁一【言別後悲二長愁一也】

正五【一作六】位下【一作レ上】左大史荊助仁一首　年卅七

34　五言詠二美人一一首

巫山行雨下【宋玉高唐賦楚襄王昼眠有二神女一謂曰我巫山之神女也朝為レ雲而夕為レ雨　唐劉庭芝詩傾レ国傾レ城漢武帝為レ雲為レ雨楚襄王　言美人巫山行雨下見レ之也】　洛浦廻雪霏【魏曹植有二洛神賦一　言洛水之浦廻雪交飛美人氷雪之皃似レ之也】　月《ハ》泛眉間魄【言美人之眉泛《如》月魄也　左氏昭七年鄭子産曰人生始化曰魄　高誘淮南子注曰魄人隠神也耳之司レ聞目之司レ見皆魄也】　雲開髻上暉【言美人之雲鬟之光雲開也】　腰《ハ》逐二楚王一細《ナリ》【墨子楚霊王好二細腰一後宮多二餓死一　言美人之腰逐二楚王一而細也】　体《ハ》随《テ》二漢帝一飛【趙飛燕外伝飛燕体随レ風而飛　言美人如二趙飛燕一体随二漢成帝一而飛也】　誰知交甫珮【言美人似二王交甫之佩一】　留レ客令レ忘レ帰【言美人之艶色留レ客令レ忘レ帰也】

大学博士従五位下刀利康嗣一首　年八十一

35　五言侍レ宴一首

嘉辰光華節【言今日嘉辰光華佳節也】　淑気【一作景】風自春《ナリ》【言淑気風自春也】　金堤払《ヒ》二弱柳一【言天子之堤風払二弱柳一也】　玉沼泛二軽鱗一【言天子之池泛軽魚鱗也】　爰降《ス》豊宮《ノ》宴【左氏昭三年周康王有二豊宮之宴一　言天子之宴也】　広垂《クル》柏梁《ノ》仁【漢武帝有二柏梁臺賦一　言天子垂二柏梁之仁一也】　八音寥亮奏【金石絲竹匏土革木之八音寥亮奏也】

百味馨香陳【言百味之肴饌馨香陳也】 日落松影闇【言落日松影闇也】 風和花気新【言風和花気新也】 俯仰一人徳【呂刑一人有レ慶兆民依レ之 言俯二仰天子之徳一也】 唯寿万歳真【荘子守二道之真一 言天子寿考万年得二道之真一也】

皇太子学士従五位下伊与部馬養一首 年卌五

五言従レ駕応レ詔一首

36

帝堯叶二仁智一【大戴礼五帝徳 史記堯本紀云帝堯其仁如レ天其知如レ神 言天子如二帝堯一有二仁智一也】 仙蹕玩二山川一【言天子之車駕遊幸弄二玩山川之景一也】 畳嶺杳《トシテ》不レ極《ラ》【言重畳之山嶺遙而不レ極也】 驚波断復連【言驚レ人波声断復連也】 雨晴雲巻《キ》レ羅《ヲ》【言雨晴而雲似レ巻レ羅也】 霧尽《テ》峰舒《ノヒ》レ蓮【言霧尽而峰上蓮舒也】 舞レ庭落二夏槿一【言吾輩舞レ庭而夏槿花墜也】 歌《テ》レ林驚《ニス》二秋蟬《ヲ》一【言吾輩林中歌而驚二秋蟬一也】 仙槎泛二栄光一【言天子之筏似二仙槎一而泛二栄光一也】 鳳【一作レ風】 笙帯二祥烟一【言天子之吹レ笙帯二吉祥之煙一也】 豈独瑤池上【穆天子伝周穆王宴二西王母於瑤池上一】 方唱《シヤ》二白雲天一【又云千歳厭レ世乗二彼白雲一到二帝郷一 言豈独瑤池之上方唱二白雲之歌一而已乎】

従四位下播磨守大石王一首 年五十七

五言侍レ宴応レ詔一首

37

淑気浮二高閣一【言春之淑《ヨキ》気浮二高閣一也】 梅花灼二景春一【言梅花明二妍春光景中一也】 叡睠留二金堤一【言天子之睠《カヘリミ》二顧金堤一也】 神沢施二群臣一【孟子聖而不レ可レ知之謂レ神 説卦神也者妙二万物一而為レ言者也 荘子曰神人無レ名 言天子不可思議之恩沢施《ス》二群臣一也】 琴瑟設二仙籞一【言琴瑟設二天子之御座処一也】 文酒啓《ク》二水濱一【言作レ文飲レ酒於二水濱一也】 叨奉二無レ限寿一【言群臣妄奉無限寿也】 倶頌二皇恩均《ノヲ》一【群臣倶頌二誉天子之恩均一也】

大学博士田辺史百枝一首

38

五言春苑応レ詔一首

聖情敦二汎愛一【言天子之情広愛二群臣一也　荘子汎如二不レ繋之舟一　論語泛愛レ衆而親レ仁】　神功亦難レ陳【言天子之神功亦以二言語一難レ陳レ之也】　唐鳳翔二臺下一【書益稷簫韶九成鳳凰来儀　言天子之徳似二唐堯一而鳳鳥翔二臺下一也】　周魚躍二水濱一【周本紀武王伐レ紂白魚躍入二王舟一】　松風韻添《フ》レ詠《ヲ》【言松籟之吹声有レ韻而添レ詠也】　梅花《ノ》薫《ヲ》帯《フ》レ身【言梅花之芳薫入レ身也】　琴酒開《キ》二芳苑《ニ》一【言芳苑弾レ琴飲レ酒也】　丹墨点《ス》二英人一【言英才之人以二丹墨一賦詩也】　適遇二上林会《ニ》一【上林漢武帝苑名司馬相如有二上林賦一　言偶逢二天子之宴会一】　忝寿二万年《ノ》春一【言臣等忝蒙二聖恩一永経二万年春一也】

大神朝臣安麻呂一首　年五十二【一作レ三】

39

五言山斎言レ志

欲レ知二閑居趣一【晋潘岳有二閑居趣一　言雅人欲レ知二閑居趣一也】　来尋二山水幽一【言来尋二山水幽処一也】　浮沈烟雲外【言我身浮沈而弄二烟雲外一也】　攀翫野花秋【言攀玩二野花秋一也】　稲葉《ハ》負レ露落【禾稲之葉負レ露而墜也】　蟬声《ハ》逐《テ》レ吹流【言蟬声逐二風吹一而流也】　祇為《ス》二仁智《ノ》賞一【論語子曰知者楽レ水仁者楽レ山　言我輩弄二山水一祇為二仁智之賞一】　何論二朝市遊一【何足レ論二朝市之遊一乎】

石川朝臣石足一首　年六十三

40

五言春苑応詔

聖衿愛二良節一【言聖天子之心愛二良辰佳節一也】　仁趣動二芳春一【礼記春生夏長仁也　言天子之仁徳動二芳春一也】　素庭満二英才一【言質素之朝庭満二英才一也　孟子得二天下之英才一而教二育之一】　紫閣引二雅文一【言天子之閣文士撰二雅文一也】　水清瑤池深【言水清而天子之池深也】　花開禁苑新【言天子之苑百花新開】　戯鳥随レ波散【言遊戯之鳥随

レ波而散也】　仙舟逐レ石巡　【言天子之舟逐レ石而巡也】　舞袖留二翔鶴一　【言天子舟中美人之舞袖留二翔鶴一也】　歌声落二梁塵一　【事見二列子一　言歌声落梁塵也】　今日足レ忘レ徳　【言今日之宴会足レ忘二天子之徳一也　老子上徳不レ徳是以有レ徳】　勿レ言唐帝民　【堯之時有老人鼓腹而歌曰日出而作日入而息耕田而食鑿井而飲帝力何有於我哉　勿言堯帝大民也】

山前王一首

41　五言侍レ宴

至徳洽二乾坤一　【言天子之徳洽二于天地一也】　清化朗二嘉辰一　【言天子之徳清而嘉辰之景朗也】　四海既無為　【論語子曰無為而治者其舜也与　言四海之内無為而治也】　九域正清淳　【言海内正清而淳朴也】　元首寿千歳　【書元首明哉股肱良哉　言天子之寿千歳也】　股肱頌二三春一　【書舜曰臣作朕股肱耳目　言天子股肱之臣頌二三春之景一也】　優々沐レ恩者　【言臣等優々沐二天子之恩一也】　誰不レ仰二芳塵一　【言臣等誰不レ蒙二天子之恩一乎】

比良夫一首　年五十

42　五言春日侍レ宴応レ詔

論レ道与レ唐儕　【書周官論レ道経レ邦　言論レ道与二唐堯一並也】　語レ徳共レ虞隣　【言語レ徳与レ舜隣也】　冠二周埋レ尸愛一【呂氏春秋賈誼新書文王埋二枯骨一　言天子之徳仁愛似周文也】　賀二殷解レ網仁一　【史殷紀湯出野見張網四面湯命解二其三面一　言天子之仁似レ湯也】　淑景蒼天麗　【言光景佳淑而蒼天麗美也】　嘉気碧空陳　【言嘉気陳二于碧空之中一也】　葉緑園柳月　【言柳葉緑而園月照之】　花紅山桜春　【言春山桜花紅也】　雲間　【晋書、、陸士龍】　頌二皇沢一　【言雲間頌二天子之沢一也】　日下沐二芳塵一　【晋書日下荀鳴鶴　言日下沐二天子之恩沢一也】　宜献南山寿　【詩経小雅如南山之寿】　千秋衛北辰　【爾雅北極謂二之北辰一　天之枢也　言天子如北辰万世不動　言臣下宜レ守二衛天子一也】

安倍朝臣首名一首　年六十四

五言春日応詔

43

世頌二隆平徳一【言世人賞頌天下泰平之徳也　隆昌也】　時謡二交泰春一【易天地交泰　言時人歌二太平之春一也】　舞衣揺二樹影一【言宮中美人之舞衣揺二樹影一也】　歌塵動二梁塵一【言美人之歌声動梁塵也】　湛露【詩小雅湛々露匪レ陽不レ晞】重二仁智一【言天子之恩沢広及海内如湛露之潤万物天子重二仁智一也】　流霞軽二松筠一【言流霞軽二松竹一也】　凝麾賞無レ倦【唐詩一麾出守　言凝賞無レ倦也】　花将レ月共新【言花月倶新也】

大伴宿禰旅人一首　年六十七

五言初春侍レ宴

44

寛レ政【論語子曰居上不レ寛　中庸寛裕温柔　書克寛克仁　高祖紀寛仁大度】　情既遠【言天子之寛政情既遠也】　迪レ古道惟新【言天子迪《フンテ》レ古而道新也】　穆々四門客【書四門穆々　孔伝穆々美也　詩穆々文王　朱子曰穆々深遠之皃朱子為是】　済々三徳人【詩大雅済々多士文王以寧　毛萇曰済々盛也】　梅雪乱残岸【言梅花如雪飄乱岸上也】　烟霞接早春【言烟霧之景接早春也】　共遊聖主沢【言今日之遊誠聖主之恩沢也　鄭玄周礼注聖無不通也】　同賀撃壌仁【言如堯時賀撃壌者之蒙仁沢也】

従四位下左中辨兼神祇伯中臣朝臣人足二首　年五十

五言遊吉野宮二首

45

惟山且惟水【言山水之景】　能智亦能仁【論語知者楽水仁者楽山　言山水光景似仁智也】　万代無埃坌【一作所　言万世無塵埃之穢也】　一朝逢異民【言一朝逢異人也】　風波転入曲【言池中風波之声似曲声也】　魚鳥共成倫【言余之遊与魚鳥偕成伍也　倫類也】　此地即方丈【方丈見釈氏要覧　言此地僧侶達悟者之居処也】　誰説桃源賓【言誰人

得説晋陶潜之桃花渓荒誕之話乎】

46仁山狎鳳閣【論語仁者楽山　言吉野苑中之山連鳳閣也】　智水啓龍楼【言啓開宮楼之帳観水也】　花鳥堪沈翫【言園中之花鳥声遊者堪翫楽也】　何人不淹留【言何人不久留遊乎】

大伴王二首

五言従駕吉野宮応詔二首

47欲尋張騫跡【漢武時張騫到大宛身毒見史記　言欲尋張騫遠遊之跡也】　幸逐河源風【言到河原逐風涼処也】　朝雲指南北【言朝雲往南北】　夕霧正西東【言西東夕霧起也】　嶺峻絲響急【言山嶺険峻似絲響急也】　谿曠竹鳴融【言谿空而渓辺風鳴竹也】　将歌造化趣【造物見荘老　言余詩欲歌造物主之趣】　握素愧不工【言手握素紙愧予詩辞之不工也】

48（本文ナシ）

正五位下肥後守道公首名一首　年五十六

49五言秋宴一首

望苑商気艶【言望苑中之秋景物美也】　鳳池秋水清【言天子之池秋水清也】　脱燕吟風還【言燕子之脱吟風而返也】　新雁払露驚【月令八月鴻雁至　言開新雁声払露而驚秋也】　昔聞濠梁論【荘子荘子与恵子遊濠梁之上　濠水名　梁橋也　言遊濠水辺橋也　荘子秋水篇荘子与恵子遊於豪梁之上荘子曰儵魚出遊従容是魚楽也恵子曰子非魚安知魚之楽荘子曰子非我安知我不知魚之楽】　今辨遊魚情【荘子有子非魚安知其楽之語　言今解遊魚之情也】　芳筵此俺友【言今日之佳宴斯久留友朋】　追節結雅声【言追節而歌雅声也】

従四位上治部卿境部王二首　年廿五

50　五言宴長王宅一首

新年寒気尽【言正月暖和無寒気也】　上月【言月之上】淑光軽【言寒気尽月光清妍】　送雪梅花笑【一作咲　言雪下梅開】　含霞竹葉清【言其景色含霞竹葉清也　一本葉作素】　○歌是飛塵曲【言其人之歌声動梁上之塵】　絃即激流声【言琴絃之弾声似水流之激也】　欲知今日賞【言今日之賞美景】　咸有不帰情【言其人有不帰之情也】

51　五言秋夜山池一首

対レ峰傾二菊酒一【言対二山峰一傾二飲菊花酒一也】　臨レ水拍二桐琴一【言臨二水流一而拍二弾桐琴一也】　忘レ帰待二明月一【言愛二秋色一忘レ帰而待二明月上一也】　何憂二夜漏深一【何憂二夜漏刻之長一乎】

大学頭従五位下山田史三方四首

五言秋日於二長王宅一宴二新羅客一一首　并序【東国通鑑馬韓弁韓辰韓後改称曰新羅百済高麗】

詩序1　君王以二敬愛之沖衿一【言君王以敬二愛衆人一之中情也　老子道沖而用レ之　詩青々子衿】　広開二琴罇之賞一【言弾レ琴開レ樽】　使人承二敦厚之栄命一【礼記温柔敦厚詩教也】　欣二戴鳳鸞之儀一【言欣戴如鳳皇鸞鳥之容儀】　於レ是琳瑯満レ目【言珠玉満目比才藻之美】　蘿薜《ツタキツタ》充レ筵【言詞客充二宴席一】　玉俎雕レ華【言玉俎之美雕華】　列二星光於烟幕一【一作暮　言星光如列烟幕】　珍羞錯レ味【言水陸之珍味錯列】　分二綺色於霞帷一【言綺帷之美似レ霞】　羽爵騰飛【言飛レ杯】　混二賓主於浮蟻一【言賓主倶酔】　清談振発【晋書王衍為清談　言風雅之話振発】　忘二貴賤於窓鶏一【世説宋処宗窓有長鳴鶏　言貴賤忘窓鶏之鳴】　歌臺落レ塵【言歌声落梁塵】　郢曲与二巴音一雑レ響【言楚都郢中之曲与巴音合奏　劉向新序宋玉対楚王客有歌郢中者其始曰下里巴人国中属而和者数千人】　咲レ林開レ靨【言於林中笑而開靨】　珠暉【一作輝】　共二霞影一相依【言其美如珠与霞影相依也】　于レ時露凝二旻序一【詩旻天疾威　言秋天露下之時候】　風転二商郊一【言商郊風吹】　寒蟬唱而柳葉飄　霜雁【月令八月鴻雁来】　度而蘆花落小山丹桂流二彩別愁之篇一　長坂紫蘭散二馥同心之

翼一日云暮矣月将レ継焉酔レ我以二五十【一作千】之文一既舞二蹈於飽徳之地一【詩既酔以レ酒既飽以レ徳　言舞蹈地上】博レ我以二三百之什一【史遷謂古者詩三千餘篇孔子刪之為三百篇　宋欧陽修清朱竹垞曰古詩無三千　論語詩三百一言以蔽レ之　又曰誦二詩三百一　可見孔子之時詩止三百】且【一作宜】狂簡於叙志之場一【論語狂簡斐然成レ章　言於叙レ志之場尽二狂態一】清写二西園遊一【宋王晋卿有二西園雅集一東坡先生米芾蘇子由等也　与此詩年代大後矣　可見古有西園遊】兼陳二南浦之送一【文選送レ客到二南浦一】含レ毫振レ藻式賛二高風一云云

52 白露懸レ珠日【言秋日白露下也】　黄葉散レ風朝【漢武帝楽府草木黄落雁南翔】　対揖三朝使【言与三韓使者対揖也】　言尽九秋言尽九秋韶【論語子謂韶】　牙水含レ調激【呂氏春秋伯牙弾琴鍾子期善聴伯牙志在高山子期曰峨々如高山志在流水子期曰善哉如流水】　虞葵落レ扇飄【言楚項羽之虞美人葵美比之落扇而飄也】　已謝霊臺下【詩経始、、　朱子曰言如神霊之所為也】　徒欲レ報二瓊瑤一【詩報之以瓊瑤一　言欲報詩章之美也】

53 五言七夕一首

金漢星楡冷【言秋天楡星冷也】　銀河月桂秋【藝海珠塵載西洋人陽瑪諾天問略云銀河衆小星如練帛至秋而現　唐段成式酉陽雑俎月中有桂呉剛斫之　其説荒誕】　霊姿理二雲鬢一【言織女理《ヲサムル》二雲鬢一也】　仙駕度二潢流一【言仙駕渉水流】　窈窕鳴二衣玉一【詩関雎窈窕淑女　毛萇朱子曰幽閑貌　太田錦城曰、、美麗皃　李斯逐客書佳冶窈窕　毛朱説失之○前漢書佩玉晏鳴関雎歎レ之　言美女鳴二衣玉一也】　玲瓏映二彩舟一【言織女之美艶映彩舟也】　所レ悲明日夜　誰慰二別離憂一【此二句古雅有レ味】

54 五言三月三日曲水宴一首【晋書束晳三日曲水宴引周公営洛邑駁一書生三女倶死】

錦巌飛瀑激【言山巌似錦瀑水飛激】　春岫曉桃開【春山桃花曉開】　不憚流水急　唯恨二盞遅来一【二句説二尽一】

従五位下息長真人臣足一首　年卅四

55

五言春《萅》日侍レ宴

物候開二韶景一【言物候開春景色】　淑気満地新【言春之善気満地新】　聖衿属二暄節一【詩青々子衿　言天子之衣襟当暄和之時】　置レ酒引二搢紳一【賈誼伝、、先生　論語子張書諸紳　註紳大帯之垂者　言置酒引貴人也】　帝徳被二千古一　皇恩洽二万民一【二句全似二唐人一】　多幸憶二広宴一　還悦二湛露仁一【詩湛々露匪レ陽不レ晞厭々夜飲不レ酔無レ帰　注湛落也　言説天子恩沢之深也】

従五位下出雲介吉智首一首　年六十八

56

五言七夕一首

冉々逝不レ留【言歳月冉々《ハルく》長往不留也】　時節忽驚レ秋【言驚秋至】　菊風披二夕霧一【言風吹菊花開二夕霧一】　桂月照二蘭洲一【言月照、、】　仙車渡二鵲橋一【古人謂淮南子烏鵲成レ橋渡二織女一　今案淮南無此語　或曰見神異経十洲記】　神駕越二清流一　天庭陳二相喜一【言天上陳二相喜之情一】　華閣釈二離愁一【言於鮮美閣上散離愁也】　河横天欲レ曙【言銀河横天天欲レ暁】　更歎後期悠【更歎後相見之長】

主税頭従五位下黄文連備一首　年五十六

57

五言春日侍レ宴一首

玉殿風光暮【言天子殿上春色暮】　金墀春色深【言金階上春色稍深】　雕雲遏二歌響一【言美人之歌声天上之雲為レ之留也】　流水散二鳴琴一【言水流之声如琴鳴】　燭花粉壁外【言粉壁外燭花開　西京雑記灯花発得銭財】　星燦翠烟心【言星明而我心如烟不凝滞物】　欣逢二則レ聖日一【言見天子日】　束帯仰二韶音一【言衣冠束帯而候天子之詔音也】

従五位下刑部少輔兼大学博士越智直広江一絶

58

（詩題ナシ）

文藻我所レ難【言我不能文章】　荘老我所レ好【言本生好二荘老一】　行年已過レ半【言年過五十】　今更為レ何労【達人
大観何為人世労苦乎】
従五位下常陸介春日蔵老一絶　年五十二

59 五言述レ懐
花色花枝染【言艶花之色枝美如花染】　鶯吟鶯谷【一作各】新【言鶯声新】　臨レ水開二良宴一【言臨水流開佳宴】　泛
レ爵賞二芳春一【言泛杯於水中賞春景】
従五位下大学助背奈王仁文二首　年六十二

60 五言秋日於二長王宅一宴二新羅客一一首　賦二得風字一
嘉賓韵小雅【言嘉賓之風雅似二小雅一】　設レ席嘉二大同一【言設宴席賞衆人同至】　鑑レ流開二筆海一【言臨流揮毫　学海
字見楊雄法言　元張養浩詩人海誰知我亦鷗　、、字可検類書　五車韻瑞浩】　攀レ桂登二談叢一【言攀レ桂談話　宋陳
無已有後山談叢　我邦人造語用斯字亦奇】　盃酒皆有レ月【此句点化李白来】　歌声共逐レ風【言歌声逐レ風】　何事専
対士【論語字面】　幸用二李陵弓一【、、見二史漢一】

61 五言上巳禊飲応レ詔
皇慈被二万国一【、、見レ易　言天子慈仁及万邦　清乾隆帝御批通鑑謂古無万国】　帝道沾二群生一【言王道仁沢及庶民
沾一作レ活】　竹葉禊庭満【言竹満庭】　桃花曲浦軽【曲浦桃花軽開】　雲浮天裏麗【言、、天景麗】　樹茂苑中栄
【言苑中樹茂】　自顧試二庸短一【言自用二短才一】　何能継二叡情一【言得継天子之心情乎】
皇太子学士正六位上調忌寸古麻呂一首

62 五言初秋於二長王宅一宴二新羅客一

一面金蘭席。【言調忌寸与二新羅客一一面相見、、、】三秋風月時。【言三秋佳景、、、】琴樽叶二幽賞一。【言弾レ琴開レ樽叶二幽賞之情一】文章叙二離思一。【言作レ文叙二離別之思一】人含二大王徳一【言其人含二、、、一】地若二小山基一。【楚辞招二隠士一者淮南小山之所レ作也昔淮南王安博雅好レ古招二懐天下俊偉之士一自二八公之徒一咸慕二其徳一而帰二其仁一各竭二才智一著二作篇章一分造二辞賦一以レ類相従故或称二小山一或称二大山一其義猶三詩有二小雅大雅一也　言地若二小山基一也】江海波潮静【言、、、、也】披レ霧豈難レ期【言披レ霧不レ難レ期也】

正六位上刀利宣令二首　年五十九

63

五言秋日於二長王宅一宴二新羅客一一首　賦二得稀字一

玉燭調二秋序一。【玉燭字見二宝典一　言日輪調二秋気之序一也】金風扇二月幃一【言秋風吹二月照幃一】新知未二幾日一【言新相識。未レ経二幾日一】送レ別何依々【詩昔我往楊柳依々　言送レ別之情殷勤】山際愁雲断【言山間、、、】人前楽緒稀【言人前楽事稀也】相顧鳴鹿爵【爵杯也　詩小雅鹿鳴宴二群臣佳賓一也】相送使人帰。【言相送使者帰】

64

五言賀二五八年一

縦賞二青春日一【言縦賞二青陽春日之美景一　古詩白日莫二空過一青春不二再来一】相期白髪年【言、、、、、】清生百万聖【言清士、、、也】岳士半千賢【唐有二員半千一　山岳士五百年難レ得之賢者也】卜レ宴【卜一本作レ下】当時宅【言如今於レ宅欲レ開レ宴】披レ雲広楽天【、、、雲開】茲時尽清素【言是時相集廉清潔白之人】何用二子雲玄一【前漢楊雄著二太玄一　言何用二、、、一乎】

大学助教従五位下下毛野朝臣虫麿一首　年卅六

五言秋日於二長王宅一宴二新羅客一一首　并序　賦二得前字一

詩序2

夫秋風已発張歩兵【官名】所二以思レ帰【晋書張翰臨二秋風一 思二鱸魚一 曰人生遺二適意一休レ官帰】（四字ナシ）宋大夫於レ焉《ココニ》

傷レ志【楚辞宋玉九辨悲哉秋之為レ気也蕭瑟兮草木揺落而変レ衰　王逸云宋玉楚大夫屈原弟子也】然則歳光時物好レ事者賞而可レ憐勝地良遊相遇者懐而忘レ返況乎皇明撫レ運【言明天子当レ運】時属二無為一【論語子曰無為而治者其舜也与　言天下平治】文軌通【中庸今天下車同レ軌書同レ文　軌車轍迹也　顧亭林日知録古謂字為文　左氏有文在其手　史記秦始皇紀一二書文字一】而華夷翕二欣載之心一【言華夷合二、、、、一也】礼楽備而朝野得二歓娯之致一【言朝野之人得二歓楽之致一也】長王以二五日休暇一【漢制五日賜二休暇一】披二鳳閣一而命二芳筵一【言開二禁閣一而為レ宴】使人以二千里羈遊一俯二雁池一而沐二恩眄一【言雁入二池中一商俯而沐レ恩】於レ是彫俎煥而繁陳【言彫刻俎文煥鮮明而繁陳列　論語煥乎有文章】羅薦紛而交映【羅席紛乱而、、】芝蘭四座去二三尺一【漢高祖曰吾提二三尺剣一取二天下一　言座席去レ剣也　説苑与善人居如入芝蘭之室】而引二君子之風一【見二論孟一　言入風也】祖餞百壺【祖道也　送別杯百壺】敷二一寸而酌二賢人之酎一【言敷一寸席而酌酒　史漢坐二耐金一　耐祭宗廟酒也】琴書左右言笑縦横物我両忘【、、、見荘子】自抜二宇宙之表一【淮南注天地四方曰レ宇古往今来曰レ宙　言抜二出天地古今之外一也】枯栄双遺何必竹林之間【言遺二世間之栄枯一在二晋竹林七賢之間一乎】是【一作此】日也溽暑方間長皐向レ晩【言長岡向二晩景一】寒雲千嶺涼風四域白露下而南亭粛蒼烟生以北林藹。草也樹也揺落【宋玉賦草木、、】之興緒難レ窮觴兮詠兮登臨之送帰易レ遠加以二物色相召【言以風景相招】煙霞有奔命之場【左氏成七年楚申公巫臣遺楚将子反書曰使爾疲奔命以死】山水助レ仁風月無二息レ肩之地一請染レ翰操レ紙即レ事形レ言飛二西傷之華篇一継二北梁之芳韵一人操二【一作探】一字一

65 聖時逢二七百一　祚運啓二一千一【言天子之祚運啓開千年】　況乃梯レ山客【言梯レ山、】　垂ル、毛亦比《ナラブ》レ肩【山海経有二比肩獣一】　寒蟬鳴二葉後一　朔雁度二雲前一【北方之雁渉二雲前一】　独有二飛鸞曲一　並入二別離絃一

従五位下備前守田中朝臣浄足一首

66 五言晩秋於二長王宅一宴一首

苒々秋云暮【言遙々秋暮】飄々葉已涼【言飄レ風木葉涼】西園開二曲席一東閣引二珪璋一【丶丶見二詩経一言於二丶丶一引レ杯也】水底遊鱗【魚】戯　巖前菊気芳【言山巖《イハホ》前菊芬香】君侯愛レ客日　霞色泛二鸞觴一

左大臣正二位長屋王三首　年五十四

67　五言元日宴応レ詔

年光泛二仙蓹《節》一【言年光泛二仙丶一也】月色照二上春一　玄圃梅已放　紫【宸】庭桃欲レ新　柳絲入二歌曲一　蘭香染二舞巾一　於レ焉《是》三元節【正月七月十二月丶丶丶】共悦二望雲仁一【史記《大戴五帝徳》五帝紀帝堯其仁如レ天其智如レ神望レ《就レ之如レ日》之如レ雲　倶悦二天子之仁一】

68　五言於二宝宅一宴二新羅客一一首　賦得二烟字一

高旻開二遠照一【秋天曰二旻天一　秋天遠照】遙嶺靄二浮煙一【遙嶺浮煙靄断】有レ愛金蘭賞　無レ疲風月筵【言同志之人有二金芝蘭之賞一於二風月筵席一無二労疲一　易二人同心其利断金】桂山餘景下　菊浦落霞鮮　莫レ謂滄【一作レ蒼】波隔　長為二壮思篇一【莫言蒼波相隔長為壮思之詩篇一也】

69　五言初春於二作宝楼一置レ酒

景麗金谷室【風景佳麗似二晋石崇金谷園之室一】年開積草春【言開歳草緑為レ春】松烟双吐レ翠【松之烟隻吐レ翠】桜柳分含レ新【桜柳分而含《ム》二新芽一】嶺高闇二雲路一【山嶺高而雲往来之路暗】魚驚乱藻濱【言魚驚《フク》二乱《ル、モノ》藻之水濱《ニ》一】激レ泉移二舞袖一【言激泉而丶丶丶】流声韵二松筠一【言水流之声与二松竹一相似】

従三位中納言兼権造長官安倍朝臣広庭二首　年七十四

70　五言春日侍レ宴

聖衿感二淑気一【言天子之衣衿感二春之淑気一】高会啓二芳春一【言芳春啓二高人之会一】罇【一作樽】五斉濁盈【言五

樽中濁酒盈　楽万国風陳　【言楽陳㆓万国之風㆒】　花舒桃苑香【桃花舒開園中香馥郁】　草秀蘭筵新【言草秀而新布㆓蘭筵㆒也】　堤上飄㆓絲柳㆒【堤上柳絲飄】　波中浮㆓錦鱗㆒【波中錦鱗魚浮】　濫叨陪㆓恩席㆒【言妄陪㆘従蒙㆓君恩㆒之席㆖】　含㆑毫愧㆓才貧㆒【言含㆑筆愧㆓才短㆒也】

71

五言秋日於㆓長王宅㆒宴㆓新羅客㆒　賦得㆓流字㆒

山牖臨㆓幽谷㆒【言山家之窓、㆓、、㆒也】　松林対㆓晩流㆒【松林対㆓晩水流㆒也】　宴庭招㆓遠使㆒【言長王宴庭遠招㆓新羅客㆒】　離席開㆓文遊㆒【離別之筵席閑成㆓文雅之遊㆒】　蟬息涼風暮【言蟬息㆓、、、㆒也】　雁飛明月秋　傾㆓斯浮㆑菊酒㆒　願慰㆓転蓬憂㆒【言傾㆓菊酒㆒而、㆓、、、㆒也】

大宰大弐正四位下紀朝臣男人三首　年五十七

72

七言遊㆓吉野川㆒

万丈崇巌削成秀【言高山之崇万丈如㆓削成㆒也】　千尋素【白也】（一字ナシ）　逆折流【言千尋之水流逆而分流也】　欲㆑訪㆓鍾池越潭跡㆒【言欲㆑訪㆓鍾池《カネイケ》越潭《□□□□》之跡㆒】　留㆓連茅渟《チヌノ》㆒逢㆓槎洲㆒【言留㆓連茅渟皐㆒而遊、㆓、、㆒也】

73

五言扈㆓従吉野宮㆒

鳳蓋停㆓南岳㆒【言天子之、、停《トヽマル》㆓南岳《タケ》㆒也】　追尋智与㆑仁【論語智者楽㆑水仁者楽㆑山　言追尋㆓山水之景㆒】　嘯㆑谷将《モツテ》㆑孫《ヲ》語《ラン》【言嘯㆓山谷之間㆒而与㆓孫康㆒語也　孫一本作㆑猻　獮猴也】　攀㆑藤共㆑許親【言攀㆓藤枝㆒而与㆓許由㆒相親】　峰巌夏景新【言巌、、、也】　泉石秋光新【泉石、、、也】　此地仙霊宅【言斯地乃仙人之宅】　何須《ソ》㆓姑射倫㆒【荘子藐姑射之山有㆓神人㆒　言何用㆓姑射之仙人㆒乎】

74

五言七夕

犢鼻標㆑竿日【晋書世説南阮富而北阮貧七月七日乞巧南阮曬㆓衣服㆒錦綺粲《タリ》㆑目阮咸以㆓竹竿㆒挂㆓犢鼻褌㆒曰未㆑能㆑免

レ俗聊復爾々】　隆腹曬レ書秋【同上郝隆七月七日日午曬レ腹臥人問二其故一曰我曬二腹中之書一也】　風亭悦二仙会一【言清風入二亭中一悦二高人之会一】　針閣賞二神遊一【言乞巧奠之祭弄レ針閣中、二、、一也】　月斜孫岳嶺【孫岳《マゴタケ》上月斜】　波《ハ》激《ス》子池《ノ》流《レ》【言子池之流水激《ゲキ》盪《ウゴク》ユ】　懽【一作レ歓】　情未レ充《タ》レ半《ニ》【言歓情未《タ》レ半《ナラ》之時】　天漢暁光浮【言天河欲レ暁也】

正六位上但馬守百斉《モヽナリ》【一作レ済《クタニ》】公和麻呂三首　年五十六

75

五言初春於二左僕射【隋園随筆僕射古為二軽官一僕人射人也自レ唐以来遂為二宰相之官一】長王宅一讌《ス》

帝里浮二春色一【言帝王之里春色来】　上林開二景華一【言似二漢上林苑一而帝王園華開】　芳梅含レ雪散【言梅白似レ雪而散落】　嫩柳帯《テ》レ風斜《ヲ》【言庭中之嫩柳帯レ風而斜也】　庭燠将レ滋草【言庭中暖而草将レ滋】　林寒未レ笑【一作レ咲】花【言林寒而花未レ開】　鶉衣追二野坐一【言鶉衣百結而追二野人之坐一】　鶴蓋入二山家一【言以二鶴蓋一入二山家一】　芳舎塵思寂【言舎中無二塵俗之想一】　拙場風響譁【言拙場風声喧也】　琴罇【一作レ樽】興未レ已【言弾レ琴開レ樽而飲興味未レ歇】　誰載二習《ナラフ》レ池車《ニ》一【唐張旭臨レ池学レ書池水尽黒　言誰載二書家之車一乎】

76

五言七夕

仙期星二織室一【言牽牛之与二女仙織女星一会二織室一】　神駕逐二河辺一【言神駕逐二、、一也】　咲瞼飛花映【言織女之含レ笑瞼《マブタ》恰似二飛花之映一也】　愁心烛処煎【言牽牛一年待二織女一不レ見愁心独居其情似二煎熬《ニイリツクルニ》一也】　昔悵《ハイタム》二【一作惜】河難《ノ》レ越《キヲエ》【昔日悵二傷天河之難一レ渉《リ》】　今傷《ハム》二漢《ノ》《アマノカハ》易レ旋《ヤスキメクリ》【言今夜之会傷二天河之易一レ旋也】　誰能玉機上【言世間誰人玉機上】　留レ怨待二明年一【言留レ怨而待二明年一也】

77

五言秋日於二長王宅一宴二新羅客一　賦得二時字一

勝地山園宅【言佳勝之地、、、】　秋天風月時【言秋天明月清風之時】　置レ酒開二桂賞一【言置レ酒賞二桂花一】　倒レ屣【一作レ履】逐二蘭期一【言倒レ屣而逐二観《ル》レ蘭之期《ヲ》一也】　人是鶏林客【人是朝鮮客】　曲即鳳楼詞【所レ奏曲乃、、、也】

青海千里外【言足下帰レ国之後於二青海千里之外一】白雲一相思【必望二白雲一可二相思一也】

正五位上大学博士守部連大隅一首　年七十三

78

五言侍レ宴

聖衿【聖人之衣衿】愛二韶景一【言天子愛二春景色一】山水翫二芳春一【言看レ山臨レ水賞《ス》二春景《ヲ》一也】椒【一作レ樹】花
帯レ風散【言椒花帯レ花而散落也】柏葉含レ月新【言柏葉含レ月而新也】冬花消二【一作レ銷】雪嶺一【言冬花於二雪
嶺一消也】寒鏡泮二氷【一作レ水】津一【言水津氷似二寒鏡一而泮解《トクル》也】幸陪二濫吹席一【言今日幸陪二、、席一】還笑二
【一作咲】撃壌民一【言笑二堯時、、一也】

正五位下図書頭吉田連宜二首　年七十

79

五言秋日於二長王宅一宴二新羅客一　賦得二秋字一

西使言帰日【言西方使者言《コ、ニ》、、】南望餞《シ》送《ル》レ秋《ヲ》【言南望而、二、、一也】人《ハ》随二蜀星一遠【言人随二蜀星一而遠也】
驂帯二断雲浮一【言馬驂、二、、、一也】一《ヒ》去《テ》殊二郷国一【言一去、、、也】万里絶二風牛一【書費誓馬牛其風《ハナレ》　左氏
僖四年風馬牛不二相及一也　賈逵曰風《ハ》放也　言万里放馬牛不二相来一也】未レ尽二新知趣一【言今日相見而、レ、二、、
、一】還作二飛乖愁一【言却作二、、、一也】

80

五言従二駕吉野宮一

神居深亦静【言天子之居深静】勝地寂復幽【言佳勝之地寂而幽】雲巻三舟谿【一作谿　言雲巻、、、也】霞開
八石洲【言八石洲《ヤイシノス》、、也】葉黄送二初夏一【言、、、、、也】桂白早【一作迎】迎【一作早】秋【言桂花白而、、、也】
今日夢二洲上一　遺響千年流【言、、、、、也】

外従五位下大学頭箭集宿禰虫麻呂二首

81

五言侍レ讌

聖豫開二芳序一【言天子豫開二芳席一】　皇恩施二品生一【天子之恩施二品生一也】　流霞酒処泛【流霞於飲レ酒処而浮也】　即薫吹曲中軽【言薫吹曲中軽調也】　紫殿連珠絡【紫宸殿似二、、、一也】　丹墀蓂草栄【言天子之、、、、也】　此乗レ槎客【漢張騫、、、、、、】　倶欣二天上情一【、、、、、也】

82

五言春日於二左僕射長王宅一宴

霊臺披二広宴一【長王之臺開二、、一　詩大雅経二始霊臺一　朱子曰言如二神霊之所レ為也】　宝斎歓二琴書一【言於二宝斎一欣弾琴読書也】　趙発二青鸞舞一【言長王宅中美人舞似二漢趙飛燕一而成二青鸞舞一也】　夏踊二赤鱗魚一【言夏日赤、、踊也】　柳条未レ吐レ緑【言柳枝未レ吐レ緑】　梅蕊已芳踞【言梅花開　踞一作レ裾】　即是忘レ帰地【言人忘レ帰地】　芳辰賞叵レ舒【言芳辰賞而難レ舒也】

従五位下【一作上】陰陽頭兼皇后宮亮大津連首二首　年六十六

83

五言和下藤原太政遊二吉野川一之作上　仍用二前韻一

地是幽居地　山惟帝者仁【山是帝者、、】　潺湲浸レ石浪【言水、、而浪浸《ヒタス》レ石《ヲ》】　雑沓応レ琴鱗【魚鱗雑沓而応二琴声一】　虚懐対二林野一【言虚レ懐而、二、、一也】　陶性在二風煙一【孟子告子曰生之謂レ性　荘子庚桑楚性者生之質也言陶二写性情一在二風煙之景一也】　欲レ知二歓宴曲一　満酌自忘レ塵【言持レ満而酌自忘二塵俗之事一】

84

五言春日於二左僕射長王宅一宴

日華臨レ水動【言日輪影映レ水而動】　風景麗二春墀一【言春墀風景麗美】　庭梅已含レ笑【一作レ咲　庭梅已欲レ開】　門柳未レ成レ眉【門前之柳未レ成二眉黛之青一】　琴罇宜二此処一【言弾レ琴開レ樽於二此処一而宜】　賓客有二相追一【賓客相追而至】　飽レ徳良為レ酔【詩小雅既酔以レ酒既飽以レ徳】　伝レ盞【一作レ盃】　莫二遅々一【言伝レ盃莫二遅々一也】

贈正一位左大臣藤原朝臣総前三首 年五十七

85

五言七夕

帝里初涼至【言天子之地新涼至 周礼五隣為レ里 詩鄭風将仲子無踰我里 毛萇曰里居也】神衿翫二早秋一【言天子之衣衿、、、也】 瓊筵振二雅藻一【言瓊玉之筵、二、、一也】 金閣啓二良遊一【言金閣上成二良遊一也】（五字ナシ） 龍車越二漢流一【言龍車越二天漢之流一】 欲レ知二神仙会一 青鳥入二瓊楼一【青鳥見二漢武内伝一】

86

五言秋日於二長王宅一宴二新羅客一 賦得二難字一

職貢梯航使【周礼有二職方氏一 言職分貢梯航之使者】 従レ此及二三韓一【言自レ是及二馬韓弁韓辰韓一也】 岐路【淮南子楊朱見二岐路一而哭レ之為二其可以南一可二以北一】 分レ衿易【言岐路離別分二衣襟一去易也】 琴罇【一作樽】促レ膝難【言弾レ琴開レ樽而飲、、、也】 山中猿吟【一作叫】断【唐詩猿啼三声涙沾衣粗相似】 葉裏蟬音寒【言葉裏寒蟬吟也】 贈レ別無二言語一 愁情幾万端【贈別無言不堪愁也】

87

五言侍レ宴一首

聖教越二千祀一【言天子叡聖之教越二千年一也 爾雅夏曰レ載商曰レ祀】 英声満二九垠一【言英声満二天下一 九垠九州之土限也】 無為息二無事一【言天子無為而天下治無事】 垂拱勿二労塵一【書武成垂拱而天下治 言天子垂二衣裳一拱《コマヌク》レ手而勿二労苦塵土之念一】 斜暉照レ蘭麗【斜日照レ蘭而美麗】 和風扇レ物新【暖和之風吹レ物而新也】 花樹開二一嶺一 絲柳飄二三春一 錯繆【一作謬】 殷湯網【史記殷本紀湯見張網四面者】 繽紛周池蘋【言池中蘋蓱錯乱也 左氏隠公三年苟有二明信一蘋蘩薀藻之菜可羞二鬼神一】 鼓レ枻極二南浦一【言鼓レ枻而遊二、、一也】 肆レ筵楽二東濱一【言布二筵席一楽二、、之風景一也】

正三位式部卿藤原朝臣宇合六首 年卌四

五言暮春曲二宴南池一　并《ヒニ》序

詩序3　夫【発語之詞】王畿千里之間【詩邦畿千里惟民所レ止】誰得二勝地一【言誰丶二丶丶一乎】帝京三春之内幾知二行楽一【漢書人生行楽耳】則有二沈レ鏡小池一勢無レ劣二於金谷一【晋書石崇豪富作二金谷園一】染レ翰良友【言染レ丶良友】数不レ過二於竹林一【晋阮籍稽康山濤王戎劉伶向秀阮咸等為二竹林之遊一】為レ弟為レ兄【後漢書世説陳大丘《寔》之子元方難レ為レ兄季方難レ為レ弟】酔レ花酔レ月。包二心中之四海一【言人度量大而包二含四海一】尽レ善尽レ美【論語八佾子謂レ韶尽レ美又尽レ善】対二曲裏【曲江也】之長流一是【一作レ此】日也人乗二芳夜一【人乗二花宵一】時属二暮春一映レ浦紅桃半落二軽錦一低レ岸翠柳初払二長絲一。於レ是林亭問レ我之客去二来花辺一池臺慰レ我之主【一作賓】左二右琴罇一【一作レ樽】月下芬芳歴二歌処一而催レ扇風前意気歩二舞場一而開レ衿雖二歓娯未㆑尽而能事一紀筆一盍二各言㆑志探レ字成レ篇云レ爾」

88得レ地乗二芳月一【言得レ地乗二花月之景一】臨レ池送二落暉一【言丶丶送二落日一也】琴罇何日断。酔裏不レ忘レ帰。

七言在二常陸一贈二倭判官留在㆑京一首　并序

詩序4　僕与二明公一【言僕与レ足下一】忘レ言歳久【忘レ言見二荘子一】義存二伐木一【詩小雅伐レ木丁丁《ソウ〳〵タリ》。鳥鳴《ナクコト》嚶々出レ自二幽谷一遷二于喬木一嚶其鳴矣。求二其友一声相《ミレハ》二彼《ノ》鳥一矣猶求《ル》レ友《ヲ》声《アリ》　矧《イハンヤ》伊人矣不レ求二友生一　義存二朋友一也】道叶二採葵一【言道叶二葵花之傾《クニ》㆑日也】待《ツ》二君《カ》千里之駕《ヲ》一于《ニ》レ今三年懸二我一箇【一个也　書秦誓若有二一个之臣一　左氏僖三十三年一个之行李　荀子一个《箇》負レ矢】之榻一【後漢書徐穉為二陳蕃一設二一榻一】於レ此九秋如何授《ソク》レ官《ヲ》同《キ》日《ニ》乍《チ》別《レ》殊《ニシテ》レ郷以為二判官一。【言於レ是九十日之秋　言如何而授レ官何為同日乍別乎　言異二郷土一以為二判官一】公《ノ》潔《イサキヨキ》等《ヒトシク》二氷壺一明逾二水鏡一【言公之志行清潔与二氷壺一相似其明過二水鏡一】学隆二万巻一【老杜読レ書破二万巻一下レ筆如レ有レ神　言学優読二万巻一】智載二五車一【言多智也】留二驥足於将㆑展【言千里之馬足欲レ展　言留二才士一也】預預琢二玉条一【言預如レ琢二玉枝一】廻二鳧舄之擬㆑飛【後漢方技伝王喬化レ鳧至】忝二簡金科一【言誠辱二金科之択一也】何異下宣尼返レ魯刪二定詩書一

【論語子曰吾自レ衛返レ魯然後楽正雅頌各得二其所一　史記孔子世家古者詩三千餘篇孔子刪レ之為二三百五篇一　宋欧陽永叔清朱竹垞云詩無二三千一　清趙翼陔餘叢考挙逸詩左氏引詩曰翹々車乗招我以弓史記春申君伝詩曰大武遠宅而不渉　其考据精確】　叔孫入レ漢制二設礼儀一【史記叔孫通伝群臣飲レ酒争レ功抜レ剣撃レ柱高帝厭レ之通制二朝儀一】　聞夫天子下レ詔茲択二三能之（一字ナシ）士一使三各得二其所一明公独自遺闕二此挙一理合二先進一【論語子曰先進於二礼楽一君子也　程子曰先進後進猶レ言二前後輩一】　還二是後一（一字ナシ）譬如下呉馬痩レ塩人尚無レ識楚臣泣レ玉世独不レ悟【韓非楚人卞和得二玉璞於楚山中一献二之厲王一厲王使二玉人相一レ之玉人曰石也王則以レ和為レ誑而刖二其左足一武王立。和献レ之玉人曰石也王又以レ和為レ詐又刖二其右足一文王立。卞和抱二玉璞一哭二于楚山之中一三日三夜涙尽而継レ之以レ血人曰天下之刖者多矣子何哭之悲也和曰吾非レ悲レ刖也悲下夫貞士而名レ之以上レ詐也文王使二玉人理一レ之果得レ玉因命曰二和氏之璧一】　然而歳寒後験二松竹之貞一【論語子曰歳寒然後知二松柏之後一レ凋也】　風生廼解二芝蘭之室一【家語与二善人一居如レ入二芝蘭之室一】　非二鄭子産一幾失二然明一【見二左氏襄三十一年一】　非二斉桓公一何挙二甯戚一【見二劉向新序一】　知レ人之難【書知レ人則哲　惟帝其難レ之】　匪二今日一耳遇レ時之罕自レ昔然矣【史記蒯通曰時乎時時不二再来一　又曰時者難レ得而易レ失也】　大器之晩【老子大器晩成】　終作二宝質一如有二我一得之言一【爰盎曰愚者千慮必有二一得一】　庶幾慰二君三思之意一【論語季文子三思而後行】　今贈二一篇之詩一輙示二寸心之歎一【一作レ欸】　其詞曰

89 自二我弱冠一【曲礼二十曰レ弱而冠】　従二王事一【詩王事无レ盬】　風塵歳月不二曾休一【言奔二走風塵之中一大渉二歳月一不二休息一】　褰《カヽケ》レ帷独坐辺亭夕　懸レ榻長悲【王勃記徐孺下二陳蕃之榻一】　揺落秋【杜子美詩揺落深知宋玉悲　宋玉賦悲哉秋之為気也蕭瑟兮草木揺落而変レ衰】　琴瑟之交【一作レ友】　遠相阻　芝蘭之契【説苑与二善人一処如レ入二芝蘭之室一久而自臭也】　接無レ由　接無レ由何見二李将一レ鄭【李白鄭虔】　有レ別何逢二道与猷一　馳レ心悵望白楽天【唐書白居易伝】　寄語徘徊明月前　日下【晋書日下荀鳴鶴】　皇都君抱レ玉【言君有二才藻一】　雲端辺国我調レ絃【言雲端辺国我、、也】

清絃入レ化経二三歳一　美玉韜レ光幾度年　知己【史記晏嬰伝越石父曰君子屈二于不レ知レ己而伸二于知レ己者一】難レ逢匪レ今耳【一作レ年】　忘言【見二荘子一】罕レ遇従来然　為レ期不レ怕二風霜触一　猶似二巌心松柏堅一

90

七言秋日於二左僕射長王宅一宴

帝里烟雲乗二季月一【言帝者之里烟雲靄而乗レ月也】　王家山水送二秋光一【言王家山水之美景送二秋光一也】　霑蘭白露未レ催レ臭　泛レ菊丹霞自有レ芳　石壁【壁立石千仞之高】蘿衣《ツタノ》猶自短《ヲラシ》　山扉松蓋埋然長【言松篁長】　遨遊已得レ攀二龍鳳一【言今日之遊陪二詞客一撫二龍鱗一攀二鳳翼一】　大隠何用覔二仙場一【言為二隠者一何可レ覔二仙居一乎】

91

五言悲レ不レ遇

賢者悽二年暮一【言賢人傷二年徂一】　明君冀二日新一【言明君日二新其徳一】　周占【一作レ日】載二逸【一作レ遺】老一【六韜文王得二太公望一同レ車而返】　殷夢得二伊人一【殷紀高宗夢得レ説】　摶挙非レ同レ翼　相忘不レ異レ鱗　南冠労二楚奏一【見二左氏成九年一】　北節倦二胡塵一【見二漢書蘇武伝一】　学類二東方朔一【漢書東方朔曰三冬文史足レ用】　年餘二朱買臣一【同上買臣年四十負レ薪読レ書】　二毛雖二已富一【言徒年老也　左氏僖二十二年何有二二毛一】　万巻徒然貧【言不レ能レ読二万巻之書一也】

92

五言遊二吉野川一

芝蕙蘭蓀《ノ》沢【四種香草之沢】　松柏桂椿【四樹相生之】岑【山峰】　野客初披《ヒラク》レ薜《ツタカツラ》【蘿也】　朝隠暫投レ簪【言朝為二隠者一而投二棄簪一也】　忘レ筌【荘子得レ魚而忘レ筌　筌《センハ》魚笱《ヒク》也】　陸機海【晋書、、呉人　言文海忘レ想レ事也】　飛レ繳《イトヤ》張衡林【後漢書張衡字平子　言文林馳レ思】　清風入二阮【籍】嘯一　流水韵二【一作レ韻】嵆【康】琴一【言清風自入二阮籍之口長嘯一流水之声与稽康弾琴之声相和也】　天高槎路遠【言天高槎、、也】　河廻桃源深【淵明有二桃源記一】　山中明月夜【言山中皓月之夜】　自得二幽居心一

93 五言奉二西海道節度使一之作

往歳東山役【言往年東山道之兵役】 今年西海行【言今歳到二西海一】 行人一生裏 幾度倦二辺兵一【行人一生中幾度労二倦辺兵一也】

従三位兵部卿兼左右京大夫藤原朝臣万里【一作麻呂】五首

五言暮春於二第《ヤシキノ》 園池《ニハイケ》一置《サカモリ》レ酒 并序

詩序5 僕聖代之狂生耳。直以《ニテ》二風月《ヲ》一為《シ》レ情《ト》。魚鳥為レ翫《ト》【言玩二魚鳥一也】貪レ名狥レ利【貪レ立レ名狥レ取レ利】未レ適二沖襟一【未レ適二心中一】対《シテ》レ酒当《マサニ》《ヘシ》レ歌《ウ》。是諧二【一作レ謂】私願一乗二良節之已暮一尋二昆弟之芳筵一。一曲一盃尽二歓情於此地一。或吟或詠《シハス》。縦《ホシイマ、ニス》二逸気於高天《キニ》。千歳之間。稽康我《カ》友一酔之飲。伯倫《ハ》吾師。不レ慮《ラ》二軒冕之栄《テスト》レ身《ヲ》。徒知《ニル》二泉石之楽レ性《ヲ》。於レ是絃歌迭奏。蘭蕙同欣《クフ》。宇宙荒芒【言天地四方古往今来芒々】烟霞蕩【動也】而満《ツ》レ目《ニ》。園池照灼。桃李咲而成レ蹊【言桃李開而行人至 史李広伝賛諺曰桃李不レ言下自成レ蹊】既而日落庭清。罇傾人酔。陶然不レ知二老之将レ至也【論語】夫登《テ》レ高能賦《ニクス》。即是丈夫之才。体レ物縁レ情。豈非二今日之事一。宜下裁二四韻一各述下レ所レ懐云レ爾。

94 城市元無レ好。【言生来不レ好二城市煩囂之地一】 林園賞有レ餘。【言賞二林園之景一佳賞而有二餘興一】 弾レ琴仲散地【言似稽康弾琴之地】 下レ筆伯英書。【後漢張芝字伯英 言下筆如二張芝一也】 天霽雲衣落【言天晴雲開。】 池明桃錦舒。【言池明而桃花似レ錦舒発】 寄レ言礼法士。【寄語、、、】 知三我有二麤疎一【知三我疎二世事一乎】

五言過二神納言墟一

95 一旦辞レ栄去。千年奉レ諫餘【言一日辞レ栄而去千年奉二諫草一之餘暇】 松竹含二春彩一【松竹含二春色之美彩一。】 容暉寂二旧墟一【言納言死而旧墟寂也】 清夜琴罇罷【言清夜弾琴飲酒罷】 傾レ門車馬疎 普天皆帝国【詩普天之下莫レ非二王土一】 帰去遂 焉如《ツイニイヅクニユカン》【言帰去而往二何地一乎】

96 君道誰云レ易【論語子曰為レ君難】 臣義本自難【又云為レ臣不レ易】 奉レ規終不レ用【言規二諫天子一而不レ用也】 帰去《リテ》遂《ニ》辞《ス》レ官《ヲ》。 放曠遁二【一作遊】稽竹一【言放曠之心似稽康竹林遊】 沈吟珮二楚蘭一【言沈吟佩レ蘭 離騒経紉二秋蘭一以為レ佩】 天閽若一啓。 将レ得二水魚歓一

97 五言仲秋釈奠【延喜式釈奠先聖用二月八月上丁日】

還衿時《ニ》窮レ蔡 吾衰久歎レ周 悲哉図不レ出 逝矣水難レ留【見二論語一】 玉俎風蘋薦【言玉俎薦二蘋草一】 金罍月桂浮【詩姑酌二金罍一 月映二杯中一】 天縦【論語字面】 神化遠 万代仰二芳猷一

98 五言遊二吉野川一

友非二干レ禄友一【言友非二干禄之人一】 賓是渙レ霞賓【言賓客是仙侶渙二煙霞一】 縦歌臨レ水智【言縦歌似知者楽水也】 長嘯楽レ山仁。 梁前松吟古。 峡上簧声新。 琴樽猶未レ極。 明月照二河濱一

従三位中納言丹墀真人広成三首

99 五言遊二吉野山一

山水随レ臨賞【言山水之景臨レ臨而賞翫。】 巖谿逐レ望新【言山巖谿開之景逐望新也】 朝看二【一作レ著】度レ峰翼一【言朝看二渉レ峰鳥一】 夕乱二【一作レ翫】躍レ潭鱗一【言夕時鱗魚乱二躍碧潭中一】 放曠多二幽趣一【言遁レ世放二曠心思一多二、、一】 超然少二俗塵一。【言超二然于事物外一則無二俗塵之攪擾一。】 棲二心佳野域一【言寄二心於、、、一】 尋問二美稲《ヨシイナ》津《ツ》一【地名】

100 七言吉野之作

高嶺嵯峨多二奇勢一。【言高山聳、二、、一】 長河渺漫作二廻流一。【長川遙渺々漫々、二、、一】 鐘地超レ潭豈【一作レ異】

凡類【、、、、、、也。】　美稲逢レ仙同二洛洲一。【美稲逢二仙人一則、二、、一也】

101
五言述レ懐

少無二蛍雪志一【言少年無二学問之志一晋車胤聚レ蛍読レ書　孫康映レ雪読レ書　清蔣良騏東華録。清康熙帝以二大紗籠一盛レ蛍数万。不レ能レ読レ書。聖祖曰。孟子所レ謂尽信レ書則不レ如レ無レ書者。真妙論也。】　長無二錦綺工一【言長不レ能レ作二詩文一】　適逢二文酒会一　終恧二不才風一【言偶、二、、一終恥二其不才一也】

従五位下鋳レ銭長官高向朝臣諸足一首

102
五言従二駕吉野宮一

在レ昔釣レ魚【一作レ漁】士【言昔釣レ魚之士】　方今留レ鳳公【言唯今留二、、一】　弾レ琴与レ仙戯【言弾レ琴而与二仙人一戯】　投レ江将レ神通【言投二身於江一而、、、】　拓歌泛二寒渚一【言歌而泛二舟、、一】　霞景飄二秋風一【言霞、二、、一】　誰謂姑射嶺【荘子逍遙遊藐姑射之山有二神人一】　駐レ蹕望二仙宮一【言、、、二、、一也】

釈道慈二首

伝記7　釈道慈者。俗姓額田《ヌカタ》氏。添下《ソエシタノ》人。少而出家。聡敏好レ学。英材明悟。為レ衆所レ懽。【一作レ歓】太宝元年。遣レ学二唐国一。歴訪二明哲一。【詩。既明且哲。以保二其身一　言遍訪二哲人一】　留連《シテ》　講肆《シナラウ》。妙通二三蔵之玄宗一。広談二五明之微旨一。時唐簡二【択也】于国中義学高僧一百人一。請《フテ》入《レ》二宮中《ニ》一。令レ講《ムセ》二仁王般若《ヲ》一。法師学業穎秀。預《アラカシメ》入《レ》二選中《ノニ》一。唐王憐《ンテ》二其遠学《ヲ》一。特《ニ》【一作レ時】加《フ》二優賞《ヲ》一。遊二学西土一。十有六歳。養老二年。帰《リ》二来《ル》本国《ニ》一。帝嘉《ヨミシテ》レ之《ヲ》。拝《ス》二僧綱律師《ニ》一。性甚骨鯁【、、見二史漢一　言如レ骨鯁二咽中一剛直】　為《メニ》レ時《ノ》不レ容《イレラレ》。解《テ》レ任《ヲ》帰《テ》遊《フ》二山野《ニ》一。時《ニ》出《テ》二京師《ヲ》一。造二大安寺一。時《ニ》年七十餘。

103
五言在《リ》レ唐《ニ》。奉《ル》二本国皇太子《ニ》一。

三宝持《ス》二聖徳《ヲ》一。【老子。我有二三宝一。一曰。慈。一曰倹。一曰。不三敢為二天下之先一。言以二三宝一。持二、、一也。鄭玄周礼注。聖無レ不レ通也。朱子孟子注。聖者。神明不レ測之称。】百霊扶二仙寿一【言天地間之鬼神百霊扶レ寿也】寿共二日月一長。徳与二天地一久。【老子。天長地久。】

五言初春在二竹渓【一作レ谿】山寺一。於《テ》二長王《ノ》宅《ニ》一宴《ス》。追《ツテ》【一作《ル》レ遐《ハルカニ》】致《ス》レ辞《ヲ》 并序

詩序6

沙門道慈啓《ス》。以二今月廿四日一。濫《ミタリニ》蒙二抽引《キヲ》一。追《テ》預《リ》二嘉会一。奉《シテ》レ旨《ヲ》驚惶《キヲソル、》一罔《ナシ》レ知《ルコトトコロ》レ攸レ措《ヲクコトヲ》。但《シ》道慈少年落レ飾【一作レ餝 言出家也】常住《ニス》二釈門《ニ》一。至二於属レ辞【礼記、、比レ事。春秋之教也 言賦レ詩作レ文】談吐一【、、見二世説一 謂二吐レ舌談論一也。】元来未レ達。【言不能也。】況乎道慈機儀俗情全有レ異【言浮屠氏之道与二俗情一異也。】香盞酒盃又不レ同。【言焚レ香礼レ仏。又卿二酒盃一不レ同】此庸才【凡庸之才】赴《ク》二彼《ノ》高会《ニ》一。理乖《ク》二於事一。事迫《ル》二於心《ニ》一。若《シ》夫魚鹿易レ処。方円改レ質。【孟子。規矩方円之至也。韓非子。左手画レ円。右手画レ方。知者不レ能也。】恐《ル》其《ノ》失《ハン》二養レ性之宜《ヨロシキヲ》一。乖《ソムク》二任《スル》レ物之用《ニ》一。撫《ナツルミヲ》レ躬之驚惕《キヲソル》。不《イトマアラズ》レ遑二啓処一【小雅。不レ遑二啓処一。毛萇曰。啓跪也。処居也。】謹《テ》裁《スルニ》以《テシ》レ韻《ヲ》。以辞《テン》二高席一。謹《テ》至《ル》如《シ》レ左《ノ》。羞《ラクハ》穢二【汙也】耳目一《ヲ》。

104 素緇杳《ヨウ》然《トシテ》別《ル》【言素衣与二緇衣僧一。遙別《ニル、》也。】金漆諒難レ同。【易二人同レ心。其利断レ金 言朋友之道。以レ膠投レ漆。相合難也。】納衣蔽《フ》二寒体《キヲ》一【言僧衣蔽《ヒ》二防体寒《クノヲ》一】綴鉢足二飢嚨一。【言鉢食禦レ飢也。】結《ンテツタヲ》レ蘿為《トス》二垂《タル、》幕《マク》一【言、レ、二、、一也】枕《ラニシテ》レ石《ヲ》臥《ス》二巖《ノ》中《ニ》一【世説。晋孫楚枕レ石漱レ流 言、、、二、、一也。】抽《ヌイテ》レ身離《ル》二俗累《ヲ》一。【言抽レ身而離《ル》二塵俗之累《ヲ》一也】滌レ心守《ル》二真空《ヲ》一。【言洗《テ》レ心《ヲ》而守《ル》二釈氏之真空《ヲ》一】策レ杖登《ル》二峻嶺《ニ》一【言杖而、二、、一也】披《ヒライテ》レ襟《エリヲ》稟《ウク》二和風《ヲ》一。【言披《テ》二衣襟一而入二春風一也】桃花雪冷冷【言桃花白似二雪冷一。】竹渓【一作レ谿】山沖々【言竹渓間《ノ》山窪《クボム》凹。老子。道《ハ》沖而用レ之。或《ハ》不レ盈《タ》。】驚《テ》レ春《ニ》柳雖《トモ》レ変《スト》。【言驚二春色至一而柳雖《トモ》レ変《スト》 謝霊運詩。池塘生二春草一。園柳変二鳴禽《ヲ》一。】餘寒在《リ》二単躬《ニ》一。【言餘寒在二単身一】僧既【一作レ已】方外《ノ》士。【荘子遊二法之外一 言僧徒方外之人。】何煩入二宴宮一。【何用レ入二宴席一乎。】

外従五位下石見守麻田連《ノ》陽春一首　年五十六

五言和下藤江守詠二禅叡山先考之旧禅処柳樹一之作上。

105 近江惟帝里【、、惟帝王之里】　裨叡寔《マコトニ》神山。【言、、、、也。】　山静俗塵寂。【言山静而、、、也。】　谷閑《シテ》真理専《ナリ》。【言谷閑。則学レ仏之真理独専也】　於穆【詩於穆清廟。朱子曰。於歎美之辞。穆深遠之皃】我先考。【我先人】独悟《リ》闡《テヒラク》二芳縁一。【独悟二浮生之若レ夢。而開《ク》二為レ僧良因縁《ヲ》一。】　宝殿臨レ空構。【言宝殿高聳二碧空一而構造也。】　梵鐘入レ風伝。【寺鐘声入レ風伝】　煙雲万古色《ノ》【言煙雲之色。万古同態。】　松柏九冬専。【松柏入二九十旬冬一。専不レ凋。】日月荏苒去。【言歳月遙往去。】　慈範独依々。【言先人之慈悲方範伝在】　寂寞精禅処。【言先人寂寥、、、】　俄為二積草墀一。【言荒為二草積階一。】　古樹三秋落。【古木三秋落葉。】　寒草九月衰。唯餘二両楊樹一。【言餘二両楊柳一】　孝烏朝夕悲。【蕭広済孝子伝有二朝夕烏一。言孝子思レ親而朝夕悲也。】

外従五位下大学頭塩屋連古麻呂一首

五言春日於《テ》二左僕射長屋王宅《ノニ》一宴《ス》

106 卜レ居【屈原有二、、一】　傍二城闕一【言卜居、、、也】　乗レ興【一作輿】引二朝冠一【言乗興而引二公卿一也】　繁絃辨二山水一【言弾琴繁絃声辨二山水一也　呂氏春秋列子曰。伯牙弾琴志在二高山一鐘子期曰。峩々若二高山一。志在二流水一】妙舞舒《ノフ》二斉紈一【言妙舞舒二紈衣一而躍】　柳条風未レ煖【一作レ暖　言吹二柳枝一風未レ煖】　梅花雪猶寒【梅花含雪寒】放情良得レ所。【言放二情思一而得二其所一　孟子子産曰得二其所一哉】　願言若二金蘭一。【言朋友之交若二断金芝蘭一也】

従五位下上総守伊与【一作岐】連古麻呂一首

五言賀二五八年一宴

107 万秋長二貴戚一【言万秋貴戚之臣尊】　五八表二遐年一【言五八之年、、、也】　真率無二前後一【言今日真率之会。不レ拘二年之先後一】焉求一二愚賢一【言何求而、、、乎】令節調二黄地一【言、、調二地気一】寒風変二碧天一【言風寒而変《ス》二冬天《ニ》一】已応二螽斯徴一。【詩序螽斯子孫衆多也】何須顧二太玄一。【豈如二楊雄一用レ著二太玄一乎】

隠士民黒人二首

108 五言幽棲

試《ニ》出二囂塵処一【言試出二市中煩囂処一】追尋二仙桂叢一【言追尋二仙家桂樹之叢一。】巖谿無二俗事一【言登二山巖一渉二谿水一、、、也】山路有二樵童一【言山路樵童行。】泉石行行異【言泉石之景随二行処一而異レ態】風烟処々同【言風烟、、、也】欲《ハ》レ知二山人楽《ラン》《ヲ》一松下有二清風一【言山人之所レ楽。松下有二清風一耳　全詩似二唐人一】

109 五言独二坐山中一

煙霧辞二塵俗一【言愛二山中之煙霧一而辞二、、之累一】山川壮二我居一【言我居山川之景佳而壮】此時能草【一作莫】レ賦【言此時能、、】風月自軽レ余【言清風名月軽二余之不才一】

釈道融五首

伝記8 釈道融者。俗姓波多氏。少遊二槐市一【周礼。内有二三槐九棘一言遊二朝市一】博学多才。特善属レ文。性殊《ニ》端直。昔丁二母憂一【言当二母之喪一】寄《リ》二住《ス》山寺《ニ》一。偶見二法華経一。慨然歎曰。我久貧苦。未レ見三宝珠之在二衣中一。周孔糟粕。【荘子。輪扁日。書古人之、、】安足二以留レ意。遂脱二俗累一。落レ飾出家。精進苦行。留二心戒律一。時有二宣律師六帖【一作レ巻】抄一。辞義隠密。当時徒絶無二披覧一。法師周観。未レ踰二浹辰一。敷講莫レ不二洞達一世読二此書一従レ融【一作斯】始也時皇后嘉レ之。施二絲帛三百匹一。法師曰。我為二菩提一修二法施一耳因レ茲望レ報市井之事耳遂策レ杖而遁。自レ此以下可レ有二五首詩一（一字ナシ）歟。今闕焉

110 我所レ思兮在二無漏一。【一作二楽土一無漏見二仏経一。詩。魏風。楽土、、爰得二我所一。】欲二往従一兮貪瞋難。【釈家戒二貪

瞋痴㆒欲㆓往従㆒則難　一作痴騃】 路険【一作嶮】易子在㆑由㆑已。【一作㆓行且老兮盍㆒黽勉㆒。言行且老。去㆓何勉力㆒詩黽勉求㆑之。清王士禎古夫亭雑録黽勉蛙之勉行也】 壮士去兮不㆓復【一作再】返㆒【史記荊軻伝。荊軻歌曰。風蕭々易水寒。壮士一去不㆓復還㆒ 一作㆓日月逝㆒ 論語。陽貨曰。日月逝兮。歳不㆓我与㆒。】

111　山中

山中今何在【言人山中有㆓何物㆒】 倦禽日暮還【鳥倦㆑飛而日暮返】 草廬風湿㆑裏【言草廬中風湿㆑裏也】 桂月水石間【言月照㆓水石間㆒】 残果宜㆑遇。老衲衣且免㆑寒。【言老衲衣且免㆑寒】 茲地無㆓伴侶㆒【言是地無㆓友朋㆒】 携㆑杖上㆓峰巒㆒【携㆑杖而上㆓山峰㆒也。】

従三位中納言兼中務卿石上朝臣乙麻呂四首

伝記9　石上中納言者。左大臣第三子也。地望清華。【清華字見㆓北斉顔之推家訓㆒。】 人才穎秀【言才気穎脱而秀】 雍容閑雅《ユツタリ》。甚善㆓風儀㆒雖㆑勗㆓志典墳㆒。【左伝昭十二年。楚左史倚相能読㆓三墳五典㆒。言勉㆑志読㆑書】 亦頗愛㆓篇翰㆒。嘗有㆓朝譴㆒飄㆓寓南荒㆒。【言受㆓朝廷之責㆒而謫㆓貶南方㆒】 臨㆑淵【前漢董仲舒伝字面】 吟㆑沢【屈平漁父吟㆓沢畔㆒。】 写㆑心文藻㆒。遂有㆓銜【一作㆑銜】悲藻両巻㆒今伝㆓於世㆒天平年中詔簡㆓【択也】入唐使㆒元来此挙難㆑得㆓其人㆒時選㆓朝堂㆒無㆑出㆓公右㆒遂拝㆓大使㆒衆僉【皆也】悦服《ス》為㆑時所㆑推皆此類也然遂不㆑往其後授㆓従三位中納言㆒自㆑登㆓台位㆒風采日新芳猷雖㆑遠遺蔼蕩然（二字ナシ）

112

五言飄㆓寓南荒㆒贈㆓在㆑京故友㆒一首

遼夐遊㆓千里㆒【言遙遊㆓千里之遠㆒】 徘徊惜㆓寸心㆒ 風前蘭送㆑馥【風送㆓蘭香㆒】 月後桂舒《ノブルカケヲ》㆑陰【月影似《ン》㆓桂舒㆑陰】
斜雁凌㆑雲響【鳴雁渉㆑雲。】 軽蟬抱㆑樹吟 相思知㆓別慟㆒【言相思而知㆓離別之悲過㆒ 論語。顔淵死子哭㆑之慟 註慟哀之過也】 徒弄㆓白雲琴㆒【言徒弄弾㆑琴而已】

113 五言贈二掾公之遷レ任入レ京一首

余含二南裔怨一。【言余含下遙貶二南方一之怨上】 君咏北征【一作レ徂】詩。【君詠二北行詩一】 詩興哀二秋節一。【言詩興悲レ秋】 傷哉槐樹衰。【言可レ傷緑槐日衰】 弾レ琴顧二落景一【言、、顧二落日一】 歩レ月誰逢稀【言歩レ月誰、、】 相望天垂別【言望レ天而別】 分後莫二長違一【言暫別耳莫二長不レ見也】

114 五言贈二旧識一一首

万里風塵別【言万里之遠風塵中之離別】 三冬蘭蕙衰【言三冬蘭蕙香草衰凋】 霜花逾入《ル》レ鬢《ビンニ》。【一作レ鬂】 寒気益嚬《ス》レ眉《ヲ》【言寒気至苦寒而嚬《ス》レ眉《ヲ》】 夕鴛迷二霧裏一【言向レ夕鴛鴦《ヲシトリ》迷《フ》二霧《ノ》中《ニ》一】 暁雁苦二雲垂一【言暁雁苦二垂天之雲一】 開レ衿期不レ識【言予開二衣衿一而朋友不レ知レ之】 呑レ恨独傷悲【言独悲耳】

115 五言秋夜閨情一首

他郷頻夜夢。談与二麗人一同。【言他郷頻夜夢与二美人一語。】 寝裏歓如レ実【言夢中之歓如二実境一】 驚前恨泣レ寒【一作レ空　言驚進而泣レ寒】 空思向二桂影一【言空思向二月影一】 独坐聴二秋風一 山川嶮易路【言山川険阻平易路】 展転憶二閨中一【言展転反側而思也】

116 正五位下中宮少輔葛井連広成二首

五言奉レ和二藤太政佳野之作一一首　仍用二前韻四字一

物外囂塵遠【言至人隠者遊二物外一則世間富貴栄華之囂《カマヒスキ》塵《チリ》遠《トヲシ》】 山中幽隠親《ム》【言住レ山而親《ム》二幽隠《ヲ》一】 笛浦棲二丹鳳一【虚景】 琴淵躍二錦鱗一【言淵中錦鱗躍】 月後楓香落【月後楓葉落。】 風前松響陳【言風前松声響】 開レ仁対二山路一【言対二山路一】 猟レ智賞二河津一【言賞二河津之景一】

117 五言月夜坐二河濱一一絶

雲飛低二玉柯一【言雲飛而低二樹枝一】　月上動二金波一【言月上、、、】　落照曹王苑【言落日曹子植之苑】　流光織女河【言織女河流レ光】

亡名氏

118

五言歎レ老

耋翁双鬢霜。伶傅【言八十之翁両鬢白髪】須二自怜一【言老羸而自可レ憐】　春日不レ須レ消【言雪逢レ日則消如何余髪之白以二春日一照不レ消也】　笑拈《テヒネリ》二梅花《ヲ》一坐《ス》　戯嬉《タハムレタハムル》　似《タリ》二少年《ニ》一　山水元《トク》無レ主。【言戯遊似二少時一山水之景元無二主人一】　死生亦有レ天。心為二錦絅美一【中庸詩曰衣レ錦尚レ絅悪二其文之著一也　言心、、、、】　自要《ス》布裘纏【言以二布裘一纏二束一身一】　城隍【易城復二于隍一】雖二阻絶一　寒月照無レ辺。【言寒月、、、】

懐風藻本奥書

長久二年冬十一月二十八日灯下書レ之古人三餘【魏董遇三餘勤レ学人問レ之曰夜者昼之餘冬者時之餘閏者年之餘】今已得レ一者也　文章生惟宗孝言

伝記1　淡海朝大友皇子

皇太子者。淡海帝【天智天皇】之長子也。魁岸奇偉【言身体魁大而、、】風範弘深。眼中精耀顧盼煒燁【言眼中精光顧見驚レ人】唐使劉徳高見而異曰。此皇子風骨。不レ似二世間人一。実非二此国之分一。嘗《テ》夜夢《ム》天《ノ》中洞《ニ》啓《ク》。朱衣《ノ》老翁捧《テ》レ日《ヲ》而至。擎《サヽケテ》授《ク》二皇子《ニ》一。忽有レ人従《ヨリ》二腋底《ハキノソコ》一出来《イデキタリ》。便《スナハチ》奪将去《ウハヒモチサル》。覚《サメテ》而驚異《キアヤシム》。具《ツブサニ》語二藤原《ノ》内大臣一【鎌足】歎曰。恐《ル》聖朝万歳之後。有二巨猾【大狡猾人】間レ釁【言有レ開二釁隙《キスヒマヲ》一】然《レトモ》臣平生《ニ》曰《イトス》。豈《ニ》有《ラン》二如《キ》レ此《ノ》事一乎。臣聞天道無レ親。惟善且輔。【老子。天道無レ親。常与二善人一。】願大王勤《メテ》修《メヨ》レ徳《ヲ》。災異《ハ》不レ足レ憂也。臣有二息女一。【史高祖紀。呂公曰。臣有二息女一】願納二後庭一以充《ツ》二箕帚《ツエハウキ》之妾《ニ》一。遂《ニ》結二姻戚《インセキヲ》一以親二愛《ス》之一。年甫【始也】弱冠。【曲礼。二十曰レ弱而冠《ス》。】拝二太政大臣一。摠二百揆一【書納二于百揆二】以試レ之【言総治二百官之事二】皇子博学多通。有二文武材幹一。始親二万機一。【阜陶謨一日二日万機】群下畏服。莫レ不二粛然一。年廿三。立為二皇太子一。広延二学士沙宅紹明塔季【一作本】春初吉太尚許率（一字ナシ）木【一作大】素貴子等一。以為二賓客一。太子天性明悟。雅愛二博古一。下レ筆成レ章。出レ言為レ論。【余以為皇子晋愍懐唐章懐太子一流人物】時議者歎二其洪学一。未レ幾文藻日新。会二壬申年之乱一天命不レ遂【千古之痛恨宜乎　水戸義公著二日本史一入二帝紀一】時年廿五。

伝記2　河島皇子

皇子者。淡海帝之第二子也。志懐温裕。局量弘雅。始与二大津皇子一。為二莫レ逆之契一【荘子大宗師子桑戸孟子反子琴張三人為レ友三人相視而笑莫レ逆二於心一。】及二津謀レ逆。島則告レ変朝廷嘉二其忠正一朋友薄《ス》二其才情《ヲ》一議者未レ詳二厚薄一然余以為忘二私好一而奉レ公者。忠臣之雅【常也】事。背二君親《ヲ》一而厚レ交者。悖徳之流耳。【孝経。子曰。不レ愛二其親一而愛二他人一謂二之悖徳一】但未レ尽二争友之益一而陥二其塗炭一【湯誥。有夏昏徳。民墜二塗炭一。】者。余亦疑レ之。位終二于浄大参一【一作レ三】時年卅五。

伝記3　大津皇子

皇子者。浄御原帝【天武帝】之長子也。状貌魁梧。【身貌巨大】器宇峻遠。【言心器峻遠】幼年好レ学。博覧而能【一作解】属レ文。及レ壮愛レ武。多レ力而能撃レ剣。性頗放蕩不レ拘二法度一。降《シ》レ節《ミサホヲ》礼《ス》レ士《ヲ》由《テ》レ是人《ニ》多附《ク》託《ス》【寄也】時有《ニ》二新羅《ノ》僧行心一。解《ス》二天文卜筮《ヲ》一。詔《シテ》二皇子《ニ》一曰。太子骨法。不二是人臣之相一。以レ此久《ク》在《リ》二下位《ニ》一恐《クハズ》不レ全《フセ》レ身《ヲ》。因進《テム》二逆謀《ヲ》一迷《テ》二此註【謬也】誤《ニ》一。遂図《ニル》二不軌一【不法為二反逆一】嗚呼惜哉。縕二【与レ蘊《ツヽム》同】彼《ノ》良才《ヲ》一。不下以二忠孝一保上レ身。近二此奸豎一。卒以二戮辱一自終。古人慎二交遊一之意。固以深哉。時季廿四。

伝記4　釈智蔵

智蔵師者。俗姓禾田氏。淡海帝世。遣二学唐国一時呉越之間有二高学尼一。法師就《テ》レ尼《ニ》受《ク》レ業《ヲ》。六七年中学業穎秀。同伴僧等。頗有二忌《ミ》害《スル》之心一。法師察《シ》レ之。計《ル》二全《フスル》レ軀《ミヲ》之方一。【方道也】遂《ニ》被《リ》レ髪《ヲ》陽【詐也】狂。奔二蕩《ス》道路一《ニ》密《ニ》写《ス》二三蔵之要義一《ヲ》。盛《モルニ》以二木《ノ》筒一《ヲ》。着《テ》レ漆《ヲ》秘封《ス》。負擔《ヲ、ヒニナヒ》遊行《ス》。同伴軽蔑《シテ》以《テ》為《ス》二鬼狂一《ト》。遂《ニ》不レ為レ害。太后【持統】天皇世《ノ》。師向二本朝一同伴登レ陸曝二涼《ス》経書一《ヲ》法師開《テ》レ襟《ヲ》対《シテ》レ風《ニ》曰。我亦曝二涼《セン》経典之奥義一。衆皆嗤笑以為《ス》二妖言一《ト》。臨《テ》二於試レ業《ヲ》昇《リ》レ座敷演《ス》辞義峻遠音詞雅麗。論難蜂起。応対如レ流。皆屈服《シテ》莫レ不二驚駭一。帝嘉レ之拝二僧正一時年七十三

伝記5　葛野王

王子者。淡海帝之孫。大友太子之長子也。母浄御原帝之長女。十市内親王。器範宏邈【言器宇宏大、遠】風鑑秀遠。材称二棟《ムナキトタイ》幹一【之用】地《ハ》兼二帝戚一。少而好レ学。博渉二経史一。頗愛レ属レ文。兼能《ス》二書画一。浄御原帝《ノ》嫡孫。授二浄大肆一。拝二治部卿一。高市皇子薨後。皇太后引二王公卿士於禁中一謀レ立二日嗣一。（一字ナシ）群臣各挟《テ》二私好一《ヲ》。衆議紛紜《タリ》。王子進奏《テ》曰。我国家之為レ法也。神代以来。子孫相承。以襲《フ》二天位一。若《シ》兄弟相及《ハ、》。則乱従レ此興《ル》。仰《テ》論二天心一《ヲ》。誰能敢測《テンヤ》。然以二人事一推レ之。聖嗣自然《ニ》定矣此外誰敢間然乎弓削皇子在《リ》レ坐《ニ》。欲レ有《ント》レ言。王子叱レ之乃止《ム》。皇太后嘉《ス》二其一言定レ国。特閲《シテ》授二正四位一。拝二式部卿一時年卅七。

伝記6○弁正法師

弁正法師者。俗姓秦氏。性滑稽。【史記注、、挹レ酒器　言談吐、、有レ似レ之】善二談論一。少年出家。頗洪二玄学一。大宝年中。遣二学唐国一時遇二李隆基【唐玄宗】龍潜【乾初九字】之日一以善二囲棋一《ヲ》。屢見《ル》二賞遇一《セ》。有《リ》二子朝慶朝元一。法師及慶在レ唐死。元帰二本朝一。仕至二大夫一。天平年中。拝二入レ唐判官一。到二大唐一。見二天子一。天子以《テ》二其父《ノ》故一《ヲ》。特《ニ》優詔《シテ》厚《ク》賞《シテ》賜《フ》。還《テ》至《リ》二本朝一《ニ》。尋《ツイテ》卒《ス》

懐風藻序○序

逖聴二前修一【遠聞二前人之言一】遐観二載籍一【遙観二古史一】襲山降レ蹕之世【言天孫降臨熊襲山之時】橿原建邦之時。【日本紀。神武帝、、、、】天造草創。【易、、草昧　創始也】人文未レ作【言無二人文一】至二於神后征レ坎【征二三

韓二】品帝乗レ乾。【品陀《ホンタ》天皇履二帝位一】百済入朝啓二龍編於【伏犠時龍馬負レ図出レ河】於馬厩一【厩戸皇子博通】高麗上表。図二烏冊於鳥文一。王仁始導二蒙於軽島一。辰爾終敷二教於訳田一。遂使下俗漸《ヒタス》二洙泗【魯二水名】之風一人趨中斉魯之学上。逮二乎聖徳太子一。設レ爵分レ官。肇制二礼義一。然而専崇二釈教一。未レ遑二篇章一。及レ至二淡海先帝之受レ命【天命】也。恢【大】開二帝業一。弘闡二皇猷一。【弘開二天子之謀猷一】道格二【書格二于上下一】乾坤一【道到二天地一。】功光二宇宙一【功光二四方古今一】既而以為調レ風化レ俗。莫レ尚《カミ》二於文一。潤《シ》レ徳《ヲ》光《ル》レ身《ニ》。孰《レカ》先《ンセン》二於学《ニ》一。爰則建二庠序一【立二学校一】徴二【召也】茂才一【秀才也】定二五礼一【見二周礼一吉凶軍賓嘉】興二百度一。憲章【中庸、二、文武二】法則。規模弘遠。夐【遙也】古以来。未二之有一也。於レ是三階【摂政大中納言】平煥【論語煥乎有文章】四海殷昌。旒纊無為【天子、、】巖廊【禁宮】多レ暇【多閑】旋《ヤ、》招二文学之□□□□醴之遊一。当二此之際《アイタ》一。宸翰垂レ文。【天子右レ文】賢臣献レ頌。雕章麗筆。非二唯百篇一。但時経二乱離一。悉従二煨燼一。言《コ、ニ》念二湮滅《ヲ》一。輒悼《ミ》傷《マシム》レ懐《ヲ》。自レ茲以降。詞人間出。龍潜【大津】王子。翔《ラシ》二雲鶴於風筆一。鳳翥天皇【天武】泛《ベ》二月舟《ノ》於霧渚《キリノナキサニ》一。神納言【高市麿】之悲二白鬢一。藤太政之詠二玄造一。騰《アゲ》二茂実於前朝《ニ》一。飛《ハス》二英声於後代《ニ》一。余以《テ》二薄官《ノ》餘閑《ヲ》一。遊二心《ヲ》文囿一。閲二古人之遺跡《ヲ》一。想二風月之旧遊一。雖《トモ》二音塵《タヨリ》眇《ハルカナリト》焉一而餘翰斯《ニ》在《リ》。撫二芳題一而遙憶。不レ覚二涙之泫然一。攀二縟藻一而遐尋。惜二風声之空墜《クヲ》一。遂《ニ》乃収二魯壁之餘蠹一。綜二秦灰之逸文一。遠自二淡海一。云《コ、ニ》暨二平都《ニ》一。凡一百二十篇。勒成《シテ》二一巻一。作者六十四人。具題《シ》二姓名《ヲ》一。并《ニ》顕《シ》二爵里《ヲ》一。冠二于篇首《ニ》一。余撰二此文一意者為レ将レ不レ忘二先哲《ノ》遺風《ヲ》一。故以二懐風一名レ之云レ爾。于レ時天平勝宝三年。歳在二辛卯一冬十一月也。

研究篇

第一章　『懐風藻箋註』と鈴木真年

――新資料『真香雑記』の「今井舎人」――

はじめに

『懐風藻箋註』冒頭の序文末尾に「今井舎人」という署名が見られる。

この「今井舎人」は、通説では系譜学者の鈴木真年と同一人物とされてきたが、沖光正氏(1)によって別人物だとする説が出された。沖氏は、『大日本人名辞書』の説明に基づいて無批判に踏襲されてきた通説を、資料的に検証することの必要性を論じている。

第一章と第二章は、その沖氏の問題提起を受けて、「今井舎人」の正体を、資料的根拠を示しながら明らかにしようとするものである。結論から言えば、「今井舎人」は鈴木真年の別号の一つであり、間違いなく両者は同一人物である。通説を追認する結果となるわけであるが、不明瞭であった通説の根拠が明らかにされることは意義があるだろう。

まず本章では、『真香雑記』という鈴木真年の雑記帳のような資料を用いて、「今井舎人」が鈴木真年の別号の一つであることを論証し、幅広い興味関心を持ち、自由奔放に資料を渉猟する鈴木真年の人物像について考察する。それは、鈴木真年を系譜学者としてのみ捉えれば、理解しがたく思える『懐風藻箋註』という著作も、真年にとっては無理のない営為であったということを明らかにすることにもなるだろう。

一、『懐風藻箋註』と「今井舎人」と「鈴木真年」

『国書総目録』によれば、「今井舎人」には『懐風藻箋註』以外の著作物はない。今のところ「今井舎人」は『懐風藻箋註』の作者としてしか認知されていない。

『懐風藻箋註』を紹介した注釈・論考の中で、作者「今井舎人」について具体的な説明を行ったのは、昭和三二年（一九五七）刊行の大野保『懐風藻の研究』（三省堂）が最初である。大野氏は、「筆者は今井舎人、すなはち鈴木真年」とし、次のように解説している。

大百科事典によると、真年は初め今井舎人と称し、剃髪して不存、また還俗して源牟知良、新田愛民、鈴木舎人などと改称し、故実を栗原信充に、国学を平田鉄胤に学び、系図考証に長じ、明治二十七年四月十五日に歿したといふことである。なほ、かれの遺著古事記正義の年譜によると、かれの生年は天保二年である。箋註は自序に元治二年三月と記してあるから、三十五歳の時の述作であることが知られる。（二〇八頁）

これ以降、『懐風藻箋註』の作者については、大野氏の説明に従って理解されることになった。昭和三九年（一九六四）の小島憲之氏による岩波古典大系解説においては、「『懐風藻箋註』（今井舎人〈鈴木真年〉の著）」（一八頁）とされ、昭和四七年（一九七二）の田村謙治氏による「懐風藻研究史　江戸版本の書入について」（『城南紀要』八号、一九七二年三月）では、「今井舎人は鈴木真年のことで、天保二年（一八三一）に生れ、明治二十七年（一八九四）四月に没してゐる」とされている。いずれも、大野氏の説明をそのまま引き継いで、「今井舎人」は鈴木真年だとする理解を示している。さらに『国書人名辞典』には、「鈴木真年」の著作として『懐風藻箋註』が挙げられており、「今井舎人」＝「鈴木真年」は通説になっている。

しかし、この通説を否定する説が沖光正氏によって出された。沖氏は、①『懐風藻箋註』に系譜学者としての力量が見えないこと、②『懐風藻箋註』執筆時に鈴木真年が「今井舎人」と称する可能性が低いこと、③真年の子である鈴木防人による伝記『鈴木真年伝』の著作目録に『懐風藻箋註』がないこと、④静嘉堂文庫の「鈴木真年旧蔵書」の中に『懐風藻箋註』が入っていないこと、⑤鈴木真年の蔵書印が見られないこと、⑥鈴木真年が『懐風藻箋註』を著す意味がないこと、この六点の理由をあげて、『箋註』の著者「今井舎人」と、系図学者「鈴木真年」は別人物であると結論づけ、通説を否定し、「今井舎人」が誰かという問題に対しては、「他に『今井舎人』という名前が見当たらない以上、後考を待つよりしかたがない」とした。大野氏以来、特段疑問視されることなく継承されてきた『懐風藻箋註』の作者「今井舎人」＝「鈴木真年」という理解は、沖氏によって初めて批判されることになった。

大野氏は、自らの理解が『大百科事典』に基づいていることを明らかにしている。さらに、『大百科事典』（昭和七年〈一九三二〉）の説明が、『大日本人名辞書』に基づいていることは、沖氏が指摘する通りである。沖氏は、「今井舎人」の名前が出てくるのが『大日本人名辞書』であり、後の人名事典がいずれもその記述の範疇にとどまるものであることを指摘している。

『大日本人名辞書』が「鈴木真年」の項目を立てたのは、明治三六年（一九〇三）である。『大日本人名辞書』は、明治一九年（一八八六）に初版が刊行されて以来、数回にわたり改訂増補されてきた。明治三三年（一九〇〇）増訂四版までは「鈴木真年」「今井舎人」ともに項目はない。明治三六年（一九〇三）増訂五版になって、「鈴木真年」の項目が立てられ、次の説明の中で「今井舎人」と号したことが記されている。

鈴木真年は系譜学家なり。江戸神田旅籠町橘屋と云へる煙草商なり。栗原信充に学び名を今井舎人と云ひ剃髪して不存と号し還俗して源牟知良と云ひ新田愛民と称し後改めて鈴木舎人と云ふ。上総大多喜藩に仕ふ。明治の初和歌山県士族となり弾正臺陸軍省司法省大学等に歴任す。明治廿七年四月十五日歿す。著書に姓氏俗解あり。

「鈴木愛民」は「鈴木愛氏」の誤りなのだが、この誤りも含めて、この『大日本人名辞書』の説明は後世の辞典類や研究書にそのまま受け継がれることになった。大野氏が参照した昭和七年（一九三二）『大百科事典』を初めとして、昭和一〇年（一九三五）『国学者伝記集成　続篇』、昭和一二年（一九三七）『日本人名大事典』、昭和五九年（一九八四）『名家伝記資料集成』、平成一三年（二〇〇一）『日本人名大辞典』など、「鈴木真年」の項目を立てる辞典類の説明が、いずれも『大日本人名辞書』の説明を無批判に踏襲していることは、「鈴木愛民」という誤記も修正されることなく引き継がれている所にはっきりとうかがうことができる。「今井舎人」＝「鈴木真年」という通説は、『大日本人名辞書』の説明がそのほとんど唯一の根拠となっていたということになる。

本来ならば、この『大日本人名辞書』の説明が何に基づいているのか、その根拠の有無と信頼性とが検証されなければならない。結果的に「今井舎人」＝「鈴木真年」という通説を追認することになったとしても、それが証明される過程、言い換えれば、資料的根拠と論理的整合性とが示されることが重要である。それがなされないままに継承されてきたところに、問題があったと言えるだろう。沖氏の問題提起は、まさにこのことに対する批判とも言える。『大日本人名辞書』が「鈴木真年」と「今井舎人」とを結びつけた根拠は何なのだろうか。『大日本人名辞書』にはその情報源に関する具体的な記述がない。明治三六年（一九〇三）版の田口卯吉による跋文「大日本人名辞書第五版の後に書す」に、「前版以後長逝せし人々の伝記を加へたるは例に依て例の如し但其の著しきものは山本実君の京都大阪名古屋の名家の伝記の誤脱を」補ったことだとあるので、明治二七年（一八九四）に大阪で没した鈴木真年の項目を「山本実」が補訂したとも推測されるが、何に基づいて補訂したのかは明らかにされていない。

鈴木真年の死没記事は、管見の範囲では唯一、明治二七年（一八九四）四月一八日「時事新報」に「系図学者を以て名ある大阪の鈴木真年は、去る十五日六十四歳の齢を以て病死したるよし」とあるのだが、「今井舎人」と結び付けられてはいない。また、没後の明治三四年（一九〇一）六月二九日「読売新聞」朝刊一面に、「系図談」として重野文学博士の史学会例会席上での談話が掲載されており、そこに鈴木真年の功績を称える一節があるのだが、「今井舎人」という別名は紹介されていない。管見では、「鈴木真年」に関する情報がマスメディアに上がったのはこの二件なのだが、これらから「今井舎人」と同一人物とする『大日本人名辞書』の説明はできあがりそうにない。

また、『大日本人名辞書』には通常、項目の説明の末尾に、「（京都美術協会雑誌）」「（俳林小伝、俳諧年表）」などのように、参照資料が（ ）付きで記されているのだが、「鈴木真年」の項目にはそれがない。

このような状況からは、「鈴木真年」の「名」が「今井舎人」だという通説を形成したこの『大日本人名辞書』の記載は、本人あるいは地元にかなり近い、明治三六年（一九〇三）当時のローカルな情報に基づいてなされた可能性が考えられるだろう。

ちなみに、鈴木真年には、息子の鈴木防人による伝記『鈴木真年伝』（昭和一八年〈一九四三〉）があり、「小伝」「年譜」「著作目録」が収められている。これらの資料には、鈴木真年が「新田今井氏」の血の流れをひくということ、「舎人」と名乗った時期があることは記されているものの、「今井舎人」という呼称も、『懐風藻箋註』という書名も出てこない。(2)「今井舎人」という号で『懐風藻箋註』を執筆した「鈴木真年」像は、この伝記のどこにも描かれていない。ということは、昭和一八年（一九四三）時点ではすでに、真年が『懐風藻箋註』の作者「今井舎人」であるという認識はなかった可能性が高い。

「今井舎人」＝「鈴木真年」は通説とはなっているものの、その根拠が明らかではない。一方で、通説を否定する沖氏の説も決定的なものとは言い難く、何よりも「今井舎人」とは誰かという新たな問題が生じるのであり、その問題に答えない限り解決はできない。そこで、以下では、資料を改めて検討し、「今井舎人」の正体について順を追って論じることにする。

二、「鈴木真年」の略歴と人物像――自分探しの「系譜学者」――

まずは、「鈴木真年」の経歴について概観しておこう。

「鈴木真年」は、『鈴木真年伝』の「年譜」に基づけば、天保二年（一八三一）江戸神田煙草商「橘屋」の長男として生まれた。父親は、もとは「今井惟岳」といったが、男子がいなかった「鈴木家」に婿入りして「鈴木甚右衛門」として橘屋を継ぐことになった。真年は父親が「今井」姓から「鈴木」姓に代わった約一年後に誕生している。

真年から見ると、父方の家系は「今井」氏、母方の家系は「鈴木」氏ということになる。

「今井」氏は、新田一族の流れを汲む武門の家柄で、上野国新田郡今井村に移住した「新田維氏」をその祖としている。「新田」氏は源義家の嫡孫義重を遠祖としている。つまり、真年は父親の血筋により、〈源―新田―今井〉の系譜に連なることになる。この父方の家系を意識したのであろう、嘉永二年（一八四九）一九歳で仏門に入っていた真年が、安政五年（一八五八）に父親死去に伴って還俗したとき、「源牟知良」と改名、「新田愛氏」と号したという。

真年の書写物にも「新田今井源」と名乗っていた形跡が散見される。

東京大学史料編纂所に『鈴木叢書』という写本一〇二巻が所蔵されている。佐村八郎『国書解題』によれば、この『鈴木叢書』の「著者」は「鈴木真年」とされている。おそらく鈴木真年が様々な資料を書写し収集した資料群と見られる。

この中に、「源行氏」なる人物から真年に宛てられた書状を書写したものが収録されている。その書状には宛名が「今井大人」となっており、書写奥書に、「慶応二年丙寅正月四日　新田今井源愛氏」という署名がある。慶応二年（一八六六）は、『箋註』執筆の元治二年（一八六五）の翌年である。真年三六歳である。その時期に、「今井大人」と呼ばれ、「新田今井源愛氏」と名乗っていたということになる。これは、『箋註』執筆時期とそう遠くない時期に、新田一族の流れを汲む「今井」の姓を名乗る場合があった可能性を示すものといえる。「愛氏」は、『新田族譜』記載の、新田今井氏の祖である「維氏」を意識したものであろう。真年は、新田氏の一族としての「今井」の流れを引くことに対する意識を持っていたことがうかがえる。『箋註』執筆の頃に鈴木真年が「今井」姓を名乗っていたことは明らかと言えるだろう。

また、静嘉堂文庫には明治三一年（一八九八）に一括購入された「鈴木真年旧蔵書」というまとまった資料が所蔵されている。鈴木真年によって書写され収集されたと見られるその資料群の中にも、複数の書写奥書に「新田今井源愛氏」という署名が見られる。鈴木真年の蔵書印の中には「今井文庫」というものがあり、これも「今井」に由来するものと思われる。

一方、「鈴木」氏は、穂積氏の流れを汲んでいる。この穂積鈴木氏は、その先祖にやはり源氏方の武将として名高い「鈴木三郎重家」もおり、「新田今井」と同様に武門の誉れが高い氏族であるようだ。真年はこの「穂積鈴木」の流れも意識していたらしく、「穂積臣真香」「穂積臣真橘」「鈴木庄司」などの号も使っている。

「香」「橘」は、鈴木家の屋号「橘屋」にちなんだものだろう。また、この氏族の伝説や系図には、熊野新宮に降臨した権現を勧請したという「真俊」、崇神紀七年八月条に穂積遠祖大水口宿禰の四代後にあたる「真津臣」、桓武天皇の時代の鈴木判官「真勝」など、「真」がつく重要人物が見られる。「真年」の「真」は、この鈴木家の祖先に散見される「真」に由来するのかもしれない。「鈴木庄司」は、穂積鈴木家の多くの先祖の名に冠されている。「庄司」は荘園の「下司」つまり荘園を管理する下級役人を意味する職名である。真年はこの先祖の多くにつけられた「庄司」をまねて自分の号にも使ったのではないだろうか。

さて、嘉永二年（一八四九・一九歳）には、「竹亭」という号で『古代来朝人考』『御三卿系譜』を著している。文久元年（一八六一・三一歳）に、栗原信充のもとに入門し、有職故実や系譜学などの手ほどきを受けていたようだが、元治元年（一八六四・三四歳）、信充の薩州赴任をきっかけとして師のもとを離れたようだ。翌年には自身も紀州藩士となり、熊野本宮に居を定め、系譜編纂事業や熊野神社関係事業に携わるようになった。『懐風藻箋註』は「今井舎人」の序文によれば「元治二年」の成立であるから、ちょうどこの頃である。

その後、明治維新に伴い紀州藩を離れ、弾正台設立と同時に着任している。それを皮切りとして、真年は官職を転々としていく。『鈴木真年伝』によってまとめると、おおよそ次のようになる。

明治二年（一八六九・三九歳）弾正台に着任

明治四年（一八七一・四一歳）宮内省に転任して内舎人を奉仕
明治六年（一八七三・四三歳）司法省に転任
明治七年（一八七四・四四歳）文部省所管図書館員兼務
明治九年（一八七六・四六歳）司法省辞任
明治一二年（一八七九・四九歳）印刷局巡回事務取調掛に転任
明治一三年（一八八〇・五〇歳）陸軍省参謀本部編纂課御用掛に転任
明治一八年（一八八五・五五歳）陸軍省総務局庶務課に転任、五か月後に陸軍省辞任
明治二〇年（一八八七・五七歳）修史局に転任
明治二一年（一八八八・五八歳）帝国大学大日本編年史編纂に従事
明治二二年（一八八九・五九歳）爵位局戸籍課を兼務、一か月後に爵位局辞任
明治二四年（一八九一・六一歳）帝国大学をやめ大阪へ。国学校の設立と熊野神社復興に尽力

この間、明治二七年（一八九四・六四歳）に大阪で没するまでに、『織田家系』『百家系図』『新田族譜』『皇族明鑑』『華族諸家伝』など系譜関連の著作物を多数残している。中には『古事記正義』『日本事物原始』などといった系譜だけにとどまらない指向性を持った著作も見られる。同時に、書写活動もさかんに行っており、その成果の一部が先にも触れた東京大学史料編纂所『鈴木叢書』や静嘉堂文庫「鈴木真年旧蔵書」に収められた資料群である。

鈴木真年は、新田今井氏と穂積鈴木氏という二つの流れを汲んでおり、そのことを強く意識していた人物であったと思われることは先に述べたとおりである。鈴木家はもともと熊野本宮の神官を務める家柄であったというが、その熊野本宮に、壮年の頃だけでなく晩年にも積極的に関わりを持っていることからも、一生を通して、自分の家系に対

する意識が薄れなかったことがうかがわれる。

鈴木真年は、このような自分のルーツへの興味を強く持ちながら、膨大な資料を書写して収集し、同時に系譜を中心とした著作活動を行っていた。逆にいえば、系譜への興味や関心をかきたてたその根底には、自分の「現在」を保証してくれるはずの「過去」、自分の存在を保証してくれるルーツ、それらを確かめたいという個人的な欲求があったのではないだろうか。そのような欲求を抱くのは、この社会における自分の存在が不確かなものに感じられ、漠然とした不安にかられていたからなのではないだろうか。

真年は明治維新以降、官職を転々としている。弾正台、宮内省、司法省、陸軍省を歴任するが、高位でも高官でもない。いずれの場合もただの無位の役人である。おそらく蓄えた知識や学識を発揮できたであろうから、「知識人」たろうとするプライドを満たすことはできただろう。しかし、自分自身の家柄に対する意識やプライドを満足させられることはなかったのではないだろうか。そのフラストレーションも系譜研究へとのめり込ませた要因だったのかもしれない。真年は、自分の存在の保証を家柄とルーツの確かさに求めようとした、自分探しの「系譜学者」だったのである。

三、「鈴木真年」のこだわり——依田学海の回想を中心として——

次に、鈴木真年が「舎人」と名乗っていたことについて考察する。

沖氏は、『真年伝』の記述から「『舎人』の名を使用していたのは十九才の頃、しかもかなり短期間であった」としている。しかし、東京大学史料編纂所蔵『鈴木叢書九』の中に、「元治二年正月八日」「鈴木舎人穂積真香」という署名がある。これは、「元治二年」当時にも「舎人」と名乗っていたことを示すものと言えるだろう。東京大学史料編纂所蔵『鈴木叢書』や静嘉堂文庫蔵「鈴木真年旧蔵書」の中には、「鈴木舎人穂積真香」という署名を持つ書写奥書はほかにも複数見られる。

この「穂積真香」という号については、前節でも鈴木家を意識したものとして言及した。実はこの号は、『懐風藻箋註』の作者「今井舎人」と鈴木真年とを結びつけるキーワードなのだが、そのことは次節以降で検証する。

次にあげるのは、依田学海『学海日録』明治九年（一八七六）一〇月二〇日条の記事である。これは、鈴木真年がこだわりを持って「舎人」と名乗っていたことを明かすとともに、鈴木真年のそのこだわりは、半ば空想癖を伴った強い自意識によることをうかがわせる資料である（「　」を適宜補った）。

浅草文庫に至りて史料を捜索し、繕写生に命じてこれを謄録す。余が向ひたる机のかたはらに坐する人あり。「依田君におはさずや」といふにおどろきて見れば、今より十年余り先に面しりなる鈴木舎人といふ人（a）なり。「こはめづらし、今はいかにおはするぞ」といふに、舎人いへらく、「某今は真年といへり（b）。中興の御時、いち早く神祇官を再興せらるべしとありしとき、奏任官を給はりしが、いく程なくやめられたり。弾正台をかれしに、故事を知りたるものとて召されて台に候しぬ。こゝもしばしありて廃せられ、宮内省に召されて内舎人に任じたり。こは、某が年頃の願にあなれば、喜びて仕奉りし（c）に、いぬる大災の時、烟をおかして（d）三種の御宝を出し奉りぬ。この事は某が一生のいさほなりと思ひぬれ（e）ば、同僚と、もにその折の事詳に言上せしとき、件のもと末をかきて奉りけれども、うへなき御宝をたゞ一人して出し奉りたる（f）事にしあれば、余の人々はなじろみたるやふにて、心よからずや有けん（g）、しばしありて職をとゞめられたり。思もかけぬ幸なきことにてありけれども、せんやふなくてありしに、近き頃司法省にて古の刑法の事をあつめらるゝの仰を蒙りて、かくはこの所に来りぬるなり」と答ぬ。「三種の神器を火にのがれさせ給ひしは世になき大功にこそおはすれ。さるを恩賞に及ばせ給はぬはいかにぞや」（h）といへば、打笑ひて、「寿永の乱に某が遠つ祖鈴木三郎重利といつしもの、熊手をもて海より内侍所をかき上奉りしかど、させる恩賞なかりき。長録の時、神璽を南山よりとりかへし奉りし赤松が郎党等は、そが恩賞として播磨・備前・美作の三国をその主に給ひぬ。その厚薄は時の運にやよりけん。某は三郎が子孫にあなれば、先例によられて、その賞行われざるにこそ（i）」と答へたり。鈴木、系譜にくわし。「徳川氏は源氏にあらず。加茂氏なり。陰陽道の家して三河国に領地ありしを、その族類を目代としておきたるもの也。二葉葵を紋とするも、その故なり」といへり。又、「大内は百済の末にあらず、任那の末なり。」又、「播磨国に後村上の皇子泰成王の子孫あり。そは赤松氏の奉ぜしもの」といふ。「その遺跡歴々として今に存す。赤穂の浅野氏の臣に大野九郎兵衛といふものは王孫なり」といふ。「確かな証拠あり」とぞ。「筑紫の熊襲は呉王夫差の後にて姫姓なり。後漢書にいふ卑弥呼は、ひめ子にして姫氏といふ心なり」といへるはうけがたし（j）。「新田氏の子孫ありや」と問ひし（k）に、「陸奥の仙台に中村氏あり。左少将義宗朝臣の子孫なり。又、楠氏の子孫は多く熊野の祠官となりて、今に楠氏を称するもの多し。これは十津川記に見へたる楠雅楽助、紀州の北山合戦に疵をかふむり、熊野にかくれたるが後なり」といふ。されども、この十津記（ママ）といふものは、慥なる書にあらず。鈴木が言もいかゞあらん（l）[3]。

これは、依田学海と鈴木真年が浅草文庫で約一〇年ぶりに再会した時のことを記したものである。明治九年（一八七六）といえば鈴木真年が司法省をやめた年である。やめたのが一二月、この記事が一〇月のものであるから、司法省辞任の直前の頃の事ということになる。
真年は、久しぶりに再会した旧友を相手に、司法省着任までに神祇官、弾正台、宮内省と転々と官職を歴任してきたことと、大火事の中「三種の神器」を救い出したという宮内省勤務時代の手柄話とを、活き活きと開陳している。まず、鈴木真年が「舎人」と名乗っていたことを確認しよう。

傍線部（a）（b）によれば、再会した明治九年（一八七六）には「鈴木真年」と名乗っていたが、その一〇年余り前、ちょうど『箋註』成立の元治二年（一八六五）ごろに「鈴木舎人」と名乗っていたということになる。

傍線部（c）からは、「内舎人」が真年にとってあこがれの職であったことがわかる。「内舎人」へのあこがれから「舎人」と名乗っていた可能性が高い。この「内舎人」へのこだわりは、鈴木真年著『新田族譜』（西尾市岩瀬文庫蔵）からも看取される。新田一族の系譜をまとめたこの資料には「今井」の項目があり、「新田又太郎政氏男新田十郎維氏　住新田郡今井村」から始まり、真年の子三人までの系譜が記されている。そこで真年は自身について、「巡察弾正　弾正大疏　明法寮権中属　鈴木内舎人真年　仕徳川中納言為和歌山県士族」としており、「内舎人」たる自分に対する意識の強さがうかがえる。

また、この記事は、「今井」氏と鈴木真年との関係が、少なくとも真年の交友関係の範囲内では知られていたことをうかがわせるものともなっている。傍線部（k）で、依田学海は真年に新田氏の子孫について質問している。これは真年が「新田今井氏」の血をひくことを前提にした発問ではないだろうか。真年が「新田今井源」という系譜に連なる者としての意識が強かったことは前節で考察した通りである。依田学海は、鈴木真年が「新田今井源」氏に連なることに強いこだわりを持っていることを前提として、このような問いを発したのではないかと思われる。

さらに、この依田学海に記録された鈴木真年の語りぶりからは、「自己」の存在や「自己」の姿に対する、やや空想癖を伴った意識の強さが看取される。

三種の神器を救出した自分を語る真年は雄弁である。傍線部（d）（e）（f）では、危険を顧みず生命を賭してたった独りで大火に立ち向かった勇敢な「真年」が語られる。傍線部（g）では、それがゆえに注目され、嫉妬の対象になってしまい、予期せぬ不遇に陥った「真年」が語られる。勇敢さと不遇とは、「ヒーロー」に必須の条件であり、ここで描かれる「真年」は「ヒーロー」そのものである。自分に酔いながら、「ヒーロー真年」をうっとりと創り上げているように見える。「こうありたい自分」を夢想する真年の欲望が、多分に入り混じっていることを感じさせられる。

だからだろう、傍線部（h）で依田学海は、手柄をあげたにもかかわらず「恩賞」がなかったのはなぜかと問い返している。この依田学海の問いは、自分に酔って手柄話を繰り広げる鈴木真年に対して、少々からかう気分で発せられているのではないだろうか。自分の目の前で、鈴木真年は自分の手柄話と系譜学の知識とを、得意げに大真面目に滔々と開陳している。その様子を面白おかしく観察し、誇大妄想狂的な真年の話にうさん臭さを感じ取り、真年をからかう依田学海の切り返しであろう。

それに対して真年は、傍線部（i）にあるように、自分が寿永の乱で手柄をたてながら恩賞にあずかれなかった「遠つ祖鈴木三郎重利」の子孫だからだと、大真面目に答えている。一般的には一種のジョークであるはずの受け答えだが、真年の場合は本気である。真年は、かつて内舎人時代に命がけで三種の神器を救出した勇敢な自分だが、賞賛されるどころか、それがゆえに人々に妬まれ不遇をかこつことになった、それは遠き先祖に裏付けられた「自分」の「今」なのだと信じ込んでいる。これは、逆をかえせば、自分の存在が歴史という時間軸によって保証されているという自負だともいえる。鈴木真年の「自分」という存在への強い意識と、自分のルーツに対する強いこだわりとを感じさせる。

さらに、真年は依田学海を相手に、系譜学の知識を次々と披露している。依田学海も「鈴木、系譜にくわし」と言い、その学識を一応認めている。しかしその一方で、傍線部（j）では真年の説に対して「うけがたし」と感じ、傍線部（l）では真年のあげた書名のいい加減さに「鈴木が言もいかゞあらん」ともらしたりもしている。真年の得意分野であるはずの系譜だが、そこにも思い込みと勘違いが多いことを感じ、やはりうさん臭さを感じている依田学海の気分がうかがえる。

この回想に見られる依田学海の筆致からは、学者というには思い込みが強く、夢見がちな人間として捉える、学海の「真年」観が読み取れるように思われる。

実は、管見の範囲では、穂積鈴木氏の系譜には「鈴木三郎重利」という人が見当たらない。名に「重」のつく「鈴木三郎」は何人か見出されるが、源平争乱の頃に武士として活躍した「鈴木三郎」は名を「重家」という。真年のいう「重利」は「重家」の勘違いではないのだろうかとも思わされる。真年の酔ったような我語り、半分は妄想のような手柄話、得意分野であるはずの系譜に関わる書物の勘違い、このような真年の話しぶりを見ていると、依田学海と同様、話の内容はどこまで確かなのかを疑いたくなり、うさん臭く思われてくるのである。

四、系譜学者「鈴木真年」の欲望

従来、鈴木真年は、系譜学の大成という志を貫いた系譜学一筋の生真面目な学者として造形されてきた。その一例として、「系図を依頼される時でも報酬も求めず、神の如き清純無垢な気持でそれに応じ、激情の向ふままに満身の精神を注いでことに当るのが翁の生涯を通じての生き方であつた。従って一生貧困生活に終始したのも、己の職を投げ打つて事にあたる徹底した性格の然らしむるところである」という神崎四郎氏による評伝(4)があげられる。『鈴木真年伝』も、「翁の転職は放慢多情な気持から起つたものでない」のであり、系図学の大成・地誌の体系の確立・正史の体系の確立・国教の基礎の確立・熊野神社の復興という五項目を達成するために「最も便利な職業を選ぼうとする翁の已むに已まれぬ真情の発露」(五七～五九頁)だと説明しており、系譜学の大成によって国家と社会に貢献することだけを一筋に考える学者として真年を描いている。

沖氏が、『懐風藻箋註』を「系譜学者らしくない」としたのは、これらの伝によって形づくられた系譜学一筋の鈴木真年像に基づいて考察したためであろう。『懐風藻箋註』の注釈は、漢詩文を中心として施されており、詩人伝をほとんど無視している。沖氏は、系譜学者であるならば、漢詩文よりもむしろ詩人伝の方に力点が置かれるはずだと考え、鈴木真年は『懐風藻箋註』の作者「今井舎人」ではないと結論した。

たしかに、系譜学の大成を志した系譜学者が注釈したと考えると、詩人の経歴などには見向きもせず、漢籍を基本資料としながら漢詩文の語句を解釈しようとする注釈意識は、興味や関心という点において矛盾しているように見えるだろう。

さらに言えば、江戸期における懐風藻受容は、その書入状況から、歴史的興味に基づいてなされていたと考えられる。(5)「今井舎人」の注釈意識は、そのような当時の一般的な懐風藻受容の状況にもそぐわない。

しかし、本当に鈴木真年は、系譜学を大成しようとして系譜学一筋に研究に打ち込んだ学者として捉えるべきなのだろうか。

第二節で考察したように、真年は、自分のルーツの正当性を確かなものにしたいという強いこだわりを終生持ち続けた。そのこだわりが、系譜学へとのめり込んでいった原動力となっていたのではないかと思われることも述べたとおりである。また、前節で考察した依田学海の回想においては、自らのルーツに裏付けられた理想の自分を、半ば空想と妄想との中で語ってやまない「真年」像が見て取れる。どうも真年には、系譜学を大成せねばならぬという研究者としての責任感というよりも、自分の存在の確かさを求めてやまない個人的な思いの方が強く感じられるのである。

宝賀寿男氏(6)は、「現存する真年の著作を見る限り、系譜資料収集の膨大さとその分析力の確かさに驚くが、残念ながらその体系化にまでは至っていないように思われる」という興味深い指摘をしている。宝賀氏は、鈴木真年の系譜に関する業績を再評価する立場から、『鈴木真年伝』における「従来の系譜学が翁の著作によつて少からず刺戟を受け遂に一個の科学となつたことを思へば、翁の先駆者としての功績は、まことに偉大であるといはなければならない」(六九頁)という評価は「過大評価」であり、「系譜学は真年の業績とは別個の歩みをみせ、むしろ彼の偉大な功績は全くといっていいくらい埋もれてしまっていた」としている。

これまでは、鈴木真年といえば、系譜学に身を投じて大成しようとした学者として位置づけられていた。宝賀氏の指摘は、そのようなおおざっぱな位置づけを脱し、広範な資料収集力と粘り強い考察力とを特徴とする学者として、より厳密に「鈴木真年」という系譜学者を再評価しようとするものである。これによれば、鈴木真年は、膨大な資料収集と精密な分析力によって、独自に系譜資料を蓄積していった学者であり、その成果は系譜学の確立や大成とは必ずしも結びついてはいない。

その理由について、宝賀氏は「後継者の不在」と、「著作で出版されたものが多くない」という二点をあげている。たしかに、これら二点は真年の業績が系譜学に直接的には貢献しなかった物理的な要因としてあげられるべきであろう。

しかし、これら物理的要因とともに、真年自身の意識や動機そのものにも要因があったとは考えられないだろうか。そもそも、真年においては、自分の集めた資料を体系化して系譜学を大成したいという欲望や研究者としての責任感は、希薄だったのではないだろうか。それよりも、自分の「今」を保証する「過去」を確認し、自己のアイデンティティを確かなものとして感じたいという極めて個人的な欲求が強かったのではないかと思われる。

それゆえに、通常は資料収集と分析の先にあるはずの、系譜の体系化には向かわなかったのではないだろうか。真年の業績が真年による資料収集と分析という単発的なものに終わり、その後の系譜学の進展と大成に直接には貢献しなかった要因は、このような真年自身の動機そのものにもあるように思われる。

一般的に、研究者はその晩年に向かって、自分の長年の研究成果を体系化し、学問の進展に貢献することを志すものである。しかし、真年は後半に入ってから晩年にかけて、『古事記正義』や『裾野の狩衣』といった必ずしも系譜の範疇にとどまらないものも著している。『古事記正義』は神話解釈、『裾野の狩衣』は歴史物語である。『古事記正義』三冊本は草稿が明治一六年（一八八三・五三歳）に完成し、そのうちの一冊が明治二〇年（一八八七・五七歳）に出版されている。『裾野の狩衣』は明治二五年（一八九二・六二歳）に大阪朝日新聞に連載されている。(7)いずれも、真年がすでに系譜関連の著作を多く出した後であり、本来ならば系譜学の体系化へと関心が移ってもおかしくはない時期である。そのような時期に、真年は、系譜の体系化どころか、系譜を超えた世界へと興味を広げているのである。

真年の本質は、ここにあるように思われる。真年は、系譜学の大成を志して系譜一筋に没頭したのではない。自分の業績を以て学問の発展に貢献しようという気も希薄である。どこまでも個人的な欲求と関心の赴くままに資料探索に没頭し、その世界を逍遙してやまないのが、鈴木真年という人物の本質なのである。

静嘉堂文庫の「鈴木真年旧蔵書」には、系譜類にまじって、寺社縁起、目録、『丹後国風土記』『播磨国風土記』

『豊後国風土記』など、系譜には関係のない分野の書籍が多数収められている。決して系譜学一本やりの学者ではなかったことがわかる。東京大学史料編纂所蔵『鈴木叢書』には、『里見軍談記』『川中島五戦記』『古医方経験略』『医家古籍考』『隠岐名勝志』『衣川百首』『三人法師』『十七条憲法』『をあん物語』『おきく物語』『古今集三木三鳥考』など、雑多なあらゆるジャンルの書物が収集されており、むしろ系譜関連資料よりも目立っている。医学書から文学書まで幅広い分野の書物を収集していたことがわかる。

この雑多な書籍収集は、真年の書写によって行われている。沖氏は、真年の筆跡と『懐風藻箋註』の筆跡とが異なることも、真年が『懐風藻箋註』の作者ではないと考える理由にあげている。しかし、真年の筆跡は実に多様である。四角張った楷書体から、流れるような行書体まで、書写内容に応じて変幻自在である。ほとんど模写か謄写に近いような、親本の文字をそのまま写し取っていると思われる書写本も多く、筆遣いにおいてはかなり器用であったと思われる。

真年には、自分の興味の赴くままに書物を収集し、基本的には親本の筆跡もまねて書写してしまうという癖があったのであろう。真年が、自分の関心や欲望の対象となるものには、強いこだわりと執着とを持つ人物であったことがうかがわれる。

その真年が終生、関心と欲望の対象としたのが、自らのルーツであった。真年は、自らの「存在」と自らの「現在」とを確かなものにするために、自分のルーツつまり二つの血筋にこだわりと執着を見せた。「新田今井源」氏と「穂積鈴木」氏とを自らの号に使っていたのは、そのこだわりと執着の表れであった。

別号の多さは鈴木真年の特徴の一つといえよう。先に「鈴木舎人」「穂積真香」「新田今井源愛氏」「穂積臣真橘」「鈴木庄司」「穂積臣真年」をあげたが、これらはいずれも「新田今井源」氏か「穂積鈴木」氏に由来するものであった。

このほかにも、「鈴木房太郎穂積義旭」「穂積門香」「穂積重年」「鱸参軍」「鱸真年」などがあげられる。「鈴木房太郎穂積義旭」は弘化三年（一八四六）、真年が一六歳の時のものである。「義旭」が何を意味するのか不明であるが、「房太郎」は真年の幼名である。「門香」の「門」は不明であるが、「香」は屋号「橘屋」の「橘」の属性を表すものだろう。「重年」は先の依田学海との会話に出てきた「遠つ祖鈴木三郎重利」に由来する号であろうか。「鈴木三郎重利」は見当たらないので、ひょっとしたら「重家」と勘違いしている可能性もあるが、真年の頭の中では寿永の乱で名を馳せた穂積鈴木氏のヒーローは「重利」ということになっていて、それにちなんだのかもしれない。いずれにしても、穂積鈴木家には「重」で始まる名前が多く見られ、それを意識していることは間違いないだろう。真年の子供も、『新田族譜』の系図で「重峰」「重枝」「重耳」とされている。「鱸」は「スズキ」のもじりであろうか。それとも、鈴木氏の一派に「鱸」と表記する一族があり、それに由来するものであろうか、不明である。「参軍」は、明治一七年（一八八四）書写の『世田谷私記』書写奥書にある署名であるが、当時、真年は陸軍省に勤めていた。「参軍」は明治二一年（一八八八）に制度化され、陸海軍を統括する役職として貴族の大将中将が任じられるようになったが、真年の頃はまだそのような役職はない。あったとしても、真年の身分でつける役職ではない。おそらく陸軍省所属の自らを、古代中国における軍事参謀の「参軍」になぞらえて名乗ったのであろう。

このように、真年は実に多くの別号を使用している。それは、自らのルーツと、そのルーツに保証された理想の自分への執着を表していると考えられるのではないだろうか。

数多い別号使用とともに、「散位」を自らに冠している署名も見られる。真年がどんなに自分のルーツである家柄を誇ろうとも、現実の真年は貴族でもなんでもない。真年は、位階などに関係のない無位の下級役人の一人にすぎない、それが客観的事実である。それでもなお、真年は、「散位」の自分、つまり本来は位が与えられたはずの自分を妄想し、自分の理想像として欲望しているのである。

五、「今井舎人」と「穂積真香」と「鈴木真年」――新資料『真香雑記』――

多くの別号の一つに「穂積真香」がある。この「穂積真香」という別号によって、「鈴木真年」と「今井舎人」を結びつける決定的な証拠となる資料が新たに出てきた。

早稲田大学図書館蔵『真香雑記』という写本である(イ〇五―〇〇五四三)[8]。改装濃紺無地表紙、左肩朱単辺題簽に「真香雑記　全」とあり、「真香雑記」と「全」の間に細字二行で「鈴木庄司自筆本」と墨書されている。横二四センチ、縦一七センチ、四つ目綴じの横本である。墨付き九二丁。

蔵書印は方形陽刻朱印「穂」「東洲文庫」「早稲田大学図書」。「穂」は「穂積真香」、「東洲文庫」は小中村清矩のものと見られる。また、一丁裏には「今井蔵」「今居蔵」と書き、それぞれ長方形に囲った墨書が、二丁表には「今井蔵」と書き長方形に囲った朱書が見られる。蔵書印に似せたものではないかと思われる。

一丁裏に右から「神祇官年預無位穂積臣真香」「新田今井右衛門太郎源愛氏」「新田今井舎人源愛氏」「穂積使主真香」、二丁表左下に「新田今井舎人　源愛氏」、その上に「鈴木武蔵　穂積重兼」「五島太郎　末羅真澄」と墨書されている。最終丁表左下には、大きく「穂積臣真香」と墨書され、その右側に小さく「厳桜舎」「更名探湯店」、左側に小さく「字紫彦　号友古生」「稽古堂　翠菴」とそれぞれ墨書されている。

早稲田大学書誌データでは、著者「穂積真香」としているが、これは最終丁の署名に拠ったのだろう。また、『真

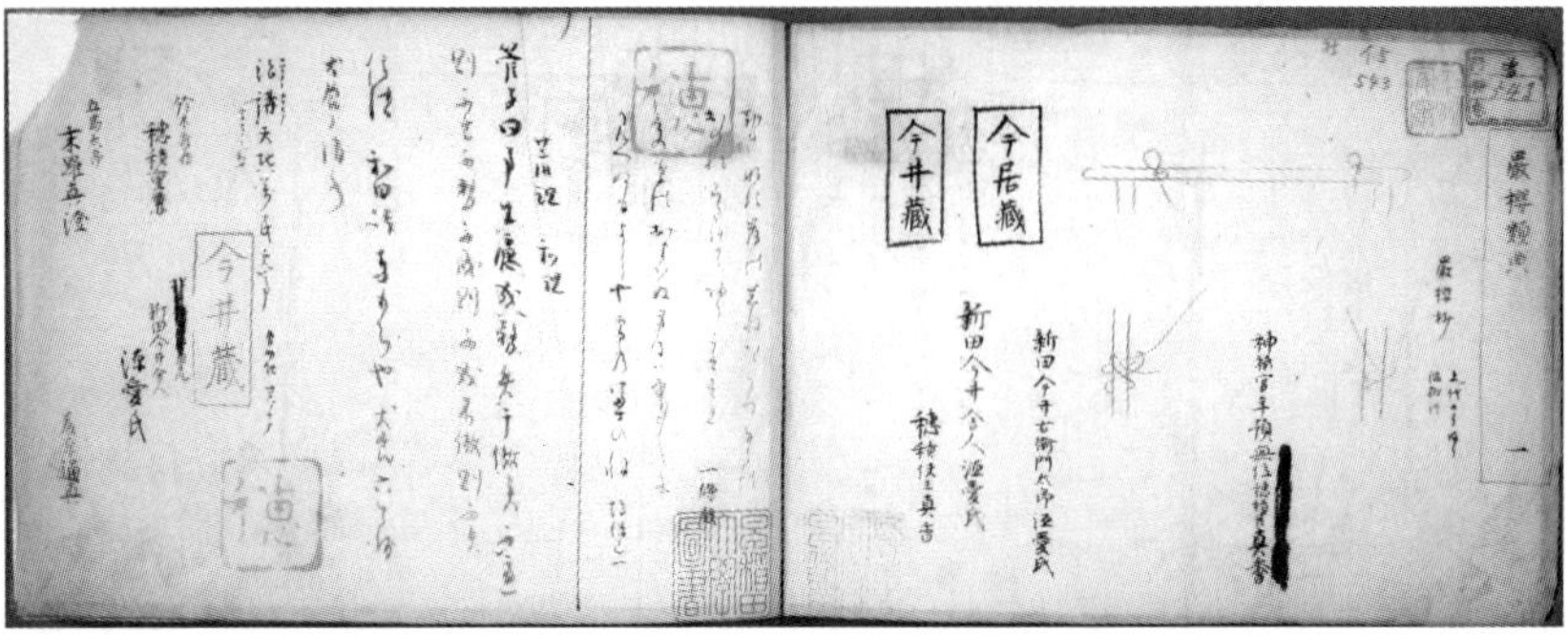

早稲田大学図書館蔵『真香雑記』１丁裏～２丁表

香雑記』という書名については、「書名は内容による」とされている。

この「穂積真香」が、「鈴木真年」の別号の一つであることは既に述べた。また「新田今井」「源愛氏」などの署名とあわせれば、この『真香雑記』の筆者が「鈴木真年」であることは明らかである。「神祇官年預無位」は、『鈴木真年伝』の「年譜」にはないのだが、先にあげた依田学海の回想の中で真年自身が、神祇官が再興された時に「奏任官を給は」ったと言っていることと合致する。

この『真香雑記』の最初と最後に、筆者「鈴木真年」は複数の別号を書き散らした。「鈴木武蔵　穂積重兼」「五島太郎　末羅真澄」「厳桜舎」「更名探湯店」、「字紫彦　号友古生」「稽古堂　翠菴」などは、何を意味しているのかよく分からない。だが、鈴木氏の一人に「鈴木重兼」という人がいることから、自分の系譜に連なる人物などに自分をなぞらえて、案出した別号の数々だったのではないかと考えられる。自分にまつわるものによって、自分の形をとどめようとするかのようなこの行動は、これまで考察してきた、自分のルーツにこだわる鈴木真年像とも合致する。

この「自分」の存在と形を求めてやまないかのように列挙された、「穂積真香」つまり「鈴木真年」の別号の中に、注目すべきものがある。二重傍線を引いた「今井舎人」である。これは言うまでもなく、『懐風藻箋註』序文末尾に記された「今井舎人」という号と完全に一致する。

『真香雑記』の作者「穂積真香」は「鈴木真年」の別号なのだから、『真香雑記』は「鈴木真年」が書いたものである。その『真香雑記』に「今井舎人」という号が記されているということは、「今井舎人」もまた「鈴木真年」の別号だということになる。つまりは、「今井舎人」は「鈴木真年」であると結論すべきであろう。『懐風藻箋註』の筆者「今井舎人」は、「穂積真香」という号を介して、「鈴木真年」と同一人物であることが証明されるのである。

『真香雑記』は、鈴木真年のメモ帳のようなものであったようだ。さまざまな氏族の系譜、三礼目録、人相図、改元宣命（弘化元年）、黄庭経、狩谷棭斎著述目録、医心方、武具などの図、新田氏関連の書状などが、脈絡なく書き写されている。自分が興味を惹かれた事項を、とりとめなくメモ書きした覚書と思われる
この雑多なメモ書きからは、鈴木真年の興味の多様さと、自らの好奇心の赴くままに資料探索や思考を進めていく自由奔放さとがうかがわれる。真年の関心は、系譜にばかり向いていたわけではない。もっと雑多なとりとめもない好奇心に満ち満ちていて、その自らが抱いた興味や関心に執着する傾向にあったのだ。その一つが、自分の今を形作るルーツであり、それへの執着が、あれやこれやとメモされた別号の数々に表れているといえよう。

『真香雑記』は、とりとめなく興味が雑多に広がり、それをおさえることなく自分の好奇心を満たそうとする鈴木真年の思考のあり方をよく表している。自分のルーツ確認も、自分の存在の確かさをつかみたいという欲望とともに、その興味の範疇にあった。多くの別号を考え出したのは、その興味と欲望とを満たすための半ば無意識のうちの行動だったのではないだろうかと想像される。

『真香雑記』の内容には、『懐風藻箋註』の注釈意識との共通性が見出せる。一つは、漢籍に対する造詣の深さである。『真香雑記』には「管子」「毛詩」「韓詩」など、『懐風藻箋註』でも基本資料として使用されている漢籍に関する

覚書が散見される。もう一つは、語句の意味や使用法に対する関心の高さである。『真香雑記』には、『万葉集』の歌を書写している箇所があり、それらは、ある語句の意味や使用法を分析するという目的でなされているのである。『懐風藻箋註』の注釈は、漢詩の語句の用例や意味について漢籍に基づいて指摘・説明するものとなっている。当時の『懐風藻』が主として歴史への興味から受容されていたことを考えると、『懐風藻箋註』は注釈意識と注釈手法の双方において特異なのである。それが、『真香雑記』の筆記内容との共通性として指摘できるということは、『懐風藻箋註』の特異な注釈姿勢は、『真香雑記』の筆記姿勢に裏付けられるということになる。『懐風藻箋註』の注釈者「今井舎人」は、間違いなく『真香雑記』の筆者「穂積真香」つまり「鈴木真年」なのである。『懐風藻箋註』の注釈姿勢の特異性は、「鈴木真年」の関心のあり方が生み出したものだったのである。

おわりに

『懐風藻箋註』の筆者「今井舎人」が系譜学者「鈴木真年」であるという通説には、確たる根拠がなく、『大日本人名辞書』の記載への信用性に全面的に拠っていた。沖氏はその通説を否定し、「今井舎人」と「鈴木真年」は別人であるという説を出した。それ以来、決定的な根拠が見出せず、どちらとも断定しにくい状況にあった。

しかし、本章の以上の考察によれば、「今井舎人」は「鈴木真年」と同一人物である。『真香雑記』を書いた「穂積真香」は明らかに「鈴木真年」の別号であり、その「穂積真香」が「今井舎人」という別号も残しているのだから、「今井舎人」もまた「鈴木真年」の別号であることは疑いのないことなのである。「穂積真香」という別号を介することによって、「鈴木真年」と「今井舎人」とが同一人物であると断定できる。

「鈴木真年」という人物は、系譜学の大成に向けて系譜一筋に邁進した学者という従来の見方だけで考えると、その本質を見誤る。「鈴木真年」は、自分という存在の確かさと、自分の「現在」の保証としての「過去」を終生、追い求めた。その個人的な欲望が系譜に関心を持たせた要因の一つであったと考えられる。いったん興味を抱くと、それが欲望となって貪欲な資料探索を促す。真年は、系譜学の大成という研究者としての責任感や興味よりも、自らの好奇心への執着という個人的な欲望で、その赴くままに資料を収集した人物だったのではないかと思われる。

そのような人物として鈴木真年を考えれば、『懐風藻箋註』の注釈者像あるいは『真香雑記』の筆者像に合致する。『真香雑記』のとりとめのない覚書は、興味と欲望の赴くままに探索し思考する真年らしい筆写物である。『懐風藻箋註』は、漢詩に使用された詩句そのものに対する好奇心を満たすために、漢籍を渉猟した結果をまとめたものであり、実に真年らしい著作物である。

『懐風藻箋註』がそうであったように、鈴木真年の著作物や書写物は、鈴木真年の号の多さのために、鈴木真年のものだと認知されないままに散在している。これらを掘り起こすことができれば、鈴木真年の人物像がさらに浮き彫りにされるに違いない。

注

（1）沖光正氏の『懐風藻箋註』に関する論考は、①「『懐風藻箋註』考」（『上代文学』五六号、一九八六年四月）と②「『懐風藻箋註』考補遺」（『上代文学』六二号、一九八九年四月）がある。「今井舎人」と「鈴木真年」は別人であるとする考察は主に①で行われている。以下、本章における沖氏の論の紹介は、①論文に基づいている。

（2）復刻版『伝記叢書89　鈴木真年伝』（鈴木防人編、大空社、一九九一年）の「解題・補注」には、「著書目録」静嘉堂文庫

の項目に「『懐風藻箋註』今井舎人名、草稿」として挙げられ、宝賀寿男氏は「解説」で、真年の幅広い活動の一つとして、「古代の和歌や漢詩に関する著作」があったことを指摘している。

（3）依田学海『学海日録』第三巻（岩波書店、一九九二年）三八七～三八九頁。

（4）神崎四郎「鈴木真年翁」（『伝記』八巻四号、一九四一年四月）。神崎氏には「鈴木真年翁」（『伝記』一〇巻一号、一九四三年一月）もある。

（5）本書第七章「『懐風藻箋註』引用典籍一覧および考証」、第八章「『懐風藻』版本書入二種――河村秀根・慈本書入本の紹介と翻刻――」、第九章「狩谷棭斎書入『懐風藻』――川瀬一馬「狩谷棭斎著『懐風藻校注』」修正――」参照。

（6）宝賀寿男『古代氏族系譜集成』（古代氏族研究会、一九八六年）「第一編　鈴木真年について」の「第三節　鈴木真年の著作の評価」（六～九頁）。

（7）前掲注（2）書「年譜についての補注」⑥に拠る。

（8）大川原竜一「利波氏をめぐる二つの史料――『越中石黒系図』と『越中国官倉納穀交替記』――」（『富山史壇』一六三号、二〇一〇年）において、『越中石黒系図』の史料性を考察するための資料として、『真香雑記』が取り上げられている。別号によって遺されている史料が、『真香雑記』を介して、鈴木真年のものと証明される過程が、『箋註』と同じであり大変興味深い。続稿に「『越中石黒系図』と利波臣氏」（加藤謙吉編『日本古代の王権と地方』大和書房、二〇一五年）。

第二章　今井舎人と鈴木真年

——鈴木真年伝の新資料——

前章では、『真香雑記』に記された鈴木真年の別号の中に、「今井舎人」が見出されることから、「今井舎人」が「鈴木真年」と同一人物であることを確認した。

『懐風藻箋註』の作者「今井舎人」は鈴木真年であるというのが通説とされながら、その根拠が必ずしも明らかにされているわけではなく、『国書総目録』にも「今井舎人」名の著作物が『箋註』以外には掲載されておらず、それゆえに別人物ではないかとする見解(1)も出されることになったが、間違いなく『箋註』の作者は鈴木真年である。

鈴木真年は、生涯を通じて、実に多種多様な別号を使用し、自身の著作物や書写物に書き散らしている。そして、系譜学者としてその名を知られてはいるが、系譜学の範疇にとどまらない多様なジャンルの資料を収集し、著述している。宝賀寿男氏(2)が言うように、その活動の幅の広さが真年の特徴の一つであろう。

鈴木真年の遺した書写物や著作物は、多種多様なジャンルに及んでいる上に、多くの別号が使用されているために、一見したところ真年のものとは分かりにくいのである。

本章では、「今井舎人」の名が記される資料を、『真香雑記』のほかに三本紹介し、改めて今井舎人と鈴木真年とが同一人物であることを確認し、「今井舎人」という号を介して明らかになる真年の人物像を考察する。鈴木真年という人物の、単なる系譜学者という枠組みでは捉えきれない多面的な活動の一端も明らかになるのではないかと思われる。

①早稲田大学図書館蔵『真香雑記』（イ〇五―〇〇五四三）

書誌などについては、前章に譲り、本章では②～④の資料と関連する点にしぼって取り上げることにする。

この資料には、どこにも鈴木真年という名は記されていない。早稲田大学書誌データでは、最終丁「穂積臣真香」の署名により、著者を「穂積真香」としている。静嘉堂文庫や東京大学史料編纂所などに所蔵される鈴木真年書写文献には、鈴木真年が使用した多種多様な別号が残されている。この穂積真香は、その中に見出される真年の別号の一つである。穂積氏は、真年の母方の鈴木氏と同族である。したがって、『真香雑記』の筆者である穂積真香は鈴木真年であるということになる。

この『真香雑記』一丁裏には、「新田今井舎人源愛氏」と記されている。「新田今井源愛氏」は、父方の今井氏が源氏・新田氏の流れを汲む家柄であることを意識した真年の別号である。したがって、ここに含まれる「今井舎人」は、鈴木真年の号の一部と見られる。

『真香雑記』は、さまざまな氏族の系譜のほかに、人相図、狩谷棭斎著述目録、『万葉集』、『管子』『毛詩』など、雑多な内容の資料が脈絡なく書き留められた雑記帳である。今井舎人つまり鈴木真年の、系譜だけにとどまらない興味の広がりをうかがわせる。

大川原竜一氏[3]は、その中の一つ、木村正辞の著作目録「欟斎著述目録」に、明治以降のものが見られないことから、『真香雑記』は遅くとも明治初期までに書かれたものだろうと推定している。そうすると、おおよそ維新以前に「今井舎人」と号していたことになるが、元治二年（一八六五）成立の『懐風藻箋註』が同じく「今井舎人」の号で書かれていることとも、時期的に合致する。

②『誓詞帳』『門人姓名録』（平田篤胤全集刊行会編『新修　平田篤胤全集』別巻、名著出版、一九八一年）[4]

いずれも平田篤胤の門人名簿である。高木俊輔氏[5]によれば、『誓詞帳』は「平田門人帳のすべてのもとになったもの」であり、『門人姓名録』は「国学者井上頼圀が、平田家誓詞帳から写し取り、注記を加えたもの」で、「井上頼圀本」と言われているという。注記は、芳賀登氏[6]によれば「頼国との面識の有無や、門人の性格・略歴など」が書き入れられたものということである。

『誓詞帳』には、「安政六年七月七日　廿有九歳　源朝臣武智良（朱印）　五島広高紹介　新田今井舎人」、『門人姓名録』には、「江戸　七月七日　二十九歳　源武智良　五島広高紹介　新田今井舎人」とあり、その左傍に「懇親、後改鈴木真年、系譜学ニ名アリ」という注記がある。

これらによれば、安政六年（一八五九）に、「新田今井舎人」は五島広高という人物の紹介で、平田篤胤の没後門人になったことが分かる。鈴木真年は天保二年（一八三一）に生まれているので、安政六年（一八五九）に二九歳であったというこの新田今井舎人は真年と見て間違いない。『鈴木真年伝』によれば、真年は嘉永二年（一八四九）にいったん剃髪するが、安政五年（一八五八）に還俗する。その時に「源牟知良」と改名したという。「源（朝臣）武智良」という別名は、これに由来すると思われる。

『門人姓名録』では、井上頼圀の注記によって鈴木真年と同一人物であることが示されている。注記によれば、井上頼圀は新田今井舎人と懇意にする間柄で、後に鈴木真年と名を変え、系譜学でその名を知られるようになったことを直接知っていたと思われる。

『鈴木真年伝』は、文久元年（一八六一）三一歳で栗原信充に入門したことを伝えているが、平田門人になったことは記していない。しかし、この資料から、その二年前に、生前栗原信充と親交のあった平田篤胤の門下生にもなっていた事実が判明する。(7)

③天理大学附属天理図書館蔵『大嘗会神饌調度図』（九一〇・二一—一四三九—九七〇）

原装砥粉色無地表紙、四つ目綴じ、縦一九センチ×横二七センチ。左肩双線題簽「大嘗会神饌調度図」墨書。右下貼紙「ち」墨書。見返し「天理図書館　平成二十年十二月一日　２６４００２３」印。

一丁表中央に内題「大嘗会神饌調度之図」墨書。蔵書印は一丁表右に、上から正方形陽刻朱印「建樹図書」、長方形陽刻朱印「天理図書館蔵」。墨付一六丁、後遊紙一丁、裏見返し左上「ち上」墨書。大和田建樹（安政四年〈一八五七〉～明治四三年〈一九一〇〉）の旧蔵書である。

一六丁表から裏にかけて元奥書「御厨子所預従五位上行采女正紀朝臣宗直　元文四年五月書之禁他見者也　花押」墨書、続いて書写奥書「以高橋廣道主本模写了　文久元酉年六月五日　新田今井舎人源朝臣愛氏」墨書。

本資料は、元文四年（一七三九）に公家で有職故実家の高橋（紀）宗直（元禄一六年〈一七〇三〉～天明五年〈一七八五〉）によって書かれた、神饌を備えるための道具の図鑑であり、全冊にわたって彩色が施された絵が挿入されている。書写奥書に「新田今井舎人源朝臣愛氏」という①と同じ署名がなされており、鈴木真年が書写したことを示している。真年が、文久元年（一八六一）に、狂歌師・戯作者である高橋廣道（文化元年〈一八〇四〉～明治元年〈一八六八〉）の所蔵本を模写したということになる。系譜とは関係ない内容であるが、現存する真年の書写資料にはこのような系譜学以外の内容のものが多数残されている。①と同様に、この資料もまた真年の関心の多方面への広がりをうかがわせるものである。

この文久元年（一八六一）という書写年は、『懐風藻箋註』成立の元治二年（一八六五）、また維新前と推測される①の成立時期、②によって知られる平田入門年の安政六年（一八五九）と近接している。これらに共通して「今井舎人」の号が見られることから、真年は幕末の頃に今井舎人と名乗っていたと推測される。

④国立歴史民俗博物館蔵旧侯爵木戸家資料『大江御家　神別　皇別　二冊之内上巻』（H—六二—九—一八—二—三）

本文共紙表紙で下綴の一冊。縦二四・七センチ×横一七・一センチ。表紙中央に直書「大江御家　神別　皇別　二冊之内上巻」墨書。蔵書印なし。

遊紙なし、墨付一八丁。三丁表、天穂日命より系譜が始まり、一八丁裏、匡房で終わっている。

一丁表から二丁裏まで、一丁あたり七行×約一五字で、次に引く中臣清主の序文が記載されており、「今井舎人」という名は、そこに見出される（二〇九頁図版参照。ふりがなと句読点は全て朱書）。

この大江御家の神系は、平田先生の門生《ヲシヘコ》なる今井舎人とて、諸家系譜《イヘスチ》のことに精《クハ》学しき人あり。我友世良利貞、江戸にありけるころ、その高名《ナ》をききて、江家の御系譜をねもころにたつねしに、穂日命より本主まで神名のみを系にしたる一本をあたへしとて、編輯局にとりいてられしなり。おのれはやく齊藤氏の野見宿禰命まで、系にしたる写ものえつるをあはせみるに、おほかたは符号《オナ》し。この両人は百年をむかしいまへたて、東と西のはてなる千里遠き人たちにてかかる考へのおなしきは、おのかわたくしわさならす。かならすふるき伝書《フミ》ありてなるへし。されと普通《ヨノツネ》のものならねは、おのれらいまた見あたらす。こたひ今井本の神系を綱として、傍に記紀姓氏録なとふるき書《フミ》より、御名のあらんかきり、しるしおかむとおもひたちぬ。ひとわたり、よみとりたれと、なほもれたる条《スヂ》の多からむかし。のちのちかきくはへむと、かつかつ一巻となしつるも、おほろけなるしわさになむ。

中臣清主

冒頭で紹介される「平田先生の門生なる今井舎人」が鈴木真年であることは、②で紹介した二つの平田門人録によって明らかである。

筆者の中臣清主は今のところ不明であるが、友人の世良利貞（文化一三年〈一八一六〉〜明治一一年〈一八七八〉）は、もと長門萩藩士で、国学史学に通じた人物として知られている。通称は孫槌とされる。江戸祇役の折、栗原信充に師事したとされ、また②の平田門人録の万延元年（一八六〇）に「世良孫槌」の名が見えることから、真年入門の一年後に入門したことがわかる。世良と真年とは、栗原・平田の門弟同士であり、特に平田入門時期はたった一年しか違わないということになる。このような二人に接点があったと考えても不自然ではない。世良は、同じ門下生の今井舎人が系図に詳しいという評判を聞いて、大江家の系譜について尋ね、今井舎人作成の系譜（今井本）を与えられたのだろう。

維新後、世良は、明治五年（一八七二）に教部省に入省、明治六年（一八七三）に大教院教典編纂掛として教典の編集に従事しているが、同年一〇月に長門国一宮住吉神社宮司になったのを機に、故郷の長門国に帰って明治一一年（一八七八）に没したのではないかと推測される。

清主がこれを書いたのは、「我友世良利貞、江戸にありける頃」としているところから、世良が帰郷した明治六年（一八七三）から没年の明治一一年（一八七八）までの時期と考えられる。清主は、世良から、もと同門の系譜に詳し

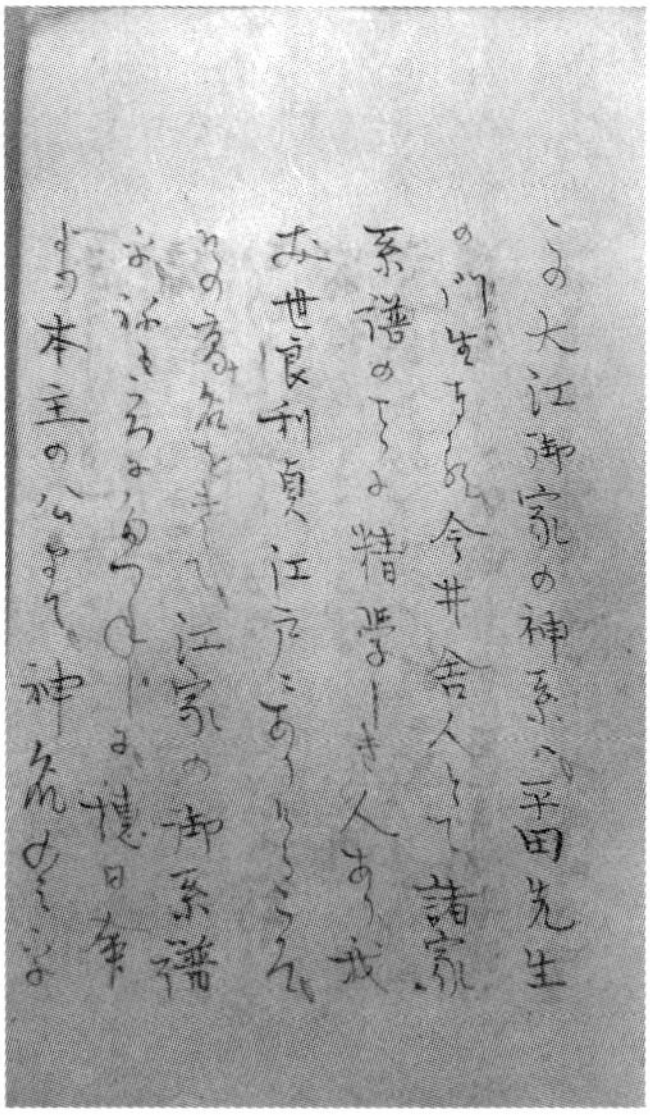
1丁表

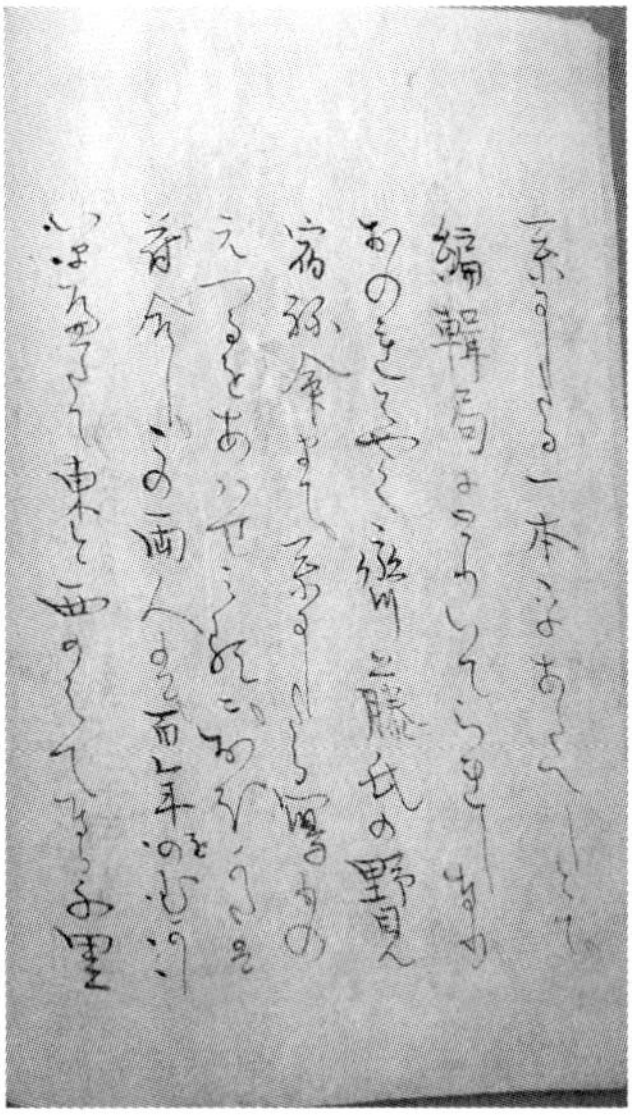
1丁裏

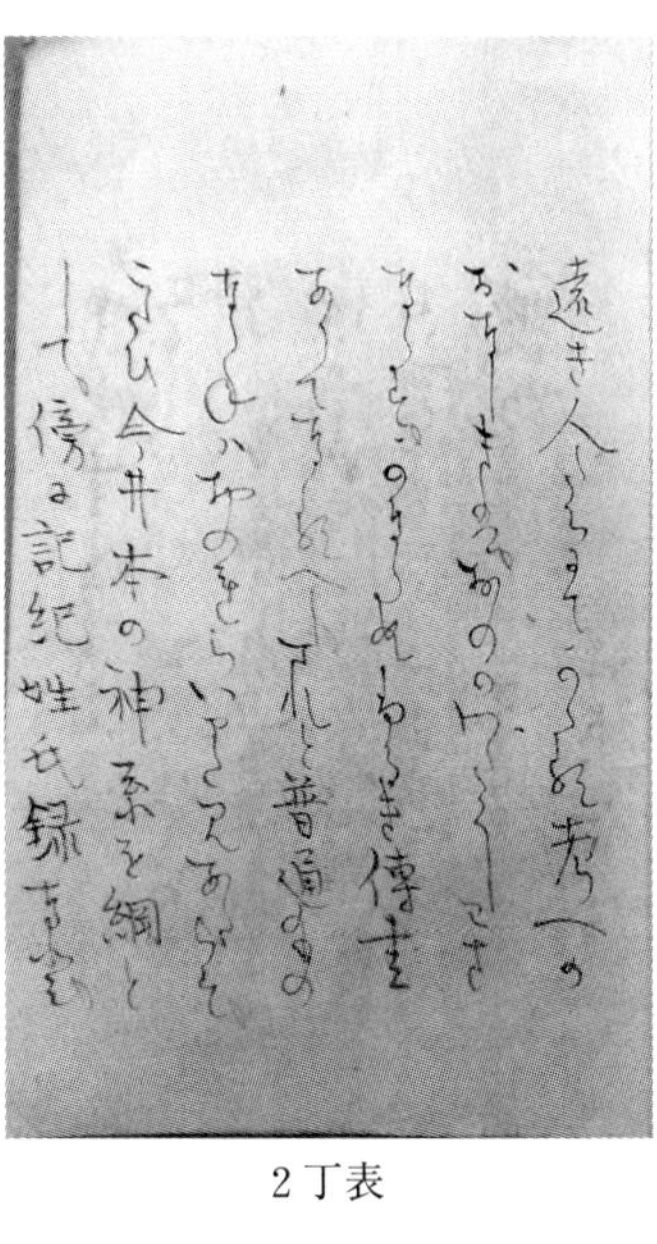
2丁表

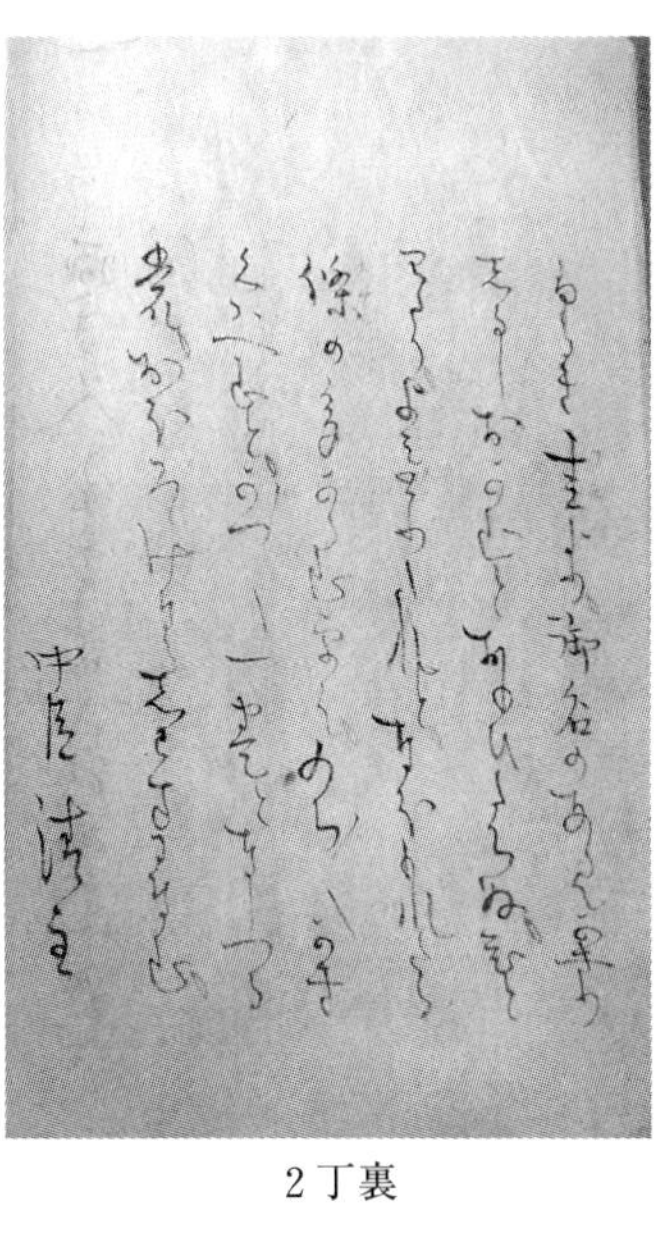
2丁裏

国立歴史民俗博物館蔵旧侯爵木戸家資料『大江御家　神別　皇別　二冊之内上巻』

い今井舎人のことを聞いて、間接的に知ったのではないかと思われる。維新以降は「鈴木真年」と名乗っていた真年を、「今井舎人」としているのは、平田門下であった頃の世良の記憶に基づく情報だからであろう。

清主は、世良の手を経て「編輯局」(8)に入った今井本を参看する機会を得て、それが、すでに入手していた「齊藤氏」(9)作成の系譜とほぼ同じであることに気がついた。そのため、両者が共通して依拠した古い書物があるはずだが、見出すことができないので、今井本をもとにして、記紀や姓氏録などによる注記を加えながら、本資料を作成したと説明している。

主に明治以降、系譜関連の著作物を刊行し、いわゆる系譜学者として認知されるようになる鈴木真年が、平田門下生であった頃に、系譜に詳しい今井舎人として知られていたことがわかる。また、その頃に、同門であった世良利貞と交流があったことがうかがえる。

以上、「今井舎人」に関連する四本の資料を紹介してきた。これらによって、「今井舎人」が鈴木真年の号であることを確認でき、幕末までの比較的若い時期に使用していたことが推測できる。『懐風藻箋註』の筆者である今井舎人は、間違いなく系譜学者の鈴木真年と同一人物である。また、鈴木真年が栗原信充門下であったことと同時に、平田篤胤没後門人であったことや、おそらくはその縁で、世良利貞と交流を持ったという一面も明らかになった。

現存が確認されている鈴木真年書写資料には、丹後・播磨・豊後の風土記、『をあん物語』、『古今集三木三鳥考』、『医家古籍考』など、系譜には直接関係のない多様な分野の資料が数多く収められており、真年の関心の広がりをうかがわせる。また、特に晩年を中心に、『古事記』の注釈書『古事記正義』や小説『裾野の狩衣』といった系譜の範疇にとどまらない著作も残している。これらからは、系譜だけにとどまらない多面的な真年の活動のありようがうかがわれる。

従来、鈴木真年は系譜学の大成を目指して、系譜一筋に生きた学者として捉えられてきた[10]。沖氏が今井舎人と鈴木真年とを別人物とした理由の一つも、そのような従来の系譜学者としての真年像に懐風藻注釈という営みが似つかわしくないと考えたからであった。確かに、真年は多くの系譜関連書写資料や著作物を残している。また、若い頃から系譜に並々ならぬ関心を寄せていたことは、④からもうかがうことができるし、自分の家系に因む号を多数案出していることからも推測できる。

しかし、鈴木真年が系譜に限定されない内容の書写資料や著作物を数多く残しているという事実は、系譜一筋に生きた系譜学者という従来の真年像では説明がつかない。真年は、系譜学にとどまらず、自らの興味の赴くままに文献を渉猟し、自由で多様な探求をした人物として捉えられるべきではないかと思われる。その中の比較的大きな関心事に系譜があったのであり、系譜にしか関心がなかったのではない。だからこそ、①③が書き残され、『懐風藻箋註』が執筆されたのである。

真年は多種多様な号を案出し、その号を書写資料や著作物に書き散らしている。さらに、系譜学の範疇に収まらない内容のものも多く、系譜学者という一面的な捉え方では、それらを真年と結びつけることは難しい。そのため、真年のものだと気づかれないまま埋没している書写資料や著作物が他にもあるのではないかと想像される。穂積真香の著作とされ、真年のものと認知されていなかった①も、今井舎人という署名のために鈴木真年のものだと実証できなかった『懐風藻箋註』も、そのような著作物の一つだったと言える。

そのような埋没している資料を見出すことは、新たな古典資料の発見にもつながるであろう。また、系譜学という枠組みでは捉えきれない鈴木真年の活動の多面性を明らかにすることにもなるだろう。本章では、四つの新資料によって真年が間違いなく今井舎人と号していたことを証明し、その頃の活動の一部を明らかにするとともに、興味の赴くままに広がりを見せる真年の活動のありようの一端を考察した。

注

（1）沖光正「『懐風藻箋註』考」（『上代文学』五六号、一九八六年四月）、「『懐風藻箋註』考補遺」（『上代文学』六二号、一九八九年四月）。
（2）鈴木防人編『伝記叢書89　鈴木真年伝』（大空社、一九九一年）宝賀寿男「解説」、一〜六頁。
（3）大川原竜一「利波氏をめぐる二つの史料――『越中石黒系図』と『越中国官倉納穀交替記』――」（『富山史壇』一六三号、二〇一〇年一二月）。また、続稿として「『越中石黒系図』と利波臣氏」（加藤謙吉編『日本古代の王権と地方』大和書房、二〇一五年）。
（4）凡例によれば、『誓詞帳』は東京・平田家所蔵本が、『門人姓名録』は無窮会図書館神習文庫所蔵本がそれぞれ底本とされている。
（5）高木俊輔「気吹舎門人帳について」（『新修平田篤胤全集月報』二一、一九八一年六月）。
（6）芳賀登「平田篤胤と気吹舎門人帳」（『新修平田篤胤全集月報』二一、一九八一年六月）。
（7）前掲注（2）書「解説」に、「国典を平田篤胤の養嗣鉄胤《カネタネ》（一七九六―一八八〇）に学んだ」とされる。
（8）国史編輯局か教部省大教院教典編纂掛のいずれかを指すと思われるが不明。
（9）この「齊籐氏」作成の系譜が、天穂日命から野見宿禰までのものであったことを考えると、伊勢貞丈や本居宣長に学び、『神道問答』『改正神代記』などを著述した、齊藤氏再興の祖・齊籐彦麿（明和五年〈一七六八〉〜安政元年〈一八五四〉）かとも思われるが不明。石見浜田藩に仕えていることから、江戸の真年と「東と西のはてなる千里遠き人たち」とされることは不自然ではないが、真年と「百年をむかしいまへたて」るというほど時代的な隔たりがあるとは言えない。

(10)『鈴木真年伝』のほか、神崎四郎「鈴木真年翁」(『伝記』八巻四号、一九四一年)、「鈴木真年翁」(『伝記』一〇巻一号、一九四三年一月)など。

第三章　鈴木真年の知的環境

はじめに

「系譜学者」として知られる鈴木真年が、なぜ『懐風藻箋註』をなしたのか。系譜学者であることと古代日本漢詩文への注釈を行ったこととは、不整合な印象を持たれがちである。実際に、今井舎人が鈴木真年と同一人物であるという通説に対する疑問が呈された理由の一つは、系譜学者が漢詩文への注釈を行うことに対する違和感であった(1)。

しかし、鈴木真年の知的活動全体を見渡せば、『箋註』執筆は実に真年らしい営みである。第一、二章では、この真年の書写・著述活動の多様性に焦点をあてて考察をした。系譜学にとどまらない自由で広大な興味関心を持って、あらゆる資料を興味の赴くままに渉猟するという真年の個性と知的好奇心の広さに、『箋註』執筆の原動力を見た。

一方で、江戸末期において真年が懐風藻に注目し、注釈を付けようと思ったのはなぜなのか、言い換えれば、現存する最古の懐風藻注釈書である『箋註』が、江戸末期に真年によって執筆されることになったのはなぜなのか、それは、真年の個性のみに還元されるべき問題ではないだろう。

『箋註』以前には、版本への書入は残されているが、それらは主に史実の確認や地名人名考証を中心とした、注釈箇所および内容ともに限定的なものとなっている。(2) 多少の偏りはあるが、本文全体に対して注釈が施され、漢詩文の解釈にも踏み込んでいるような、いわゆる注釈書と見なせるまとまった著作は、今のところ『箋註』以前には見出されていない。昭和に入ると、昭和二年（一九二七）の釋清潭『懐風藻新釈』を皮切りに、昭和八年（一九三三）澤田總清『懐風藻註釈』、昭和一三年（一九三八）世良亮一『懐風藻詳釈』、昭和一八年（一九四三）杉本行夫『懐風藻』というように、戦前から戦中にかけて注釈書が刊行されている。

真年以前にはまとまった注釈が存在せず、『箋註』以後も昭和に入るまで懐風藻の注釈が著述されていないという状況を見ると、『箋註』の存在はひとり突出し孤立しているようにも感じられる。しかし、真年の人間関係をたどると、『箋註』の出現は決して偶然でも孤立的でもなかったことが分かる。

また、これまで真年に「系譜学者」というレッテルを貼り、その活動をその枠内で考えようとする向きがあった。そのために、懐風藻への注釈は「系譜学者」に似つかわしくない営みであり、「系譜学者」としての活動の範疇を超えるものだというように捉えられた。

しかし、それは、逆の理路をたてられるべき問題なのではないか。つまり、真年は「系譜学者」なのに『懐風藻箋註』をなしたのはなぜかと問うのではなく、『懐風藻箋註』をなした真年の活動全体はどのようなものとして捉えられるべきかという理路である。いったん、真年から「系譜学者」というレッテルをはがし、真年の知的活動がいかなるものであったのかを考え直す必要があるのではないだろうか。系譜学に関する活動と『懐風藻箋註』の執筆とは、ともに、真年をとりまく知的環境のもとに生み出されたものである。真年の知的活動は、両方を同時に生み出すところに本質があると捉えられるべきであろう。

本章では、江戸末期に真年によって『箋註』が生み出される必然性を、真年の知的環境と学問的背景とに焦点をあて考察する。真年を「系譜学者」という枠組みから解き放ち、一八世紀から一九世紀に成立する考証学を継承する知識人として捉え直すことになるだろう。

一、鈴木真年の師――平田篤胤・鉄胤と栗原信充――

鈴木真年は、平田篤胤（安永五年〈一七七六〉～天保一三年〈一八四三〉）の没後門人となり、養嗣の鉄胤のもとで国学を学んでいる。また、栗原信充（寛政六年〈一七九四〉～明治三年〈一八七〇〉）の門下生にもなり、有職故実などを学んだ。平田門人帳によれば、平田門下に入ったのは、安政六年（一八五九）真年二九歳の時である。『鈴木真年伝』によれば、栗原信充に入門したのは文久元年（一八六一）真年三一歳の時とされている。まず平田門下に入り、その後栗原門下に入ったことになる(3)。

平田篤胤は、宣長の没後門人となり国学を修める。宣長が考証学的な手法を重視したのに対し、篤胤は神道的宗教色を強めていった。復古思想を強めた篤胤の国学では、精神的宗教的要素が重視され、古道の解明が目指された。篤胤の死後、殺到した門人をよくまとめ、この養父の学問を忠実に遵守したのが、真年が師事した鉄胤である。

契沖以後の国学は、この平田一派と、塙保己一（延享三年〈一七四六〉～文政四年〈一八二一〉）や伴信友（安永二年〈一七七三〉～弘化三年〈一八四六〉）らを中心とした、文献考証重視の一派とに大きく分かれることになった。真年のもう一人の師である栗原信充は、この考証学を継承する人物である。

塙保己一は、安永八年（一七七九）に散逸の恐れのある国書を収集し叢書を編集して開版することを誓い、寛政五年に和学講談所と文庫を創設、屋代弘賢（宝暦八年〈一七五八〉～天保一二年〈一八四一〉）らとともに群書類従の編纂・

刊行に取り組み、文政二年（一八一九）に完了させた。

伴信友は、宣長の没後門人として国学を修めるとともに、平田篤胤や屋代弘賢らと学問的交流をもった。平田篤胤とは後に仲違いをし、絶縁している。

そして、その流れを汲む一人に、清朝考証学に学び、日本古典の本文批判や注解を行った狩谷棭斎（安永四年〈一七七五〉～天保六年〈一八三五〉）がいる。棭斎は、屋代弘賢の門下生であり、弘賢から書籍を借覧したり、譲渡されたりしている。

故実家として知られる栗原信充は、屋代弘賢に有職故実を学んだ。弘賢は文化元年（一八〇四）に奥右筆所詰になっているが、信充の父・和恒も同僚にいた。この縁で、信充は幼少より弘賢に師事し、弘賢から一定の評価を受け、弘賢の膨大な蔵書の閲覧を許された。信充は、弘賢と交遊のあった平田篤胤に国学を学び、弘賢を従えて畿内の社寺調査を行った柴野栗山（享保二〇年〈一七三五〉～文化五年〈一八〇八〉）に漢学を学んでいる。弘賢との縁は深く、『古今要覧稿』編纂のための調査に信充も参画した。それらの調査を基にして、武具や馬具関係の故実考証に成果を遺し、律令や儀式書の注釈も行っている。

真年は、平田篤胤・鉄胤と栗原信充とを介して、国学・漢学・有職故実などの学問体系を幅広く身に付けると同時に、平田一派の精神的・宗教的要素を重視する研究姿勢と、弘賢から信充に継承された文献考証の手法とを学ぶことになった。江戸期を通じて打ち立てられてきた学問体系や手法は、一八世紀から一九世紀にかけて研究者の分野を超えた交流によって、一つの知的ネットワークが形成される中で共有されるようになる。真年は、この知的ネットワークによって集大成された知を継承したとも言える。

二、屋代弘賢と知的ネットワーク――考証学の脱領域性がもたらした変容――

このネットワークの中心にいたのが、屋代弘賢だと言えるだろう。弘賢は、塙保己一に国学を、幕府の書道師範森尹祥に書を、冷泉為村・為康に和歌を、山本北山に儒学を学んだ。書籍や資料を博捜し、その旧蔵書は不忍文庫本として知られる。また、その博捜ぶりは、畿内社寺調査に従事した折の、奈良薬師寺東塔相輪刹銘の決死の拓本採取に象徴される。松平定信に認められたのをきっかけに、幕府右筆所詰に抜擢された。狩谷棭斎とともに求古楼展覧会を開いて古写本や古版本の研究を行っている。塙保己一の群書類従編纂にも尽力し、蔵書を資料として提供していた。ちなみに群書類従本懐風藻も、屋代弘賢校本（不忍文庫本）が校合本の一本として使用されている。

弘賢の特徴は、国学・儒学などの領域を超えた知的交友を結び、あらゆる資料や情報を収集していることである。これにより、多様な領域の研究者が交わり、情報が行き交い、資料が収集され、知的ネットワークが形成されることになった。そして、この知的ネットワークでは、ジャンルにとらわれず、可能な限りの資料と情報とを収集し、それらを駆使して、その文物がどのように生み出され、どのような経緯で今ここにあるのかという問題の解明に没頭した。表智之氏(4)は、このような人々のことを「考証家」と呼び、その特質は「学問領域の枠を超え」ること、すなわち脱領域性だと指摘している。

この考証家の活動は、漢学者は漢学を、国学者は国学をというそれまでの領域別の学問のあり方を変容させることになった。そのような枠組みにとらわれない知的活動が営まれるようになった。

懐風藻に関心を持ち、書写あるいは書入を行った「国学者」には、群書類従本懐風藻を編纂した塙保己一、校本

（不忍文庫本）を作った屋代弘賢のほか、伴信友、伴信近、伴直方、狩谷棭斎、河村秀根らがいる。(5)これらの書写・書入の年代は、みな弘賢を中心とした知的ネットワークが形成された時期に重なっている。それ以前には、専ら林家、那波活所、伊藤坦菴、伊藤東涯などの漢学者によって懐風藻の書写や書入がなされていた。懐風藻という日本古代の漢詩文に対する関心が、漢学者にとどまらず、国学者にも広がっていった背景には、脱領域性を特質とする考証学の成立があると考えられる。

三、考証学者としての鈴木真年

真年が師事した栗原信充は、まさにこの知的ネットワークに属した考証家の一人であり、平田篤胤もまた考証家たちと接点を持った人物であった。真年は、この二人に師事し、弘賢たちによって形作られた考証学の手法や問題意識を継承することになった。そして、それは、真年の「系譜学」を形成していくことになった。

「系譜学者」としての真年の特徴に、広範な資料収集が挙げられることが指摘されている。(6)真年は、膨大な資料の書写・収集を行っているが、この資料博捜ぶりは、弘賢のような考証家の姿勢を継承するものであろう。そして、それらの資料のジャンルの多様さは、考証家の脱領域性の継承を示していると言ってよい。

いったん「系譜学者」というレッテルを取り払って見直してみると、真年の知的営為は、考証家のあり方と重なってくる。

和歌・和文の注釈を事とした国学の主流派に対して、考証家はそれにとらわれない資料を研究対象とした。たとえば、棭斎は、同じ日本古典といっても、国学主流派が見落としてきた、『日本霊異記』や『倭名類聚抄』や『日本国見在書目録』といった漢文色の強いものを注釈対象としている。

国学主流派が看過した日本古典の一つに懐風藻があり、それが弘賢を中心とする考証家のネットワークの中で再発見されることになり、書写や書入が行われることになったのだろう。真年の『懐風藻箋註』は、こうした動きに連なるものとして位置づけられるのではないかと考えられる。『懐風藻箋註』の執筆は、真年が、系譜だけを研究対象とする所謂「系譜学者」ではなく、系譜も含めたあらゆる資料を収集し、分野を超えた検証を行う考証学者であったことを示しているとも言えるだろう。

このように、真年の『懐風藻箋註』執筆という営みは、考証学派による学問領域を超えた知的活動の一環として位置づけることができる。この真年における考証学派を継承した意識や手法は、『箋註』の本文編集や注釈が、可能な限り多くの資料を参看した上で考証されている点に現れている。このことは、第四章以降で詳述することにする。

しかし、一方で、『箋註』の注釈意識と手法とは、それまでの考証家による懐風藻書入とは異質である。同じ考証家である河村秀根や狩谷棭斎などは、和書に基づいて日本史に関連する事柄を書き入れている。漢詩の読解に関わる書入ではなく、地名考証や詩人の経歴や史実に関する書入が圧倒的に多い。それに対して、真年は、漢詩文の詩句に対して、漢籍に基づいて用例や意味を注釈している。同じ懐風藻という日本古典に注目しながら、注釈姿勢も方法も異なっている。それまでの主として日本史への興味に基づく和書を利用した注釈から、漢詩文への興味に基づく漢籍を利用した注釈へと、注釈意識も手法も大きく異なっている。この相違については、第七章以降で論じることとする。

注

（1）沖光正「『懐風藻箋註』考」（『上代文学』五六号、一九八六年四月）は、『箋註』においては、詩人伝に対して系譜学者らしい注解が施されていないことと、懐風藻詩のみに対する注釈が意図されたと見られることとを指摘し、「鈴木真年が本書を著す意味は無い」と論じている。

（2）懐風藻版本書入に見られる江戸期の懐風藻受容と『箋註』との間における、注釈意識と手法の相違については、本書第七章「『懐風藻箋註』引用典籍一覧および考証」、第八章「『懐風藻』版本書入二種――河村秀根・慈本書入本の紹介と翻刻――」、第九章「狩谷棭斎書入『懐風藻』――川瀬一馬「狩谷棭斎著『懐風藻校注』」修正――」参照。

（3）本書第二章「今井舎人と鈴木真年――鈴木真年伝の新資料――」参照。

（4）表智之「〈歴史〉の読出し／〈歴史〉の受肉化――〈考証家〉の一九世紀」（『江戸の思想7　思想史の一九世紀』一九九七年、七二～九二頁）、「一九世紀日本における〈歴史〉の発見――屋代弘賢と〈考証家〉たち――」（『待兼山論叢』三一号、一九九七年一二月）。一八～一九世紀における考証学家の登場と、屋代弘賢を中心としたその活動に関しては、表氏のこれらの論文に裨益されるところが大きい。

（5）河村秀根書入版本については、本書第八章「『懐風藻』版本書入二種――河村秀根・慈本書入本の紹介と翻刻――」、狩谷棭斎書入版本については、本書第九章「狩谷棭斎書入『懐風藻』――川瀬一馬「狩谷棭斎著『懐風藻校注』」修正――」を参照。また、懐風藻版本書入については、田村謙治「懐風藻研究史　江戸版本の書入について」（『城南紀要』八号、一九七二年三月）に紹介されている。

（6）宝賀寿男『古代氏族系譜集成』（古代氏族研究会、一九八六年）「鈴木真年の著作の評価」の項目で、真年の系譜学を「資料が比較的狭い範囲に限られてゐる」とする『鈴木真年伝』の記述に対し、「真年の没後の他の資料に類例が見られないほどの極めて広範囲な系譜収集の基礎に立ったもの」だとされている。

第四章　書誌と伝来

はじめに

『懐風藻箋註』は、静嘉堂文庫に写本一本が所蔵されている。

現存本は、静嘉堂文庫での補修作業によって、表紙も裏表紙も付けられた状態で保存されている。しかし、補修以前は、本文共紙表紙で裏表紙は付けられていない、仮綴の状態であったと思われる。また、書式などが不統一で書き損じなども多く見られることから、大野保氏[1]が「自筆稿本」とするように、草稿本であったことがうかがわれる。

本章では、まず書誌[2]をまとめ、二丁表に中途半端に書き残された五文字をめぐる問題と、構成および装丁の簡便さが鈴木真年の他の草稿本と共通しているという観点から、『箋註』の草稿本としての性格を改めて確認したい。また、静嘉堂文庫には、鈴木真年旧蔵書がまとまった形で所蔵されている。それとは別のルートで静嘉堂に渡ったと思われる『箋註』が、昭和初期にはいくつかの論文や注釈において参照されてはいるものの、懐風藻研究史に適切に位置づけられることなく伝来してきたことを確認したい。

一、書誌

静嘉堂文庫に写本一本が所蔵されている（函五四、架七七）。

縹色料紙の下方に菱花が濃青色で摺り込まれた表紙に改装されている。この菱花が摺り込まれた表紙は、静嘉堂文庫のものである。

横一六〇ミリ×縦二三五ミリ。四つ目綴じ線装本。

左肩双辺題簽「懐風藻箋註　完」墨書。右下にラベル「静嘉堂蔵 9671—1—54—77」貼付。見返し右上に「54 77」とメモのように記されている。

蔵書印は、二丁表右下に長方形陽刻朱印「静嘉堂蔵書」。他にはない。

遊紙ナシ。墨付五一丁。

装丁や構成については（二）で詳述する。

（二）草稿本としての性格1――「故余為箋註」――

一丁裏に「懐風藻箋註序」が八行で記され、末尾に「元治二年三月　今井舎人序」と署名されている。そのため、序は一丁裏で完結しているように見える。

ところが、二丁表右上に「故余為箋註」の五字が記されている。署名のさらに後に書かれている、この中途半端な五字をどう解釈したらよいだろうか。

沖氏は、この五字を「全く前後のつながりを持たない」とし、「最初の序文の文末」と捉えている。それによれば、真年は「懐風藻箋註序」を一回書いた後で改めて全体を書き直しており、その一回目の序の末尾が残ってしまっているのがこの五文字ということになる。しかし、真年は修正が必要な箇所については、上から黒く塗りつぶしている。そのような書写態度から考えると、修正前の序文の末尾が放置されているとすることには、やや違和感を覚える。

この五字は、序を締める言葉として、後から覚書風に書き足された本文の一部と考える方が自然ではないだろうか。真年は序を一旦書き終えた後、読み直してみて、末尾に「故余為箋註」を置いた方がよいと考え、メモ書きしておいたのではないかと思われる。そして、改めて清書する時には、この五文字で序を結ぶつもりであったのではないかと推測される。

序の後半部から終末部を書き出してみよう。

若斯懐風藻、寥々短簡。雖然無愧後世之作者矣故聊為箋註。(A段落)

若夫其人之詞、或有巧拙、又係其才之長短。雖然李白之豪放、老杜之沈著、最為詩家之最上乗、云爾。(B段落)

A段落の傍線部と、B段落の二重傍線部は、文章の構成が同じである。

A段落の傍線部は、まず「若斯」で起こされる前半で、「懐風藻は作品数が少なく、どれも短い」という懐風藻のマイナス面が述べられる。それを「雖然」で受ける後半では、「後世の詩人に恥じることはない」という価値の逆転が図られる。この傍線部の後に置かれた「聊為箋註」は、「故」によって無理なく接続されている。A段落では、『箋註』を為すのは、漢詩集として小規模で、収録作品も短い懐風藻だが、後世のものに負けない価値があると考えるからだという、執筆の動機が説明されている。

B段落の二重傍線部もまた、A段落の傍線部と同様に、「若夫」で起こされ、「雖然」で受けて後半の一文が置かれる。「若夫」で始まる前半では、「懐風藻の詩は、巧拙も見られ、それは才能の有無にも関係する」というように、作品全てが良質ではないという懐風藻のマイナス面が示される。それを「雖然」で受ける後半では、「李白の豪放、老杜の沈著は、詩家が詩として最上とするものだ」というように、李白と杜甫がひきあいに出されてくる。

ここで問題は、後半部分の「李白の豪放、老杜の沈著」が、どのような役割を担ってひきあいに出されているのかということである。懐風藻の詩に巧拙が見られるということと、李白や杜甫は詩家によって最上のものとされるということとが、逆接につなげられていることに、どのような脈絡を読み取るべきなのだろうか。

沖氏は、懐風藻の詩を李白や杜甫と「比較するのが無理ではないか」という意味に捉えている。その場合、懐風藻作品が漢詩文としては未成熟であることを相対的に示す役割を担っていることになる。確かに、これだと、その後に「余為箋註」を「故」という順接でつなぐ五文字を置くのは文脈上そぐわない。李白や杜甫の水準に達していない、「しかし箋註を為す」、というように逆接でしかつなげられないだろう。

しかし、ここで傍線部と二重傍線部の構造の同一性に注目してみよう。

傍線部では、「若斯」で起こされ「雖然」で受けることによって、前半でいったん下げられた価値を、後半で逆転させていた。そうすると、同じく「若夫」で起こされ「雖然」で受ける形をとる二重傍線部もまた、前半で下げられた価値が、後半で逆転されていると読むべきなのではないだろうか。

そのように考えると、「若夫」で始まる「全ての作品が良質なわけではない」というマイナス面は、「雖然」で受ける後半では、李白と杜甫とを引き合いに出しながら、プラスに転じられているということになるのではないか。作品の質が不揃いだという否定的判定を下しながら、「雖然」という逆接で受ける後半ではその判定を反転させる要素が述べられていると読むべきなのではないかと思われる。

B段落の二重傍線部は、「若夫」で始まる前半部で「懐風藻には巧拙・優劣が見られる」という否定的見解を示し、「雖然」という逆接で始まる後半では、「巧および優なる作品は、詩家が最上とする李白の豪放や老杜の沈著に匹敵する」というように、プラスに転じられているのではないだろうか。つまり、「李白の豪放」「老杜の沈著」という漢詩人たちにとって理想の境地に達した作品が、懐風藻にもあるという価値付けをしているということになる。『箋註』の注釈には、李白や杜甫の詩との類同性を指摘するものも見られる。このことも、真年が懐風藻詩の中に李杜詩の水準に達したものがあると見ていたことを示すのではないかと思われる。

二重傍線部がそのように読めるとすれば、末尾に問題の五文字「故余為箋註」が加えられても、何も矛盾しない。作品の質は揃わないけれども、李白や杜甫に匹敵するハイレベルなものもあるという見解が、「余」が「箋註」を「為」す動機として、「故」で何の矛盾もなく示されることになる。

この五文字が加えられると、B段落は、二重傍線部＋「故余為箋註」となり、A段落と全く同じ構造になる。「若斯」＋「雖然」＋「故聊為箋註」というA段落と、「若夫」＋「雖然」＋「故余為箋註」というB段落とは、きれいな対をなし、『箋註』執筆の動機と必要性とがより徹底して説明されることになる。序の締めとしてはふさわしい。

真年は、「懐風藻箋註序」を書いた後で、締めくくりの言葉として、「故余為箋註」の五文字を付け加えることにし、二丁冒頭の余白にメモとして書いておいたのであろう。「云爾」の前に挿入するつもりだったのか、後に挿入するつもりだったのか、それに代えるつもりだったのかはよく分からない。しかし、いずれにしても、「懐風藻箋註序」が草案段階にあり、この五文字は真年による推敲の跡と考えられる。

このことは、本書が草稿本であったことを裏付けている。真年は、いずれ浄書するつもりで、五文字をメモしておいたのだろう。

（二）草稿本としての性格２――構成と装丁――

二丁表には「懐風藻箋註」という項目が置かれ、「懐風藻」という書名に対する注釈がなされる。その後は、懐風藻収録作品に対する注釈が始められるが、『箋註』では、目録は省略され、「懐風藻序」と大友皇子・河島皇子・大津皇子・釈智蔵・葛野王・釈弁正の伝は飛ばされて、巻末にまとめて筆写・注釈されている。そのため、「懐風藻箋註」に続いて、大友皇子「侍宴」詩に対する注釈が置かれている。浄書する時に順序を懐風藻通りに直すつもりがあったのかどうかは不明だが、注釈時における真年の興味は、序や伝よりも、漢詩そのものにあった可能性は高いと言える。

本来は五一丁目にあるべき一丁が、一三丁目に入り込むという錯簡がある。沖氏によれば、これは静嘉堂での補修作業の折に生じたものであったという。もともとの体裁では、最後が錯簡となっている一三丁目で終わっており、裏表紙がなかったとする沖氏の推論は、一三丁目の汚損状況からも首肯される。また、補修時に、天地背の三方が裁断されていることも、沖氏の言うとおりである。

表紙については、沖氏が「本文紙を一枚重ねて表紙を兼ねるといった簡単なもの」で、「表題も記されていない白紙」だったと推測している。つまり、本文共紙表紙だったということであるが、この簡便な製本は、真年の他の草稿本と共通している。

たとえば、西尾市岩瀬文庫蔵の『織田家系』『新田族譜』『諸家譜稿』『諸国百家系図』は、読み取りにくく、書き間違いはぐちゃぐちゃと黒く消したり、丸くぐるぐると塗りつぶしたりしており、余白にメモ書きのようなものがあるなど、見るからに浄書本ではなく、草稿本である。いずれも現在の装丁では改装されており、扉に内題が付く形式となっている。原本はこの扉が表紙であったと思われる（以下、この原本の表紙にあたる現存本の扉を「表紙（現扉）」とする）。

『織田家系』は『鈴木真年伝』の「年譜」によれば慶応二年（一八六六）草稿完成とされる。表紙（現扉）には、「引証」として『公卿補任』など一五本の資料名がメモされている。おそらく、同書を著述するのに必要とした資料名のメモであろう。とりあえず、原稿を手元にあるもので綴じ、筆写に必要なことをメモしておくという製本意識が看取される。

同様のことは、他の三著作にも言える。

『諸家譜稿』は「年譜」に明治元年（一八六八）に草稿完成とされ、『箋註』から三年後のものである。表紙（現扉）に「徳川水野織田豊臣木下久松家系」とあり、明らかに反故紙の裏紙を使っている。また、ところどころ補足しようとしたのか、メモ用紙のようなものが一緒に添付してあったり綴じ込んであったりする。

『諸国百家系図』は「年譜」に、明治三年（一八七〇）に草稿完成とされ、『箋註』から五年後である。表紙（現扉）に無関係な内容が乱雑な字でメモ書きされており、かつ裏にも何か書かれている。岩瀬文庫の司書によれば、裏側の文字は本文の字と似ているため、本文を書いた人物が、とりあえず反故紙で表紙をつけたのではないかとのことであった。

『新田族譜』は、「年譜」によれば明治二三年（一八九〇）に「編輯出版」されたとあり、真年晩年のものと思われる。岩瀬文庫に複数冊所蔵されるが、表紙（現扉）に「新田一族系図　稿本」とある一本は、表紙（現扉）も本文紙も、裏に何か書かれており、反故紙の裏紙を利用していると思われる。表紙（現扉）の裏には「㊎　天宇受賣ノカク物ノ著ラ玉」云々と読み取れることから、真年の著作の一つ『古事記正義』の反故紙ではないかと推測される。

このような、とりあえず表紙を付けておくという装丁の簡便さは、補修以前の『箋註』の体裁に共通している。『箋註』はいずれ浄書して製本されるべく作成された、草稿本だったことが改めて確認される。

補修以前の『箋註』は、現在よりも少し大きく、本文共紙表紙で、一丁裏から「懐風藻箋註序」が始まり、現在の一三丁裏の「懐風藻序」末尾「天平勝宝三年　歳在辛卯冬十一月也」で終わっていたと推測される。

『箋註』には、真年自身の蔵書印がない。岩瀬文庫の右に挙げた著作物では、「竹亭」や「鱸」などの印が、表紙（現扉）や一丁目の綴じ目ぎりぎりの右上に押されているケースが散見された。したがって、それらは改装前には、表紙に押印がされていたと推測される。

『箋註』においても、現存本ではなくなっている、もとの表紙に押印されていた可能性も考えられる。あるいは、『諸家譜稿』など蔵書印の見当たらないものもあり、もともと『箋註』には蔵書印がなかったことも考えられる。

二、伝　来

静嘉堂文庫では、明治三一年（一八九八）に鈴木真年の「遺書数十部」が購入された(3)。真年は明治二七年（一八九四）に没しているので、没後まもなく静嘉堂文庫に買い取られたことになる。

しかし、『箋註』はこの「鈴木真年旧蔵書」の中には入っていない。ということは、没後の一括購入とは別の時期に別のルートで静嘉堂に渡ったことになる。時期もルートも不明であるが、蔵書印が静嘉堂文庫のもの以外に見当たらないことを考えれば、他の学者や蔵書家の手に渡ることはなく、真年からほとんど直接渡ったかの如き形で静嘉堂に収まることになったのではないかと想像される。

沖氏によれば、『箋註』が初めて紹介されたのは、昭和八年（一九三三）、山岸徳平氏の「懐風藻概論」だという。山岸氏は、注釈書の一つとして『箋註』を挙げ、次のような紹介をし、一丁裏と二丁表の写真二葉を掲載している。

これは元治年中、今井舎人の述作したもので、静嘉堂に原本が蔵せられ居る。今井舎人の伝はまだ詳にしないが、述作の動機は、宋史日本伝に、日本人の詩が白居易の模倣を出でない様に述べた点を潔しとせず、白氏以前の日本人の詩に着眼したものらしい。註釈の仕方には、まだ満足出来ない点もあるけれども、懐風藻註釈の先鞭をつけた点は特筆すべきものであらう。(4)

同じ昭和八年（一九三三）刊行の澤田總清『懐風藻註釈』（大岡山書店）においては、「例言」に「本註釈については、懐風藻新釈、懐風藻箋註、上代文学集等に負ふ所が多かつた」とされ、『箋註』の注釈がそのまま踏襲されている箇所も散見されるが、どれが『箋註』に基づくものなのかは示されていない。澤田註釈に先行する釋清潭『懐風藻新釈』（昭和二年〈一九二七〉）および澤田註釈以後の世良亮一『懐風藻詳釈』（昭和一三年〈一九三八〉）や杉本行夫『懐風藻』（昭和一八年〈一九四三〉）には、『箋註』への言及は見られない。

その後、昭和三二年（一九五七）に刊行された大野保『懐風藻の研究』（三省堂）の「研究篇」において、研究文献の単行本の一つとして、『箋註』が紹介され、「校異篇」においては『箋註』が掲げる校異も採り上げられている。

大野氏は、今井舎人は鈴木真年だとし、『大百科事典』に基づいて真年の略歴を紹介している。(5)本文については、「大体類従本に従ひ、他本による校合も加へられ、その中には尾州家本・脇坂本・林家本その他と一致するものが多く、注目に値する」とし、(6)注釈については、「註釈は漢文で記し、きはめて簡単で要領を得ないものが多いけれど、それでも後の註釈家などに比べると、さすがにすぐれた見解を示したところもまじつてゐて、とにかく懐風藻の註釈に先鞭をつけた功績は没すべからざすものがある」と述べている。(7)

昭和三九年（一九六四）の小島憲之『日本古典文学大系　懐風藻　文華秀麗集　本朝文粋』（岩波書店）の「解説」では、「最初の注釈書」として『箋註』を挙げるが、それ以上の紹介はしていない。注釈にも特に『箋註』に直接依拠したものは見られないように思われる。

そして、昭和四七年（一九七二）には、田村謙治「懐風藻研究史　江戸版本書入について」（『城南紀要』八号、一九七二年三月）において、「江戸時代においてはじめて本格的に註釈にとりくんだもの」として採り上げられている。そこでは、書誌が簡単に紹介され、一三丁目に錯簡があることや目録がないことなどが明らかにされ、「懐風藻箋註序」と大友皇子「侍宴詩」注釈が翻刻されている。

このような中、『箋註』の書誌を詳細に紹介し、本文や注釈内容について本格的な検証が加えられたのが、昭和六一年と平成元年に出された沖光正氏の二本の論考「『懐風藻箋註』考」（『上代文学』五六号、一九八六年四月）および「『懐風藻箋註』考補遺」（『上代文学』六二号、一九八九年四月）である。沖氏は本章でもたびたび触れてきたように、書誌を詳細に紹介するとともに、現存本の状態から原本がどのような状態であったのかも推定している。さらに、それまで根拠が明らかにされないまま踏襲されてきた、作者「今井舎人」を鈴木真年とする通説に対する検証を初めて加え、それまで特に採り上げられることのなかった本文の性格についても具体的に考察している。沖氏は翻刻も行ったが、公刊はされず、沖氏によればその草稿本を静嘉堂文庫に寄贈したとのことである。

その後、平成一四〜一五年（二〇〇二〜二〇〇三）の日中比較文学研究会編「懐風藻研究注釈篇」（『懐風藻研究』九号、二〇〇二年五月および一〇号、二〇〇三年一〇月）では、『箋註』の注釈内容が引用された。但し、この注釈は20番詩で終わっている。さらに、二〇一一年に刊行された、最新の懐風藻注釈、辰巳正明『懐風藻全注釈』（笠間書院）では、沖氏の「翻刻私家版」に拠って積極的に引用されることとなった。

『箋註』は、現存最古の懐風藻注釈書として紹介され、その存在は昭和初期から知られていたが、その内容や全貌は不明であったし、一部の注釈や論考を除いて、その本文や注釈内容が活用されることはなかった。その理由の一つとして、草稿本のまま所蔵され、刊行されることも翻刻が公開されることもなかったことが挙げられるだろう。

そのような状況において、初めて翻刻し、おそらくはそのことが日中比較文学研究会による注釈の引用の契機となり、辰巳氏の『全注釈』における『箋註』引用を可能にした沖氏の功績は大きい。『箋註』研究の先鞭を付けたのは沖氏である。

今後は、『箋註』の注釈を懐風藻研究史に適切に位置づけていく必要があるだろう。昭和以降の注釈書に指摘されている漢籍の用例が、すでに『箋註』によって江戸末期の時点で指摘されているケースもある。どこまでが『箋註』によってなされた指摘なのかを確認するという基本的な作業も、今後に残された課題である。

また、『箋註』は、本文校合を行っている。懐風藻は古写本に恵まれず、本文系統の解明には困難が伴うが、(8)『箋註』の本文を検証することは、少なくとも江戸末期に鈴木真年のような一知識人に参看可能なものとして残されていた伝本はいかなるものだったのかを考える材料になるだろう。この点については、第五章以降で考察していきたい。

注

（1）大野保『懐風藻の研究』（三省堂、一九五七年）二〇八頁。

（2）書誌は、沖光正「『懐風藻箋註』考」（『上代文学』五六号、一九八六年四月）にも詳しく紹介されている。以下、本論において沖氏の論に言及する場合は、この論文に基づく。

（3）静嘉堂文庫「静嘉堂文庫略史」。

（4）山岸徳平「懐風藻概論」（『上代日本文学講座』第四巻、春陽堂、一九三三年）四五一～四五二頁。

（5）「今井舎人」をめぐる問題については、本書第一章「『懐風藻箋註』と鈴木真年――新資料『真香雑記』の「今井舎人」――」を参照。

（6）前掲注（1）書、二〇八頁。尚、『箋註』の本文の性格については、本書第五章「『懐風藻箋註』と群書類従本『懐風藻』および第六章「『懐風藻箋註』本文の性格」を参照。

（7）『箋註』の注釈の特徴や意義については、本書第七章「『懐風藻箋註』引用典籍一覧および考証」、第八章「『懐風藻』版本書入二種――河村秀根・慈本書入本の紹介と翻刻――」、第九章「狩谷棭斎書入『懐風藻』――川瀬一馬「狩谷棭斎著『懐風藻校注』」修正――」を参照。

（8）懐風藻伝本および本文の問題については、拙稿「『懐風藻』伝本および本文の諸問題」（『東京医科歯科大学教養部研究紀要』四四号、二〇一四年三月）など一連の拙稿にて論究の最中である。

第五章　『懐風藻箋註』と群書類従本『懐風藻』

はじめに

本章では、『懐風藻箋註』が採用した懐風藻本文の性質について考察する。

従来、『箋註』は「群書類従系」の本文を「底本」としていると考えられてきた。しかし、『箋註』と群書類従本懐風藻の本文を比較対照してみると、『箋註』には、群書類従本懐風藻以外の文字を採用している箇所が数多く確認され、またそれらの箇所の多くに群書類従本懐風藻の文字が異文として注記されていないことが分かる。『箋註』が群書類従本懐風藻を「底本」にしているとは考えにくい。

池田亀鑑による研究以降、文献学の方法が確立した現代においては、本文系統を検証した上で「底本」を決め、対校本との異同を示しながら、客観的に最善本文が復元されるのが常識とされている。「底本」という概念は、近代の文献学によって生み出されたものである。しかし、『箋註』が成立した江戸末期においては、そのような文献学の概念も方法も、まだ確立されていない。したがって、『箋註』に対する評価に、「底本」という極めて近代的な概念を導入することは適切とは言えない。

本章では、『箋註』が採用した懐風藻本文と群書類従本懐風藻本文とを比較対照させることにより、『箋註』には群書類従本懐風藻を「底本」にする意識は見られないことを確認する。群書類従本懐風藻は、『箋註』の本文編集にあたって参看された対校本の一つであったと見るべきであり、そのような鈴木真年の本文検証は考証学の手法によるものであることを論じる。

一、問題の所在

『箋註』が採用する懐風藻本文の性格については、大野保氏(1)、田村謙治氏(2)、沖光正氏(3)が言及している。

大野氏は、「大体類従本に従ひ、他本による校合も加へられ、その中には尾州家本・脇坂本・林家本その他と一致するものが多」いと言う。

田村氏は、「『山中』『五言歎老』の二首のあることから群書類従系本文に拠ってゐるが、本文に他本による校訂の加はってゐるところもある」としている。

沖氏は、まず昭和六一年(一九八六)の論考において、「底本」は「群書類従本」だとし、「校異に用いた本」については、「『寛政五年刊記本』が使われたことが確認できるが、『林家旧蔵本』や、大野保氏の指摘された『尾州家本』・『脇坂本』が本当に使用されたかとなると大いに疑問である。しかし『林家旧蔵本』の場合、他の二本とは比較にならない程『箋註』と一致する箇所が多く、現存する『林家旧蔵本』と決定はできなくとも同じ系統の本の使用が確認できる」としている。そして、平成元年(一九八九)の論考において、「群書類従本」の本文が校訂されている箇所に異本注記がされないことと、「寛政五年刊記本」「群書類従本」「林家本」のいずれとも一致しない箇所が存在するこ

とを指摘し、「あまり厳格な校異を行っていない」可能性を示唆している。(4)

三氏に共通するのは、『箋註』が、群書類従本懐風藻の本文を基盤としているという見方である。特に、沖氏は「群書類従本」が「底本」とされているとしている。「底本」ということであれば、原則として群書類従本懐風藻の本文に依拠しながら、対校本によって校合し、校訂箇所には異文として群書類従本懐風藻の文字が注記されることになるはずだろう。

しかし、『箋註』と群書類従本懐風藻を比較対照してみると、群書類従本懐風藻の文字が退けられ、他本の文字が採用されている箇所がかなり多い。そして、沖氏自身も指摘するように、それらの他本による校訂箇所のほとんどに、群書類従本懐風藻の文字が注記されない。このような状況からは、『箋註』が群書類従本懐風藻を「底本」としているという捉え方には、大きな疑問を覚えざるを得ない。

沖氏は、群書類従本懐風藻を「底本」にしながら断りもなく校訂するという矛盾を、「あまり厳格な校異を行っていない」という説明で解決しようとしている。しかし、『箋註』は、九〇箇所を超える独自の異本注記を施しており、本文の異同に無頓着だったり、疎略であったりするわけではない。沖氏の説明では、このことと齟齬を生じてしまうように思われる。

そもそも「底本」とは何か、「厳格な校異」とはどういうことなのかが、問われなければならないのではないだろうか。沖氏のいう「底本」や「厳格な校異」は、現在における文献学的処理の認識に基づく概念である。江戸末期成立の『箋註』を評価するに際して、知らず知らずにそうした現代の概念を持ち込んでしまっているのではないか。

江戸時代にも、版本書入や群書類従校異などに見られるように、一種の本文校訂が行われていることは確かである。しかし、それは、本文系統の精査に基づいた、厳密な論理と手法によるものではない。自らの見識を判断基準とした、恣意的な校訂であったり、群書類従本懐風藻と版本との異同の確認であったりするにとどまっている。一八世紀頃に考証学が確立して以降は、資料の複数性と多様性とが重視されるようになり、江戸初期に比べれば客観的科学的な本文考証が行われるようになる。しかしそれでも、どれが正確で最適なものかは、本文の正統性ではなく、自分自身の学識を基準として判断されている。

『箋註』の本文はそのような江戸期に成立したものである。江戸期の本文考証のありようを踏まえなければ、『箋註』の本文に対する適切な評価はできないであろう。

二、群書類従本懐風藻の本文の性格

『箋註』の「底本」が群書類従本懐風藻だとされる最大の理由は、「山中」「歎老」の二首が共通して掲載されている点にある。現存伝本のうち、群書類従本懐風藻以外の本文は、この二首を持たない。このことから、小島憲之氏は、(5)「後人補入の二首『山中』『歎老』をもつ群書類従本系とその他の系統本」に大別できると説明している。これにより、懐風藻本文は、「群書類従本系」と「群書類従本系にあらざるもの」とに分けられるという考え方が定着することになった。

しかし、群書類従本懐風藻の本文は、ある特定の系統の本文を伝えるものではなく、異なる系統の本文を含み持つ複合本文になっている。一つの系統として立てられるべき本文ではない。

群書類従本懐風藻には、末尾に「右以奈佐勝皐屋代弘賢蔵本校合了」という識語がある。これによれば、群書類従本懐風藻の本文は、奈佐勝皐と屋代弘賢の蔵本を用いて校合されていることになる。

奈佐勝皐（延享二年〈一七四五〉～寛政一一年〈一七九九〉）は、寛政五年（一七九三）に和学講談所の初代会頭になり、群書類従の編纂に尽力した人物である。この奈佐勝皐蔵本は現存しない。

屋代弘賢（宝暦八年〈一七五八〉～天保一二年〈一八四一〉）も、塙保己一のもとで、群書類従の編纂や校訂に協力したことはよく知られている。屋代弘賢蔵本は、その所在が不明とされてきたが、川越市立図書館に所蔵されていることが、足立尚計氏(6)によって発見された。

「不忍文庫」の蔵書印が押されたこの屋代弘賢蔵本は、余白や行間に校異が示された校本である（以下、「屋代弘賢校本（不忍文庫本）」と呼称する）。「白雲書庫本跋題云、或人齎西三條実隆公定本予其書浄潔真絶也書中闕字衍文皆弥縫只藤原万里詩僅闕一二字道融詩載二首別有一首其姓字無亦是非後人之言蓋先民之作于時元禄十七年春正月書」という識語と、「右懐風藻以天和三年東武細縮読書本及山重顕校本校合畢」という識語を持っている。これによれば、校合には、少なくとも「白雲書庫本」「天和三年東武細縮読書本」「山重顕校本」の三本が使用されたことが分かる。(7)

「白雲書庫本」は、未発見の伝本である。(8) 屋代弘賢校本（不忍文庫本）に転写された「跋題」に基づけば、「白雲書庫本」が、「道融詩二首」と「別有一首其姓字無」を持つ「西三條実隆公定本」の本文を伝える伝本であったことがうかがわれる。「道融詩二首」は道融無題詩の異文と「山中」詩のことであり、「別有一首其姓字無」は亡名氏「歎老」詩のことである。確かに、屋代弘賢校本（不忍文庫本）では、欄外に「一本」としてこれら三首が書き入れられている。

「東武細縮読書本」は、「天和三年仲元之後夜写于灯下以塞於季明美伯之需而述莫逆之交懐矣　句句歎奇　字字書遅　一行偶読　千里相思　東武細縮読書」の奥書を持つ塩竈本である。塩竈本は林家系統の一本である。

「山重顕校本」は、山重顕こと山脇道円の跋題が付された天和四年版本である。

屋代弘賢校本（不忍文庫本）は、広橋本（天理大学附属天理図書館蔵）とほぼ同じ系統の本文を、少なくともこれら三本の対校本によって校合している。(9)弘賢によって文字の修正、削除、補入などが施され、異なる系統の本文を含み持った校訂本文となっている。

群書類従本懐風藻は、その屋代弘賢校本（不忍文庫本）の校合結果をほぼ全面的に採用している。弘賢が校異として掲げた異文も積極的に本文にとりこみ、新たな本文を生み出している箇所も少なからず見られる。群書類従本懐風藻の本文は、屋代弘賢校本（不忍文庫本）を介して、白雲書庫本・塩竈本・天和版本をはじめとした複数の系統の本文を含み込む複合本文になっていると言える。「山中」「歎老」詩もその一例であり、屋代弘賢校本（不忍文庫本）が「白雲書庫本」に基づいて書き入れた異文が、群書類従本懐風藻で本文に採用されたものである。

しかし、このように群書類従本懐風藻が全面的に依拠している屋代弘賢の校合は、本文系統の精査の上に行われたものとは言い難い。弘賢は、複数の本文を比較対照させ、己の学識に基づいて本文校訂をしている。複数の資料を用いている点では科学的に見えるが、最終的な文字選択は弘賢の恣意的な判断に基づいている。

したがって、弘賢の恣意的な判断が働いている校合結果を全面的に支持して、再編集されたのが群書類従本懐風藻の本文と言える。群書類従本懐風藻の本文は、それまでに存在した複数の系統の本文が弘賢によって混合され、一八世紀に生み出された最新本文である。特定の系統を継承する本文ではないのだから、「群書類従系」という系統は成立しないはずである。群書類従本懐風藻が、諸本とは異なる系統のように見えるのは、複数の本文を含み込む複合本文になっているからである。(10)

真年が群書類従本懐風藻を見ていることは間違いない。最新の本文として流布している群書類従が、まずは参看されることは自然である。しかし、『箋註』の本文は、群書類従本懐風藻の本文に忠実とは言い難い。次節で示すように、群書類従本懐風藻を「底本」にしていると考えるには、本文の文字に異同が多すぎる。そして、群書類従本懐風藻以外の文字を採用する箇所の多くにおいて、群書類従本懐風藻の文字が注記されることがない。また、本文が同じ箇所でも、群書類従本懐風藻の異本注記のほとんどが『箋註』には引き継がれない。『箋註』の異本注記は、群書類従本懐風藻の異本注記とほとんど一致しない。『箋註』は独自の異本注記を施している。

このような状況からは、『箋註』が群書類従本懐風藻を「底本」として扱っているとは考えにくい。次節で具体的に考察してみよう。

三、『箋註』と群書類従本懐風藻との本文異同

本節では、『箋註』と群書類従本懐風藻の本文において、異なる文字を採用している箇所を指摘する。字体の相違は原則として掲げないが、『箋註』が校異を付すなど、拘りを見せている場合には掲げる。又、明らかな衍字や脱字、脱文については原則として掲げない。

作者名や詩題については、『箋註』にそれらを厳密に書写しようとする意識がうかがわれないため、原則として考察対象から外した。ただし、群書類従本懐風藻の脱落を、『箋註』がわざわざ補ったり、校異を付したりしている箇所については掲出した。

『箋註』は、目録がなく、序文・大友皇子伝・河島皇子伝・大津皇子伝・釈智蔵伝・葛野王伝・釈弁正伝を巻末に掲載している。以下の考察も、『箋註』の掲載順に行う。

斜線の上に『箋註』の異本注記を含む一句を、斜線の下に群書類従本懐風藻の該当文字をそれぞれ掲げ、異本注記

は、【 】で示す。墨格は「■」と記す。

比較対照に使用する伝本は、群書類従や版本等の転写本や校本以外のもののみに限定した。**箋**＝『箋註』、**群**＝群書類従本懐風藻、**天**＝天和四年版本、**宝**＝宝永二年版本、**寛**＝寛政五年版本、**来**＝来歴志本、**広**＝広橋本、**陽**＝陽春盧本、**脇**＝脇坂本、**鍋**＝鍋島本、**尾**＝尾州本、**榊**＝榊原本、**慈**＝慈渓本、**養**＝養月斎本、**田**＝田中本、**昌**＝昌平坂本(11)、**塩**＝塩竈本とする。ただし、天和、宝永、寛政の版本間で異同がない場合には、三本の版本をまとめて**版**と示す。

① 3　林間物候新　／　明

箋以外全て「明」。**箋**は、「新」を採る本文を見た可能性も否定はできないが、意改または誤写の可能性が高いだろう。

② 5　傾盞倶陶然　／　共

箋以外全て「共」。この句の、前句「喫鸞倶豁笑」に目移りをしたことによる誤写である可能性が高い。

③ 6　勿用未安寝　／　末

群以外全て「未」。**群**以外の文字を採用している。

④ 7　此夕離家向　／　誰

版広陽脇鍋尾榊養「離」、**来慈田塩昌**「誰」。**箋**「離」は**群**以外の文字を採用している。

⑤ 8　還媿乏雕蟲　／　虫【蟲イ】

塩昌「蟲」、**版来広陽脇鍋尾榊慈養田**「虫」。**群**の異本注記と一致している。

⑥ 12　隠居脱筌【一作笠】軽　／　悦登【脱笠】

版養「脱笠」、**来広陽脇鍋尾榊**「悦登」、**慈塩昌**「惋登」、**田**「惋登」。**箋**はこの句に対して、「簦笠也　史記虞卿伝負簦」とした上で、「言隠者脱笠軽也」と解釈をしている。意味上は「笠」と同じと認識し、字体上は弁別していると思われる。**群**の異本注記を採用し、「笠」を「簦」に変えている。「登」と「笠」を組み合わせて、文意にあう「簦」を案出したのだろうか。

⑦　13　霧池掩声悲　／　浦【池イ】

群の異本注記以外は「浦」。**箋**の「池」は**群**の異本注記と一致している。

⑧　13　霧池掩声悲　／　挹

版来慈尾榊田塩昌養「掩」、**広陽脇鍋**「挹」。**群**以外の文字を採用している。

⑨　18　臥病已白髪　／　鬢

版養「髪」、**来広陽脇鍋尾榊慈田塩昌**「鬢」。**群**以外の文字を採用している。

⑩　18　不期逐恩詔　／　遂

版来広陽脇鍋慈田塩昌養「逐」、**尾榊**「遂」。**群**以外の文字を採用している。

⑪　19　今日良酔徳　／　令【今イ】

版来広陽脇鍋慈養尾榊田昌「今」、**塩**「令」。**群**の異本注記と一致している。

⑫　19　誰言湛露恩　／　難【誰イ】言湛露恩

版来慈尾田塩昌養「誰」、**広陽脇鍋榊**「難」。**群**の異本注記と一致している。

⑬　21　桂庭舞蝶新　／　挂

来鍋田塩「桂」（田は上欄「桂一作挂」）、**版広陽脇尾榊慈昌養**「挂」。**群**以外の文字を採用している。

⑭　21　縦賞如談論／倫

田塩昌「論」（**田**は上欄「論一作倫」）、**版広来陽脇鍋尾榊慈養**「倫」。**群**以外の文字を採用している。

⑮　25　苔揺識魚在／有

版来脇尾榊慈田塩昌養「在」、**広陽鍋**「有」。**群**以外の文字を採用している。

⑯　26　唯有関山月／開

版来広田塩昌養「関」、**陽脇尾榊**「開」、**鍋慈**「開」（「関」の異体字）。**群**以外の文字を採用している。

⑰　29　飲和懽聖塵／惟

来脇尾榊慈田塩昌「懽」（**塩**は右傍「惟イ」）、**版広陽鍋養**「惟」。**群**以外の文字を選択している。

⑱　31　洛媛接魚通／坧【洛イ柘イ】

養「洛」、**天**「■（墨格、以下同）」、**宝寛来広陽脇鍋尾榊慈田塩昌**「拓」（**塩**は上欄「印本脱柘字」）。**箋**が採用した「洛」は、元来は未発見の白雲書庫本の文字と見られる。第二節で述べたように、白雲書庫本の本文は、屋代弘賢校本（不忍文庫本）に書き取られ、不忍文庫本を本文編集に用いた**群**に採用されることになった。**群**の異本注記の「洛」は、不忍文庫本の書入を採用したものである。**箋**は、このような特殊な文字を採用しているわけだが、**養**に依拠したと考えるより、**群**の異本注記を本文に採用したと考える方が自然であろう。現在は、この句は柘枝伝と関連させて解釈されるが、**箋**はこの句の典拠に「魏曹植有洛神賦」を指摘している。そのため、「媛」に連続する文字としては「洛」が適当だと判断したのであろう。

⑲　31　洛媛接魚通／莫

尾榊慈田塩昌「魚」（**塩**は右傍「イ莫」）、**版来広陽脇鍋養**「莫」。**箋**は注に「言持魚而交来也」としており、「洛媛」

が「魚」を持って来るという解釈を示している。**群**以外の文字を採用している。

⑳ 32 夏月夏色古 ／ 身

田塩昌「月」、**版来広陽脇鍋尾榊慈養**「身」。**群**以外の文字を採用している。

㉑ 32 昔者同皇【一作汾】后 ／ 汾【皇イ紛イ】

養「皇」、**天**「[redacted]」、**宝寛来広陽脇鍋尾榊慈田塩昌**「汾」（**塩**は上欄「印本脱汾字」）。**養**と一致するが、**群**の異本注記の文字を採用したと考えられることは⑱と同じである。

㉒ 32 渚性臨流水 ／ 拉【臨イ】

養「臨」、**天**「[redacted]」、**宝寛来広陽脇鍋尾榊慈田塩昌**「拞」（**塩**は上欄「印本脱巾字」）。**群**の字は「拞」の崩れた形であろう。**養**と一致するが、**群**の異本注記の文字を採用したと考えられることは⑱と同じである。

㉓ 官位 大学博士従五位下刀利康嗣 ／ ナシ

群と**養**以外は「位」がある。**箋**はそれを補ったと思われる。**群**以外の文字を採用したと言える。

㉔ 35 日落松影闇 ／ 開

群以外は「闇」。**群**以外の文字を採用している。

㉕ 36 鳳【一作風】笙帯祥烟 ／ 風

群以外は「鳳」。**群**以外の文字を採用し、**群**の文字を注記している。

㉖ 38 神功亦難陳 ／ 垠

版広陽脇鍋慈田塩昌養「陳」、**来尾榊**「陣」。**群**以外の文字を採用している。

㉗ 39 稲葉負露落 ／ 霜

田「露」、それ以外は「霜」。**箋**は同句に、「禾稲之葉負ㇾ露而墜也」と注を施しており、「露」で解釈している。「霜」を退け、あえて「露」を選択したことが分かる。**群**以外の文字の採用である。また、**田**とのみ一致することは注目される。

㉘ 40 紫閣引雅文　水清瑤池深　花開禁苑新　戯鳥随波散　仙舟逐石巡 ／ ナシ

群にはこの一八字がない。**群**以外はこの箇所を持つ。**箋**と同じ本文を採用するのは、**宝来脇鍋尾榊慈田塩昌**である。**広陽**は「文」が「父」に、**寛**は「文」が「人」に、**天養**は「仙」が「仁」になっている。**箋**は、**群**の脱落を他本により補っている。

㉙ 40 仙舟逐石巡 ／ 廻

版鍋田塩昌養「巡」、**来広陽脇尾榊慈**「廻」。**群**以外の文字を採用している。

㉚ 40 勿言唐帝民 ／ 忘

群以外は「言」。**群**以外の文字を採用している。

㉛ 43 歌塵動梁塵 ／ 扇

箋以外は「扇」。三字下「塵」への目移りによる誤写だろう。

㉜ 45 一朝逢異民 ／ 招【異イ】

養「異」、**天**「■」、**宝来広陽脇鍋尾榊慈**「拓」（**慈**は右傍「招」）、**寛田塩昌**「招」（**塩**は上欄「印本脱招字」）。**養**と一致するが、**群**の異本注記の文字を採用したと考えられることは⑱と同じである。

㉝ 49 脱燕吟風還 ／ 晩

「脱」となっているのは**箋**のみである。**陽**は空欄、**版来慈鍋田塩昌養**「晩」、**広脇**は偏が「ツ」の如き形で旁が「兎」、

尾榊は「晩」の偏が「忄」の如き形。「脱」を採る本文を見た可能性も否定できないが、意改か誤写だろう。

㉞ 49　脱燕吟風還　／　鷰

版田塩昌養「燕」、**来広陽脇鍋尾榊慈**「鷰」。群以外の文字を採用している。

㉟ 50　上月淑光軽　／　済

宝寛来脇尾榊慈田塩昌「淑」（寛は右傍「霽イ」）、**天広陽鍋養**「済」。群以外の文字を採用している。

㊱ 詩序1　広開琴罇之賞　／　闢

田のみ「開」、その他は「闢」。群以外の文字を採用している。**田**とのみ一致するのは注目される。

㊲ 54　錦巖飛瀑激　／　曝

版田養「瀑」、**来広陽脇鍋尾榊慈塩昌**「曝」。群以外の文字を採用している。

㊳ 54　春岫暁桃開　／　曄

来慈田塩昌「暁」、**版広陽脇鍋尾榊養**「曄」。群以外の文字を採用している。

㊴ 56　天庭陳相喜　／　嘉

版来広陽脇鍋尾慈田塩昌養「喜」、**榊**「嘉」。群以外の文字を採用している。

㊵ 62　文章叙離思　／　華

箋以外は「華」。「章」を採る本文を見た可能性も否定はできないが、字形の類似と文意から誤写した可能性が高いだろう。

㊶ 詩序2　枯栄双遺何必竹林之間　／　遺

田塩昌「遺」、**版慈養**「遺」、**来**「遺」または「遺」の崩れた字、**広陽脇鍋**「吏」、**尾**「吏」の右傍「失カ」、**榊**「吏」

の右傍「夫カ」。**群**以外の文字を採用している。

㊷　詩序2　是【一作此】日也　／　此

来脇尾榊慈田塩昌「是」、**版広陽鍋養**「此」。**群**以外の文字を採用し、**群**の文字を注記している。

㊸　詩序2　継北梁之芳韵　／　此

版田塩昌養「北」、**来脇尾榊**は崩れているが「北」だろう。**慈**「圵」も「北」の崩し字に似ている。**群**以外の文字を採用している。

㊹　66　水底遊鱗戯　／　庭

群以外「底」。**群**以外の文字を採用している。

㊺　66　君侯愛客日　／　候

版来慈田塩昌養「侯」、**鍋**「候」、**広陽脇尾榊**「使」。**群**以外の文字を採用している。

㊻　67　玄圃梅已放　／　故

版塩昌養「放」、**来尾**「故」。**群**以外の文字を採用している。

㊼　72　留連茅渟逢槎洲　／　美稲【美稲一作茅渟】

箋以外は「美稲」。**群**の異本注記の文字を採用したのだろう。

㊽　73　峰巌夏景新　／　変

箋以外は「変」。「新」を採る本文を見た可能性も否定できないが、次句の「泉石秋光新」への目移りによる誤写の可能性が高い。

㊾　75　抽場風響譁　／　傷

版来広陽脇鍋榊慈田塩昌養「場」（慈は右傍「傷」）、尾「傷」。群以外の文字を採用している。

㊿ 76 昔悵【一作惜】河難越 ／ 惜

版広陽鍋養「惜」、来脇尾榊慈田塩昌「悵」。「悵」は箋以外にはない。「悵」を採る本文を見た可能性もあるが、誤写か意改の可能性もある。群の文字を異文として注記していることから、群以外の文字を採用する意図があったと考えられる。

(51) 79 南望餞送秋 ／ 登

箋以外は「登」。「望」を採る本文を見た可能性も否定できないが、意改か誤写の可能性が高いだろう。

(52) 80 葉黄送初夏 ／ 初送

慈田塩昌「送初」、版来広陽脇鍋尾榊養「初送」。群以外の文字を採用している。

(53) 80 今日夢洲上 ／ 渕々

来広陽鍋尾慈「渕」、版脇榊田塩昌養「淵」。「渕」は「淵」の異体字。「洲」は箋以外にはない。「洲」を採る本文を見た可能性も否定できないが、意改か誤写の可能性が高いだろう。

(54) 80 今日夢洲上 ／ 渕々

来慈田塩昌「上」（塩は右傍「々イ」）、版養広陽鍋尾「々」、脇は「〃」の右傍「本ノママ」、榊「〃」。群以外の文字を採用している。

(55) 82詩題 春日於左僕射長王宅宴 ／ ナシ

来脇尾榊慈田塩昌「日」アリ、広陽鍋「日」ナシ、版養「春日」二文字ナシ。群以外の本文で補っている。

(56) 82 梅蕊已芳踞【一作裾】 ／ 蹉

㊿57 83　地是幽居地／宅

天広陽鍋養「踞」、**宝寛来脇尾榊慈田塩昌**「裾」。本文も異本注記も、**群**以外の文字を採用している。**箋**以外は「宅」。**箋**の誤写であろう。

58 83　虚懐対林野／霊

田塩昌「虚」、**版来広陽脇鍋尾榊慈養**「霊」。**群**以外の文字を採用している。

59 83　陶性在風煙／堙

版来慈田昌養「煙」、**塩**「烟」、**広陽脇鍋尾榊**「堙」。**群**以外の文字を採用している。

60 85　神衿翫早秋／千

来鍋尾榊慈田塩昌「早」、**版広陽脇養**「千」（**寛**は右傍「早イ」）。**群**以外の文字を採用している。

61 87　聖教越千祀／礼

来慈田昌「祀」、**塩**は「祀」をミセケチにして右傍「禮」（「礼」の旧字体）、**天広陽養**「禮」、**脇尾榊**「礼」、**鍋**「乱」、**宝寛**「禩」。**群**以外の文字を採用している。

62 87　鼓枻極南浦／遊

田塩昌「極」、**版来広陽脇慈養**「遊」、**尾榊**「想」。**群**以外の文字を採用している。

63 詩序4　公潔等氷壺／絜

群以外全て「潔」。**群**以外の文字を採用している。

64 詩序4　芝蘭之室／馥

箋以外は「馥」。**箋**の誤写だろう。

⑥⑤　89　有別何逢道与猷　／　列

版来慈田塩昌養「列」。**広陽脇鍋尾榊**「別」、**群**以外の文字を採用している。

⑥⑥　89　馳心悵望白楽天　／　帳

版来脇尾榊慈田昌養「帳」。**広陽鍋塩**「悵」、**群**以外の文字を採用している。

⑥⑦　89　馳心悵望白楽天　／　雲

箋以外は「雲」。**箋**の誤写である。

⑥⑧　92　朝隠暫投簪　／　蹔

田塩昌「暫」、**版来広陽脇鍋尾榊慈養**「蹔」。**群**以外の文字を採用している。

⑥⑨　96　天闇若一啓　／　閤

箋以外は「闇」。「闇」を採用する本文を見た可能性も否定できないが、**箋**の意改または誤写の可能性が高いだろう。

⑦⓪　97　還衿時窮蔡　／　運伶

天来広陽脇鍋尾榊慈田塩昌養「運伶」、**宝寛**「運冷」。**箋**は、「還衿」を採用する本文を見た可能性も否定できないが、意改か誤写の可能性が高いだろう。

⑦①　98　梁前松吟古　／　招

天塩昌「松」、**版来広陽脇鍋尾榊慈養**「招」。**群**以外の文字を採用している。

⑦②　詩序6　道慈少年落飾【一作鎊】　／　鎊

版田塩昌養「飾」、**来広陽脇鍋尾榊慈**「鎊」。「鎊」は「飾」の異体字。**群**以外の文字を採用し、**群**の文字を注記している。尚、伝記8にも**群**「鎊」、**箋**「飾」となる箇所があるが、異同は示されていない。

㉝　詩序6　至於属辞／詞
箋以外は「詞」。「辞」を採用する本文を見た可能性も否定できないが、意改か誤写の可能性が高いだろう。

㉞　詩序6　若夫魚鹿易処／麻
来慈田塩昌「鹿」、版広陽脇鍋尾榊養「麻」。群以外の文字を採用している。

㉟　詩序6　謹至如左羞穢耳目／以【如イ】
田塩昌「如」（塩は右傍「如イ」）、版来広陽脇鍋尾榊慈養「以」。群の異本注記と一致している。

㊱　104　素緇杳然別／杳
版田養「杳」、来広陽脇鍋尾榊昌「査」、慈「査」をミセケチにして右傍「杳」、塩「香」の「日」を「旦」に作る。
群以外の文字を採用している。

㊲　106　乗興【一作輿】引朝冠／輿
群以外は「輿」。群以外の文字を採用し、群の文字を注記している。

㊳　106　放情良得所／故
宝寛来脇尾榊慈田塩昌「放」、天広陽鍋養「故」。群以外の文字を採用している。

㊴　107　真率無前後／役
版養「後」、広陽脇「役」、来鍋尾榊慈田塩昌「没」（慈は右傍「後」、塩は右傍「後」の如き字）。群以外の文字を採用している。

㊵　107　焉求一愚賢／鳴
田「焉」、版来広陽脇尾榊慈養「鳴」（慈は右傍「烏」）、塩昌「烏」（塩は右傍「鳴」）、鍋「鳥」。群以外の文字を採用

している。**田**とのみ一致するのが注目される。

⑧1 109 山川壮我居 ／ 処

慈田昌「我」（**慈**は左傍「処」）、**来**「我」の崩しか、**塩**「我」をミセケチにして右傍「処」、**版広陽脇鍋尾榊慈養**「処」（**鍋寛**は右傍「我イ」）。**群**以外の文字を採用している。

⑧2 伝記8 未見宝珠之在衣中 ／ 殊

版来陽脇慈塩昌養「珠」、**広尾榊**「殊」、**鍋**は偏がつぶれており判読し難いが「珠」の如く見える。**群**以外の文字を採用している。

⑧3 110 壮士去兮不復【一作再】返 ／ 還

箋以外は「還」。「返」を採る本文を見た可能性も否定できないが、意改か誤写の可能性が高いだろう。

⑧4 伝記9 遂有銜【一作銜】悲藻両巻 ／ 銜

版脇榊養「銜」（「銜」の俗字）、**広陽鍋尾**「銜」、**田昌**「衛」、**慈塩**「衛」をミセケチにして右傍「銜」、**来**「衡」の崩れた字に見える。**群**以外の文字を採用し、**群**の文字を注記している。

⑧5 伝記9 遺藹蕩然 ／ 遺【イ无】列蕩然

広陽鍋「遺列蕩然」、**脇尾榊**「遺列蕩然」の「蕩」を「艹」に「渇」の形に作る、**田昌**「遺烈藹然」、**塩**「遺列藹然」の「藹」をミセケチにして右傍「蕩」、**慈**「遺訓藹然」、**来**「遺列藹然」のように見えるが「列」がつぶれており「別」の可能性もある、**天養**「別蕩然」、**宝寛**「列蕩然」。**箋**は**群**と比較すると、「列」がなくて、「藹」が入っている。「列」の脱落だけであれば、**群**の本文の「列」を見落とした可能性が高い。しかし、**田塩昌慈**が持つ「藹」を採用していることから、独自に本文を編集した可能性が考えられる。

⑯　伝記9　二字ナシ　／　時年
箋以外は「時年」アリ、**宝寛**は上欄に「年字下疑有脱字」を注記する。単なる書き落としの可能性もあるが、中途半端に終わっているため、敢えて書かなかった可能性も考えられる。

⑰　113　分後莫長違　／　草
宝寛来尾榊田塩昌「莫」（**塩**は右傍「草ィ」）、**天広陽脇鍋養**「草」、**慈**「箄」。**群**以外の文字を採用している。

⑱　伝記1　惟善且輔　／　是
箋以外全て「是」。「且」を採る本文を見た可能性も否定できないが、意改か誤写の可能性が高いだろう。

⑲　伝記1　充箕帚之妾　／　宛
田塩昌「充」、**版養**「克」、**来榊**「死」、**慈**「死」の「亠」を「宀」に直し右傍「充」、**広陽脇鍋尾**「死」。「克」「死」は「充」の異体字、「死」は「宛」の異体字、崩れると「死」ともなる。**群**以外の文字を採用している。

⑳　伝記4　密写三蔵之要義　／　察
版田塩昌養「密」、**来広陽脇鍋尾榊慈**「察」（**慈**は右傍「密」）。**群**以外の文字を採用している。

㉑　伝記4　密写三蔵之要義　／　ナシ
田「之」アリ、その他はナシ。**群**以外の文字を採用している。**田**とのみ一致するのが注目される。

㉒　伝記5　国家之為法也　／　ナシ
来脇尾榊慈田塩昌「之」アリ、**版広鍋陽養**ナシ。**群**以外の文字を採用している。

㉓　懐風藻序　巖廊多暇　／　郎
版来脇尾榊慈田塩昌「廊」、**広陽鍋**「郎」。**群**以外の文字を採用している。

㉔ 収魯壁之餘蠹（「蠹」の異体字）／ 蠧（「壺」の異体字か）

版脇養「蠹」、**来広陽鍋尾榊慈昌**「蠧」、**田**「蠹」、**塩**「蠹」。「蠧」「蠹」も「蠹」の異体字か。**群**以外の文字を採用している。

四、結

管見では、『箋註』と群書類従本懐風藻の間には、以上の九四箇所において異同が見られる。

この中で、⑥の「簦」は、群書類従本懐風藻を含めたどの伝本にも見られない文字である。意味としては群書類従本懐風藻の異本注記「笠」とほぼ同じであるが、『箋註』は、群書類従本懐風藻の異本注記と他本の文字に基づいて、独自に「簦」を案出したのではないかと思われる。㉟も、群書類従本懐風藻と他本を使って、複合的な本文を独自に編み出したように見える。

㊱の脱落は、単なる書き落としというよりは、『箋註』の判断が働いている可能性もある。

⑤⑦⑪⑫⑱㉑㉒㉜㊼㊷の一〇箇所の文字と⑥の「脱」は、群書類従本懐風藻の異本注記の文字と一致する。

①②㉛㉝㊵㊽㊿53 57 64 67 69 70 73 83 88の一六箇所は、他本にはない文字であるが、未発見の伝本を見ていた可能性よりも、誤写か意改かの可能性が高いと思われる。

それ以外の六五箇所は、明らかに群書類従本懐風藻の文字を退け、他本の本文の文字を選択している。

さらに、このうち、退けられた群書類従本懐風藻の文字が、異文として注記されているのは、㉕㊷㊿72 77 84の六箇所だけである。もし、群書類従本懐風藻を「底本」とする意図があったのであれば、六五箇所には、群書類従本懐風藻の文字が注記されているのが自然である。底本をもとに校訂本文を作る場合、底本と校訂本文との差異を示す必要があるだろう。それなのに、『箋註』にはそのような配慮は認められない。

その一方で、『箋註』には九〇箇所を超える異本注記が見られる。本文の異同に無関心なわけではない。それにもかかわらず、群書類従本懐風藻以外の文字を採用した箇所のほとんどに、群書類従本懐風藻の文字は注記されていない。

近代的な文献学の常識から考えると、『箋註』のこのような本文校訂のありようは、一見粗雑に感じられる。その理由を、鈴木真年の無知や校訂の粗雑さに求めることはたやすい。確かに、精密とは言い難い書写状況を見れば、校合作業もそれほど厳密ではないと考えたくなるかもしれない。

しかし、真年が群書類従本懐風藻を「底本」にしているという前提で考えるから、そのように感じられるのであって、逆に、群書類従本懐風藻を「底本」にする意識などもともとなかったと考えるなら、群書類従本懐風藻との異同が注記されないことも不自然ではないのではないか。

原初の本文に最も近いものを正統な最善本文とし、最適の「底本」と対校本とによって校合作業を行い、校訂箇所には異文を注記しながら客観的相対的に最善本文を復元するという手法は、池田亀鑑以降の文献学がもたらした成果であり、現在では常識となっている。しかし、江戸末期における『箋註』の校合作業を、そのような後世にもたらされる文献学的知見で測ることには、あまり意味は見出せない。

江戸期の懐風藻写本や校本を見る限り、親本や底本の素性を明示する意識や、校異の客観性を重視する意識や、本文系統に基づいて本文を選別する意識などはほとんど見られない。写本の多くが書写奥書を持たず、親本も書写者も書写時期も明らかにされない。林家などの学者による書写や詞華集などへの収録においては、本文が改変されている箇所も少なからず見出される。その改変は、本文系統の精査に基づいたものでも、原初の本文を復元するためのものでもない。書写者の独自の判断に基づいて行われている。自分が参看した伝本を絶対唯一のものとして忠実に書写する場合も、自らの学識に基づいて漢詩文として最適の詩句に直して書写する場合も、自分が参看した本文、自分が修正して作った本文が「最適」の本文なのである。「最適」と判断する基準が主観的とも言える。(12)

そのような状況に変化をもたらしたのが、考証家たちである。考証家たちは、最善の結論を導き出すために、できるだけ多くの資料を収集した。眼前に存在するものを絶対視するのではなく、多種多様な情報と資料とに基づいて相対的に導き出される結論を「最適」とした。

その考証家のネットワークの中心にいたのが屋代弘賢である。(13) この弘賢は懐風藻校本（不忍文庫本）を作成しており、それが群書類従編纂に使用されたことは本章第二節で述べた通りである。複数の本文を比較対照させて、相対的に「最適」な本文を導き出そうとする屋代弘賢校本（不忍文庫本）の手法は、まさに考証家としての発想に基づいたものだったのである。

ただし、注意しなければならないのは、この「最適」は、本文系統の正統性に由来するものではないということである。近代的な文献学では、どの文字を本文に採用するかの判断には、本文系統の正統性が重視されるのが常識である。したがって、「底本」はどの伝本で、異文がどの伝本に由来するものかということが明らかにされることになる。そして、それらの素性が把握された上で、底本の本文と対校本との距離を測りながら、最適な本文が復元される。それが近代以降に確立する文献学の常識である。

しかし、屋代弘賢校本（不忍文庫本）においては、親本が何かは明らかにされていないし、異文がどの伝本のものかも示されていない。白雲書庫本、塩竈本、天和四年版本によって校合したことが識語に記されているが、書き入れられた異文を詳細に見ていくと、それら三本のものではない文字も少なからず見出せる。ということは、三本以外にも、どのような素性の伝本かを明らかにしないまま、参看した本文があったということになる。また、三本が持つ文字であるにもかかわらず、書き入れられていないものも散見される。異文を全て注記しているわけではない。親本の文字を修正している箇所において、本文系統から考えると妥当性の低い特異な文字を採用している場合も見受けられる。文字の採用や修正および異本注記は、どこまでも弘賢自身の恣意的な判断によって行われている。

弘賢は一見科学的な本文考証をしているようであるが、その「科学的」とは、現代でいうところの文献学的、すなわち本文系統の正統性および異本との差異の計量に基づいた考証ということではない。できるだけ多種多様な本文の収集と相対化とが、考証家における「科学的」であるということだった。可能な限り多くの情報を参照しながら、その中から自分が正しいと考える情報を選択する、この相対的であって実は恣意的でもある手法で再編集した本文が「最適」だったのである。その意味において、屋代弘賢校本（不忍文庫本）は、考証学がもたらした「科学的」で「最適」な本文考証の結果と言えるだろう。

『箋註』の本文編集は、屋代弘賢校本（不忍文庫本）の本文考証と近似している。真年もまた、可能な限り本文を収集し、それらを参照しながら、自らの漢詩文に対する知見に基づいて、「最適」と考える本文を再編集した。この真年の本文考証のあり方は、弘賢ら考証家の手法を継承したものと言える。

真年が使用した伝本に、群書類従本懐風藻があったことは間違いない。しかし、それは近代的文献学における「底本」の意識で用いられたものではなかった。「底本」にしているように見えたり、「大体類従本に従(14)」っているように見えたりするのは、群書類従本懐風藻自体が複数の系統の伝本を吸収しているためである。「底本」の意識ではないと考えれば、群書類従本懐風藻以外の文字を採用する箇所が多く見られることも、それらの箇所のほとんどに、群書類従本懐風藻の文字を注記しないことも、不自然ではない。

本章では、真年が、群書類従本懐風藻を含む複数の伝本を参看して「最適」な本文を作成するという考証学的な手法を採っていることを論じてきた。では、群書類従本懐風藻の他にどのような伝本を参看しているのか。それらを参看することになった事情とともに、次章で考察したい。

注

(1) 大野保『懐風藻の研究』(三省堂、一九五七年)。

(2) 田村謙治「懐風藻研究史　江戸版本の書入について」(『城南紀要』八号、一九七二年)。

(3) 沖光正「『懐風藻箋註』考」(『上代文学』五六号、一九八六年四月)、「『懐風藻箋註』考補遺」(『上代文学』六二号、一九八九年四月)。

(4) 大野氏と沖氏が言う「林家本」は、内閣文庫所蔵の「林氏蔵書」印を有する一本を指す。従来、この伝本はこの蔵書印に基づいて「林家本」と呼称されてきた。しかし、塩竈本、田中本など複数の林家系統伝本が存在することから、それらと区別するために内閣文庫のこの一本を、「昌平坂学問所」の印記に基づいて、「昌平坂本」と呼称することにした。詳細は拙稿「田中教忠旧蔵本『懐風藻』について——未紹介写本補遺——」(『汲古』六四号、二〇一三年一二月)、「『本朝一人一首』と『懐風藻』——林家における『懐風藻』継承——」(『古代研究』四七号、二〇一四年二月)、「『本朝編年録』『本朝通鑑』と『懐風藻』」(『古代中世文学論考』三〇集、新典社、二〇一四年一〇月)など参照。

(5) 小島憲之『日本古典文学大系69　懐風藻　文華秀麗集　本朝文粋』(岩波書店、一九六四年)「解説」。

(6) 足立尚計「懐風藻の諸本」(『皇學館史學』創刊号、一九八六年三月)。

(7) 屋代弘賢校本(不忍文庫本)には、これら三本のいずれとも一致しない文字が注記されている箇所も散見されることから、これら三本以外の伝本も参看されていると推測される。

（8）「白雲書庫本」は、屋代弘賢校本（不忍文庫本）の他、佐々木長卿書入天和版本（西尾市岩瀬文庫蔵）と養月斎本（東京大学附属図書館南葵文庫蔵）にその跋題が転写されており、その本文が書入などの形で伝えられている。それらを基にして復元してゆくと、この白雲書庫本の本文は、天和版本の二〇箇所余りの欠字箇所と一致する箇所にほぼ限定的に、諸本の全く持たない異質な本文を持ち、道融の無題詩の異文と「山中」詩と亡名氏「歎老」詩を掲載していたことが推定できる。それ以外は天和版本とほぼ同じ本文と考えられる。復元した本文とその性格については、拙稿「『白雲書庫本懐風藻』の本文とその性格」（『古代中世文学論考』三三集、新典社、二〇一六年八月）参照。また、白雲書庫は野間三竹の蔵書である。三竹が生前刊行した『本朝詩英』の採用本文からは、三竹が所蔵した伝本は鍋島本（祐徳稲荷神社蔵）と同じ系統であったろうと推測される。しかし、鍋島本の本文と、不忍文庫本に書き入れられた「白雲書庫本」の本文とは全く異質である。したがって、弘賢が参看した「白雲書庫本」は、三竹が生前に所蔵した懐風藻とは別物であると考えざるを得ない。この点については、拙稿「『本朝詩英』懐風藻本文の性格――『一人一首』の継承と鍋島本系統本文に基づく改変――」（『古代研究』四九号、二〇一六年二月）参照。

（9）広橋本については、拙稿「『懐風藻』未紹介写本三点」（『汲古』六二号、二〇一二年一二月）で紹介し、屋代弘賢校本（不忍文庫本）の本文と近似することも指摘した。

（10）以上の点も含めて、懐風藻伝本および本文系統の問題については、拙稿「『懐風藻』伝本および本文の諸問題」（『東京医科歯科大学教養部研究紀要』四四号、二〇一四年三月）参照。

（11）「昌平坂本」は、従来の「林家本」である。前掲注（4）参照。

（12）林家における懐風藻継承については、前掲注（4）拙稿参照。

（13）本書第三章「鈴木真年の知的環境」参照。

（14）前掲注（1）書、二〇八頁。

（追記）尚、『箋註』では「嵇」が「稽」になっている箇所がある。本文だけではなく、注釈文でも「嵇」が「稽」と書かれる傾向にある。懐風藻伝本で「稽」とするものはほぼなく、『箋註』の中での混乱・勘違いと見られるため、右の本文異同には算入しなかった。

第六章　『懐風藻箋註』本文の性格

はじめに

前章で確認した通り、『懐風藻箋註』の本文と群書類従本懐風藻の本文との間には異同が多い。また、それらの箇所では、群書類従本懐風藻の文字を退けて他本の文字を採用しながら、群書類従本懐風藻の文字が注記されることもほとんどない。このような本文の状況からは、群書類従本懐風藻を「底本」としているとは言い難い。

そもそも「底本」という概念は、池田亀鑑以降の文献学によって確立するものであり、江戸末期成立の『箋註』の本文に対する評価に導入するのはふさわしくない。『箋註』の本文考証は、文献学的手法に基づいているのではなく、江戸時代中期以降確立し、それ以降の知識人における常識となっていった考証学的手法に基づいていると考えるべきである。

何か一つを絶対視するのではなく、できるだけ多くの資料や情報を収集し、比較対照させた上で相対的に結論を導き出すというのが考証学の手法である。近代以降の文献学と異なるのは、最善本文の決定にあたって、文献学が本文の正統性を基準とするのに対し、考証学は情報の多様性を重視する点である。

考証学派の中心にいた屋代弘賢が作成した懐風藻校本（不忍文庫本）は、懐風藻受容史において、考証学がもたらした最も早い成果の一つであろう。広橋本系統本文、白雲書庫本、塩竈本、天和版本をはじめとした複数の本文を収集し、それらを比較対照させて、弘賢が考える「最善の本文」を作成している。そこには、本文系統の正統性に基づく文献学的な判断は見出せない。できるだけ多様な本文情報を並べ、それらの適不適が弘賢自身の基準に基づいて判断されていく。

そして、もう一つ重要なのは、弘賢は収集した情報を自身の基準で取捨選択しているということである。屋代弘賢校本（不忍文庫本）を、弘賢に参看された伝本と比較すると、弘賢がそれらの本文の情報全てを書き取っているわけではないことが分かる。弘賢は、収集した多種多様な本文情報の中から、自身が必要と考えるものを選んで書き取っている。その取捨選択の基準は、文献学的な知見ではなく、漢詩文や古典に対する知見と学識とに基づくものと見られる。

『箋註』においても、この弘賢の本文考証の方法が継承されている。(1) 群書類従本懐風藻を含む複数の本文を比較対照させた上で、鈴木真年の考える「最善の本文」が作成されている。異本注記が施される場合でも、真年自身が必要と考えた箇所に限定されており、その点も弘賢と同様である。

本章では、このような真年の考証学的手法による『箋註』の本文編集について、群書類従本懐風藻以外にどのような伝本が参看されているのかという問題に焦点を当てて、具体的に考察してみようと思う。

一、群書類従本懐風藻の活用

『箋註』の本文の特徴の一つは、釈道融の「我所思兮在無漏」で始まる七言絶句一首に対して、一部異なる詩句が校異として示され、同じく釈道融の「山中」詩と亡名氏「歎老」詩の二首が本文に採用されていることである。

これと同じ特徴を有するのは、現存伝本の中では、群書類従本懐風藻の本文のみである。『箋註』が著された元治二年（一八六五）には、すでに群書類従も刊行されており、真年が群書類従本懐風藻の本文を参看していたとしても矛盾しない。真年は、塙保己一を中心に屋代弘賢など当時の最先端をいく知識人たちが刊行した群書類従を、最新の成果として積極的に参看したのではないかと想像される。

釈道融と亡名氏の詩以外にも、詩序3の「酔花酔月包心中之四海尽善尽美対曲裏之長流是日也人乗芳夜」も、『箋註』と群書類従本懐風藻とは同一本文を採用している。ここは、「酔花酔月」四字と「包〜夜」二三字の合計二七文字を、同時に本文に採用する伝本は群書類従本懐風藻以外にはない。また「長」字は、諸本間で異同がある。そのような状況の中、『箋註』と群書類従本懐風藻とが全く同一の二七文字を共有しているということは、『箋註』は群書類従本懐風藻の本文をそのまま採用したと考えるのが自然である。

また、群書類従本懐風藻には、二九箇所に異文が注記されている。

この二九箇所のうち、一四箇所については、『箋註』でも本文・異本注記ともにそのまま採用されている。

一一箇所については、群書類従本懐風藻の異本注記の文字が『箋註』の本文の文字と一致している。中でも、13「霧池栬声悲」、31「洛媛接魚通」、32「昔者同皇后」、32「渚性臨流水」、45「一朝逢異民」、72「留連茅渟逢槎洲」の六箇所は、後で述べる『箋註』が参看したと思われる他の伝本には見られず、かなり限定された範囲の本文にしかないため、群書類従本懐風藻の異本注記を本文に採用した可能性が高い文字である。(2)

『箋註』の本文考証に、群書類従本懐風藻が活用されたことは間違いない。

ただし、残りの四箇所の異本注記（12「登」に対する「笠」、伝6「基」に対する「イ无」、序5「対酒当歌」に対する「毓真会文イ」、伝9「遺」に対する「イ无」）については、本文としても異文としても採用されていない。単なる書き忘れの可能性も否定はできない。しかし、次節で述べるように『箋註』独自の校異が八〇箇所ほど見られることを考えれば、本文に採用する文字と他本の異同については一定の興味関心を持って校合していたことが想像される。意図的に採用しなかったと考える方が自然だろう。

二、群書類従本懐風藻以外の伝本の活用

群書類従本懐風藻以外にはどのような伝本が参看されているのだろうか。

この点について、大野保氏は「尾州家本・脇坂本・林家本その他と一致するものが多い」ことを指摘し、沖光正氏はそれに対して、「『林家旧蔵本』や、大野保氏の指摘された『尾州家本』・『脇坂本』が本当に使用されたかとなると大いに疑問である。しかし『林家旧蔵本』の場合、他の二本とは比較にならない程『箋註』と一致する箇所が多く、現存する『林家旧蔵本』と決定できなくとも同じ系統の使用が確認できる」とし、あわせて「寛政五年刊記本」の使用を指摘した。沖氏はさらに、群書類従本懐風藻と『箋註』の一致しない箇所を検討し、「『寛政五年刊記本』『林家本』とが校異の中心に使用されている」とした上で、「『寛政五年刊記本』『群書類従本』『林家本』には見られない本文」が存在することも指摘している。

本節以降では、『箋註』が群書類従本懐風藻以外の文字を採用している箇所について、現存伝本と比較し、群書類従本懐風藻以外に参看された伝本を明らかにしていく。

やや結論を先取りすると、版本が参看されているのは間違いないが、寛政五年版本に限定はできない。むしろ『箋註』の本文には天和版本を見なければ採用できない文字が確認される。そして、沖氏が寛政本・群書類従・林家本（昌平坂本）[7]には見られないとする文字の多くは、林家系統の一本である田中本[8]と一致する。このことから、林家系統の中でも田中本系統の本文が参看された可能性が最も高い。以下、一つ一つ確認していこう。

まず、第五章で見たように、『箋註』は六五箇所において、明らかに群書類従本懐風藻以外の本文を採用し、そのほとんどに群書類従本懐風藻の文字を注記していないことが確認される。

また、『箋註』は、割注や傍記によって、九〇箇所以上に異文を注記している。そのうち一四箇所は前節で述べた通り、群書類従本懐風藻の異本注記をそのまま異文として掲げているが、それ以外の箇所は『箋註』が独自に施したものである。このほとんどにおいて、群書類従本懐風藻以外の文字が掲げられている。

このような状況からは『箋註』の本文と異本注記とが、群書類従本懐風藻以外の伝本を参照して構成されていることは間違いないと考えられる。

群書類従本懐風藻以外の文字が、本文あるいは異本注記に採用される箇所の中で、現存伝本に全く見られないものが確認される。管見では、本文で一六箇所、異本注記で六箇所数えられる。

本文では例えば、89『箋註』では「馳心悵望白楽天」だが、現存伝本全て「雲」となっている。文脈から考えてあえて「白楽天」に意改するとも思えないので、「白雲天」を「白楽天」と思い込んで誤写した可能性が高いだろう。その他にも、62『箋註』は「文章叙離思」とするが、現存伝本全て「華」であり、79『箋註』「南望餞送秋」に対して現存伝本全て「登」になっているなど、字形が類似していて、かつ文脈成立にも支障がそれほどないような文字になっている場合が多い。意改あるいは未発見の別本を参照している可能性もあるが、全体的には『箋註』の誤写の可能性の方が高いように思われる（第五章参照）。

異本注記は次の六箇所である。10『箋註』では「優是【一作定】暢愁情」というように「是」に対して「定」が校異に示されるが、群書類従本懐風藻は「是」、それ以外の伝本はすべて「足」であり、「定」を採る本文はない。32『箋註』の「今之（右傍「乏」）見吉賓」に対して現存伝本全て「之」、59『箋註』の「鶯吟鶯谷【一作各】新」に対して現存伝本全て「谷」、67『箋註』の「年光泛仙蓹（右傍「節」）」に対して現存伝本では「蓹」「禦」「薬」の範疇での異同に収まっており、67『箋註』の「於焉（右傍「是」）三元節」に対して現存伝本全て「焉」、詩序5『箋註』の「是諧【一作謂】私願」に対して現存伝本全て「諧」となっており、『箋註』の異本注記の文字に一致する本文を現存伝本の中に見出すことができない。六箇所とも、『箋註』の異本注記の文字と諸本の文字とは、形が類似しているので、見間違えられた可能性も考えられる。例えば、10の「定」は、版本で「優」と「足」の間に付された竪点が、足の二画目の横棒にくっついているため、「定」に見間違える可能性も高い。しかし、未発見の伝本あるいは別資料の書入などに基づいている可能性も否定できない。

この他の群書類従本懐風藻との異同箇所の文字については、現存伝本の中に確認することができる。群書類従本懐風藻以外の伝本の本文を採用する顕著な一例を挙げれば、40「雅文　水清瑤池深　花開禁苑新　戯鳥随波散　仙」の一八文字が『箋註』にはあるのに、群書類従本懐風藻にはない。『箋註』と全く同一の本文を採るのは、来歴志本、脇坂本、尾州本、榊原本、松平本、慈渓本、田中本、塩竈本、昌平坂本、宝永二年版本などである。ちなみに、当時最新の版本である寛政五年版本は「文」が「人」に改変されており、この箇所に関しては採用されていない。

群書類従本懐風藻と異なる文字は、どの本文から採用されたのか。それは、右に挙げた中にも入っている田中本、塩竈本、昌平坂本、版本三種類（天和四年、宝永二年、寛政五年）でおおよそ説明することができる。

例えば、次の箇所の如くである。『箋註』（**箋**）と群書類従本懐風藻（**群**）の文字を掲げたその下に、『箋註』と一致する主な伝本と詞華集とを略称で列挙した。ただし、他本の転写の要素がある伝本や校本的な性格を持つ伝本は除いた。略称は、**天**＝天和四年版本、**宝**＝宝永二年版本、**寛**＝寛政五年版本、**来**＝来歴志本、**広**＝広橋本、**陽**＝陽春盧本、**榊**＝榊原本、**脇**＝脇坂本、**鍋**＝鍋島本、**尾**＝尾州本、**田**＝田中本、**塩**＝塩竈本、**昌**＝昌平坂本、**人**＝『本朝一人一首』、**英**＝『本朝詩英』、**纂**＝『歴朝詩纂』、**紀**＝『日本詩紀』である。

7　**箋**「離」、**群**「誰」。　**天宝寛**尾陽広榊鍋・英・紀
18　**箋**「逐」、**群**「遂」。　**田塩昌天宝寛**来脇陽広鍋・人・英・紀・纂
18　**箋**「髪」、**群**「鬢」。　**天宝寛**・紀・纂
21　**箋**「論」、**群**「倫」。　**田塩昌**・紀
25　**箋**「在」、**群**「有」。　**田塩昌天宝寛**来尾脇榊・人・紀・纂
29　**箋**「惟」、**群**「惟」。　**田塩昌**来尾脇榊
35　**箋**「闇」、**群**「開」。　**田塩昌天宝寛**尾陽広榊鍋・人・英
38　**箋**「陳」、**群**「垠」。　**田塩昌天宝寛**脇陽広鍋・人・英・紀

これらを見ると、群書類従本懐風藻の文字を退ける場合、**天宝寛**または**田塩昌**のいずれかの文字を採用していることが分かる。**天宝寛**および**田塩昌**の六本以外にも、『箋註』と一致する文字を持つ伝本や詞華集はあるが、共通項は

見出せない。

ここに掲出したのはごく一部の例だが、この傾向は『箋註』全体にわたって確認することができる。『箋註』の本文は、群書類従本懐風藻の他に、**天宝寛**および**田塩昌**の系統の本文を参照して、構成されていると考えてよいであろう。

異本注記に群書類従本懐風藻以外の文字を掲げる箇所についても同様に、**田塩昌天宝寛**の範疇を超えることはない。ただし、この六本では説明がつかない文字がある。管見では次の二例があげられる。

序1『箋註』「列星光於烟幕【一作暮】」の校異に示される「暮」は、現存伝本中で鍋島本のみと一致する。その他の伝本ではすべて「幕」で異同はない。80『箋註』「雲巻三舟谿【一作豁】の異本注記の文字「豁」は、**田塩昌**「谿」、**天宝寛**「谷」と一致しない。「豁」は、広橋本、来歴志本、陽春盧本、脇坂本、鍋島本および『本朝詩英』収録本文と一致する。序1「暮」も80「豁」も共通して鍋島本と一致していることから、鍋島本系統本文に基づいている可能性が考えられる。ただ、ほかの箇所において、鍋島本の本文との一致度は**田塩昌天宝寛**に比べると格段に低い。鍋島本が本文を構成するための主要参看伝本であったとは考えにくい。

三、版本の活用

天宝寛は、江戸期に刊行された懐風藻版本である。天和四年版本（**天**）は、二〇箇所余りの欠字を持っている。その欠字箇所のほとんどに文字が補われたのが宝永二年版本（**宝**）である。さらに、寛政五年版本（**寛**）では、若干の異本注記が施された。また、宝永本、寛政本において文字修正されている箇所も散見される。例えば、前節に挙げた、

40天和と宝永では「文」だったのが、寛政版本では「人」に改変されているのはその一例である。では、天和、宝永、寛政のいずれの版本が参看されたのかを断定することはできるだろうか。沖氏は、版本の中では寛政五年版本が使用された可能性を指摘している。確かに、入手のしやすさや情報の新しさなどの観点から考えると、最新版の寛政五年版本が参看された蓋然性は高いだろう。

しかし、版本間で比較してみると、40**箋**「文」に対して、**天宝**「文」、**寛**「人」、82**箋**「踞【踞一作裾】」に対して、**天**「踞」、**宝寛**「裾」、89**箋**「耳【一作年】」に対して、**天**「年」、**宝寛**「耳」などのように、『箋註』の本文・異本注記に採用される文字は、必ずしも寛政五年版本に限定されるわけではない。

むしろ、天和四年版本とのみ一致する箇所があることが注目される。

78「寒鏡泮氷津」の「氷」に対して、**箋**は「氷一作水」と異本注記を施している。ここは、**群**では本文「氷」となっており、異文は示されていない。**箋**は、本文に**群**の文字を採用した上で、独自に異本注記を施している。**箋**のこの異本注記の文字「水」と一致するのが、**天**のみなのである。**天**で「水」だったのが、**宝**で「氷」と改変され、**寛**も「氷」である。因みに、現存伝本の中で「水」を採用しているのは、今のところ天和版本とその転写本のみである。詞華集でも「氷」が採用されている。**箋**の「水」は、天和版本そのものか、その転写本か、天和版本の文字を書き入れた別本のいずれかに基づいていると考えられる。

幅広い人的交流を持ち、幅広い資料収集を行った鈴木真年である。可能な限りにおいて、資料を参照しようとしたのではないかと想像される。真年の立場では、大名家などに所蔵される伝本を参看することは極めて困難であろう。真年が書写した夥しい数の資料類は、知人から借覧したものが多い。知人の多くは、学友や同僚の学者たちである。版本であれば天和版本から寛政版本までいずれも参看は可能であっただろう。

四、林家系統田中本の活用

田中本（**田**）、塩竈本（**塩**）、昌平坂本（**昌**）は、いずれも林家に伝来した本文を伝える伝本である。林家系統の伝本については、従来、昌平坂本を以て「林家本」「林氏本」と呼称され、あたかも唯一の林家系統本の如き認識が持たれてきた。昌平坂本に、昌平坂学問所の蔵書印とともに、「林氏蔵書」という蔵書印があるためであろう。『箋註』の本文について、大野保氏が「林家本その他と一致するものが多く」と言う場合も、また、沖光正氏が対校本の一つとして「林家本」を挙げる場合も、この昌平坂本を指して「林家本」と言っている。(9)

しかし、林家における懐風藻の伝来はそれほど単純ではない。主に羅山から鵞峰の時代にかけて、懐風藻は何度か書写され、また編纂物に引用・収録され、その時期や目的などによって、複数の本文が伝えられることになった。(10)その過程から生み出されたのが、天和元年（一六八一）書写の田中本、天和三年（一六八三）書写の塩竈本、書写年代不明の昌平坂本ということになる。

羅山時代に編集された『本朝編年録』（正保四年〈一六四七〉頃完成）、寛文元年（一六六一）までに成立の読耕斎『本朝三十六詩仙』、寛文五年（一六六五）成立の鵞峰『本朝一人一首』、寛文一〇年（一六七〇）完成の『本朝通鑑』、これらの林家における編纂物に引用された懐風藻本文と、田中本、塩竈本、昌平坂本の三本の本文とは異なる箇所が多い。

おそらく、林家では、漢詩文創作者でもあり学者でもある家柄らしく、単純に親本の本文を右から左へ書き写すのではなく、本文を再検討し漢詩文としてより適切と思われる文字に改変する「校訂」作業が行われたのであろう。田中本、塩竈本、昌平坂本は、その過程で生み出された本文を伝えるものと見られる。伝本の形で遺されているのは、今のところこの三本しかない(11)。これらは、一六八〇年頃までに林家で生み出された懐風藻本文を伝えていると考えられる。

林家関係の伝本は、どの時期に書写された写本であるかによって、本文が違ってくる。したがって、安易に特定の伝本のみを指して「林家本」と呼称することはできないのである。『編年録』引用の本文、『通鑑』引用の本文、『一人一首』収録の本文、『三十六詩仙』収録の本文、田中・塩竈・昌平坂本の本文いずれもが、林家に伝来した林家系統の本文である。そして、それらはすべてが同一というわけではない。むしろ明らかに変容している。

『箋註』は、林家系統の本文を参看し、その文字を採用している。しかし、それは、大野氏や沖氏が指摘した所謂「林家本」すなわち昌平坂本ではない。『箋註』が参看した可能性が最も高いのは、田中本系統の本文である。

田中本、塩竈本、昌平坂本の本文は極めて近似している。しかし、その中で、多くはないが、田中本だけが独自の文字を採用している箇所がある。それらの文字が、『箋註』の本文および異本注記に採用されている箇所が散見される。つまり、『箋註』が群書類従本懐風藻以外の文字を本文に選択した箇所に、版本でも塩竈本でも昌平坂本でもなく、田中本とのみ一致する文字が確認できる。本文では次の四箇所である。

39　**箋**「稲葉負露落」—**天宝寛塩昌**「霜」、**田**「露」。

詩序1**箋**「広開琴罇之賞」—**天宝寛塩昌**「闢」、**田**「開」。

107　**箋**「焉求一愚賢」—**天宝寛**「嗚」、**塩昌**「烏」、**田**「焉」。

伝記4**箋**「密写三蔵之要義」—**天宝寛塩昌**ナシ、**田**「之」。

また、異本注記では次の九箇所である。

年齢　箋「大神朝臣安麻呂一首年五十二【一作三】」―天宝寛塩昌「二」、田「三」。
50　箋「含霞竹葉清【一本葉作素】」―天宝寛塩昌「葉」、田「素」。
68　箋「莫謂滄【一作蒼】波隔」―天宝寛塩昌「滄」、田「蒼」。
80　箋「桂白早【一作迎】迎【一作早】秋」―天宝寛塩昌「早迎」、田「迎早」。
87　箋「錯繆【一作謬】殷湯網」―天宝寛塩昌「繆」、田「謬」。
詩序3　箋「是【一作此】日也」―天宝寛塩昌「是」、田「此」。
102　箋「在昔釣魚【一作漁】士」―天宝寛塩昌「魚」、田「漁」。
伝記7　箋「特【一作時】加優賞」―天宝寛塩昌「特」、田「時」。
104　箋「僧既【一作已】方外士」―天宝寛塩昌「既」、田「已」。

これらの合計一三箇所の文字は、林家系統三本のうち、田中本だけが異なっている。これ以外の、『箋註』が林家系統の文字を採用する箇所においては、田塩昌で共通した文字となっている。『箋註』が参看していた林家系統本文は、田中本の系統だと考えてよいであろう。

田中本は、鵞峰門人の寺尾吉通所蔵の懐風藻が、「石閑民甫」なる人物に天和元年（一六八一）に書写されたものである。寺尾吉通を介して流出した鵞峰時代の林家系統本文と言ってよいだろう。

林家に伝来する伝本は、このように林家関係者を通して世に出て、学者などに書写されて比較的広く参看される傾向にあったようだ。「東武細縮読書」の署名を持つ塩竈本も、鵞峰所蔵本の転写本であり、後に村井古巖によって塩竈神社に奉納され、屋代弘賢や狩谷棭斎とその門人たちに書写され閲覧された形跡が確認される。

鈴木真年が参看したのが田中本そのものであったかどうか分からない。しかし、塩竈本と同様に、田中本も江戸期の研究者たちに書写されて閲覧されたことだろう。実際、田中本の転写本が、石川県立図書館川口文庫に遺されている。鈴木真年が、田中本あるいはその系統の本文を参看することは充分に可能であったろう。

五、まとめ

以上、『箋註』の本文および異本注記は、群書類従本懐風藻を活用しながら、少なくとも、版本と林家伝来本文の一つである田中本系統の本文とを参照して構成されたことを述べてきた。

版本では、従来、寛政五年版本の使用が指摘されている。しかし、天和四年版本を見なければ採用できない文字もあり、寛政五年版本に限定されるものではないだろう。

また、従来は、昌平坂本を「林家本」と呼称し、「林家本」による校訂の可能性が指摘されてきた。しかし、同じ林家系統の田中本とのみ一致する箇所が少なからず見出されることから、昌平坂本ではなく、田中本系統の本文が参照された可能性が高い。

群書類従本懐風藻および版本と田中本の範疇に収まらない文字については、未発見の伝本に基づいている可能性も、誤写や意改の可能性も否定はできない。あるいは、そのような文字を書き入れている伝本を見ていた可能性も否定はできない。しかし今のところ、印象としては誤写の可能性が高いように感じられる。

真年には、群書類従本懐風藻を「底本」という一つの規範として扱う意識はない。群書類従本懐風藻は、同時に参看された他本と同列に置かれた一本である。もちろん、群書類従は当時最新の考証学的成果であっただろうから、真年が積極的に参照したことは想像に難くない。しかし、そのことは、近代以降の文献学でいうところの「底本」に選定したことを意味するわけではない。真年の時代には、「底本」という概念に基づく文献学的本文検証ではなく、考証学的知見に基づく本文考証が行われていた。群書類従本懐風藻は主たる参看本にはされたであろうが、「底本」であったわけではない。群書類従本懐風藻を「底本」にしているように見えるほど一致度が高く感じられるのは、第五章で述べたように、群書類従本懐風藻が複数の本文を含み持った複合本文だからである。

真年の本文考証は、「底本」意識の有無という近代以降の文献学的な見地から評価されるべきではない。江戸末期は、本文系統の正統性を基準とする文献学は確立していない。当時にあっては、多種多様な資料と情報とを収集し、それらをフラットに並べて比較対照させ、相対的に結論を導き出す考証学的手法が、最新の学問として継承されていた。

屋代弘賢校本（不忍文庫本）の本文考証が、この考証学的手法によってなされていることは既に述べた通りである。真年もまた、弘賢と同様に、群書類従本懐風藻、田中本系統本文、版本という複数の本文を収集し、それらを比較対照させて相対的に本文を編集した。九〇箇所以上に上る異本注記は、群書類従本懐風藻との異同ではなく、真年が採用した本文と他本との異同を示しているのである。真年は、収集した本文の中から、これが最善と自分が考えるものを採用している。その際、不必要な情報は排除される。真年が必要を感じた情報だけが、異本注記の形で残されるのである。本文への採用も、異本注記への採用も、その選択は真年によって恣意的に行われている。

この情報の恣意的な取捨選択もまた、弘賢の方法と同じである。弘賢の校本も一見、全ての本文情報が網羅されているようでいて、よくよく調べてみると書き取られていない情報が存在することが分かる。その取捨選択は、弘賢の恣意的な判断においてなされている。おそらく、弘賢の場合も真年の場合も、文献学的見地から取捨選択しているのではなく、漢詩文や古典に関する自らの学識に基づいた判断を下しているのであろう。

弘賢と真年の違いは、参看できた伝本の種類と数であろう。弘賢の立場と実績があれば、かなり広範な資料収集が可能であっただろう。真年は篤学の士ではあるが、市井の一般人には違いなく、例えば大名家や幕府など、特殊な場所に秘匿されるような伝本を閲覧することは到底不可能である。参看されたのが、群書類従や版本といった流布本と、弟子筋から比較的広範囲に書写されて享受されていたと思われる林家系統本であったことは、真年の立場から考えて自然である。この三種類が真年にとっては、収集・参看可能な伝本であったのだろう。

このように、『箋註』の本文は、考証学を継承する真年によって、考証学の手法に基づいて構築されたものである。真年は粗雑な本文校訂をしたのではない。考証学の手法を忠実に引き継いで『箋註』の本文を編集したのである。

注

（1）鈴木真年の『箋註』執筆が、考証学派による知的活動の一環として捉えられることについては、本書第三章「鈴木真年の知的環境」参照。

（2）群書類従本懐風藻の異本注記の文字が、『箋註』の本文の文字と一致する箇所については、本書第五章「『懐風藻箋註』と群書類従本『懐風藻』」参照。13「池」は屋代弘賢校本（不忍文庫本）の本文のみに見られる字である。屋代弘賢校本（不忍文庫本）は、本文「池」をミセケチにして右傍に「浦」を書き入れている。不忍文庫本を対校本の一本とした群書類従本懐風藻は、弘賢のその校訂に従い、本文に「浦」を採用し、「池」を異文として注記した。31「洛」、32「皇」、32「臨」、45

「異」は白雲書庫本の本文である。白雲書庫本は現存しないが、屋代弘賢校本（不忍文庫本）に、31本文「坧」の右傍「洛」、32本文「汾」の右傍「皇」、32「抠」の右傍「臨」、45「拓」の右傍「異」というように、その文字が書き取られている。群書類従本懐風藻は弘賢が書き取ったそれらの文字を異本注記した。72「茅渟」は、屋代弘賢校本（不忍文庫本）に「美稲或作茅渟　皆供訓吉野字音韵通」と注記されており、群書類従本懐風藻の「美稲一作茅渟」という注記はそれに従って付けられたのであろう。屋代弘賢校本（不忍文庫本）の注記は、弘賢が白雲書庫本から書き取ったものと考えられる。白雲書庫本は、天和版本とほぼ同じ本文に、天和版本の墨格に限定的に他本とは全く異質の本文を持っていたと推測される。弘賢によって書き取られたことによって、その異質な本文が群書類従本懐風藻に流れ込むことになった。群書類従本懐風藻にしかない「山中」詩や「歎老」詩もその一つである。白雲書庫本を直接参看してその文字を書き取ったと思われる伝本には、屋代弘賢校本（不忍文庫本）の他に佐々木長卿書入天和版本（西尾市岩瀬文庫蔵）がある。また養月斎本は天和版本の墨格が白雲書庫本で補われた本文を伝えている。そして、屋代弘賢校本（不忍文庫本）、佐々木長卿書入天和版本、養月斎本には、白雲書庫本の跋題が転写されており、この三本は直接あるいは間接的に白雲書庫本を参看していると考えてよいだろう。しかし、この三本以外に白雲書庫本の本文を伝える伝本は今のところ存在せず、極めて限定的な範囲で伝えられたと推測される。なお、白雲書庫本の本文については、拙稿「『白雲書庫本懐風藻』の本文とその性格」（『古代中世文学論考』三三集、新典社、二〇一六年八月）、「『本朝詩英』懐風藻本文の性格――『一人一首』の継承と鍋島本系統本文に基づく改変――」（『古代研究』四九号、二〇一六年二月）参照。

（3）大野保『懐風藻の研究』（三省堂、一九五七年）二〇八〜二〇九頁。

（4）沖光正「『懐風藻箋註』考」（『上代文学』五六号、一九八六年四月）。

（5）沖光正「『懐風藻箋註』考補遺」（『上代文学』六二号、一九八九年四月）。沖氏は、この論文の注において、「『林家本』『脇坂本』が使用されたとは考え難い。正確な表現をすれば、この二本に近い本文を有する写本を使用したであろうという事」とも述べている。

（6）大野氏と沖氏が言う「林家本」は内閣文庫所蔵の一本である。「林氏蔵書」の印記を持つことから、従来、「林家本」と呼称されてきた。しかし、林家系統と考えられる懐風藻伝本は塩竃本、田中本など複数存在する。内閣文庫所蔵のもののみ「林家本」と呼称するのは、林家系統の伝本がこの一本だと誤解され混乱を生じる可能性がある。そこで、内閣文庫の一本を「昌平坂学問所」印に基づいて「昌平坂本」と呼称し直した。このことも含めて、懐風藻伝本については拙稿「『懐風藻』伝本および本文の諸問題」(『東京医科歯科大学教養部研究紀要』四四号、二〇一四年三月)参照。また、林家における懐風藻継承については、拙稿「田中教忠旧蔵本『懐風藻』について――未紹介写本補遺――」(『汲古』六四号、二〇一三年一二月)、「『本朝一人一首』と『懐風藻』――林家における『懐風藻』継承――」(『古代研究』四七号、二〇一四年一月)、「『本朝編年録』『本朝通鑑』と『懐風藻』」(『古代中世文学論考』三〇集、新典社、二〇一四年一〇月)参照。

(7)「林家本」を「昌平坂本」と呼称することについては、前掲注(6)参照。

(8)田中本は国立歴史民俗博物館所蔵の田中教忠旧蔵本である。前掲注(6)「田中教忠旧蔵本『懐風藻』について――未紹介写本補遺――」で紹介した。

(9)前掲注(6)参照。

(10)林家系統本文については前掲注(6)拙稿参照。

(11)ただし、田中本の転写本が石川県立図書館川口文庫に、塩竃本の転写本が中華人民共和国遼寧省図書館にそれぞれ所蔵されている。川口本は前掲注(6)「田中教忠旧蔵本『懐風藻』について――未紹介写本補遺――」で、遼寧本は拙稿「『懐風藻』未紹介写本三点」(『汲古』六二号、二〇一二年一二月)でそれぞれ紹介した。

第七章　『懐風藻箋註』引用典籍一覧および考証

はじめに

『懐風藻箋註』の注釈は、詩句の由来などを漢籍に求め、その資料名や該当する漢詩文の語句を指摘し引用するという方法がとられている。沖光正氏が「『懐風藻箋註』考補遺」（『上代文学』六二号、一九八九年四月）で、「今井舎人が引用する文献に対して正確な複写を行ってはいない」と指摘するように、『箋註』の注釈は、漢籍を忠実に引用するものではない。もちろん、忠実な引用を行っている箇所もあるのだが、概要を記すだけの引用や省略によって簡略化した引用が目立つ。また、文献名と引用内容が一致しない、つまり文献名の誤りと見られる箇所も見られる。

本章では、注釈に指摘・引用された漢籍について、その引用箇所を原典に基づいて一覧にし、若干の考察を加える。

一、『箋註』の注釈の特徴

漢籍に基づいて用例を指摘するという『箋註』の注釈手法は、現代では漢詩文注釈の常套であるが、江戸期における懐風藻受容のあり方としては特異である。

第八・九章で紹介する懐風藻版本への書入内容から分かるように、江戸期における懐風藻へのアプローチは、歴史的関心をもってなされる傾向にある。そのため、詩人の生没年や地名や人名の由来などが、史書などを中心とした和書に基づいて書き入れられていることが多い。そのような中で、漢詩そのものに興味関心を注ぎ、漢籍に基づく注釈を試みた鈴木真年の方法は画期的とも言える。

真年は思想的かつ知識主義的な興味から古代日本の漢詩にアプローチしており、引用は、十三経や史書は比較的原典の漢籍そのものに拠り、そのほか大部分が『蒙求』などの幼学書、『古文真宝』などの詞華集や名文選、江戸時代に流布した元・明・清代の評論集などに拠っていると見られる。

また、明らかに懐風藻の時代の人々には見ることができない、盛唐以降の詩句や朱子の説などを引用している点も、『箋註』の特徴と言える。

現代の懐風藻研究では、懐風藻の漢詩人が確実に参看できたであろう漢籍に、典拠ないし用例を求めるのが一般的な方法である。漢籍から収集された情報は、縦軸に沿った時代順に整理され、典拠として最適なものが選び出される。懐風藻の漢詩人が見ることができないような漢籍は、参考資料として指摘されることはあっても、典拠として挙げられることはない。

そのような現代の漢詩文注釈の常識から見ると、後世の漢籍をも引用する『箋註』の注釈方法は、不合理で稚拙なものと受け取られるかもしれない。

しかし、真年の興味関心は、懐風藻漢詩文の発想源としての典拠を解明することではなく、懐風藻詩文が含み持つ表現と思想を解きほぐすことに注がれているのではないだろうか。真年は、古代日本が生み出した懐風藻に、古代における漢籍受容と漢詩文創作のありようを見出そうとしているのではない。懐風藻を、古代の所産という枠組みに限定するのではなく、江戸時代の「現代」における知の体系を構成する文物として捉え、そこに織りなされる思想や発想を解きほぐそうとしているのであろう。だから、「現代」に生きる真年自身が受容している「現代」の漢籍が、参照されることになるのである。

上部のゴチック体が『箋註』の典籍引用、下部の明朝体がその引用された典籍の該当箇所である。『箋註』の典籍引用は、返り点や句読点は原則としてそのままにしたが、送り仮名や振り仮名は省略した。なお、『箋註』は、懐風藻本文の語句の繰り返しになる箇所を、一部「〻」の重文符号などによって省略している。ここでは、それらにあたると思われる語句を〈　〉で示した。詩・詩序・伝記の番号は、「本文篇」の「影印」「翻刻」に対応している。

二、引用典籍一覧

懐風藻箋註

礼記王制命二大師一陳レ詩以観二民風一：『礼記』王制に「命大師陳詩、以観民風、命市納賈、以観民之所好悪」。

詩召南斯以采レ藻：『詩経』国風・召南・采蘋「于以采蘋　南澗之濱　于以采藻　于彼行潦」。

小雅魚在在レ藻：『詩経』小雅・魚藻之什・魚藻に「魚在在藻　有頒其首　王在在鎬　豈楽飲酒」。

左伝隠公三年君子曰苟有二明信一澗谿沼沚之毛蘋蘩薀藻之菜。可レ薦二於鬼神一　杜預以二蘊藻一為二聚藻一：『春秋左氏伝』隠公三年に「君子曰、信不由中質無益也、明恕而行要之以礼雖無有質誰能間之、苟有明信、澗谿沼沚之毛、蘋蘩薀藻之菜、筐筥錡釜之器、潢汙行潦之水、可薦於鬼神、可羞於王公」、杜預注に「薀藻聚藻也」。

毛晃曰蘊水草名：宋・毛晃『増修互註礼部韻略』の「薀」の項目に「左伝薀利生孽又水草蘋蘩薀藻之菜」。「薀」は「蘊」に通じる。

論語子曰臧文仲居レ蔡山レ節藻レ梲：『論語』公冶長に「子曰、臧文仲居蔡、山節藻梲、何如其知也」。

1

春秋運斗枢曰日者大陽之精月者大陰之精：『春秋運斗枢』に未見。『春秋感精符』に「日者陽之精、……月者陰之精」、『春秋元命苞』に「月者陰精」など類似の記述がある。

書益稷帝光二于天之下一到二海隅蒼生一：『書経』皐陶謨（益稷）に「禹曰、兪哉、帝、光天之下、至于海隅蒼生、万邦黎献、共惟帝臣」。

易乾象大哉乾元万物資始　坤象至哉坤元万物資順：『易経』乾に「象曰、大哉乾元、万物資始、乃統天」、坤に「象曰、至哉坤元、万物資生、乃順承天」。

易尚二徳載一：『易経』坤に「君子以厚徳載物」、このことか。

易有二地天泰一：『易経』泰に「象曰天地交泰」、このことか。

易屯先王以建二万国一：『易経』比に「象曰、地上有水比、先王以建万国親諸侯」。

左氏哀七年禹会二塗山一執二玉帛一者万国：『春秋左氏伝』哀公七年に「対曰、禹合諸侯於塗山、執玉帛者、万国」。

清乾隆御批通鑑疑三古時無二万国一：『乾隆御批通鑑』に「百里之国万区、依開方法応得積満一万万里。然考軒轅方行所至、以今輿地按之、則西不過粛州、北不過宣化、保安、而東至海、南至江、幅員具在、安得有万区百里之国哉。可見史家紀載率多恢張失実、如禹会諸侯于塗山、乃称執玉帛者万国、亦此類也」。

2 **中庸義者宜也**：『礼記』中庸（『中庸』）に「仁者人也、親親為大、義者宜也、尊賢為大」。

書説命若作二和羹一爾惟塩梅：『書経』説命下に「若作和羹爾惟塩梅」。

荘子有二真宰一：『荘子』斉物論に「若有真宰而特不得其眹」。

孟子梁恵王上孟子曰是乃仁術也：『孟子』梁恵王上に「曰、無傷也、是乃仁術也」。

礼記月令端径術：『礼記』月令に「孟春之月、……王命布農事、命田舎東郊、皆修封疆、審端経術、善相丘陵阪険原隰、土地所宜、五穀所殖、以教道民、必躬親之」。

朱子以為二法之巧者一非二古義一：朱熹『孟子集註』に「術謂法之巧者」。↓2**「孟子梁恵王上孟子曰是乃仁術也」**。

爾雅東夷南蛮北狄西戎謂二之四海一：『爾雅』釈地に「九夷八狄七戎六蛮、謂之四海」、このことか。

清閻若璩四書釈地引二胡謂之説一曰海之言冥也：清・閻若璩『四書釈地　続』「観海」に「韓昌黎潮州詩云、有海無天地、酈注膠水条云、北眺巨海、杳冥無極、天際両分、白黒方別、竊以詩文道海者、至上数語無復人有惜手処」、このことか。

中庸聡明睿智足二以有一レ臨也：『礼記』中庸（『中庸』）に「唯天下至聖、為能聡明睿智、足以有臨也。寛裕温柔、足以有容也」。

4 **左氏昭廿八年照二臨四方一曰レ明**：『春秋左氏伝』昭公二八年に「照臨四方曰明、勤施無私曰類」。

宋晁以道曰為二劉向之学一者曰霊之言善也：宋・呂祖謙撰『呂氏家塾読詩記』巻二五に「晁氏曰為劉向之学説霊臺之詩曰霊善也」。

呂東莱読詩記引二朱子之説一曰言如二神霊之所レ為也：宋・呂祖謙撰『呂氏家塾読詩記』巻二五に「朱子曰言其如神霊之所為也」。

6

書舜典詩言志：『書経』堯典（舜典）に「詩言志、歌永言」。

説文心之所レ適謂二之志一：『説文解字』心部に「志　意也。从心之声」。また朱熹『論語集註』述而に「志者心之所之之謂」などもある。

論語子曰吾十有五而志于学：『論語』為政に「子曰、吾十有五而志于学」。

孟子夫志気之帥也：『孟子』公孫丑上に「夫志、気之帥也」。

元脱々宋史日本伝醜詆二我邦之詩一以為二拙俗一：元・脱脱撰『宋史』外国伝・日本国に「国中有五経書及仏経・白居易集七十巻、並得自中国。……世昌以其国人唱和詩来上。詞甚雕刻、膚浅無所取」。

史記註引緯書曰赤雀含レ書：『史記』周本紀、張守節注に「正義曰、尚書帝命験云、季秋之月甲子、赤爵銜丹書、入于鄷、止于昌戸」。

学記当二其可一謂二之時一：『礼記』学記に「大学之法、……当其可之謂時……此四者、教之所由興也」。

史記蒯徹曰時乎時時不二再至一：『史記』淮陰侯列伝に「蒯通復説曰、……夫功者難成而易敗、時者難得而易失也。時乎時、不再来」。

易乾初九潜龍勿レ用：『易経』乾に「初九潜龍勿用」。

7

戦国策日中有二三足烏一：『戦国策』に未見。『藝文類聚』天部上「日」に「五経通義曰、日中有三足烏」、『初学記』

烏部「烏」に「春秋元命苞曰、日中有三足烏者、陽精其僂呼也」、『文選』左太沖「三都賦」および張景陽「七命八首」の李善注に「春秋元命苞曰、陽成於三、故日中有三足烏」など。

左氏不ㇾ及二黄泉一　杜預曰地中之泉故曰二黄泉一：『春秋左氏伝』隠公二年に「而誓之日、不及黄泉、無相見也」、杜預注に「地中之泉故曰黄泉」。

唐人黄泉無二旅店一語相似：『全唐詩』江為「臨刑詩」に「街鼓侵人急　西傾日欲斜　黄泉無旅店　今夜宿誰家」。『五代史補』は「街」を「衙」に作る。

8

詩彼美淑姫可二与晤言一：『詩経』国風・陳風・東門之池に「東門之池　可以漚菅　彼美淑姫　可与晤言」。

以二晋王戎畢卓稽康阮籍阮咸向秀山濤七賢之風尚一擬ㇾ之奇妙甚：竹林の七賢は、王戎・劉伶・嵆康・阮籍・阮咸・向秀・山濤。

宋寇準詩花能二含笑一笑二何人一：寇準詩に未見。宋・丁謂「山居」に「草解忘憂憂底事　花能含笑笑何人」、このことか。丁謂は寇準を失脚させた文人政治家。

詩邶柏舟以敖以遊：『詩経』国風・邶風・柏舟に「汎彼柏舟　亦汎其流　耿耿不寐　如有隠憂　微我無酒　以敖以遊」。

前漢楊雄曰雕蟲篆刻壮夫不ㇾ為也：前漢・楊雄『法言』吾子に「曰然童子彫蟲篆刻、俄而曰壮夫不為也」。

9

孟子告子曰生之謂ㇾ性：『孟子』告子上に「告子曰、生之謂性。孟子曰、生之謂性也、猶白之謂白与」。

荘子庚桑楚性者生之質也：『荘子』庚桑楚に「性者生之質也」。

論語知者楽水仁者楽山智者動仁者寿：『論語』雍也に「子曰、知者楽水、仁者楽山、知者動、仁者静、知者楽、仁者寿」。

欧陽修賦此秋声不レ可レ聴也：宋・欧陽修「秋声賦」に、「予曰、噫嘻悲哉、此秋声也。胡為乎来哉。蓋夫秋之為状也、其色惨淡、煙霏雲斂、其容清明、天高日晶、其気慄冽、砭人肌骨、其意蕭条、山川寂寥。故其為声也、凄凄切切、呼号奮憤発……」。『古文真宝』に所収。

易枢機之発栄辱之主：『易経』繋辞上に「子曰、……言行君子之枢機、枢機之発、栄辱之主也、言行、君子之所以動天地也、可不慎乎、同人先号咷而後笑、子曰、君子之道、或出或処、或默或語、二人同心、其利断金、同心之言、其臭如蘭」。

孟子曰仁則栄不仁則辱：『孟子』公孫丑上に「孟子曰、仁則栄、不仁則辱」。

荀子有二栄辱篇一：『荀子』巻二に「栄辱篇第四」。

10

論語孔子曰発レ憤忘レ食楽以忘レ憂不レ知二老之将一至：『論語』述而に「子曰、女奚不曰、其為人也、発憤忘食、楽以忘憂、不知老之将至云爾」。

論語顔淵仲弓曰請事二斯語一：『論語』顔淵に「顔淵曰、回雖不敏、請事斯語矣。……仲弓曰、雍雖不敏、請事斯語矣」。

史記曹参不レ事レ事：『史記』曹相国世家に「日夜飲醇酒、卿大夫已下吏及賓客、見参不事事、来者皆欲有言、至者参輙飲以醇酒」。

11

列仙伝王喬古仙人：『列仙伝』に「王子喬者、周霊王太子晋也。好吹笙、作鳳凰鳴。遊伊洛之間。道士浮邱公、接以上嵩高山。三十餘年後、求之於山上、見桓良曰、告我家、七月七日、待我於緱氏山巓。至時、果乗白鶴駐山頭。望之不得到。挙手謝時人、数日而去。亦立祠於緱氏山下及嵩高首焉」。

史記封禅書海中有三神山㆒名曰㆓蓬莱方丈瀛洲㆒：『史記』封禅書に「自威宣燕昭、使人入海求蓬莱方丈瀛洲。此三神山者、其伝在渤海中」。

12

東厓盍簪録蒯通有㆓雋永八十一首㆒是詩称㆓一首㆒之始也：『盍簪録』巻之三に「史記田儋伝賛、蒯通者善為長短説、論戦国之権変、為八十一首。首之名始見于此、其後楊子太玄有八十一首、猶易之六十四卦也、後世詩文一篇称一首、恐出於此」。

晋書孫楚枕石漱流謬云㆓枕㆑流漱㆑石人或難㆑之孫楚曰枕㆑流欲㆑洗㆓其耳㆒漱㆑石欲㆑礪㆓其歯㆒：『晋書』孫楚伝に「楚少時欲隠居、謂済曰、当欲枕石漱流、誤云漱石枕流、済曰、流非可枕、石非可漱、楚曰、所以枕流、欲洗其耳、所以漱石、欲厲其歯」。『蒙求』の「孫楚漱石」に『晋書』を引く。↓104「**世説。晋孫楚枕㆑石漱㆑流**」。

史記虞卿伝負㆑簦：『史記』虞卿伝に「虞卿者、遊説之士也。躡蹻担簦」。

13

詩邶柏舟微㆓我無㆑酒以敖以遊：↓8「**詩邶柏舟以敖以遊**」。

唐段成式酉陽雑俎月中有㆓桂樹㆒：『酉陽雑俎』天咫に「旧言月中有桂有蟾蜍。故異書言月桂高五百丈、下有一人、常斫之、樹創随合。人姓呉名剛、西河人、学仙有過、謫令伐樹」。

14

穆天子伝周穆王宴㆓西王母於瑤池之上㆒：『穆天子伝』に「天子觴西王母于瑤池之上」。

易乾天徳不㆑可㆑為㆑首也：『易経』乾に「用九、天徳不可為首也」。

15

詩倬彼雲漢為㆓章于天㆒：『詩経』大雅・文王之什・棫樸に「倬彼雲漢　為章于天」。

藝海珠塵収㆓西洋人陽瑪諾天問略㆒云雲漢小星無数如㆓白練㆒也：『藝海珠塵』所収「天文略」陽瑪諾答に「観列宿之天、則其中小星更多稠密。故其体光顕相連、若白練。然即、今所謂天河者、待此器至中国之日、而後詳言其玅用也」。また、「陽瑪諾答」には「陽瑪諾、西洋人、明万歴間至中国」との細注あり。

16

世本黄帝作㆑冕：『槐廬叢書』所収「世本」に「黄帝作冕」。『論語注疏』巻一五に「世本云……黄帝作冕」など。

易堯舜垂㆓衣裳㆒而天下治：『易経』繫辞下に「黄帝堯舜垂衣裳而天下治、蓋取諸乾坤」。

朕字書堯典堯謂㆓四岳㆒曰朕在㆑位七十歳：『書経』堯典に「帝曰、咨四岳、朕在位七十載」。

屈原離騒朕皇考曰㆓伯庸㆒：『楚辞』屈原「離騒経」に「帝高陽之苗裔兮　朕皇考曰伯庸」。

史記秦始皇本紀天子自称曰㆑朕：『史記』秦始皇本紀に「天子自称曰朕」。

猶者公羊伝可㆑止之辞：『春秋公羊伝』宣公八年に「猶者何通可以已也」、『春秋穀梁伝』宣公八年に「猶者可以已之辞也」。

書説命事不㆑師㆑古：『書経』説命下に「事不師古、以克永世、匪説攸聞」。

書元首明哉：『書経』皐陶謨（益稷）に「乃賡載歌曰、元首明哉、股肱良哉、庶事康哉」。

史記孔子世家孔子晩而喜㆑易読㆑易韋編三絶：『史記』孔子世家に「孔子晩而喜易、序彖、繫、象、説卦、文言。読易韋編三絶」。

17

晋謝道韞詩不ㇾ若柳絮因ㇾ風起：『世説新語』言語に「謝太伝寒雪日内集、与児女講論文義。俄而雪驟。公欣然曰、白雪紛紛何所似。兄子胡児曰、撒塩空中差可擬。兄女曰、未若柳絮因風起。公大笑楽。即公大兄無奕女、左将軍王凝之妻也」。『藝文類聚』天部「雪」、『初学記』「雪」に「世説曰……」としてこの逸話を載せる。

列子伯牙鼓ㇾ琴動二梁上之塵一：『列子』湯問に「伯牙善鼓琴、鍾子期善聴……」で始まる「伯牙絶絃」の故事があり、『蒙求』に「列子曰」として「伯牙絶絃」の故事を掲げるが、「梁上之塵」は関係がない。『藝文類聚』楽部三「歌」に「劉向別録曰、有麗人歌賦、漢興以来、善雅歌者、魯人虞公、発声清哀、蓋動梁塵」、『文選』成綏「嘯賦」の李善注に「晏子春秋、虞公善歌、以新声惑景公、晏子退朝而拘之、漢興又有虞公、即劉向別録曰、有人歌賦、楚漢興以来、善雅歌者、魯人虞公、発声清哀、遠動梁塵、其世学者莫能及、七略曰、漢興善歌者、魯人虞公、発声動梁上塵」。

18

左氏隠公元年不ㇾ及二黄泉一無二相見一也　杜預注地中之泉故曰二黄泉一：→7「**左氏不ㇾ及二黄泉一　杜預曰地中之泉故曰二黄泉一**」。

易天玄地黄：『易経』坤に「夫玄黄者天地之雑也、天玄而地黄」。

史記司馬相如有二上林賦一：『文選』に司馬相如「上林賦」。『史記』司馬相如伝は、「子虚賦」と「上林賦」が一続きになったものを「子虚賦」として掲載している。

論語子曰先進之於二礼楽一君子也　程子曰先進後進猶ㇾ言二先後輩一也：『論語』先進に「子曰、先進於礼楽野人也。後進於礼楽君子也」、朱熹集註に「先進後進、猶言前輩後輩。野人、謂郊外之民。君子、謂賢士大夫也。程子曰、先進於礼楽、文質得宜、今反謂之質朴、而以為野人、後進之於礼楽、文過其質、今反謂之彬彬、而以為君子、蓋周末文勝、故時人之言如此、不自知其過於文也」。

19

詩既酔以レ酒既飽以レ徳：『詩経』大雅・生民之什・既酔に「既酔以酒　既飽以徳　君子万年　介爾景福」。

詩湛々露兮匪レ陽不レ晞厭々夜飲不レ酔無レ帰：『詩経』小雅・南有嘉魚之什・湛露に「湛湛露斯　匪陽不晞　厭厭夜飲　不酔無帰」。

20

荘子藐姑射之山有二神人一：『荘子』逍遙遊に「藐姑射之山有神人居焉」。

荘子黄帝見二広成子於崆峒之山一：『荘子』在宥に「黄帝立為天子十九年、令行天下、聞広成子在於空同之上、故往見之曰……」。『藝文類聚』霊異部上「仙道」所引『荘子』に「崆峒之上」、『北堂書鈔』所引『荘子』に「崆峒之山」と作る。

論語子曰仁者楽レ山知者楽レ水：→9「**論語知者楽水仁者楽山智者動仁者寿**」。

盤桓見レ易：『易経』屯に「初九、磐桓利居貞、利建侯。象曰、雖磐桓志行正也、以貴下賤大得民也」。「磐」は「盤」とも作る。

陶淵明帰去来辞撫二孤松一而盤桓：『文選』陶淵明「帰去来辞」に「景翳翳以将入　撫孤松而盤桓」。『晋書』『宋書』『南史』『古文真宝』などにも収録される。

家語舜弾二五弦之琴一而歌曰南風之薫可レ解二吾民之慍一：『孔子家語』辯楽解に「子路鼓琴。孔子聞之謂冉有曰、甚矣、由之不才也。夫先王之制音也、奏中声以為節。流入於南、不帰於北。夫南者生育之郷、北者殺伐之城。……昔者舜弾五絃之琴、造南風之詩。其詩曰、南風之薫兮、可以解吾民之慍兮、南風之時兮、可以阜民之財兮」。

十八史略堯時有蓂莢草生于庭十五日以前日生一葉十五日以後日墜一葉因是以知晦朔：『十八史略』五帝・帝堯陶唐氏に「有草生庭、十五日以前、日生一葉、以後日落一葉、月小尽、則一葉厭而不落、名曰蓂莢、観之以知旬朔」。

21

三国志注引魏略董遇三餘勤学以夜者昼之餘冬者歳之餘陰雨者時之餘也：『魏志』王粛伝裴松之注所引「魏略」に「遇言、当以三餘、或問三餘之意、遇言、冬者歳之餘、夜者日之餘、陰雨者時之餘也」。『蒙求』「董遇三餘」に『魏略』を引く。

詩酌彼金罍：『詩経』国風・周南・巻耳に「陟彼崔嵬　我馬虺隤　我姑酌彼金罍　維以不永懐」。

史記梁孝王世家有雲罍樽：『史記』梁孝王世家に「初孝王在時、有罍樽」。明・凌稚隆撰、李光縉増補『史記評林』に「索隠曰、応劭曰、詩云、酌彼金罍、罍有画雲雷之象、以金飾之」。

尹文子才過千人謂之英。才過万人謂之俊。：『尹文子』に未見。類似の記述は、『淮南子』泰族訓に「智過万人者、謂之英、千人者、謂之俊」。

22

論語子曰無為而治者其舜也与：『論語』衛霊公に「子曰、無為而治者、其舜也与」。

書洪範思曰睿睿作聖：『書経』洪範に「五事、一曰貌、二曰言、三曰視、四曰聴、五曰思、貌曰恭、言曰従、視曰明、聴曰聡、思曰睿、恭作粛、従作乂、明作哲、聡作謀、睿作聖」。

鄭玄周礼注聖無レ不レ通也：『周礼』大司徒の鄭玄注に「云聖通」、このことか。

朱元晦孟子注聖者神明不レ測之号：『孟子』尽心下に「聖而不可知之之謂神」、朱熹集註に「程子曰、聖不可知、謂聖之至妙、人所不能測。非聖人之上、又有一等神人也」。

淮南子禹不レ重二径壁一而重二日之寸陰一：『淮南子』原道訓に「夫日回而月周、時不与人遊、故聖人不貴尺之璧、而重寸之陰、時難得而易失也、禹之趨時也、履遺而弗取、冠挂而弗顧、非争其先也、而争其得時也」。

礼記云徳也者得二於身一也：『礼記』郷飲酒義に「聖立而将之以敬曰礼、礼以体長幼曰徳、徳也者、得於身也、故曰、古之学術道者将以得身也、是故聖人務焉」。

論語子曰就二有道一而正焉：『論語』学而に「子曰、君子食無求飽、居無求安心、敏於事而慎於言、就有道而正焉。可謂好学也已矣」。

周礼大司楽有レ道者：『周礼』大司楽に「凡有道者有徳者使教焉死則以為楽祖祭置瞽宗」。

荘子神人無レ功：『荘子』逍遙遊に「至人無己、神人無功、聖人無名」。

書禹貢球琳琅玕　伝球琳美玉也：『書経』禹貢に「厥貢惟球琳琅玕」、孔安国伝に「球琳皆玉名」、孔穎達疏に「球琳美玉名」。

論語子曰不義而富且貴於レ我如二浮雲一：『論語』述而に「子曰、飯疏食飲水、曲肱而枕之、楽亦在其中矣、不義而富且貴、於我如浮雲」。

史記秦穆公病不レ知レ人夢游二鈞天一：『史記』趙世家に「趙簡子疾、五日不知人。大夫皆懼。医扁鵲視之出。董安于問、扁鵲曰、血脈治也、而何怪。在昔秦穆公嘗如此、七日而寤。寤之日、告公孫支与子輿曰、我之帝所甚楽。吾所以久者、適有学也。帝告我、晋国将大乱、五世不安、其後将覇、未老而死。覇者之子、且令而国男女無別。公孫支書而蔵之。秦讖於是出矣、献公之乱、文公之覇、而襄公敗秦師於殽、而帰縦淫。此子之所聞。今主君之疾与之同。不出三日、疾必間、間必有言也。居二日半、簡子寤、語大夫曰、我之帝所甚楽、与百神游於鈞天、広楽九奏万舞。不類三代之楽。其声動人心」、扁鵲倉公列伝にもほぼ同様の話が記載されている。

23

易明両作離：『易経』離に「象曰、明両作離、大人以継明、照于四方」。

詩浩々昊天：『詩経』小雅・節南山之什・雨無正に「浩浩昊天　不駿其徳　降喪饑饉　斬伐四国」。

易震：『易経』震に「震亨。震来虩虩。笑言唖唖。震驚百里、不喪匕鬯。象曰、震亨、震来虩虩、恐致福也。笑言唖唖、後有則也。震驚百里、驚遠而懼邇也。出可以守宗廟社稷、以為祭主也。象曰、洊雷震。君子以恐懼修省。初九。震来虩虩。後笑言唖唖。吉。象曰、震来虩虩、恐致福也。笑言唖唖、後有則也。六二。震来厲。億喪貝。躋于九陵。勿逐。七日得。象曰、震来厲、乗剛也。六三。震蘇蘇。震行無眚。象曰、震蘇蘇、位不当也。九四。震遂泥。象曰、震遂泥。未光也。六五。震往来厲。意無喪有事。象曰、震往来厲、危行也。其事在中、大無喪也。上六。震索索。視矍矍。征凶。震不于其躬、于其隣、無咎。婚媾有言。象曰、震索索、中未得也。雖凶無咎、畏隣戒也」。

宋欧陽修賦曰是秋声不レ可レ聞也：→9「**欧陽修賦此秋声不レ可レ聴也**」。

三国志曹子建七歩賦レ詩曰煮レ豆焚二豆萁一。豆在二釜中一泣。元是同根生。相煎何太急。文帝大有二恥色一：『三国志』に未見。『世説新語』文学に「文帝嘗令東阿王七歩中作詩、不成者行大法。応声便為詩曰、煮豆持作羹、漉鼓以為汁。萁在釜下燃、豆在釜中泣。本自同根生、相煎何太急。帝深有慙色」、『初学記』中宮部・儲宮部・帝戚部「王」、『文選』任昉「斉竟陵文宣王行状」の李善注、『蒙求』に「世説曰」として引く。

24 **戦国策鄭同見二趙王一王曰子南方之博士也**：『戦国策』趙下・恵文王下に「鄭同北見趙王。趙王曰、子南方之博士也」。

史秦始皇紀有二博士一：『史記』秦始皇帝本紀に「臣等謹与博士議曰」。

穆天子伝穆王宴二西王母于瑶池之上一。：↓14「**穆天子伝周穆王宴二西王母於瑶池之上一**」。

王羲之蘭亭記雖レ無二絲竹管絃一：『晋書』王羲之伝に「嘗与同志宴集於会稽山陰之蘭亭、羲之自為之序以申其志曰……雖無絲竹管弦之盛　一觴一詠　亦足以暢叙幽情」。題は『藝文類聚』歳時中「三月三日」に「三日蘭亭詩序」、『古文真宝』に「蘭亭記」とされる。

史記秦穆公病夢遊二鈞天一広楽九奏：↓22「**史記秦穆公病不レ知レ人夢游二鈞天一**」。

詩普天之下莫レ非二王土一：『詩経』小雅・谷風之什・北山に「溥天之下　莫非王土」。『史記』司馬相如伝に「且詩不云乎、普天之下、莫非王土」。

25 **詩其釣維何維絲維緡**：『詩経』国風・召南・何彼襛矣に「其釣維何　維絲伊緡　斉侯之子　平王之孫」。

六韜芳餌之下有二懸魚一：『六韜』文韜・文師に「太公曰、緡微餌明、小魚食之。緡綢餌香、中魚食之。緡隆餌豊、大魚食之」、このことか。

26 **易神而明レ之存二乎其人一**：『易経』繫辞上に「化而裁之存乎変、推而行之存乎通、神而明之存乎其人」。

書柔レ遠能邇：『書経』堯典（舜典）に「柔遠能邇、惇徳允元」、文侯之命に「父往哉、柔遠能邇、恵康小民、無荒寧、簡恤爾都、用成爾顕徳」、顧命に「柔遠能邇、安勧小大庶邦」。

中庸柔二遠人一也：『礼記』中庸（『中庸』）に「凡為天下国家有九経、曰……柔遠人也。……柔遠人則四方帰之、……送往迎来、嘉善而矜不能、所以柔遠人也」。

27

唐書日本古倭奴：『唐書』東夷列伝・日本に「日本古倭奴也」。

史記張守節正義武后改レ倭曰二日本一：張守節撰『史記正義』五帝本紀に「倭国西南大海中島居凡百餘小国、在京南万三千五百里、按武后改倭国為日本国」。

28

老子滌除玄覧：『老子』一〇章に「滌除玄覧、能無疵乎」。

易天玄而地黄：→18「易天玄地黄」。

詩作レ酒作レ醴：『詩経』周頌・臣工之什・豊年に「為酒為醴　烝畀祖妣　以洽百礼　降福孔皆」。

淮南子猿鼓腹而熙：『淮南子』地形訓に「流黄・沃民、在其北方三百里、狗国在其東。雷沢有神、龍身人頭、鼓其腹而熙」、このことか。

29

呂刑一人有レ慶兆民依レ之：『書経』周書・呂刑に「一人有慶、兆民頼之、其寧惟永」。

易天玄：→18「易天玄地黄」。

大学其機如レ此　鄭玄注曰機謂二発動所一レ由：『礼記』大学（『大学』）に「一家仁、一国興仁、一家譲、一国興譲、一人貪戻、一国作乱。其機如此」、鄭玄注に「機発動所由也」。

見二詩左氏一：『詩経』国風・周南・巻耳に「嗟我懐人　寘彼周行」、『春秋左氏伝』襄公一五年に「詩云、嗟我懐人、賓彼周行、能官人也、王及公侯伯子男甸采衛大夫、各居其列、所謂周行也。」

詩穆々文王　朱熹曰穆々深遠之意：『詩経』大雅・文王之什・文王に「穆穆文王　於緝熙敬止」、朱熹集伝に「穆穆深遠之意」。

30 **書帝光二天之下一**：↓1「**書益稷帝光二于天之下一到二海隅蒼生一**」。

家語舜作二五絃琴一歌曰南風之薫兮：↓20「**家語舜弾二五弦之琴一而歌曰南風之薫可レ解二吾民之慍一**」。

国語引二説命一曰若作二和羹一爾惟塩梅：『国語』に未見。↓2「**書説命若作二和羹一爾惟塩梅**」。

31 **新序斉宣王后曰二無塩女一色黒若レ漆**：劉向『新序』雑事に「斉有婦人。極醜無双、号曰無塩女。其為人也、白頭深目、長壮大節、昂鼻結喉、肥項少髪、折腰出胸、皮膚若如漆。行年三十、無所容入。衒嫁不售、流棄莫執。於是乃払拭短褐、自詣宣王、願一見、謂謁者曰、妾斉之不售女也、聞君王之聖徳、願備後宮之掃除、頓首司馬門外、唯王幸許之。謁者以聞。宣王方置酒於漸臺。左右聞之、莫不揜口而大笑、曰此天下強顔女子也。於是宣王乃召而見之、謂曰、昔先王為寡人取妃匹、皆已備有列位矣。寡人今日聽鄭衛之声、嘔吟感傷、揚激楚之遺風。今夫人、不容郷里布衣、而欲干万乗之主、亦有奇能乎。無塩女対曰、無有、直竊慕大王之美義耳。王曰、雖然何喜。良久曰、竊嘗喜隠。王曰、隠固寡人之所願也、試一行之。言未卒、忽然不見矣。宣王大驚、立発隠書而読之、退而惟之、又不能得。明日復更召而問之。又不以隠対、但揚目銜歯挙手拊肘曰、殆哉殆哉。如此者四。宣王曰、願遂聞命。無塩女対曰、今大王之君国也、西有衡秦之患、南有強楚之讐、外有三国之難、内聚姦臣、衆人不附、春秋四十、壮男不立、不務衆子、而務衆婦、尊所好而忽所恃、一旦山陵崩弛、社稷不定、此一殆也、漸臺五重、黄金白玉、琅玕龍疏、翡翠珠璣、莫落連飾、万民罷極、此二殆也、賢者伏匿於山林、諂諛強於左右、邪偽立於本朝、諫者不得通入、此三殆也、酒漿流湎、以夜続朝、女楽俳優、従横大笑、外不修諸侯之礼、内不秉国家之治、此四殆也、故曰殆哉殆哉。於是宣王掩然無声、意入黄泉。忽然而昂、喟然而嘆曰、痛乎、無塩君之言、吾今乃一聞寡人之殆、寡人之殆幾不全。於是立停漸臺、罷女楽、退諂諛、去彫琢、選兵馬、実府車、四闢公門、招進真言、延及側陋、択吉日立太子、進慈母、顕隠女、拝無塩君為王后。而国大安者、醜女之力也」。

魏曹植有㆓洛神賦㆒：『文選』曹植「洛神賦」。

詩邦之媛也　注媛美皃：『詩経』国風・鄘風・君子偕老に「展如之人兮　邦之媛也」、毛伝に「美女為媛」、朱熹集伝に「美女曰媛」。

32

日本紀神武帝所名：『日本書紀』神武天皇三十一年四月乙酉条に「皇輿巡幸。因登腋上嗛間丘、而廻望国状曰、妍哉、乎国之獲矣。雖内木綿之真迮国、猶如蜻蛉之臀呫焉。由是始有秋津洲之号也」。

列仙伝周霊王太子晋吹㆑笙騎㆑鶴上㆑天：↓11「**列仙伝王喬古仙人**」。

荘子庚桑楚性者生之質也：↓9「**荘子庚桑楚性者生之質也**」。

孟子告子曰生之謂㆑性：↓9「**孟子告子曰生之謂㆑性**」。

論語子曰仁者静　孔安国曰無欲故静　邢昺里仁疏曰仁者善行之大名也：『論語』雍也に「仁者静」、何晏注に「孔曰無欲故静」、里仁の邢昺疏に「仁者善行之大名也」。↓9「**論語知者楽水仁者楽山智者動仁者寿**」。

大学静而后能安：『礼記』大学（『大学』）に「大学之道、在明明徳、在親民、在止於至善。知止而后有定、定而后能静、静而后能安、安而后能慮、慮而后能得」。

34

宋玉高唐賦楚襄王昼眠有ニ神女一謂曰我巫山之神女也朝為レ雲而夕為レ雨：『文選』宋玉「高唐賦」に「昔者楚襄王、与宋玉遊於雲夢之臺。望高唐之観、其上独有雲気。……王問玉曰、此何気也、玉対曰、所謂朝雲也、王曰、何謂朝雲、玉曰、昔者先王嘗遊高唐、怠而昼寝、夢見一婦人。曰、妾巫山之女也、為高唐之客。聞君遊高唐、願薦枕席。王因幸之、去而辞曰、妾在巫山之陽、高丘之阻。旦為朝雲、暮為行雨、朝朝暮暮、陽臺之下。旦朝視之如言。故為立廟、号曰朝雲」。

唐劉庭芝詩傾レ国傾レ城漢武帝為レ雲為レ雨楚襄王：『全唐詩』劉庭芝「公子行」に「傾国傾城漢武帝　為雲為雨楚襄王」。

魏曹植有ニ洛神賦一：↓31「**魏曹植有ニ洛神賦一**」。

左氏昭七年鄭子産曰人生始化曰魄：『春秋左氏伝』昭公七年に「子産曰、能。人生始化曰魄、既生魄。陽曰魂」。

高誘淮南子注曰魄人隠神也：『淮南子』説山訓に「魄問於魂曰、道何以為体」、高誘注に「魄人陰神也、魂人陽神也、陰道祖於陽、故魄問魂道以何等形体也」。

墨子楚霊王好ニ細腰一後宮多ニ餓死一：『墨子』兼愛中に「昔者楚霊王好士細要。故霊王之臣皆以一飯為節、脇息然後帯、扶牆然後起、比期年、朝有黧黒之色。是其故何也。君説之、故臣能之也」。また、『後漢書』馬援伝に「楚王好細腰、宮中多餓死」、李賢注に「墨子曰、楚霊王好細腰、而国多餓人也」。

趙飛燕外伝飛燕体随レ風而飛：『飛燕外伝』に「宜主幼聡悟。家有彭祖分脈之書、善行気術。長而繊便軽細、挙止翩然。人謂之飛燕」。『蒙求』に「飛燕体軽」。

35

左氏昭三年周康王有ニ豊宮之宴一：『春秋左氏伝』昭公四年に「六月丙午、楚子合諸侯于申。椒挙言於楚子曰、臣聞、諸侯無帰、礼以為帰。今君始得諸侯、其慎礼矣。覇之済否、在此会也、夏啓有鈞臺之享、商湯有景亳之命、周武有孟津之誓、成有岐陽之蒐、康有酆宮之朝、穆有塗山之会……」。

漢武帝有ニ柏梁臺賦一：『藝文類聚』雑文部二「詩」に「漢孝武皇帝元封三年作柏梁臺、詔群臣二千石、有能為七言者、乃得上座、皇帝曰……」、『初学記』職官部下「御史大夫」にも同様の記事あり。清・趙翼『陔餘叢考』巻二三に「漢武宴柏梁臺賦詩」。

呂刑一人有レ慶兆民依レ之：→29「**呂刑一人有レ慶兆民依レ之**」。

36

荘子守ニ道之真一：『荘子』譲王に「道之真以治身、其緒餘以為国家、其土苴以治天下」。

大戴礼五帝徳：『大戴礼記』五帝徳に「宰我曰、請問帝堯。孔子曰、高辛之子也、曰放勲、其仁如天、其知如神、就之如日、望之如雲」。

史記堯本紀云帝堯其仁如レ天其知如レ神：『史記』五帝本紀に「帝堯者放勲、其仁如天、其知如神、就之如日、望之如雲」。

穆天子伝周穆王宴ニ西王母於瑤池上一：→14「**穆天子伝周穆王宴ニ西王母於瑤池之上一**」。

37

孟子聖而不レ可レ知之謂レ神：→22「**朱元晦孟子注聖者神明不レ測之号**」。

説卦神也者妙ニ万物一而為レ言者也：『易経』説卦に「神也者、妙万物而為言者也」。

荘子曰神人無レ名：→22「**荘子神人無レ功**」。

38 **荘子汎如㆓不㆑繋之舟㆒**：『荘子』列御寇に「汎若不繋之舟、虚而遨遊者也」。

論語汎愛㆑衆而親㆑仁：『論語』学而に「弟子入則孝、出則弟、謹而信汎愛衆而親仁行有餘力、則以学文」。

書益稷簫韶九成鳳凰来儀：『書経』皐陶謨（益稷）に「簫韶九成、鳳凰来儀」。

周本紀武王伐㆑紂白魚躍入㆓王舟㆒：『史記』周本紀に「武王渡河、中流白魚踊入王舟中。武王俯取以祭、既渡。……是時、諸侯不期而会盟津者、八百諸侯、諸侯皆曰、紂可伐矣。武王曰、女未知天命、未可也。乃還師帰。居二年、聞紂昏乱暴虐滋甚、殺王子比干、囚箕子、太師疵少師彊抱其楽器而犇周。於是武王徧告諸侯曰、殷有重罪、不可以不畢伐。……以東伐紂」。

上林漢武帝苑名司馬相如有㆓上林賦㆒：→18「**史記司馬相如有㆓上林賦㆒**」。

39 **晋潘岳有㆓閑居趣㆒**：『文選』に潘岳「閑居賦」。

論語子曰知者楽㆑水仁者楽㆑山：→9「**論語知者楽水仁者楽山智者動仁者寿**」。

40 **礼記春生夏長仁也**：『礼記』楽記に「春作夏長仁也、秋斂冬蔵義也、仁近於楽、義近於礼」。

孟子得㆓天下之英才㆒而教㆓育之㆒：『孟子』尽心上に「孟子曰、君子有三楽。……得天下英才而教育之、三楽也」、『文選』劉孝標「辯命論」の李善注には「天下之英才」となっている。

事見㆓列子㆒：→17「**列子伯牙鼓㆑琴動㆓梁上之塵㆒**」。

老子上徳不㆑徳是以有㆑徳：『老子』三八章に「上徳不徳、是以有徳」。

堯之時有老人鼓腹而歌曰日出而作日入而息耕田而食鑿井而飲帝力何有於我哉：『十八史略』五帝・帝堯陶唐氏に「童謡曰、……有老人、含哺鼓腹撃壌而歌曰、日出而作、日入而息、鑿井而飲、畊田而食、帝力何有於我哉」。

41

論語子曰無為而治者其舜也与：→22「論語子曰無為而治者其舜也与」。

書元首明哉股肱良哉：→16「書元首明哉」。

書舜曰臣作朕股肱耳目：『書経』皐陶謨（益稷）に「帝曰、臣作朕股肱耳目」。

42

書周官論レ道経レ邦：『書経』周官に「立太師太傅太保、茲惟三公論道経邦燮理陰陽、官不必備、惟其人」。

呂氏春秋賈誼新書文王埋二枯骨一：『呂氏春秋』孟冬紀・異用に「周文王使人扣池、得死人之骸。吏以聞於文王。文王曰、更葬之。吏曰、此無主矣。文王曰、有天下者、天下之主也。有一国者、一国之主也。今我非其主也。遂令吏以衣棺更葬之。天下聞之曰、文王賢矣。沢及髊骨、又況於人乎。或得宝以危其国。文王得朽骨以喩其意」。劉向『新序』にもほぼ同様の話を載せる。賈誼『新書』巻七諭誠に「文王昼臥夢、人登城而呼己曰、我東北陬之稿骨也。速以王礼葬我。文王曰、諾覚召吏視之。信有焉。文王曰、速以人君葬之。吏曰、此無主矣。請以五大夫。文王曰、吾夢中已許之矣。奈何其倍之也。士民聞之曰、我君不以夢之故不倍稿骨。況於生人乎。於是下信其上」。

史殷紀湯出野見張網四面湯命解二其三面一：『史記』殷本紀に「湯出、見野張網四面、祝曰自天下四方皆入吾網。湯曰、嘻尽之矣。乃去其三面、祝曰、欲左左、欲右右、不用命、乃入吾網。諸侯聞之曰、湯徳至矣、及禽獣」。

晋書丶丶〈雲間〉陸士龍：『晋書』陸雲伝に「雲与荀隠、素未相識。嘗会華坐、華曰、今日相遇、可勿為常談。雲因抗手曰、雲間陸士龍。隠曰、日下荀鳴鶴。鳴鶴隠字也」。『蒙求』の「鳴鶴日下　士龍雲間」に『晋書』を引く。

晋書日下荀鳴鶴：→42「晋書、、〈雲間〉陸士龍」。

詩経小雅如南山之寿：『詩経』小雅・鹿鳴之什・天保に「如南山之寿　不騫不崩　如松柏之茂　無不爾或承」。

爾雅北極謂㆓之北辰㆒：『爾雅』釈天に「北極謂之北辰」。

43

易天地交泰：『易経』泰に「象曰、天地交泰、后以財成天地之道、輔相天地之宜、以左右民」。

詩小雅湛々露匪㆑陽不㆑晞：→19「詩湛々露兮匪㆑陽不㆑晞厭々夜飲不㆑酔無㆑帰」。

唐詩一麾出守：『全唐詩』杜甫「八哀詩　故秘書少監武功蘇公源明」に「一麾出守還　黄屋朔風巻」。

44

論語子曰居上不㆑寛：『論語』八佾に「子曰、居上不寛、為礼不敬、臨喪不哀、吾何以観之哉」。

中庸寛裕温柔：→2「中庸聡明睿智足㆓以有㆑臨也」。

書克寛克仁：『書経』仲虺之誥に「用人惟己、改過不吝、克寛克仁、彰信兆民」。

高祖紀寛仁大度：『漢書』高帝紀上に「寛仁愛人。意豁如也。常有大度、不事家人生産作業」。

書四門穆々　孔伝穆々美也：『書経』堯典（舜典）に「賓于四門　四門穆穆」、孔安国伝に「穆穆美也」。

詩穆々文王　朱子曰穆々深遠之皃：→29「詩穆々文王　朱熹曰穆々深遠之意」。

詩大雅済々多士文王以寧　毛萇曰済々盛也：『詩経』大雅・文王之什・文王に「済済多士　文王以寧」、毛伝に「済済多威儀也」、このことか。

鄭玄周礼注聖無不通也：→22「鄭玄周礼注聖無㆑不㆑通也」。

45

論語知者楽水仁者楽山：→9「**論語知者楽水仁者楽山智者動仁者寿**」。

方丈見釈氏要覧：『釈氏要覧』上「方丈」に「蓋寺院之正寝也。始因唐顕慶年中勅差衛尉寺承李義表前融州黄水令王玄策往西域充使。至毘耶黎城東北四里許。維摩居士宅示疾之室、遺址畳石為之。王策躬以手板縦横量之、得十笏、故号方丈」。

晋陶潜之桃花渓荒誕之話：陶淵明「桃花源記」。『蒙求』「武陵桃源」に、「陶潜桃花源記云……」。

46

論語仁者楽山：→9「**論語知者楽水仁者楽山智者動仁者寿**」。

47

漢武時張騫到大宛身毒見史記：『史記』大宛列伝に「大宛之跡、見自張騫」。

造物見荘老：『荘子』大宗師に「偉哉、夫造物者、将以子為此拘拘也」、応帝王に「予方将与造物者為人」など。

49

月令八月鴻雁至：『礼記』月令に「仲秋之月、……盲風至、鴻雁来」。

荘子荘子与恵子遊濠梁之上・荘子秋水篇荘子与恵子遊於豪梁之上荘子曰鯈魚出遊従容是魚楽也恵子曰子非魚安知魚之楽荘子曰子非我安知我不知魚之楽：『荘子』秋水に「荘子与恵子遊於豪梁之上。荘子曰、鯈魚出遊従容是魚楽也。恵子曰、子非魚、安知魚之楽。荘子曰、子非我、安知我不知魚之楽。恵子曰、我非子、固不知子矣、子固非魚也、子之不知魚之楽全矣。荘子曰、請循其本、子曰汝安知魚楽、云者、既已知吾知之而問我、我知之濠上也」。

詩序1

東国通鑑馬韓弁韓辰韓後改称曰新羅百済高麗：『東国通鑑』に「三韓　馬韓　辰韓　弁韓」。

老子道沖而用ㇾ之：『老子』四章に「道沖而用之或不盈。淵兮似万物之宗」。

詩青々子衿：『詩経』国風・鄭風・子衿に「青青子衿　悠悠我心　縦我不往　子寧不嗣音」。

礼記温柔敦厚詩教也：『礼記』経解に「孔子曰、……其為人也、温柔敦厚詩教也。疏通知遠、書教也。広博易良、楽教也。絜静精微、易教也。恭倹荘敬、礼教也。属辞比事、春秋教也……其為人也、温柔敦厚而不愚、則深於詩者也」。

晋書王衍為清談：『晋書』王衍伝に「終日清談、而縣務亦理」。『蒙求』「王衍風鑑」に『晋書』を引く。

世説宋処宗窓有長鳴鶏：『世説新語』文学に「宋処宗甚有思理。嘗買得一長鳴鶏、籠著窓間。鶏遂作人語、与宋談。極有致。宋因此玄功大進」。

劉向新序宋玉対楚王客有歌郢中者其始曰下里巴人国中属而和者数千人：劉向『新序』雑事に「楚威王問於宋玉曰、先生其有遺行邪、何士民衆庶不誉之甚也。宋玉対曰、唯然有之、願大王寛其罪使得畢其辞、客有歌於郢中者、其始曰下里巴人、国中属而和者数千人、其為陽陵採薇、国中属而和者数百人、其為陽春白雪、国中属而和者数十人而已也、引商刻角、雑以流徴、国中属而和者、不過数人、是其曲弥高者、其和弥寡、故鳥有鳳、而魚有鯨、鳳鳥上撃于九千里、絶浮雲負蒼天、翺翔乎窈冥之上、夫糞田之鴳、豈能与断天地之高哉、鯨魚朝発崑崙之虚、暴鬐於碣石、暮宿於孟諸、夫尺沢之鯢、豈能与之量江海之大哉、故非独鳥有鳳而魚有鯨也、士亦有之、夫聖人瑰意奇行、超然独処、世俗之民、又安知臣之所為哉」。

詩旻天疾威：『詩経』小雅・節南山之什・雨無正に「旻天疾威　弗慮弗図」、小旻に「旻天疾威　敷于下土」、大雅・蕩之什・召旻に「旻天疾威　天篤降喪」。

月令八月鴻雁来：→**49**「**月令八月鴻雁至**」。

詩既酔以レ酒既飽以レ徳：↓19「詩既酔以レ酒既飽以レ徳」。

史遷謂古者詩三千餘篇孔子删之為三百篇：『史記』孔子世家に「古者詩三千餘篇、及至孔子去其重、取可施於礼義。上采契后稷、中述殷周之盛、至幽厲之缺、始於衽席。故曰、関雎之乱、以為風始、鹿鳴為小雅始、文王為大雅始、清廟為頌始。三百五篇、孔子皆絃歌之、以求合韶武雅頌之音。礼楽自此可得而述、以備王道、成六藝」。清・趙翼『陔餘叢考』巻二「古詩三千之非」に「司馬遷謂古詩三千餘篇、孔子删之為三百五篇、孔穎達、朱彝尊皆疑古詩無三千」。

宋欧陽修清朱竹垞曰古詩無三千：清・趙翼『陔餘叢考』巻二「古詩三千之非」に「司馬遷謂古詩三千餘篇、孔子删之為三百五篇、孔穎達、朱彝尊皆疑古詩無三千」。欧陽修は未見。

論語詩三百一言以蔽レ之　又曰誦二詩三百一：『論語』為政に「子曰、詩三百、一言以蔽之、曰、思無邪」、子路に「子曰、誦詩三百、授之以政不達、使於四方不能専対、雖多亦奚以為」。

宋王晋卿有二西園雅集一東坡先生米芾蘇子由等也　与此詩年代大後矣　可見古有西園遊：宋・王晋卿の西園に蘇東坡、米元章など文人が集まって開かれた雅集。明・張端図『西園雅集図記』。「西園遊」は曹丕主催の宴。『文選』曹植「公讌詩」に「清夜遊西園　飛蓋相追随」など。

文選送レ客到二南浦一：『文選』江淹「別賦」に「送君南浦　傷如之何」。

52

漢武帝楽府草木黄落雁南翔：『文選』漢武帝「秋風辞」に「秋風起兮白雲飛　草木黄落兮雁南帰」、また、同魏文帝「燕歌行」に「秋風蕭瑟天気涼　草木揺落露為霜　群燕辞帰雁南翔　念君客遊思断腸」。

論語子謂韶：『論語』八佾に「子謂韶、尽美矣、又尽善也、謂武、尽美矣、未尽善也」。

呂氏春秋伯牙弾琴鍾子期善聴伯牙志在高山子期曰峨々如高山志在流水子期曰善哉如流水：『呂氏春秋』孝行覧・本味に「伯牙鼓琴、鍾子期聴之。方鼓琴而志在太山。鍾子期曰、善哉乎鼓琴、巍巍乎若太山。少選之間、而志在流水。鍾子期又曰、善哉鼓琴、湯湯乎若流水」。なお、『列子』湯問に「伯牙善鼓琴、鍾子期善聴。伯牙鼓琴、志在登高山。鍾子期曰、善哉、峨峨兮若泰山。志在流水。鍾子期曰、善哉、洋洋兮若江河」。『蒙求』「伯牙絶絃」に『列子』を引く。

詩経始、、〈霊臺〉朱子曰言如神霊之所為也：『詩経』大雅・文王之什・霊臺「経始霊臺　経之営之」、朱熹集伝に「謂之霊者、言其倐然而成、如神霊之所為也」。↓4「**呂東莱読詩記引㆓朱子之説㆒曰言如㆓神霊之所㆑為也**」。

詩報之以瓊瑤：『詩経』国風・鄘風・木瓜に「投我以木桃　報之以瓊瑤　匪報也　永以為好也」。

53

藝海珠塵載西洋人陽瑪諾天問略云銀河衆小星如練帛至秋而現：↓15「**藝海珠塵収㆓西洋人陽瑪諾天問略㆒云雲漢小星無数如㆓白練㆒也**」。

唐段成式酉陽雑俎月中有桂呉剛斫之：↓13「**唐段成式酉陽雑俎月中有㆓桂樹㆒**」。

詩関雎窈窕淑女　毛萇朱子曰幽閑貌：『詩経』国風・周南・関雎「窈窕淑女　君子好逑」「窈窕淑女　寤寐求之」「窈窕淑女　琴瑟友之」「窈窕淑女　鍾鼓楽之」、毛伝に「窈窕幽間也」、朱熹集伝に「窈窕幽間意」。

太田錦城曰、、〈窈窕〉美麗皃：未見。

李斯逐客書佳冶窈窕：『史記』李斯列伝に「李斯議亦在逐中、斯乃上書曰、……而随俗雅化、佳冶窈窕趙女、不立於側也」。『文選』李斯「上書秦始皇」、『戦国策』秦策も同じ。

前漢書佩玉晏鳴関雎歎㆑之：『漢書』杜欽伝に「是以、佩玉晏鳴、関雎歎之」。

54

晋書束皙三日曲水宴引周公営洛邑駁一書生三女倶死：『晋書』束皙伝に「武帝嘗問摯虞三日曲水之義。虞対曰、漢章帝時、平原徐肇、以三月初生三女、至三日倶亡、村人以為怪、乃招携之、水浜洗祓、遂因水以汎觴、其義起此。帝曰、必如所談、便非好事。皙進曰、虞小生、不足以知、臣請言之、昔周公城洛邑、因流水以汎酒、故逸詩云、羽觴随波、又秦昭王以三日置酒河曲、見金人奉水心之剣曰、令君制有西夏、乃覇諸侯、因此立為曲水、二漢相縁、皆為盛集。帝大悦、賜皙金五十斤」。

55

詩青々子衿：↓詩序1「**詩青々子衿**」。

賈誼伝丶丶〈搢紳〉先生：『史記』賈誼伝に「諸老先生不能言」、このことか。『史記』『漢書』司馬相如伝に「至於蜀都、耆老大夫搢紳先生之徒二十有七人、儼然造焉」。

論語子張書諸紳　註紳大帯之垂者：『論語』衛霊公に「子張書諸紳」、朱熹集註に「紳、大帯之垂者」。

二句全似二唐人一：『全唐詩』宋之問あるいは王昌齢「駕出長安」に「聖徳超千古　皇風扇九圍」、張仲素「太平詞」に「聖徳超千古　皇威静四方」、令狐楚「将赴洛下旅次漢南献上相公二十兄言懐八韻」に「帝徳千年日　君恩万里波」、杜牧「分司東都寓居履道叨承川尹劉侍郎大夫恩知上四十韻」に「順美皇恩洽　扶顚国歩寧」など。

詩湛々露匪レ陽不レ晞厭々夜飲不レ酔無レ帰　注湛落也：何の注か不明。↓19「**詩湛々露兮匪レ陽不レ晞厭々夜飲不レ酔無レ帰**」。

56

古人謂淮南子烏鵲成レ橋渡二織女一　今案淮南無此語　或曰見神異経十洲記：『白孔六帖』「橋」および「鵲」に「淮南

子、烏鵲塡河成橋、渡織女」。『淵鑑類函』『御選唐詩』など多くの文献にも同様に引かれるが、『淮南子』に未見。四庫全書『淮南鴻烈解』提要は「今所存者二十一巻与今本同然、白居易六帖引烏鵲塡河事云出淮南子、而今本無之、則尚有脱文也」とする。『神異経』『十洲記』に未見。

57 **西京雑記灯花発得銭財**：『西京雑記』巻三に「夫目瞤得酒食、灯火華得銭財、乾鵲噪而行人至」。

60 **学海字見楊雄法言**：漢・楊雄『法言』学行に「百川学海、而至于海。丘陵学山、不至于山、是故悪夫画也」。

元張養浩詩人海誰知我亦鷗：『元詩自攜』張養浩「九日」に「雲山自笑頭将鶴　人海誰知我亦鷗」。

、、〈筆海〉字可検類書　五車韻瑞浩：『佩文韻府』に「筆海」の項目あり、このことか。『五車韻瑞』に未見。

宋陳無已有後山談叢：宋・陳無已に『後山談叢』あり。

此句点化李白来：李白「月下独酌」、「独酌」、「把酒問月」などをいうか。

論語字面：→**詩序1「論語詩三百一言以蔽レ之　又曰誦二詩三百一」**。

61 **、、〈李陵〉見二史漢一**：『史記』李将軍列伝に「李陵既壮、選為建章監、監諸騎。善射、愛士卒」、『漢書』李陵伝に「善騎射、愛人謙譲下士、甚得名誉」。

、、〈万国〉見レ易：→**1「易屯先王以建二万国一」**。

62 **清乾隆帝御批通鑑謂古無万国**：→**1「清乾隆御批通鑑疑三古時無二万国一」**。

楚辞招㆓隠士㆒者淮南小山之所㆑作也昔淮南王安博雅好㆑古招㆓懐天下俊偉之士㆒自㆓八公之徒㆒咸慕㆓其徳㆒而帰㆓其仁㆒各竭㆓才智㆒著㆓作篇章㆒分造㆓辞賦㆒以㆑類相従故或称㆓小山㆒或称㆓大山㆒其義猶㆓詩有㆓小雅大雅㆒也：王逸『楚辞章句』に「招隠士者、淮南小山之所作也。昔淮南王安、博雅好古、招懐天下俊偉之士。自八公之徒、咸慕其徳而帰其仁。各竭才智、著作篇章、分造辞賦。以類相従故或称小山、或称大山、其義猶詩有小雅大雅也」。

63

玉燭字見㆓宝典㆒：隋・杜臺卿撰『玉燭宝典』のことか。

詩昔我往楊柳依々：『詩経』小雅・鹿鳴之什・采薇に「昔我往矣　楊柳依依　今我来思　雨雪霏霏」。

詩小雅鹿鳴宴㆓群臣佳賓㆒也：『詩経』小雅・鹿鳴之什・鹿鳴序に「鹿鳴、燕群臣嘉賓也」。

64

古詩白日莫㆓空過㆒青春不㆓再来㆒：『全唐詩』林寛「少年行」に「柳煙侵御道　門映夾城開　白日莫空過　青春不再来　報讐衝雪去　乗酔臂鷹回　看取歌鍾地　残陽満壊臺」。

唐有㆓員半千㆒　山岳士五百年難㆑得之賢者也：『唐書』員半千伝に「員半千字栄期、斉州全節人。……長与何彦先同事王義方、以邁秀見賞。義方常曰、五百歳一賢者生子宜当之。因改今名」。

詩序2

晋書張翰臨㆓秋風㆒思㆓鱸魚㆒曰人生遺㆓適意㆒休㆑官帰：『晋書』張翰伝に「翰因見秋風起、乃思呉中菰菜蓴羹鱸魚膾曰、人生貴得適志、何能羈宦数千里、以要名爵乎。遂命駕而帰」、『蒙求』「張翰適意」に『晋書』を引く。

楚辞宋玉九辨悲哉秋之為㆑気也蕭瑟兮草木揺落而変㆑衰　王逸云宋玉楚大夫屈原弟子也：王逸『楚辞章句』宋玉「九辯」に「悲哉秋之為気也　蕭瑟兮草木揺落而変衰」、王逸注に「九辯者楚大夫宋玉之所作也……宋玉者屈原弟子也」。『文選』にも所収。

論語子曰無為而治者其舜也与：→22「**論語子曰無為而治者其舜也与**」。

中庸今天下車同レ軌書同レ文：『礼記』中庸（『中庸』）に「今天下車同軌、書同文、行同倫」。

顧亭林日知録古謂字為文：『日知録』に未見。

左氏有文在其手：『春秋左氏伝』隠公元年に「仲子生而有文在其手」、閔公二年に「有文在其手曰友。遂以命之」、昭公元年「及生、有文在其手曰虞。遂以命之」。

史記秦始皇紀一二書文字一：『史記』秦始皇本紀に「器械一量、同書文字」。

論語煥乎有文章：『論語』泰伯に「巍巍乎其有成功也、煥乎有文章」。

漢高祖曰吾提二三尺剣一取二天下一：『史記』高祖本紀に「於是高祖嫚罵之曰、吾以布衣持三尺剣取天下」。『史記評林』に「一本持作提」。

説苑与善人居如入芝蘭之室：『説苑』雑言に「孔子曰……、又曰与善人居如入蘭芷之室」。「蘭芷」は、『孔子家語』六本には「芝蘭」に作る。

見二論孟一：『論語』顔淵に「君子之徳風也、小人之徳草也、草上之風必偃」、『孟子』梁恵王章句下に「君子創業垂統、為可継也」など。

史漢坐二耐金一：『史記』平準書に「至酎、少府省金、而列侯坐酎金失侯者百餘人」、『漢書』食貨志下に「至飲酎、少府省金、而列侯坐酎金失侯者百餘人」。

、、、、〈**物我両忘**〉**見荘子**：『荘子』大宗師に「与其誉堯而非桀也、不如両忘而化其道」、天地に「忘乎物、忘乎天、其名為忘己。忘己之人、是之謂入於天」。

淮南注天地四方曰レ宇古往今来曰レ宙：『淮南子』原道訓に「紘宇宙、而章三光」、高誘注に「紘、鋼也、四方上下、曰宇、古往今来、曰宙、章、明也、三光、日月星」。

宋玉賦草木丶丶〈揺落〉：→詩序2「**楚辞宋玉九辨悲哉秋之為レ気也蕭瑟兮草木揺落而変レ衰　王逸云宋玉楚大夫屈原弟子也**」。

左氏成七年楚申公巫臣遺楚将子反書曰使爾疲奔命以死：『春秋左氏伝』成公七年に「子重請取於申呂、以為賞田。王許之。申公巫臣曰、不可、此申呂所以邑也、是以、為賦以御北方、若取之、是無申呂也、晋鄭必至于漢。王乃止。子重是以怨巫臣。子反欲取夏姫、巫臣止之、遂取以行。子反亦怨之。及共王即位、子重子反殺巫臣之族、……巫臣自晋遺二子書、曰、爾以讒慝貪惏事君、而多殺不辜、余必使爾罷於奔命以死」。

65

山海経有二比肩獣一：『山海経』に未見。黄省曾（一四九〇～一五四〇）撰『獣経』に「蟨則比肩」の項目があり、「爾雅曰、西方有比肩獣焉、与邛邛岠虚比、為邛邛虚齧甘草、即有難、邛邛岠虚負而走、其名曰蟨」というように、『爾雅』「釈地」が引かれる。清・呉任臣『山海経広注』は「䰕」に対して「任臣案獣経曰蟨則比肩」というように、『獣経』を引く。『獣経』と『山海経』を混同したか、『山海経広注』の注文を『山海経』の本文と混同したか。『藝文類聚』瑞祥部下「比肩獣」に『爾雅』の他、『瑞応図』、『呂氏春秋』、郭璞「比肩獣賛」を掲げる。

66

丶丶〈珪璋〉見二詩経一：『詩経』大雅・生民之什・巻阿に「顒顒卬卬　如圭如璋」、大雅・生民之什・板に「天之牖民　如壎如篪　如璋如圭　如取如携」。

67

68 **史記五帝紀《大戴五帝徳》帝堯其仁如レ天其智如レ神望レ之如レ雲《就レ之如レ日》**↓：36「大戴礼五帝徳」「史記堯本紀云帝堯其仁如レ天其知如レ神」。

易二人同心其利断金：↓9「易枢機之発栄辱之主」。

73 **論語智者楽レ水仁者楽レ山**：↓9「論語知者楽水仁者楽山智者動仁者寿」。

荘子藐姑射之山有二神人一：↓20「荘子邈姑射之山有二神人一」。

74 **晋書世説南阮富而北阮貧七月七日乞巧南阮曬二衣服一錦綺粲レ目阮咸以二竹竿一挂二犢鼻褌一曰未レ能レ免レ俗聊復爾々**：『晋書』阮咸伝に「咸与籍居道南、諸阮居道北、北阮富而南阮貧。七月七日北阮盛曬衣服、皆錦綺粲目。咸以竿挂大布犢鼻於庭、人或怪之。答曰、未能免俗、聊復爾耳」。『世説新語』任誕に「阮仲容、歩兵居道南、諸阮居道北。北阮皆富、南阮貧。七月七日、北阮盛曬衣、皆紗羅錦綺。仲容以竿挂大布犢鼻褌於中庭。人或怪之、答曰、未能免俗、聊復爾耳」。

同上郝隆七月七日日午曬レ腹臥人問二其故一曰我曬二腹中之書一也：『世説新語』排調に「郝隆七月七日、出日中仰臥。人問二其故一曰、我曬腹中之書也」。『蒙求』「郝隆曬書」に「世説、郝隆七月七日、出日中仰臥。人問其故。答曰、我曬書」。

75 **隋園随筆僕射古為二軽官一僕人射人也自レ唐以来遂為二宰相之官一**：袁枚『随園随筆』巻九「僕射自魏晋始尊」に「僕射一官、秦漢時侍中尚書博士郎皆有此官、在永巷者曰永巷僕射、在軍屯者曰軍屯僕射、又有謁者臺僕射、以射称者所以重武事也。秩比千石東漢尚書僕射一人六百石。献帝分置左右僕射。建安四年栄部為左僕射、卒後贈執金吾是。僕射在両漢時不甚尊也。自魏置僕射掌大拝授及百官班次統謁者十餘人、従此迄于六期、此官遂尊僕射上表疏只称名不称姓。唐時左右僕射二人従二品掌統理六官為尚書令貳合欽則統省事所謂合僕是也五尚書二僕射一合謂之八座。宋徽宗詔曰、前代以僕臣之賤充宰相之任可改左僕射為太宰右為少宰」。

唐張旭臨池学レ書池水尽黒：『新唐書』張旭伝に「旭、蘇州呉人。嗜酒、毎大酔、呼叫狂走、乃下筆、或以頭濡墨而書、既醒自視、以為神、不可復得也。世呼張顛」。『全唐詩』杜甫「殿中楊監見示張旭草書図」に「有練実先書臨池真池墨」。ただし、『後漢書』張奐伝に「長子芝字伯英、最知名、芝及弟昶字文舒並善草書、至今称伝之」、李賢注に「王愔文字志曰、芝……尤好草書、学崔杜之法、家之衣帛必書而後練。臨池学書、水為之黒。下筆則為楷則、号怱怱不暇、草書為世所宝、寸紙不遺、韋仲将謂之草聖也」。『蒙求』「伯英草聖」に「後漢張芝、字伯英……善草書……臨池学書、池水尽黒」。『箋註』の引用に合致するのは、唐張旭ではなく、後漢張伯英。

79

書費誓馬牛其風：『書経』費誓に「馬牛其風、臣妾逋逃、勿敢越逐」。

左氏僖四年風馬牛不ニ相及一也　賈逵曰風放也：『春秋左氏伝』僖公四年に「楚子使与師言曰、君処北海、寡人処南海、唯是風馬牛不相及也」。賈逵注（『春秋左氏伝解詁』）は未見、孔穎達疏に「服虔云風放也」。

81

漢張騫、、、、、、、〈即此乗槎客〉：宋・陳元靚『歳時広記』七夕中「得機石」に「荊楚歳時記、漢武帝令張騫使大夏尋河源、乗槎経月而去一処、見城廓如官府、室内有一女織、又見一丈夫牽牛飲河……」。現行の『荊楚歳時記』には「張騫」とはなっていない。

82 **詩大雅経二始霊臺一　朱子曰言如二神霊之所一レ為也**：↓4「呂東莱読詩記引二朱子之説一曰言如二神霊之所一レ為也」、52「詩経始、、〈霊臺〉　朱子曰言如神霊之所為也」。

83 **孟子告子曰生之謂レ性**：↓9「孟子告子曰生之謂レ性」。

荘子庚桑楚性者生之質也：↓9「荘子庚桑楚性者生之質也」。

84 **詩小雅既酔以レ酒既飽以レ徳**：↓19「詩既酔以レ酒既飽以レ徳」。

85 **周礼五隣為レ里**：『周礼』地官司徒・遂人に「五家為隣、五隣為里」。

詩鄭風将仲子無踰我里　毛萇曰里居也：『詩経』国風・鄭風・将仲子に「将仲子兮　無踰我里」、毛伝に「踰越里居也」。

青鳥見二漢武内伝一：『漢武帝内伝』に未見。『漢武故事』に「七月七日、上於承華殿斎。日正中、忽見有青鳥、従西方来、集殿前。……有二青鳥如烏、夾侍母旁」、『山海経』大荒西経に「西有王母之山・壑山・海山。……爰有百獣相群。是処是謂沃之野。有三青鳥、赤首黒目。……一名曰青鳥」。『藝文類聚』鳥部中「青鳥」や『初学記』歳時部下「七月七日」にも『漢武故事』をそれぞれ引く。

86 **周礼有二職方氏一**：『周礼』夏官司馬・職方氏に「職方氏掌天下之図掌天下之地」。

淮南子楊朱見二岐路一而哭レ之為二其可以南一可二以北一：『淮南子』説林訓に「楊子見逵路而哭之、為其可以南、可以北、墨子見練絲而泣之、為其可以黄、可以黒」。

唐詩猿啼三声涙沾衣粗相似：『全唐詩』孟郊「巫山曲」に「目極魂断望不見　猿啼三声涙滴衣」。

87

爾雅夏曰レ載商曰レ祀：『爾雅』釈天に「載歳也、夏曰歳、商曰祀、周曰年、唐虞曰載、歳名」。

書武成垂拱而天下治：『書経』武成に「垂拱而天下治」。

史記殷本紀湯見張網四面者：↓42「**史殷紀湯出野見張網四面湯命解二其三面一**」。

左氏隠公三年苟有二明信一蘋蘩薀藻之菜可レ羞二鬼神一：↓**懐風藻箋註**「**左伝隠公三年君子曰苟有二明信一澗谿沼沚之毛蘋蘩薀藻之菜。可レ薦二於鬼神一杜預以二蘊藻一為二聚藻一**」。

詩序3

詩邦畿千里惟民所レ止：『詩経』商頌・玄鳥に「邦畿千里　維民所止」。

漢書人生行楽耳：『漢書』楊敞伝に「其詩曰……人生行楽耳　須富貴何時」。

晋書石崇豪富作二金谷園一：『晋書』石崇伝に「崇有別館在河陽之金谷……財産豊積、室宇宏麗。後房百数、皆曳紈繡。……」。

後漢書世説陳大丘《寔》之子元方難レ為レ兄季方難レ為レ弟：『後漢書』陳寔伝に「陳寔字仲弓、潁川許人也。……有六子、紀諶最賢、紀字元方、亦以至徳称。……弟諶、字季方、与紀斉徳同行。父子並著高名、時号三君……」。『世説新語』徳行に「太丘曰、元方難為兄、季方難為弟」。

論語八佾子謂レ韶尽レ美又尽レ善：↓52「**論語子謂韶**」。

詩序4

忘レ言見二荘子一：『荘子』外物に「筌者所以在魚、得魚而忘筌、蹄者所以在兎、得兎而忘蹄、言者所以在意、得意而忘言、吾安得夫忘言之人、而与之言哉」。

詩小雅伐レ木丁丁。鳥鳴嚶々出レ自二幽谷一遷二于喬木一嚶其鳴矣。求二其友一声相二彼鳥一矣猶求レ友声矧伊人矣不レ求二友生一：『詩経』小雅・鹿鳴之什・伐木に「伐木丁丁　鳥鳴嚶嚶　出自幽谷　遷于喬木　嚶其鳴矣　求其友声　相彼鳥矣　猶求友声　矧伊人矣　不求友生　神之聴之　終始且平」。

書秦誓若有二一个之臣一：『書経』秦誓に「如有一介臣、断断猗、無他技、其心休休焉、其如有容」。

左氏僖三十三年一个之行李：『春秋左氏伝』僖公三〇年に「隣之厚、君之薄也、若舎鄭以為東道主、行李之往来、供其乏困、君亦無所害」、襄公八年に「亦不使一个行李告于寡君、而即安于楚」。僖公三三年には未見。

荀子一个《箇》負矢：『荀子』に未見。『国語』呉語に「譬如群獣然、一个負矢、将百群皆奔、王其無方収也」。

後漢書徐穉為二陳蕃一設二一榻一：『後漢書』徐穉伝に「時陳蕃為太守。……蕃在郡不接賓客、唯穉来、特為置一榻、去則懸之」。

老杜読レ書破二万巻一下レ筆如レ有レ神：『全唐詩』杜甫「奉和韋左丞丈二十二韻」に「読書破万巻　下筆如有神」。

後漢方技伝王喬化レ鳧至：『後漢書』方術列伝・王喬伝に「毎月朔望、常自縣詣臺朝。帝怪其来数而不見車騎、密令太史伺望之。言其臨至、輒有双鳧、従東南飛来。於是候鳧至、挙羅張之、但得一隻舄焉」。『蒙求』に「王喬双鳧」。

論語子曰吾自レ衛返レ魯然後楽正雅頌各得二其所一：『論語』子罕に「子曰、吾自衛反於魯、然後楽正、雅頌各得其所」。

史記孔子世家古者詩三千餘篇孔子删レ之為二三百五篇一：→**詩序1**「**史遷謂古者詩三千餘篇孔子删之為三百篇**」。

宋欧陽永叔清朱竹垞云詩無二三千一：→**詩序1**「**宋欧陽修清朱竹垞曰古詩無三千**」。

清趙翼陔餘叢考挙逸詩左氏引詩曰翹々車乗招我以弓史記春申君伝詩曰大武遠宅而不渉：清・趙翼『陔餘叢考』巻二「古詩三千之非」に「丘明所述仍有逸詩、……荘二十二年、陳敬仲辞卿、引詩曰、翹翹車乘、招我以弓　豈不欲往　畏我友朋。……其他所引皆現存之詩、無所謂逸詩也。……又引詩曰、大武遠宅不渉、史記作大武遠宅而不渉」。

史記叔孫通伝群臣飲レ酒争レ功抜レ剣撃レ柱高帝厭レ之通制二朝儀一：『史記』叔孫通伝に「群臣飲酒争功、酔或妄呼、抜剣撃柱。高帝患之。叔孫通知上益厭之也、説上曰、夫儒者難与進取、可与守成、臣願徴魯諸生、与臣弟子共起朝儀」。

論語子曰先進於二礼楽一君子也　程子曰先進後進猶レ言二前後輩一：↓18「**論語子曰先進之於二礼楽一君子也　程子曰先進後進猶レ言二先後輩一也**」。

韓非楚人卞和得二玉璞於楚山中一献二之厲王一厲王使二玉人相一レ之玉人曰石也王則以レ和為レ誑而刖二其左足一武王立。和献レ之玉人曰石也王又以レ和為レ詐又刖二其右足一文王立。卞和抱二玉璞一哭二于楚山之中一三日三夜涙尽而継レ之以レ血人曰天下之刖者多矣子何哭之悲也和曰吾非レ悲レ刖也悲二夫貞士而名一レ之以レ詐也文王使二玉人理一レ之果得レ玉因《因》命曰二和氏之壁一：『韓非子』和氏に「楚人和氏、得玉璞楚山中、奉而献之厲王。厲王使玉人相之。玉人曰、石也。王以和為誑、而刖其左足。及厲王薨、武王即位、和又奉其璞、而献之武王。武王使玉人相之。又曰、石也。王又以和為誑而刖其右足。武王薨、文王即位。和乃抱其璞、而哭於楚山之下三日三夜。涙尽而継之以血。王聞之、使人問其故曰、天下之刖者多矣、子奚哭之悲也。和曰、吾非悲刖也。悲夫宝玉而題之以石、貞士而名之以誑、此吾所以悲也。王乃使玉人理其璞而得宝焉。遂命曰和氏之璧」。

論語子曰歳寒然後知二松柏之後一レ凋也：『論語』子罕に「子曰、歳寒、然後知松柏之後彫也」。

家語与二善人一居如レ入二芝蘭之室一：『孔子家語』六本に「孔子曰、吾死之後則商也日益賜也日損。曾子曰、何謂也。

子曰、商也好与賢己者処、賜也好説不若己者処、不知其子視其父、不知其人視其友、不知其君視其所使、不知其地視其草木、故曰、与善人居入如入芝蘭之室、久而不聞其香、即与之化矣、与不善人居如入鮑魚之肆、久而不聞其臭、亦与之化矣、丹之所蔵者赤、漆之所蔵者黒、是以君子必慎其所与処者焉」。

見二左氏襄三十一年一：『春秋左氏伝』襄公三一年に「鄭人游于郷校、以論執政。然明謂子産曰、毀郷校何如。子産曰、何為。夫人朝夕退而游焉、以執政之善否。其所善者、吾則行之、其所悪者、吾則改之。是吾師也。若之何毀之。我聞忠善以損怨。不聞作威以防怨。豈不遽止。然猶防川。大決所犯、傷人必多。吾不克救也。不如小決使道。不如吾聞而薬之也。然明曰、蔑也、今而後知吾子之信可事也。小人実不才。若果行此、其鄭国実頼之。豈唯二三臣」など。

見二劉向新序一：劉向『新序』雑事に「甯戚欲干斉桓武公、窮困無以自進、於是為商旅、賃車以適斉、暮宿於郭門之外、桓公郊迎客、夜開門辟賃車者、執火甚盛、従者甚衆、甯戚飯牛於車下、望桓公而悲、撃牛角疾商歌、桓公聞之執其僕之手曰、異哉此歌者、非常人也、命後車載之、桓公反至、従者以請、桓公曰、賜之衣冠、将見之、甯戚見、説桓公、以合境内、明日復見、説桓公以為天下、桓公大説、将任之、群臣争之曰、客衛人、去斉五百里不遠、不若使人問之、固賢人也、任之未晩也、桓公曰不然、問之恐其有小悪、以其小悪、忘人之大美、此人主所以失天下之士也、且人固難全権用其長者、遂挙大用之、而授之以為卿、当此挙也、桓公得之矣、所以覇也」。

書知レ人則哲：『書経』皐陶謨に「知人則哲、能官人、安民則恵、黎民懐之」。

史記蒯通曰時乎時時不二再来一又曰時者難レ得而易レ失也：→6「**史記蒯徹曰時乎時時不二再至一**」。

老子大器晩成：『老子』四一章に「大器晩成」。

爰盎曰愚者千慮必有二一得一：『史記』淮陰侯列伝に「広武君曰、臣聞、智者千慮、必有一失、愚者千慮、必有一得」。

爰盎伝に未見。

89 **論語季文子三思而後行**：『論語』公冶長に「季文子三思而後行」

曲礼二十曰レ弱而冠：『礼記』曲礼上に「二十曰弱冠」。

詩王事无レ盬：『詩経』国風・唐風・鴇羽に「王事靡盬　不能蓺稷黍」「王事靡盬　不能蓺稲粱」、小雅・鹿鳴之什・四牡に「王事靡盬　我心傷悲」「王事靡盬　不遑啓処」「王事靡盬　不遑将父」「王事靡盬　不遑将母」、谷風之什・北山に「王事靡盬　憂我父母」。

王勃記徐孺下ニ陳蕃之榻：王勃「滕王閣詩序」に「物華天宝　龍光射牛斗之墟　人傑地霊　徐孺下陳蕃之榻」。『古文真宝』に所収。

杜子美詩揺落深知宋玉悲：『全唐詩』杜甫「詠懐古跡五首」に「揺落深知宋玉悲　風流儒雅亦吾師」。

宋玉賦悲哉秋之為気也蕭瑟兮草木揺落而変レ衰：↓詩序2「**楚辞宋玉九辨悲哉秋之為レ気也蕭瑟兮草木揺落而変レ衰王逸云宋玉楚大夫屈原弟子也**」。

説苑与ニ善人一処如レ入ニ芝蘭之室一：↓詩序2「**説苑与善人居如入芝蘭之室**」。

李白鄭虔：李白も鄭虔も時代が合わない。

唐書白居易伝：「白雲天」を「白楽天」と誤写したことによる誤り。

晋書日下荀鳴鶴：↓42「**晋書**、、〈**雲間**〉**陸士龍**」。

史記晏嬰伝越石父曰君子屈ニ于不レ知レ己而伸ニ于知レ己者一：『史記』晏嬰伝に「石父曰、不然、吾聞君子詘於不知己、而信於知己者」。

見二荘子一：↓詩序4「忘レ言見二荘子一」。

91

六韜文王得二太公望一同レ車而返：『六韜』文韜・文師に「文王乃斎戒三日、乗田車、駕田馬、田於渭陽、卒見太公坐茅以漁。……文王再拝曰、允哉。敢不受天之詔命乎。乃載与倶帰、立為師」。

殷紀高宗夢得レ説：『史記』殷本紀に「武丁夜夢得聖人、名曰説。以夢所見、視群臣百吏、皆非也。於是廼使百工営求之野、得説於傅険中。是時説為胥靡、築於傅険。見於武丁。武丁曰、是也。得而与之語、果聖人、挙以為相。殷国大治。故遂以傅険姓之、号曰傅説」。

見二左氏成九年一：『春秋左氏伝』成公九年に「晋侯観于軍府、見鍾儀、問之曰、南冠而縶者誰也。有司対曰、鄭人所献楚囚也。使税之召而弔之。再拝稽首問。其族対曰、泠人也。公曰、能楽乎。対曰、先父之職官也。敢有二事。使与之琴操南音」。

見二漢書蘇武伝一：『漢書』蘇武伝に「武帝嘉其義。廼遣武以中郎将使持節送匈奴使留在漢者。……武留匈奴。凡十九歳。始以彊壮出。及還須髪尽白」。『蒙求』に「蘇武持節」。

漢書東方朔曰三冬文史足レ用：『漢書』東方朔伝に「朔初来上書曰、臣朔少失父母、長養兄嫂。年十二学書、三冬文史足用」。『蒙求』に「曼倩三冬」。

同上買臣年四十負レ薪読レ書：『漢書』朱買臣伝に「朱買臣字翁子、呉人也。家貧、好読書、不治産業。常艾薪樵、売以給食、担束薪行且誦書。其妻亦負戴相随、数止買臣毋歌嘔道中。買臣愈益疾歌。妻羞之求去。買臣笑曰、我年五十当富貴。今已四十餘矣。女苦日久。待我富貴、報女功」。

左氏僖二十二年何有二二毛一：『春秋左氏伝』僖公二十二年に「雖及胡耇、獲則取之、何有於二毛」。

92

荘子得レ魚而忘レ筌：→**詩序4「忘レ言見二荘子一」**。

晋書、、〈陸機〉呉人：『晋書』陸機伝に「陸機字士衡、呉郡人也」。

後漢書張衡字平子：『後漢書』張衡伝に「張衡字平子、南陽西鄂人也」。

淵明有二桃源記一：→**45「晋陶潜之桃花渓荒誕之話」**。

詩序5

史李広伝賛諺曰桃李不レ言下自成レ蹊：『史記』李将軍列伝に「諺曰、桃李不言、下自成蹊」。『蒙求』に「李広成蹊」。

論語：→**10「論語孔子曰発レ憤忘レ食楽以忘レ憂不レ知二老之将一レ至」**。

94

後漢張芝字伯英：→**75「唐張旭臨池学レ書池水尽黒」**。

95

詩普天之下莫レ非二王土一：→**24「詩普天之下莫レ非二王土一」**。

96

論語子曰為レ君難：『論語』子路に「孔子対曰、言不可以若是、其幾也、人之言曰、為君難、為臣不易」。

離騒紉二秋蘭一以為レ佩：『楚辞』屈原「離騒経」に「扈江離与辟芷兮　紉秋蘭以為佩」。『文選』に所収。

97

延喜式釈奠先聖用二月八月上丁日：『延喜式』太政官式に「凡春秋二仲月上丁釈奠先聖先師親王以下群官、就大学寮親講経」。

見㆓論語㆒：『論語』子罕に「子在川上曰、逝者如斯夫、不舍昼夜」。

詩姑酌㆓金罍㆒：→21「**詩酌㆓彼金罍㆒**」。

論語字面：『論語』子罕に「固天縦之将聖、又多能也」。

101 **晋車胤聚㆑蛍読㆑書　孫康映㆑雪読㆑書**：『晋書』車胤伝に「胤恭勤不倦、博学多通、家貧不常得油、夏月則練囊盛数十蛍火以照書、以夜継日焉」。『藝文類聚』鱗介部下「蛍火」に『続晋陽秋』のものとして、同雑文部一「読書」に『宋書』のものとしてほぼ同様の記事が引かれる。『藝文類聚』天部下「雪」に「孫康家貧、常映雪読書、清介、交遊不雑」、『初学記』天部「雪」に「宋斉語曰」としてほぼ同様の記事が引かれる。『蒙求』に「孫康映雪　車胤聚蛍」。

清蔣良騏東華録。清康熙帝以㆓大紗籠㆒盛㆑蛍数万。不㆑能㆑読㆑書。聖祖曰：『東華録』に未見。

102 **孟子所㆑謂尽信㆑書則不㆑如㆑無㆑書者**：『孟子』尽心下に「孟子曰、尽信書、則不如無書」。

荘子逍遥遊藐姑射之山有㆓神人㆒：→20「**荘子邈姑射之山有㆓神人㆒**」。

伝記7

103 **詩。既明且哲。以保㆓其身㆒**：『詩経』大雅・蕩之什・烝民に「既明且哲　以保其身　夙夜匪解　以事一人」。

、、〈骨鯁〉見㆓史漢㆒：『史記』呉世家に「方今呉外困於楚、而内空無骨鯁之臣」。『漢書』鮑宣伝に「朝臣亡有大儒骨鯁白首耆艾魁壘之士」。

老子。我有二三宝一。一曰。慈。一曰倹。一曰。不三敢為二天下之先一：『老子』六七章に「我有三宝、持而保之。一曰慈、二曰倹、三曰不敢為天下先」。

鄭玄周礼注。聖無レ不レ通也：↓22「**鄭玄周礼注聖無レ不レ通也**」。

朱子孟子注。聖者。神明不レ測之称：↓22「**朱元晦孟子注聖者神明不レ測之号**」。

老子。天長地久：『老子』七章に「天長地久。天地所以能長且久者、以其不自生。故能長生」。

詩序6

礼記丶丶〈属辞〉比レ事。春秋之教也：↓**詩序1**「**礼記温柔敦厚詩教也**」。

丶丶〈談吐〉見二世説一：未見。

孟子。規矩方円之至也：『孟子』離婁上に「孟子曰、規矩、方員之至也。聖人、人倫之至也」。『群書治要』は「方円」に作る。

韓非子。左手画レ円。右手画レ方。知者不レ能也：『韓非子』功名に「右手画円、左手画方、不能両成」。

小雅。不レ遑二啓処一。毛萇曰。啓跪也。処居也：毛伝に「啓跪、処居也」。↓89「**詩王事無レ盬**」。

104

易二人同心。其利断レ金：↓9「**易枢機之発栄辱之主**」。

世説。晋孫楚枕レ石漱レ流：『世説新語』排調に「孫子荊年少時欲隠。語王武子当枕石漱流、誤曰、漱石枕流。王曰、流可枕、石可漱乎。孫曰、所以枕流、欲洗其耳所以漱石、欲礪其歯」。↓12「**晋書孫楚枕石漱流謬云二枕レ流漱レ石人或難レ之孫楚曰枕レ流欲洗二其耳一漱レ石欲レ礪二其歯一**」。

老子。道沖而用レ之。或不レ盈：↓**詩序1**「**老子道沖而用レ之**」。

謝霊運詩。池塘生二春草一。園柳変二鳴禽一：『文選』謝霊運「登池上楼」に「池塘生春草　園柳変鳴禽」。

105 **荘子遊二法之外一**：『荘子』大宗師に「孔子曰、彼遊方之外者也、而丘遊方之内者也」。

詩於穆清廟。朱子曰。於歎美之辞。穆深遠之皃：『詩経』周頌・清廟之什・清廟に「於穆清廟　粛雝顕相」、朱熹集伝に「於歎辞、穆深遠也」。

蕭広済孝子伝有二朝夕鳥一：『孝子伝』に「顔烏」「慈烏」は見られるも、「朝夕烏」は未見。『漢書』朱博伝に「又其府中列柏樹、常有野烏数千、棲宿其上、晨去暮来、号曰、朝夕烏」、『顔氏家訓』文章に「漢書、御史府中列柏樹常有野鳥数千、棲宿其上、晨去暮来、号朝夕鳥。而文士往往誤作烏鳶用之」、顔之推が引用する「朝夕鳥」は、東洋文庫『顔氏家訓』訳注者宇都宮清吉氏によれば、王先謙『漢書補注』が「鳥」ではなく「烏」であることを証しているという。『初学記』職官部下「御史大夫」に『漢書』を引く。

106 **屈原有二、、〈卜居〉一**：『楚辞』に屈原「卜居」。

呂氏春秋列子曰。伯牙弾琴志在二高山一鐘子期曰。峩々若二高山一。志在二流水一：→52「呂氏春秋伯牙弾琴鍾子期善聴伯牙志在高山子期曰峨々如高山志在流水子期曰善哉如流水」。

107 **孟子子産曰得其所哉**：『孟子』万章上に「子産曰、得其所哉、得其所哉。……曰、得其所哉、得其所哉」。

108 **詩序螽斯子孫衆多也**：『詩経』国風・周南・螽斯序に「螽斯、后妃子孫衆多也、言若螽斯不妬忌、則子孫衆多也」。

全詩似二唐人一：『全唐詩』劉憲「奉和幸韋嗣立山荘侍宴応制」に「幽棲俄以届　聖矚宛餘歓……桂華堯酒泛　松響舜琴弾」、孟浩然「冬至後過呉張二子檀渓別業」に「余亦幽棲者　経過竊慕焉」、韋応物「園亭覧物」に「守此幽棲地　自是忘機人」、同「寄璨師」に「時憶長松下　独坐一山僧」などか。

伝記8

周礼。内有二三槐九棘一：『周礼』秋官司寇・朝士に「朝士、掌建邦外朝之灋。左九棘、孤卿大夫位焉、群士在其後。右九棘、公侯伯子男位焉、群吏在其後。面三槐、三公位焉。州長衆庶在其後」。

荘子。輪扁曰。書古人之ヽヽ〈糟粕〉：『荘子』天道に「桓公読書於堂上、輪扁斲輪於堂下。釈椎鑿而上、問桓公曰、敢問公之所読者何言邪。公曰、聖人之言也。曰、聖人在乎。公曰、已死矣。曰、然則、君之所読者、古人之糟粕已矣。桓公曰、寡人読書、輪人安得議乎、有説則可、無説則死。輪扁曰、臣也、以臣之事観之、斲輪、徐則甘而不固、疾則苦而不入、不徐不疾、得之於手而応於心、口不能言、有数存焉於其間、臣不能以喩臣之子、臣之子亦不能受之於臣、是以、行年七十而老斲輪、古之人与其不可伝也死矣、然則君之所読者、古人之糟粕已夫」。

110

無漏見仏経：『勝鬘経義疏』摂受正法章に「初地以上七地以還之行、実是真無漏故、亦応言正」など。

詩。魏風。楽土ヽヽ〈楽土〉爰得二我所一：『詩経』国風・魏風・碩鼠に「逝将去女　適彼楽土　楽土楽土　爰得我所」。

詩黽勉求レ之。：『詩経』国風・邶風・谷風に「何有何亡　黽勉求之」。

清王士禎古夫亭雑録黽勉蛙之勉行也：清・王士禎『古夫于亭雑録』巻四に「孫季昭説経、釈詩黽勉従事句云、黽鼃属也。周令蟈氏掌去鼃黽注、謂鼃為蟈、黽、耿黽也、蛙黽之行、勉強自力、故曰黽勉、如猶豫、狐疑之類、此説甚新」。

史記荊軻伝。荊軻歌曰。風蕭々易水寒。壮士一去不ニ復還一：『史記』荊軻伝に「歌曰、風蕭蕭兮易水寒、壮士一去兮不復還」。

論語。陽貨曰。日月逝兮。歳不ニ我与一：『論語』陽貨に「陽貨欲見孔子、……謂孔子曰、……日月逝矣、歳不我与」。

伝記9

清華字見ニ北斉顔之推家訓一：『顔氏家訓』文章に「吾見世人、至於無才思、自謂清華、流布醜拙、亦以衆矣、江南号為詅痴符」。

左伝昭十二年。楚左史倚相能読ニ三墳五典一：『春秋左氏伝』昭公一二年に「王出、復語左史倚相趨過、王曰、是良史也、子善視之、是能読三墳五典八索九丘」。

前漢董仲舒伝字面：『漢書』董仲舒伝に「古人有言、曰、臨淵羨魚、不如退而結網」。

屈平漁父吟ニ沢畔一：『楚辞』屈原「漁父」に「屈原既放　遊於江潭　行吟沢畔　顔色憔悴　形容枯槁」。『文選』『古文真宝』に所収、『蒙求』に「屈原沢畔　漁父江濱」。

112 **論語。顔淵死子哭レ之慟　註慟哀之過也**：『論語』先進に「顔淵死、子哭之慟、従者曰、子慟矣」、朱熹集註に「慟、哀過也」。

118 **中庸詩曰衣レ錦尚レ絅悪ニ其文之著一也**：『礼記』中庸（『中庸』）に「詩曰。衣錦尚絅。悪其文之著也」。

易城復ニ于隍一：『易経』泰に「上六。城復于隍。勿用師。自邑告命。貞吝。象曰、城復于隍、其命乱也」。

懐風藻本奥書

魏董遇三餘勤レ学人問レ之曰夜者昼之餘冬者時之餘閏者年之餘：↓21「**三国志注引二魏略一董遇三餘勤レ学以二夜者昼之餘冬者歳之餘陰雨者時之餘一也**」。

伝記1

老子。天道無レ親。常与二善人一：『老子』七九章に「天道無親、常与善人」。

史高祖紀。呂公曰。臣有二息女一：『史記』高祖本紀に「呂公曰、臣少好相人、相人多矣、無如季相、願季自愛、臣有息女、為季箕帚妾」。

曲礼。二十曰レ弱而冠：↓89「**曲礼二十曰レ弱而冠**」。

書納二于百揆一：『書経』堯典（舜典）に「納于百揆　百揆時叙」。

皐陶謨一日二日万機：『書経』皐陶謨に「有邦、兢兢業業、一日二日万幾」。「幾」は「機」とも作る。

伝記2

荘子大宗師子桑戸孟子反子琴張三人為レ友三人相視而笑莫レ逆二於心一：『荘子』大宗師に「子桑戸、孟子反、子琴張、三人相与友、曰、孰能相与於無相与、相為於無相為、孰能登天遊霧、撓挑無極、相忘以生、無所終窮、三人相視而笑莫逆於心、遂相与友」。

孝経。子曰。不レ愛二其親一而愛二他人一謂二之悖徳一：『孝経』聖治章に「子曰、……故不愛其親、而愛他人者、謂之悖徳」。

湯誥。有夏昏徳。民墜二塗炭一：『書経』仲虺之誥に「有夏昏徳、民墜塗炭」。

伝記6

史記注、、〈滑稽〉挹レ酒器：『史記』滑稽列伝の索隠注に「崔浩云、滑音骨、稽、流酒器也」。

乾初九字：→6「**易乾初九潜龍勿レ用**」。

懐風藻序

日本紀。神武帝、、、、〈橿原建邦〉：『日本書紀』神武天皇元年「天皇即帝位於橿原宮」。

易、、〈天造〉草昧：『易経』屯に「彖曰、……天造草昧、宜建侯而不寧」。

伏犠時龍馬負レ図出レ河：『書経』顧命に「大玉夷玉天球河図、在東序」、孔安国伝に「伏犠王天下、龍馬出河、遂則其文以画八卦、謂之河図」。

書格二于上下一：『書経』堯典に「放勲欽明、文思安安、允恭克譲、光被四表、格于上下」。

見二周礼一吉凶軍賓嘉：『周礼』春官宗伯・大宗伯に「以吉礼事邦国之鬼神示、……以凶礼哀邦国之憂、……以賓礼親邦国、……以軍礼同邦国、……以嘉礼親万民」、『周礼』地官司徒・保氏に「教之六芸一曰五礼……」、鄭玄注に「五礼吉凶賓軍嘉也」。

中庸、、二、〈憲章〉文武一：『礼記』中庸（『中庸』）に「仲尼祖述堯舜、憲章文武」。

論語煥乎有文章：→**詩序2**「**論語煥乎有文章**」。

第八章　『懐風藻』版本書入二種
——河村秀根・慈本書入本の紹介と翻刻——

はじめに

懐風藻は、江戸時代に入って版本が刊行されており、比較的閲覧しやすい書物となったと考えられる。江戸時代に刊行された版本は、無刊記本、天和四年（一六八四）本、宝永二年（一七〇五）本、寛政五年（一七九三）本、群書類従本に大別される。

さらに、これらの版本には、他本との校合結果や本文解釈や典拠が書き入れられた、いわゆる書入本が存在する。これらは、『懐風藻箋註』を遡る注釈書が見出せない現段階において、部分的ではあるが江戸期における懐風藻解釈や受容の意識を示す資料となる。

版本書入については、田村謙治氏が「懐風藻研究史　江戸版本の書入について」（『城南紀要』八号、一九七二年三月）において、主要なものを紹介している。実践女子大学図書館山岸文庫所蔵の藤坦菴書入本、大東急記念文庫所蔵の狩谷棭斎書入本など、江戸期の懐風藻受容を考える上で重要な位置を占めるものも存在する。

本章で翻刻するのは、河村秀根による天和四年版本への書入と、羅渓沙門慈本による寛政五年版本への書入である。

これら二本では、主として和書に基づいて、歴史や人物などに関する書入が施されている。漢籍に基づいて懐風藻漢詩文に関連する用例などを指摘する『箋註』とは対照的である。これは、次章で翻刻する狩谷棭斎の書入の傾向と共通している。江戸期において懐風藻は、歴史的関心をもって受容されたことがうかがわれる。

一、河村秀根書入本と慈本書入本の書誌

河村秀根による書入は、天和四年刊行の二冊本に施されており、名古屋市鶴舞中央図書館に所蔵されている（河ク一―三〇、河ク二―三〇）。

縹色無地表紙の五つ目綴。一冊目の題簽ははがれたようで、表紙の左肩に跡だけ残っており、二冊目の題簽は、上部三分の一がはがれ、「藻　玉」と記された箇所が残っている。

一冊目遊紙裏に「星彩射斗波瀾衝山　懐風藻　銅駝坊碧鶏堂繡梓」。遊紙と一丁との間に松崎祐の「懐風詩集序」を書写した紙が綴じられている。

一冊目は一六丁で終わり、二冊目は一七丁から四六丁までである。四六丁裏に「天和四甲子歳正月良辰銅駝坊書肆長尾平兵衛刊行」。

裏表紙見返しに、「一本　宝永二乙酉歳孟春吉辰　京師書肆　万屋喜兵衛壽梓」と墨書されていることから、宝永二年版本を使って書入を行ったことがわかる。ただし、後述するように、宝永二年版本にはない文字を校異であげている箇所も見られる。蔵書印は、「帝立名古屋図書館蔵書印」「尾張河村復太郎秀根蔵」。河村秀根は尾張藩士、没年が寛政四年（一七九二）であるので、それ以前に書き入れられたことになる。

河村秀根の書入は、①宝永二年版本の頭注の転写、②宝永二年版本または別の伝本との校合書入および目録と本文との異同の書入、③和漢の書籍を用いての典籍引用書入、この三種類に大別される。本章では、②③を翻刻対象とし、①は省略した。

①は宝永二年版本の頭注と完全に一致している。

②の校合書入は、校異で示された文字が宝永二年版本の文字と一致するものと一致しないものとがある。宝永二年版本の文字と一致する校異については、「（翻刻者注：宝と一致）」とした。中には、諸本には見られない文字を校異で示す箇所もある。現存しない伝本を秀根自身が見たか、対校本に用いた宝永二年版本に書き入れられていた校異を転写したかであろうが、今のところ何に拠るのか不明である。

尚、②のうち、本文と目録の間で語順や詩の順番が異なっている場合に、順序の入れ替えと位置の訂正を示す記号が付されている箇所があるが、これについては翻刻しなかった。

羅渓沙門慈本による書入は、寛政五年版本に施されており、静嘉堂文庫に所蔵されている（五一七―三）。

横刷毛目表紙の四つ目綴じ、左肩無辺題簽に「懐風藻」。見返しはシロで、「山門無量院慈本」と墨書し、その上に墨でミセケチのように一本線が引かれている。

冒頭の松崎祐序一丁表右下に「比叡山無量院図書記」「泰初」「釈慈本印」「足利文庫」の蔵書印があるが、それらも同じように上から墨線一本が引かれている。「懐風藻序文」一丁表には「松井氏蔵書印」「静嘉堂蔵書」の蔵書印がある。四八丁裏に「羅渓沙門慈本校訂」と朱書きされている。慈本は寛政七年（一七九五）から明治元年（一八六八）に生きた天台僧である。字は泰初、比叡山西塔無量寿院に入って羅渓と号した。

慈本の書入は、①全冊にわたる朱の句読点、②目録と本文における人名への朱線の書入、③目録における詩人名右上への丁数、および僧名の上部への○の書入、④部分的な訓点の書入、⑤和書を中心とした文献に基づく注釈書入および慈本自身の批評書入、この五種類に大別される。本章では、①②③は省略し、④⑤を翻刻対象とした。但し、④のうち、奥書については省略した。

尚、閲覧、複写、撮影、翻刻、掲載の許可をして下さった名古屋市鶴舞中央図書館と静嘉堂文庫に御礼申し上げる。

二、凡例

（一）両書入本とも、書き入れ箇所についてのみ翻刻した。

（二）両書入本とも、〈懐風藻序文〉〈目録〉〈本文〉ごとに示した。

（三）書入箇所については、それぞれの版本の丁数、表裏、行数、詩序・伝記・詩題の番号または詩人名、該当本文、注記の場所によって表示した。

例：〈本文〉

一ウ二　伝1　「懐」右傍　朱書→本文一丁裏二行目　大友皇子伝の「懐」字の右傍に朱の書入

ただし、丁数と行数は、河村秀根書入翻刻は天和四年版本に、慈本書入翻刻は寛政四年版本にそれぞれ基づいている。詩序・伝記・詩題の番号は「本文篇」の「影印」「翻刻」に対応している。また、朱書きのものには「朱書」とした。

（四）割注は［　］で示した。

（五）異体字、旧字体、俗字、略字は原則として通行の字体に改めた。

（六）句読点・訓点・ルビは、注文についてはそのまま付した。ただし、書入箇所を示すための該当本文については省略した。
（七）判読不能の文字は□で表した。墨格は■で表した。
（八）明らかに誤字・脱字と思われる箇所もそのまま翻刻した。
（九）行数、字数などの写式については、原本通りではない。

三、河村秀根による天和四年版本への書入翻刻

〈懐風藻序文〉

一ウ五　「字」　上欄
字一本作学

一ウ八　「■（墨格）」　右傍　朱書
輀（翻刻者注：宝と一致）

〈目録〉

一オ　右欄外
本文是則取載ス二目注ニ一非則不載本文ノ注斗ニノス

一オ一　上部欄外
本文好物

一オ六　「言」と「大」の間に○　右傍
直（翻刻者注：宝と一致）

一オ七　「式部卿葛野王」　右傍
本文無官位

一ウ一　「高」と「麻」の間に○　右傍
市本

一ウ三　「臣」　右傍　朱書
巨イ（翻刻者注：宝と一致）

一ウ四　「二」　右傍
一（翻刻者注：宝と一致）

一ウ五　「下」　右傍

上本文（翻刻者注：宝と一致）

一ウ八　「唐学士辨正法師二首」　下

秦朝元父

二オ二　「大政」の「大」を「太」に訂正　右傍

下文

二オ四　「力」　右傍

刀下文

二ウ一　「名定」　右傍

石下文足

二ウ八　「道」　右傍　朱書

首ィ（翻刻者注：宝と一致）

三オ二　「四」　右傍

三（翻刻者注：宝と一致）

三オ八　「肖」　右傍　朱書

背ィ（翻刻者注：宝と一致）

三ウ一　「位」と「調」の間に○　右傍

上本文

三ウ二　「刀利」　右傍

土理万葉

四オ三　「三」　右傍

二（翻刻者注：宝と一致）

四オ四　「一」　右傍

二（翻刻者注：宝と一致）

四オ七　「里五」　右傍

呂四

四ウ七　「五」　右傍

一

〈本文〉

一オ二　「淡海朝大友皇子二首」　上　貼紙

天智紀

一ウ二　伝1　「懐」　右傍　朱書

徳ィ（翻刻者注：宝と一致）

一ウ七　伝1　「季」　右傍　朱書

本ィ（翻刻者注：宝と一致）

二オ一　伝1　「下筆成章」　右欄外

三国史文帝紀曰天資文藻下筆為章

二ウ二　「河島皇子一首」　右上　貼紙

天智紀

三オ三　3　上欄　朱書

庚

三オ五　「大津皇子四首」　下

皇子墓在近江大津駅人家後云□薩州文秋所談

三ウ八　4　上欄　朱書

文

四オ四　5　上欄　朱書

先

四ウ四　7　上欄　貼紙

持

四ウと五オの間　7および「釈智蔵二首」　貼紙

贈日本僧智蔵

劉禹錫　浮杯万里過滄溟　遍礼名山適性霊　深夜降龍

潭水黒　新秋放鶴野田青

身無彼我那懐土　心会真如不読経　為問中華学道者

幾人雄猛得寧馨

三国史文帝紀曰周武未戦而赤烏銜書又曰文王為西伯赤

烏銜丹書

五オ八　伝4　「雖」　右傍

難《イ》

六オ二　「葛野王二首」　右傍

目有官位

六オ二　「葛野王二首」　上　貼紙

続日本紀三

六ウと七オの間　11　貼紙

和漢朗詠集仙家桃李不レ言春幾暮烟霞無レ跡昔誰栖　集

註云史記桃李不言下自成《ス》レ蹊《ト》イヒケリ花モノイハスト

云コトハ是ヨリ云也　大和国ノ龍門寺ハ仙人ノ栖也龍

ノ乳母《メノト》ト云女房彼寺ニモイリタリケルニ桃ノ花ノサキ

ケルヲ見テ古郷ノ花ノモノイフ世ナリセバイカニ昔ノ

コトヲトハマシトヨミケルモ此心ナリ云云　同山寺詩

人《ハ》如二鳥路《ノ》穿《テ》レ雲《ヲ》出《カ》一地是龍門趁《テ》レ水《ヲ》登遊二龍門寺一菅亟相

集註云此詩菅家文草五ニアリ　題ノ龍門寺トイハ大

和国宇陀郡ニ龍門寺ト云寺アリ　昔勤操僧正旱ノ時雨ノ祈ニ石上布留ノ明神ニテ法華経読誦シ玉フ時薬草喩品ニ至テ小龍現ジテ雨ヲ降セリ　此所ニ寺ヲ立テ龍門寺ト号セリ云云。

古今和歌集巻第十七雑歌上　龍門にまうて丶瀧のもとにてよめる

伊勢　たちぬはぬ衣きし人もなき物を何山ひめの布さらすらん

栄雅抄云此大和の龍門寺ハ仙嶋にて昔仙人の連《テ》レ鶴《ヲ》入見けり龍門の仙といひつたへけり

六ウと七オの間　11　貼紙裏

劉向列仙伝曰王子喬周霊王太子晋也好吹笙作鳳鳴遊伊洛間道士浮丘公接上嵩山三十数年後来於山上告桓良曰告我家七月七日待我緱氏山頭果乗白鶴駐山巓望レ之《ヲ》不レ得到挙手謝時人而去

八ウ一　15　「■」　左傍　朱書

落（翻刻者注：宝と一致）

九オ三　「従三位中納言大神朝臣高市麻呂一首」　上　貼紙

持統紀

九ウ七　20　「■」　右傍　朱書

隟（翻刻者注：宝と一致）

一〇オ八　21　「■」　右傍　朱書

俊（翻刻者注：宝と一致）

一二オ五　伝6　「大」

■（翻刻者注：「大」の字を塗りつぶしている）

一二オ五　伝6　「唐」　右下傍

国

一二オ五～六　伝6　「天子天子」の上から紙を貼る　右傍

唐王唐王（翻刻者注：「大」以降ここまでの書入により、原文「到大唐見天子天子以其文」を「到唐国見唐王唐王以其文」とする意図があると思われる）

一三オ八　29　「耀」　上欄

耀一作満

一三ウ一　29　「飲和惟聖塵」　上欄

飲和一作承恩　惟一作酔　塵一作辰

一三ウ七　31　「■」　右傍

拓（翻刻者注：宝と一致）

一四オ二　32　「■」　右傍

汾（翻刻者注：宝と一致）

一四オ三　32　「■」　右傍

扝（翻刻者注：宝と一致）

一四ウ一　「左」と「史」の間に○　右傍

大目録

一四ウ六　「刀」　右傍

力目

一四ウと一五オの間　34　貼紙

蒙求曰列仙伝江汜二女皆麗服華装佩両明珠大如鶏卵遊於江漢之湄逢鄭交甫交甫説之不知其神也遂下与言曰願請子之佩二女解佩以与交甫受而懐之趨去数十歩視其懐空無佩顧二女忽然不見

一六オ五　「下」　右傍

上

一八オ八　「将」　右傍

辨（翻刻者注：宝と一致）

一八ウ三　45　「■」　右傍

所（翻刻者注：宝と一致）

一八ウ四　45　「■」　上欄

拓（翻刻者注：宝と一致）

一八ウ八　「大伴王二首」　下

天智曽孫和気王子

一九オ七　「肥」　右傍

筑続

二一オ一　52　「■」　右欄外

敏（翻刻者注：宝と一致）

二一オ四　53　「漢」　上欄

漢一作殿

二一オ四　53　「霊」　右傍

一作仙

二一オ四　53　「仙駕」　右傍

一作龍

二二ウ六　「絶」　右傍

首目

二四ウ二　「大学助教従五位下下毛野朝臣虫麻呂」　下欄
一首
二四ウ二　「従五位下」の「下」　右傍
上
二六オ六　「右」　右傍
左（翻刻者注：宝と一致）
二七オ二　「造」と「長」の間に○　右傍
宮国史
二七オ二　「王」　右傍
臣（翻刻者注：宝と一致）
二八オ一　73　「許」　上欄　朱書
許字疑
二九オ六　「上」　右傍
下目
三〇ウ五　82　「■」　右傍
叵《シ》レ（翻刻者注：宝と一致）
三〇ウ六　「従」　右傍
正目

三二オ三　87　「礼」　右傍
禩イ（翻刻者注：宝と一致）
三二オ六　87　「■」　右傍
楽（翻刻者注：宝と一致）
三二ウ三～四　詩序3　「■」　右傍
包心中之四（翻刻者注：宝と一致）
三二ウ四　詩序3　「旆」　右傍
錦（翻刻者注：宝と一致）
三三オ八　詩序4　「■」　右傍
琢（翻刻者注：宝と一致）
三三ウ二　詩序4　「■」　右傍
包レ列《ネ》置《キ》レ師《ヲ》咸《ク》審《ニシ》二才周《ヲ》一（翻刻者注：宝と一致）
三三ウ三　詩序4　「遣」　右傍
遺（翻刻者注：宝と一致）
三四オ五　89　「時」　右傍
将（翻刻者注：宝と一致）
三四オ五　89　「道」　右傍
逵（翻刻者注：宝と一致）

三五ウ四　「京」と「夫」の間　右傍
大
三五ウ五　「里五」　右傍
呂也四
三五ウ五　「万里一本作麻呂」の「里」　右傍
呂也
三五ウ六　詩序5　「第」　右傍
弟（翻刻者注：宝と一致）
三五ウ八　詩序5　「■」　右傍
対レ酒《ニ》当《ニ》レ歌（翻刻者注：宝と一致）
三七ウ七　99　「美稲」　右傍
柘枝
三八オ一　100　「■」　右欄外
鍾（翻刻者注：宝と一致）
三八オ二　100　「■」　下
洲（翻刻者注：宝と一致）
四〇オ一　詩序6　「■」　右欄外
左（翻刻者注：宝と一致）
四〇ウ八　「外従五位下大学頭塩屋連古麻呂一首」　上欄
類聚作古　続日本紀一本古又虫　養老五年作吉
四二ウ四　伝8　「自此以下可有五首詩云爾有疑」　下
後人加注
四二ウ七　「従三位中納言兼中務卿石上朝臣乙麻呂四首」　上欄
乙麻呂本姓物部
四二ウ八　「従三位中納言兼中務卿石上朝臣乙麻呂四首」　下
姓氏録曰神饒速日命之後也　宇摩志摩治命十六世孫物
部連公麻呂賜物部朝臣姓改賜石上朝臣姓
四三オ三　伝9　「飄寓南荒」　右傍
天平十一年三月
四三ウ二　112　「南荒」　右傍
土佐
四三ウ六　113　「掾公」　右傍
土佐国吏也
四四オ一　113　「草」　右欄外
莫ィ（翻刻者注：宝と一致）
四四ウ二　「下」　右傍

上

四五オ五　奥書「長久二年」右傍

六十九代後朱雀

四五ウ二　奥書「康永元年」左傍

九十七代光明院

四、羅渓沙門慈本による寛政五年版本への書入翻刻

〈懐風藻序文〉

一オ三「品帝」左傍　朱書

ホンダ

〈目録〉

一オ二「淡海朝皇太子二首」下　朱書

大友

一オ六「大納言大二中臣朝臣大島二首」下　朱書

後

一オ七「正四位上式部卿葛野王二首」下　朱書

前

二オ二「贈正一位大政大臣藤原朝臣史五首」下　朱書

淡海公

二ウ五「大納言従二位大伴宿禰旅人一首」下　朱書

旅人

三オ七「従五位下常陸介春日蔵老一首」下　朱書

弁基法師也

三ウ四「清」左傍　朱書

浄

三ウ五「正二位左大臣長屋王三首」下　朱書

長屋王

三ウ七「雄」左傍　朱書

男

四オ五「贈正一位左大臣藤原朝臣総前三首」下　朱書

房前

四オ六　「正三位式部卿藤原朝臣宇合六首」　下　朱書
馬養
四オ七　「従三位兵部卿藤原朝臣万里五首」　下　朱書
万里
四ウ三　「外従五位下石見守麻田連陽春一首」　下　朱書
裨叡山
四ウ四　「吉麻呂」　右傍　朱書
四十左作レ古
四ウ六　「隠士民忌寸黒人二首」　下　朱書
黒人
〈本文〉
一オ二　「淡海朝大友皇子二首」　下　朱書
儒臣伝二
一オ八　伝1　「藤原内大臣」　左傍　朱書
鎌足公也
二ウ二　「河島皇子一首」　下　朱書
儒臣伝二
二ウ三　伝2　「淡海帝」　右傍　朱書

天智
三オ五　「大津皇子四首」　下　朱書
儒臣伝附二皇子河島伝《ニ》一
天武
三オ六　伝3　「浄御原帝」　右傍　朱書
固《ニ》
三ウ六　伝3　「因《テ》」の「テ」の上に○　右上　朱書
テ
三ウ六　伝3　「以《ミレハ》」の「ミレハ」の上に○　右傍　朱書
四ウ一～五　上欄
△万葉集三。［略解三下廿六］大津皇子。被レ死《ヲ》之時。
磐余《イハレノ》池陂流レ涕《ヲ》御作歌一首。
百伝。磐余《イハレノ》池爾。鳴鴨乎。今日耳《ノミ》見哉《テヤ》。雲隠去年《カクリナム》。
右藤原宮。朱鳥元年冬十月［以上万葉］
四ウ六～五オ二　伝4　上欄
△瀛奎律髄遠外部
贈二日本《ノ》僧智蔵一劉夢得
浮杯万里過二滄溟《ヲ》一。遍《ク》礼二名山《ヲ》一適《フ》二性霊《ニ》一。深夜降《シテ》レ龍潭

水黒《ク》。新レ秋放レ鶴《ヲ》野田青《シ》。身無二彼我《ト》一何懐《ン》レ土《ヲ》。心会《シテ》二
真如《ニ》一不レ読レ経。為《ニ》問中華学レ道者。幾人《カ》雄猛得二寧馨《ヲ》一。」
本按《ニ》智蔵三人此師。釈書。律髄。各別人也。

五オ　伝4　上欄　朱書

五ウ五　8「虫」　下　朱書

蟲

六オ二「葛野王二首」　下　朱書

皇朝儒臣伝二［十］

六オ六　伝5「浄原帝嫡孫」　上欄　朱書

△浄原帝嫡孫《ノ》五字可レ疑又按《ニ》以下属二高市皇子《ノ》事《ニ》一歟。

七オ八「大納言直大二中臣朝臣大島二首自茲以降諸人未得伝記」

下　朱書

皇朝儒臣伝二［廿八］

八オ六「文武天皇三首」　上欄　朱書

文武《ノ》諡号《ハ》後日改書也

九オ四「従三位中納言大神朝臣高市麻呂一首年五十」　下　朱書

儒臣伝二［九］

一〇オ八　21「俊」　上欄　朱書

俊《ノ》字仄声可レ疑

一〇ウ八　22「涌」　上欄　朱書

涌《ノ》字恐《ハ》誦《ノ》字

一二オ三　伝6「隆基」　右傍　朱書

玄宗

一二オ一～一二ウ五　伝6　上欄

△万葉十七曰。天平十八年正月。白雪多零《ク》。積レ地数《ニ》二寸也。於レ時左大臣橘卿。率二大納言藤原豊成朝臣。及諸王諸臣等《ヲ》一。参二入太上天皇御在所《ノ》《ニ》一。賜レ酒肆宴《ヲ》。勅《シテ》曰。汝諸王卿等。聊賦二此雪《ノ》《ヲ》一。各奏二其歌《ノ》《ヲ》一。右件王《ノ》卿等。応レ詔《ニ》作レ歌《ヲ》。依レ次奏《ニ》レ之。但秦忌寸朝《ノ》元者《ハ》。左大臣橘卿諺曰。靡レ堪レ賦レ歌《ヲ》。以レ麝《ヲ》贖レ之。因レ此黙《ニ》止也。

一三オ三「贈正一位太政大臣藤原朝臣史五首年六十三」　上欄　朱書

淡海公

一三オ四「贈正一位太政大臣藤原朝臣史五首年六十三」　下　朱書

皇朝儒臣伝二［十二］

一三ウ四　30「没」　上欄　朱書

△没《ノ》字恐《ハ》俊《ノ》字

一三ウ六～八　31　上欄

△吉野ノ柘枝《ツミエ》ノ仙女ノ事万葉略解［三下十五］ニミユ
　ソノ仙女ヲ妻トセシ人ハ味稲ト云人也　此ノ書ニ美
稲トカケル同人ナルベシ　仙女ノ事仁明紀ノ長歌ニモ
ミユルヨシ

一三ウ七　31「拓媛」　左傍　朱書

ツミエ

一四オ二　32「夏身」「秋津」　上欄　朱書

夏身秋津。倶《ニ》地名也。

一四ウ一「左」と「史」の間　右傍　朱書

大

一四ウ四　34「腰逐二楚王《ノ》細《ヲ》一　体随二漢帝《ノ》飛《ニ》一」の訓点　朱書

腰逐二楚王《ヲ》一細《ニ》　体随二漢帝《ニ》一飛《フ》

一七オ一「山崎王」　左傍　朱書

ヤマサキ

一七オ六「比良夫」　左傍　朱書

拾《ヒラフ》

一七ウ二～三　42「花紅《ハナリ》山桜《ノ》春」　上欄　朱書

花《ハ》紅《ナリ》　山桜《ノ》春

一八オ三「従二位大納言大伴宿禰旅人一首年六十七」　左傍
朱書

皇朝儒臣伝二［十九］

二〇オ二「大学頭従五位下山田史三方三首」　上欄　朱書

△皇朝儒臣伝三［十二］

二〇ウ七　詩序1「云尓」の間にレ点　上欄　朱書

云尓当レ作二云爾一

二二ウ三　58　上欄　朱書

△去声号《ノ》韵。好労。

二二ウ六「従五位下常陸介春日蔵老一絶年五十二」　上欄　朱書

△春日蔵首《ノ》老《ハ》弁基法師還俗以後《ノ》之名也万葉［略解三ノ
十九］歌三首。同［廿五］弁基歌一首。尾《ニ》曰。右或云
弁基者春日蔵首老之法師《ノ》名也。

二二ウ六「従五位下常陸介春日蔵老一絶年五十二」　左右傍　朱

書

続日本紀。和銅七年正月。正六位上。春日椋首老。授従五位下。

二四オ一　「正六位上刀利宣令二首年五十九」　上欄　朱書

万葉三［略解三上卅二］載土理宣令歌一首。

二四オ六　64　「五言賀五八年」　下　朱書

四十一右。伊支連賀五八年。五八。四十也。

二四ウ三　「大学助教従五位下下毛野朝臣虫麻呂年三十六」　下　朱書

皇朝儒臣伝四［八］

二六オ四　66「愛客」の訓点　朱書

愛客

二六オ六〜ウ五　「左大臣正二位長屋王三首年五十四」　上欄　朱書

△儒臣伝曰。文室浄三。初称智努王。天武皇子高市孫也。父左大臣長屋王。長屋王好学善詩賦。晩年奉信釈氏。嘗製袈裟一千方。附舶与中華僧。繍偈於縁曰。山川異域　風月同天　遠寄浄侶　共結来縁　中華緇流。賞歎是偈。載高僧伝。

二七ウ六　72「美稲逢槎洲」　下　朱書

美稲味稲也柘枝仙女事見万葉集。

三〇オ二　80「々」　左傍　朱書

上

三〇オ一〜二　80「三舟谷」「八石洲」「夢淵」　上欄　朱書

三舟谷《ミフネ》　八石洲　夢淵地名。出万葉。

三〇ウ八　83「五言和藤原大政遊吉野川之作仍用前韻」　上欄　朱書

藤原大政。淡海公史《フヒト》也。

三一オ八　「贈正一位左大臣藤原朝臣総前三首」　上欄　朱書

△皇朝儒臣伝三［三］　房前

三二オ七　「正三位式部卿藤原宇合六首年三十四」　左傍　朱書

皇朝儒臣伝三［四］

三三オ五　詩序4　「箇」と「榻」の間に○　右傍　朱書

之

三三ウ四　詩序4　「玉」と「独」の間　右傍　朱書

王

三三ウ七　詩序4　「人」と「難」の間に○　右傍　朱書

之

三五ウ一　93　「五言奉西海道節度使之作」　上欄　朱書

△続日本紀曰。天平四年。正三位藤原朝臣房前。為二東海東山二道《ノ》節度使《ト》一。従三位多治比真人県守為二山陰節度使《ト》一。従三位藤原朝臣宇合為二西海道節度使《ト》一。万葉六［略解廿八］同［廿五］

三五ウ五　「従三位兵部卿兼左右京夫藤原朝臣万里五首万里一本作麻呂」　下　朱書

皇朝儒臣伝三［七］初称二麻呂《ト》一後更二万里《ト》一」

三六ウ五　95　「五言遇神納言墟」　下　朱書

従三位中納言大神朝臣高市麻呂。九［右］儒臣伝万里《ノ》賛云々

三六ウ七～八　95　「吾帰」　右傍　朱書

○—歟一本（翻刻者注：頭注の内容と一致）

三七ウ三　「従三位中納言丹墀真人広成三首」　左傍　朱書

皇朝儒臣伝三［九］多治比真人広成

三七ウ六　99　「佳野」　左傍　朱書

ヨシノ

三七ウ六～七　99　「佳野」「美稲津」　上欄　朱書

佳野ヨシノ　美稲津［万葉味稲］

三八オ二　100　「美稲」　上欄　朱書

美稲

三八ウ三　「釈道慈二首」　下　朱書

扶桑隠逸伝上［七］

三九ウ一～四〇オ一　詩序6　上欄

△本朝高僧伝［四ノ三］大安寺道慈《ノ》賛《ニ》曰宋蔣《ノ》公設レ宴《ヲ》招二政黄牛《ヲ》一政辞《スルニ》以レ詩《ヲ》曰昨日曽将二今日《ヲ》一期出《ス》レ門《ヲ》倚レ杖《ニ》又思惟《ス》為レ僧《ト》只合レ居二巖谷《ニ》一国士筵中甚不レ互与二慈公一志操句格相似《タリ》而此《ハ》先《キ》彼《ハ》後《ナリ》焉」

四〇オ三　104　「飢嚨」　上欄　朱書

飢嚨　本朝高僧伝［四ノ三］作二肌嚨《ニ》一

四〇オ七～四一オ三　「外従五位下石見守麻田連陽春一首」　上欄

△武智麻呂伝［僧延慶撰］云和銅五年六月徙《テ》為二近江《ノ》守《ト》一近江国《ハ》者東交二不破《ニ》一北接二鶴鹿《ニ》一南通二山背《ニ》一至二此《ノ》京

邑《ニ》一水海清而広《ク》山木繁而長云云後就二餘閑《ニ》一詣二滋賀《ノ》山
寺《ニ》一云云八年正月叙二従四位上《ニ》一於レ是国中省レ事百姓多
レ閑公欽二仰無為《ノ》之道一咀二嚼虚玄《ノ》之味一優遊自足託二心物
外《ニ》一遂登二比叡山《ニ》一淹留弥レ日爰栽二柳樹一株《ヲ》一謂《テ》二従者《ニ》一曰
嗟乎君等令三後人知二吾遊息《ノ》之処《ヲ》一焉此年左京人得二瑞
亀《ヲ》一改二和銅八年《ヲ》一為二霊亀元年《ト》一」按《ニ》霊亀五年公《ノ》寿卌二」
△万葉巻四［略解四上三十二］右二首大典麻田《ノ》連陽春。
続日本紀《ニ》曰。神亀元年五月辛未正八位上答本陽春賜二
麻田連《ノ》姓《ヲ》一

四〇オ七　「陽春」　左傍　朱書
ハル

四〇ウ二　105　「五言和藤江守詠稗叡山先考之旧禅処柳樹之作」　下　朱書
慈本按《ニ》前詩有《ルハ》二我先考《ノ》語一則藤江守《ノ》詩《ニシテ》　而後《ノ》詩乃陽春《ノ》和
作《ナラン》　矣更考」

四〇ウ四　105　「等」　上欄
△等専象草書相似当レ作レ円。

四〇ウ七　105　「唯餘《ス》両楊樹」の訓点　朱書
唯餘《シテ》二両楊樹《ヲ》一

四一オ五　「古」　右傍　朱書
吉　目録

四一オ六　107　「五言賀五八年宴」　下　朱書
廿四右刀利宣令賀二五八年一五八《ハ》五八四十也

四一オ七　107　「真率」　上欄
△真率　淵鑑類函［老人］彙苑《ニ》司馬光六十五作二真率
会《ノ》詩《ヲ》一　輟耕彔廿　三大家絶句箋解

四一ウ二　「隠士民」と「黒人」の間に○　右傍
目録有二忌寸《ノ》二字一

四一ウ二　「隠士民黒人二首」　下　朱書
△隠逸伝上［五］

四一ウ八　109　「草《セハ》レ賦《ヲ》」　右傍　朱書
莫《ンハ》丶《スルコト》

四二オ二　「釈道融五首」　下　朱書
隠逸伝上［十］

四二ウ八　「従三位中納言兼中務卿石上朝臣乙麻呂四首」　下　朱書

儒臣伝二
四三ウ二　112　「五言飄寓南荒贈在京故友一首」　上欄　朱書　　　　四四ウ四　116　「笛浦」「琴淵」　上欄　朱書
△万葉三［略解三下八紙］石上大夫歌　　　　笛浦　琴淵

五、両書入本における引用書目の傾向

河村秀根書入に引用された書目は、頻度の高い順に、『日本書紀』『続日本紀』が各三回、『三国志』が二回、『万葉集』『和漢朗詠集』『和漢朗詠集註』『古今和歌集』『古今栄雅抄』『列仙伝』『蒙求』『類聚国史』『新撰姓氏録』「劉禹錫詩」が各一回である。

慈本書入に引用された書目は、頻度の高い順に、『皇朝儒臣伝』が一七回、『万葉集略解』が七回、『本朝高僧伝』『扶桑隠逸伝』『万葉集』が各三回、『続日本紀』『瀛奎律髄』が各二回、『元亨釈書』『武智麻呂伝（家伝）』『淵鑑類函』『南村輟耕録』『宋三大家絶句箋解』が各一回である。

両者に共通しているのは、漢籍よりも和書の引用が多いことである。

秀根の場合は、『書紀集解』の著者らしく『日本書紀』『続日本紀』『類聚国史』といった史書に対する関心の高さがうかがえる。特に人名表記や地理的な考証に関心を示している。

慈本の場合は、僧侶らしく仏教関係書目の引用が見られる。また、『皇朝儒臣伝』『本朝高僧伝』『扶桑隠逸伝』『万葉集略解』『宋三大家絶句箋解』といった、江戸期に成立した書目の引用が多いことが特色として指摘できる。慈本の代表的な著作に『天台霞標』があり、人物伝への関心の高さがこれらの引用書目からもうかがえる。

懐風藻詩文について、『箋註』の引用書目は、前章に示した通り、経書類を中心とした漢籍の引用が圧倒的に多い。懐風藻詩文について、関連事項を漢籍に求める注釈方法を採っている。それに対して、秀根と慈本の書入は、懐風藻詩人の人物像や歴史的背景に対する注釈を中心としている。同じ江戸期の懐風藻注釈であっても、注釈者の興味や関心によってその内容が異なってくることが確認できる。

第九章　狩谷棭斎書入『懐風藻』
――川瀬一馬「狩谷棭斎著『懐風藻校注』」修正――

はじめに

大東急記念文庫に狩谷棭斎書入を有する寛政五年版本懐風藻が所蔵されている（二一―一一五―一―一二九）。この書入の翻刻としては、川瀬一馬「狩谷棭斎著『懐風藻校注』」[1]が発表されており、従来、狩谷棭斎書入についてはこの川瀬氏の翻刻に依拠されてきた。しかし、川瀬氏の翻刻は、棭斎の弟子小島成斎による群書類従への書入本に基づいてなされている。そのため、棭斎の書入ではないものまで棭斎のものとして翻刻されてしまっている。

『懐風藻箋註』を遡る注釈書が確認されていない現状において、狩谷棭斎による版本書入は江戸期における懐風藻受容を考察するための貴重な資料である。また、棭斎は、川瀬氏が屋代弘賢と比較して、「弘賢が其の研究の成果を平安朝の故実の方面に収めようとしたのに対して、棭斎は更に説文の学を究めて、平安朝以前の研究に力を注いだ[2]」としているように、上代文献に通暁した碩学である。そのような棭斎による懐風藻への書入内容が、懐風藻享受史を考える上で重要であることは言うまでもない。にもかかわらず、現状では、その書入内容が、棭斎自身のものではないものが竄入している翻刻によって公開されている。これでは、懐風藻研究にとっても棭斎研究にとっても適切な考察の妨げになってしまう。

本章では、川瀬氏による翻刻の問題点を指摘し、狩谷棭斎の書入内容を正しく翻刻し直すことにより、棭斎周辺における懐風藻継承および江戸期における懐風藻受容意識の一端を明らかにする一助としたい。

一、川瀬一馬「狩谷棭斎著『懐風藻校注』」の問題点

川瀬氏による翻刻は、棭斎特集を組んだ『書誌学』第四巻第六号に、「狩谷棭斎著『懐風藻校注』」と題して発表された。(3)


この翻刻には主に二つの問題点がある。

一点目は、版本書入の形をとる本資料を、あたかも独立した著作物のように錯覚させる形で紹介している点である。川瀬氏は、棭斎の版本書入を、「著述として纏められ」なかった「未定稿に類する」ものだとし、「学界に未だ知られていない棭斎の所説を仮に校注と名づけて翻印紹介する事とした」と述べ、「懐風藻集中の詩人の伝記等の考証の他に、文字の異同等に関する注記書入」があるので「校注」と称すると説明している。

確かに川瀬氏の言うとおり、本資料には複数の伝本よる校合書入が全冊にわたって施され、詩人の伝記や地名に関する注記が史書や地誌に基づいて書き入れられている。上代文献に通暁した狩谷棭斎による校合結果と注釈としても、数少ない懐風藻本文への注記としても、貴重な資料であることは確かである。川瀬氏は、この碩学による注記が未発表のまま埋没してしまうことを惜しんで、あえて「校注」という著作物として世に知らしめようとしたのだろう。

しかし、版本への書入と、著作物として編集されているものとを同一視することはできない。棭斎に注釈書として

改めて編集し直す意図があったかどうかは分からない。版本書入という形で残された資料を、後人が勝手に独立した著作物に仕立て上げるのは乱暴ではないだろうか。むしろ、版本書入という形にとどまっているということは、懐風藻研究や桜斎研究にとって無視してはならない事実として受け取られるべきではないかと思われる。

なぜなら、このことは椋斎にとっての懐風藻が、青年時代からの研究結果を後年著作物としてまとめた『倭名類聚抄』や『日本霊異記』などとは異なり、版本書入以上の追究をしなかった文献であることを示すことになるからである。椋斎にとって懐風藻は、版本に書入を施すにとどまった古典資料の一つにすぎないのであり、川瀬氏が喧伝するほどには特別な存在だったようには思われない。

そして、懐風藻注釈史においても、著作物として成立していたか否かは無視できない問題である。書入であれば江戸期に残された懐風藻書入の中の一本という位置づけにとどまるが、もし著作物として成立していたとしたら、元治二年（一八六五）の『箋註』を遡る注釈書ということになる。版本書入か著作物かの相違は、懐風藻注釈史を変える問題である。版本書入という形であるものを「未定稿」とするのは、懐風藻研究や椋斎研究にとって、椋斎という注記者を重視したあまりの歪曲になり、かえって真実が見えなくなる危険性があるのではないだろうか。

二点目は、狩谷椋斎書入の翻刻だとしながら、小島成斎書入本に基づいている点である。

小島成斎は、この寛政五年版本への椋斎書入を参看して、群書類従本懐風藻に書入を行っている。川瀬氏の翻刻は、成簣堂文庫所蔵のこの群書類従小島成斎書入本に基づいてなされている。このことは川瀬氏も「翻印するに當つては、成簣堂文庫本に基づいた」と断っており、丁数なども群書類従本のものを標示し、「類従本（刊本）を参照すれば、直ちに原本文が求め得られる様に留意した」としている。

しかし、狩谷椋斎の書入内容を翻刻公開するのであれば、椋斎自筆書入本に基づくべきではなかったか。

川瀬氏翻刻には、寛政版本本文一丁表一～三行「橿原者神武帝都（一オ一）」「品帝者誉田帝即応神誉或作品（同二）」「応神帝十五帝百済貢馬其使阿直岐能読経典（同三）」など、栲斎の書入ではない注記が二五箇所程竄入している。これらはすべて寛政五年版本にもともとある頭注である。成斎書入本には、栲斎書入だけでなく版本頭注も一緒に転写されている。成斎は、寛政五年版本に書き入れられた栲斎の注記を群書類従本懐風藻に転写する際に、寛政五年版本そのものの頭注も同時に写し取ったのだろう。川瀬氏は、成斎の群書類従本懐風藻への書入だけを見て、寛政五年版本を確認しないまま翻刻したために栲斎注記と版本頭注の区別がつかず、版本がもともと持っていた頭注まで、栲斎がつけた注記と勘違いしたと思われる。

逆に、栲斎書入本には確かにある注記が、川瀬氏翻刻では脱落している箇所も散見される。たとえば、栲斎書入本には、本文一丁表右欄外に「望之按」で始まる襲山に関する比較的長い按語が書き入れられているが、川瀬氏翻刻には翻刻されていない。成斎書入本には、栲斎書入本の書入がところどころ写し取られていない箇所があり、この按語もその一つである。川瀬氏は成斎書入本に基づいたために、そのことに気づかなかったのであろう。

また、川瀬氏は、成斎書入本の朱書校異について、これらは「栲斎の説ではなからうと思はれる」が、成簣堂文庫蔵本に基づいたので「其の朱筆の部分は之を省略せず、特に注記して之を区別し」て翻刻したとしている。しかし、成斎の朱書校異には、栲斎書入の転写と成斎独自の校異とが混在している。それにもかかわらず、川瀬氏の翻刻では、栲斎の校異なのか成斎の校異なのかが弁別されることなく、すべて成斎自身が施したものとされてしまっている。その上、川瀬氏翻刻では、朱書校異の多くが抜け落ちてしまっている。なんらかの判断による省略なのか翻刻し忘れたのか判然としないが、忘れたとするにはあまりにも多い脱落なのである。成斎の朱書校異が誠実に翻刻されているとは思えない。

これらの問題は、棭斎書入本を確認することなく、成斎書入本だけに基づいて棭斎書入を復元しようとしたことに起因している。棭斎のものではない注記や小島成斎による校合書入は取り除いて、純然とした棭斎書入が翻刻し直されるべきであろう。また、棭斎の残した懐風藻に対する注記が、「未定稿」ではなく、版本書入という形をとっていることが改めて確認されるべきであろう。そうすることによって、棭斎書入内容だけでなく、棭斎系列門下における懐風藻継承も明らかにすることになり、ひいては懐風藻伝来全体を見通すことが可能になるのではないだろうか。

二、狩谷棭斎書入本について

狩谷棭斎の書入は寛政五年版本に施され、大東急記念文庫に所蔵されている。本書については、前節で挙げた川瀬一馬「狩谷棭斎著『懐風藻校注』」の後、田村謙治氏(4)によって六丁表と四五丁裏の画像とともにその書誌などが紹介されている。本節では、田村氏の紹介と重なる部分もあるが改めて書誌についてまとめ、その伝来などについて若干の考察を加える。

原装紺色無地表紙、五つ目綴じ。左肩双辺題簽に「懐風藻棭斎校本」。「棭斎校本」は朱書。右肩貼紙に朱書「廿一」。右下ラベル「財団法人大東急記念文庫　21　115　1　129」。見返しに内題と書肆名、右上に長方形陽刻朱印「北極之象　大陰之精　鍾英育才　翼我文明」、左下方形陰刻朱印「竹苞楼記」。巻頭、「懐風藻序」の前に宝永二年版本松崎祐序。その後、四周双辺無界、毎半葉八行一八字、単黒魚尾「懐風藻叙　乙」。「懐風藻序」「懐風藻目録」に続いて本文。巻末、天和四年版本山重顕跋、寛政五年版本上田秋成跋、発行者署名。

蔵書印は、一丁表右下に下から長方形陽刻朱印「青裳堂蔵書」「伊澤文庫」「杉園蔵」。四五丁裏、康永元年奥書と刊記の間に朱書「一本　天和三年仲元之後夜写于灯下以塞季時美伯之需而述莫逆之交懐矣　句ゝ歎奇　字ゝ書遅　一行偶読　千里相思　東武細縮読書」。左欄外に墨書「文化戊寅四月八日再読此書又参攷数条書之上方　狩谷望之」。

蔵書印により、狩谷棭斎（安永四年〈一七七五〉～天保六年〈一八三五〉）から伊沢蘭軒（安永六年〈一七七七〉～文政一二年〈一八二九〉）、その後小杉榲邨（天保五年〈一八三四〉～明治四三年〈一九一〇〉）に渡ったことがわかる。小杉榲邨の死後[5]、久原房之助の入手するところとなり、いったん久原文庫に収められた後、昭和二二年（一九四七）大東急記念文庫開設に向けた久原文庫蔵書の一括購入にともない当文庫所蔵本となったと思われる。[6]

狩谷棭斎と伊沢蘭軒は、漢学者泉豊州の同門として親交を深めただけでなく、棭斎の娘が蘭軒の子柏軒に嫁し、柏軒の娘が棭斎の義孫矩之に嫁すという姻戚関係にもあった。蘭軒の没年が棭斎より早いことを考えると、棭斎から蘭軒に直接譲渡された可能性が高い。二人の蔵書印を同時に持つ書物はほかにも存在しており、棭斎から蘭軒へ蔵書が譲渡される関係であったことがうかがわれる。

また、北京大学図書館蔵の伊沢蘭軒旧蔵元版『千金方』には、「当本は二十年前、友人の狩谷棭斎が英平吉の書店で見つけて購入してくれた。（中略）棭斎も自分も白髪になったが、なお少年時と異なることなく倦まず読書を続け、会うたびに浮世離れぶりを笑っている」という内容の蘭軒識語があることが真柳誠氏によって紹介されている。[7]書物を通した二人の交流がうかがわれ、棭斎から蘭軒に書物が渡ることがたびたびあったのではないかと推測される。

巻末四五丁裏左欄外の識語によれば、棭斎が再読していくつかの書入を上欄に施したのは、文化戊寅すなわち一八一八年四月八日である。蘭軒に譲渡されたのは、棭斎四四歳のこの年から蘭軒が没する文政一二年（一八二九）までの間と思われる。

全冊にわたって施される書入の中に、「真末按」で始まるものが二箇所見られる。真末は梳斎の初めの名で、梅谷文夫氏(8)は「万佐夜寸」「真屋寿」の自署が見られることから、「マスエ」ではなく「マサヤス」とよむべきだとしている。また、「望之按」で始まるものも二箇所ある。これは言うまでもなく巻末識語署名時の書入であろう。「望之」と名乗るのは、一二代目津軽屋三右衛門を襲名した寛政一一年(一七九九)二五歳の時である。したがって、識語に示される文化戊寅年(一八一八)の前に、真末と名乗っていた寛政一一年(一七九九)以前にも書入は行われたということになる。

「真末按」の書入が朱書であることから、田村氏(9)は朱書の書入は「二十代前半の記入と見るべき」としている。また、墨書については、任官記事などを記した「細字」は「真末時代かその後としても程遠からぬ頃の記入」であり、「望之按」の按語などの「太字」は「後年の追記」ではないかとしている。特に、序一丁表欄外、本文六丁表、九丁表、四二丁表にある四つの按語は、識語の「参攷数条書之上方」にあたるとしている。墨書の太字と細字は完全には区別しがたく、また墨書をミセケチにする朱書や、墨書をミセケチにした大和志引用注記および全冊にわたる句点を施した青書も確認されることから、それらの先後を確言することには慎重であるべきだが、真末時代から数次にわたる書入過程があったことは推定できる。

梳斎の書入には、伝記や地名などに関する注記と校異とが見られる。

校異は、「塙」「天」「屋校」の三種で示され、すべて朱書である。「塙」は群書類従本懐風藻、「天」は巻末の朱書識語によって示される「東武細縮読書」の署名を持つ天和三年書写の塩竈本、「屋校」は屋代弘賢校本(不忍文庫本)であろう。これら三本を対校本として、寛政五年版本本文との異同と、寛政五年版本がもともと持つ校異文字の由来とが書き入れられている。

群書類従刊行の進捗状況はよく分からないが、寛政五年（一七九三）から文政二年（一八一九）までの二六年間に六六六巻が板行されており、それを単純に平均化すると、一年に約二五冊刊行というペースであった計算となり、一一二巻収録の懐風藻は寛政一〇年（一七九八）頃に刊行されていたのではないかという推測は可能である。

塩竈本は天和三年（一六八三）に林家所蔵本が転写された伝本で、旧蔵者村井古巖が塩竈で天明六年（一七八六）に死去した後、塩竈神社に奉納された。屋代弘賢校本（不忍文庫本）の識語にこの塩竈本で校合したことが示されていることから、屋代弘賢はこの塩竈本を借覧したと考えられる。

椽斎に塩竈本をもたらしたのもおそらくこの屋代弘賢であろう。

椽斎は二〇歳前後すなわち寛政六年（一七九四）前後から屋代弘賢の指導を受けたとされる。[10]また、寛政九年（一七九七）に椽斎から弘仁鈔本『文館詞林』巻第六六八残巻を譲られた弘賢は、その識語に「右文館詞林巻第六百六十八は、吾同好高橋真末が、今春京師に遊び、広く古書を購ひ得る所なり。帰りて後、秘襲して敢へて人に示さず。吾常に言ふ、李唐の世隣好最も親しけれど、其の事物今に至るも多く徴するに足るなり。故に真末之を以て余に帰す（以下略）」と記しているという。[11]ここからもすでに寛政九年（一七九七）当時、学問を通した両者のかなり深い交流があったことがうかがわれる。

椽斎は真末と名乗っていた二五歳以前に寛政五年版本を入手した。その後、弘賢の校合本（不忍文庫本）と、おそらく弘賢が転写してきたと思われる塩竈本とを借覧し、かつ群書類従本懐風藻を入手して校合書入を行ったものと考えられる。朱書は二〇代前半とする田村氏の推定に従えば、すべて朱書の校合書入は寛政一一年（一七九九）以前になされたことになる。この推定は、群書類従の刊行時期および弘賢との関係を考慮しても矛盾はしない。

注記は、その多くが『日本書紀』および『続日本紀』に基づく任官記事と没年記事の引用である。『続日本紀』は校異一箇所を除いてすべて墨、『日本書紀』は朱と墨が入り交じっている。これらの史書についで多いのが『藤氏家伝』の約一〇箇所であるが、一箇所のみ朱で、あとは墨である。それに続く『万葉集』は七箇所見られ、うち三箇所が朱である。続いて『大和志』が五箇所見られ、うち一箇所が青である。『日本霊異記』が三箇所あり、うち「日本霊異記」と示される二箇所が朱、「現報霊異記」と示される一箇所が墨である。『職原鈔』は二箇所用いられるが、どちらも朱である。『続日本後紀』、『律宗章疏目録』、『古事記』が一箇所ずつ用いられているが、すべて墨である。

注記の内容から、棭斎の主たる関心は、律令官人の伝記を中心とした歴史的事実の確認や、古代の地名などに関する考証にあったと思われる。棭斎における懐風藻受容は、古代の制度や地誌や歴史を確認するところに意義が見出されていたように見受けられる。この考証と受容の方向性は、前章で翻刻した河村秀根と慈本の書入内容とも一致する。江戸初期寛文一〇年（一六七〇）に完成した『本朝通鑑』にも、懐風藻の漢詩が引用され、歴史編述の一部を構成している。[12] 懐風藻を歴史考証の史料とする受容の姿勢は、林家の史書編纂によって方向付けられることになったのかもしれない。

三、小島成斎書入本について

小島成斎の書入は群書類従本懐風藻に施され、成簣堂文庫に所蔵されている（請求番号は内部用には存在するが、一般には公開されていないとの由である）。

代赭色十字型押表紙の四つ目綴じ。左肩打付書「懐風藻　単」墨書、右「小島知足手入本　大正乙卯大嘗祭前夕於

京都　蘇峰学人所獲」墨書。

蔵書印は一丁表右下に下から、正方形陽刻朱印「人中分陀利華」、長方形右半分陰刻左半分陽刻朱印「徳富氏珍蔵記」。

三五丁裏に「一本篇末　天和三年仲元之後夜写于灯下以塞於季明美伯之需而述莫逆之交懐矣　句句歎（左に△歎）奇　字〻書遅　一行偶読　千里相思　東武細縮読書　戊寅夏四月廿有八日於灯下一校了　知足」と朱書、さらに「文政紀元夏五月十有二日書師考了　知足」と墨書。

全冊にわたって朱墨で施されている書入には、伝記などの注記と校異とがある。識語によれば、これらの書入は戊寅つまり文政元年（一八一八）四月二八日に施され、同年五月一二日に棭斎の点検を受けたようである。注記の中に「真末按」など棭斎の按語であることを示す文言が見られることから、狩谷棭斎書入本を参看していることが分かる。棭斎の書入だけが忠実に転写されているのではなく、寛政五年版本の頭注や成斎自身の考証も書き入れられている。棭斎本の書入が文化一五年（一八一八）四月八日であるから、成斎はその直後に借覧したことになる。(13)

校異は、「旧」「旧板本」「一写本」「一作」「イ」などで示されている。

「旧」「旧板本」は版本と思われるが、寛政五年版本ではなく天和四年版本と一致する箇所もある。たとえば、群書類従本懐風藻一六丁表の石川石足「春苑応詔」詩に、「旧板本引下有雅文（人旧）水清瑤池深花開禁苑新戯鳥随波散仁（一作仙）一八字」と書き入れられている。この箇所は、群書類従本懐風藻では一八字すべてが脱落している。版本ではこの一八字があるが、「文」「仁」の二字に版本間で異同が見られる。天和四年版本では「文」「仁」だが、「文」は寛政五年版本で「人」に、「仁」は宝永二年および寛政五年版本で「仙」にそれぞれ改められている。したがって、この書入本文は天和四年版本の文字と一致し、「旧」「一作」で示される括弧内の文字は寛政五年版本と一致することになる。成斎は棭斎書入寛政版本を借覧していることから、寛政版本と校合したと考えるのが自然だが、天和四年版本も参照している可能性も考えられる。

「一写本」「一作」「イ」は、識語にある「東武細縮読書」本すなわち塩竈本に拠るかと思われる。棭斎も対校本にした一本である。普通に考えれば、棭斎の校合結果をそのまま転写しているように思われるが、成斎はこの「東武細縮読書」本との校合を独自に行ったと見られる。それは、棭斎書入にはない校合結果が少なからず確認されるからである。たとえば、成斎本では群書類従三丁裏に「一写本安作宴」という書入があるが、棭斎本にはそのような書入はない。また、成斎本では七丁裏「詔」の右傍に「語イ」とされるが、棭斎本にはない。[14]

注記と校異のこのような書入状況からは、成斎の目的は、棭斎書入の忠実な転写というよりは、師の説を参考にしながら、独自の検証も加えて勉強することにあったのではないかと思われる。

「人中分陀利華」は伊佐岑満（文化六年〈一八〇九〉〜明治二四年〈一八九一〉）の蔵書印である。伊佐岑満は江戸の幕臣で、小島成斎に書を学んだ。この成斎書入本が小島成斎から弟子の伊佐岑満に直接譲渡された経緯が推測される。ちなみに、懐風藻伝本の中で遼寧本と渋江本にも伊佐岑満の蔵書印が見られる。遼寧本は塩竈本の転写本、渋江本は群書類従本懐風藻の転写本に若干の校異が施された伝本である。伊佐岑満は三種類の懐風藻伝本を所蔵していたことになる。[15]

小島成斎は群書類従本懐風藻を入手し、師の棭斎による寛政版本への書入本を借覧し、棭斎書入および版本頭注に学び、かつ独自の考証を加えて書入を施したと考えられる。それが弟子の伊佐岑満に譲られ、後に市場に出回って徳富蘇峰の購求するところとなったのだろう。

小島成斎書入本は狩谷棭斎書入本の転写にとどまらない内容を持っている。小島成斎書入本は、棭斎門下の一人による享受のありかたを示す資料として受け取られるべきであろう。本章では、この成斎書入の翻刻を以て椽斎書入として公開されている現状を改め、椽斎書入寛政版本に基づき、椽斎自身の書入内容を紹介したい。

尚、資料の閲覧に際しては大東急記念文庫ならびに成簣堂文庫に便宜を賜った。特に、大東急記念文庫には翻刻および掲載を許可して頂いた。記して感謝申し上げる。

四、凡例

（一）書入箇所についてのみ翻刻した。ただし、句点や傍線は省略した。
（二）〈懐風藻序文〉〈目録〉〈本文〉ごとに示した。
（三）書入箇所については、寛政五年版本の丁数、表裏、行数、詩序・伝記・詩題の番号または詩人名、該当本文、注記の場所によって表示した。

例：〈本文〉

一ウ二　伝1　「懐」　右傍　朱書→本文一丁裏二行目　大友皇子伝の「懐」字の右傍に朱の書入

ただし、詩序・伝記・詩題の番号は「本文篇」の「影印」「翻刻」に対応している。また、朱書きのものには「朱書」、青字のものは「青書」とした。墨書と朱書が混在する場合は、「墨書・朱書」とし、翻刻文の下に「(墨書)」「(朱書)」と示した。
（四）割注は［　］で示した。
（五）異体字、旧字体、俗字、略字は原則として通行の字体に改めた。

（六）書入箇所を示すための該当本文については、原則として句読点・訓点・ルビを省略した。
（七）判読不能の文字は□で表した。墨格は■で表した。
（八）明らかに誤字・脱字と思われる箇所もそのまま翻刻した。
（九）行数、字数などの写式については、原本通りではない。

五、書入翻刻

〈懐風藻序文〉

一オ　右欄外

望之按襲山天孫降臨日向襲高千穂峰也延暦十三年八月
癸丑藤原朝臣継縄等上表曰襲山肇基以降浄原御寓之前
即此旧読非是

一オ二　「襲レ山」　レ点　朱書

レ点をミセケチにして「襲」と「山」の間に傍線

一オ七　「義」　右傍　朱書

儀天

一ウ三　「模」　右傍　朱書

摸塙

一ウ五　「廊」　右傍　朱書

郎塙

二オ三　「間」　右傍　朱書

閑

二オ七　「平」　右傍　朱書

ナラ

二ウ三　「一」　右傍　朱書

二天

〈目録〉

一オ一　「目録」　右傍　朱書

二字塙本无

一オ六　「直」　右下　朱書

塙

一オ七　校異「下イ」　上欄

依続紀一本作下者是

〈本文〉

一オ一　「懐風藻」　下　朱書

三字塙本無以淡海朝云々接目録

一オ　伝1　「淡海朝大友皇子」　上欄

天智天皇七年二月丙寅紀云立ム為皇后遂納四嬪云々又
有宮人生男女者四人伊賀采女宅子生伊賀皇子復字曰大
友皇子

天武天皇元年七月壬子大友皇子走無所入乃還山前以自
縊焉

一ウ六　伝1　「畏」と「莫」の間に○　左傍　朱書

服塙

一ウ六　伝1　頭注「沙宅塔本地名紹明春初人名吉太以下十字
未考」を朱線でミセケチ

一ウ六　伝1　「沙宅紹明」　上欄　朱書

天武天皇二年紀云閏六月乙酉朔庚寅沙宅昭明卒

一ウ六　伝1　「塔本春初」　上欄および右傍

「神亀元年五月紀有答本陽春者塔本答炑答本皆同」と
墨書し、「神」～「者」一三字は朱線でミセケチ（上
欄）

天智四年八月（右傍）

一ウ八　伝1　「木素貴子」　右傍

天智二年九月帰化

一ウ六～七　伝1　「沙宅紹明」～「木素貴子」　左欄外　墨書・
朱書

天智天皇十年正月以大錦下授沙宅紹明［法官大輔］以
大山下授木素貴子［閑兵法］答炑春初［閑兵法］以小
山上授吉大尚［解薬］許率母［明五経］（朱書）

鎌足公伝云百済人沙吒昭明才思穎抜文章冠世傷令名不
伝賢徳空没仍製碑文（墨書）

二ウ二　伝2　「河島皇子」　上欄

天智天皇七年二月紀云有忍海造小龍女曰色夫古娘生一
男二女其一曰大江皇女其二曰川島皇子

持統天皇五年九月丁丑浄大参皇子川島薨

三オ一　伝2　「浄大参」　上欄

天武天皇十四年正月戊申授浄大参位

三オ五　伝3　「大津皇子」　上欄

天武天皇二年二月紀云立正妃為皇后云々先納皇后姉大田皇女為妃生大来皇女与大津皇子

朱鳥元年十月庚午賜死皇子大津於訳語田舎時年二十四

云々皇子大津天渟中原瀛真人天皇弟三子也容止墻岸音辞俊朗為天命開別天皇所愛及長辨有才学尤愛文筆詩賦之興自大津始也〔持統紀〕

三ウ一　伝3　「行心」　上欄

朱鳥元年十月己巳捕……行心丙申云、

又詔曰新羅沙門行心与皇子大津謀反朕不忍加法徙飛騨国伽藍

三ウ七　4　「言」　右傍　朱書

侍天

三ウ八　4　「清」　右傍　朱書

徹塙

四オ四　5　「矣」　右傍　朱書

笑塙

四オ五　5　「旌」　左傍　朱書

旗塙イ

四ウ三　7　「五言臨終一絶」　上欄　朱書

万葉三〔四十五丁〕載大津皇子被死之時磐余池陂流涕御作歌一首

四ウ四　7　「離」　右傍　朱書

誰塙

四ウ七　伝4　「禾」　右傍　朱書

アハ

五ウ一　伝4　「歳」　右傍　朱書

年塙

五ウ四　8　「嫣」　左傍　朱書

嬀塙　𥉌天

六オ二　伝5　「葛野王」　上欄

慶雲二年十二月丙寅正四位下葛野王卒

六オ四　伝5　「之帝」　朱書

「帝」と「之」の語順を入れ替える記号、左傍に「塙」

六オ六　伝5　「浄」と「原」の間に○　左傍　朱書

御塙

六オ六　伝5　「浄原帝」　上欄

望之按浄原上恐脱以字又按浄原即浄御原薬師寺塔擦銘

亦云清原宮

六オ七　伝5　「高市皇子」　上欄

高市皇子薨持統十年七月也

六オ八　伝5　上欄

古事記序清原大宮昇即天位

六ウ一　伝5　「国家」と「為法」の間　右傍　朱書

之天

六ウ二～三　伝5　「此」～「之」と「来」～「乱」　上欄　朱書

神代以来一本　乱従此興一本　（併せて文の順序を入れ替える記号の書入）

六ウ四　伝5　「弓削皇子」　上欄

弓削皇子天武天皇第六子母大江皇女文武天皇三年七月

癸酉薨于時位浄広貳

七オ四　11　「龍門山」　上欄　青書

大和志［吉野郡］云龍門山在山口村上方山林遠望蔚然

而青山中有瀑高数仭因瀑名山

（「大和志云廃龍門寺在山口村上方大門故址下乗石尚存勒曰元

弘三年立按山口村在吉野郡龍門荘志又云龍門池在龍門荘矢治

村」の墨書を青線でミセケチ）

七オ七　「大納言直大二中臣朝臣大島」　上欄

持統天皇七年三月庚子賜直大貳葛原朝臣大島賻物

七ウ三　12　「高」　右傍　朱書

萬塙

八オ一　「正三位大納言紀朝臣麻呂」　上欄

慶雲二年七月丙申大納言正三位紀朝臣麻呂薨

八ウ一　15　「落」　右傍　朱書

除塙

八ウ五　16　「且」　左傍　朱書

日天

八ウ八　17　「嚢」　右傍　朱書

嫋天
九オ三　「従三位中納言大神朝臣高市麻呂」　上欄　墨書・朱書
慶雲三年二月庚辰左京大夫従四位上大神朝臣高市麻呂
卒（墨書）
日本霊異記云故中納言従三位大神高市万侶卿（朱書）
九オ六　18　校異「鬓ィ」　下および上欄　朱書・墨書
鬢塙（下・朱書）
按序云神納言之悲白鬓作鬢為是（上欄・墨書）
九ウ一　「大宰大貳従四位上巨勢朝臣多益須」　上欄
和銅三年六月辛巳太宰大貳従四位上巨勢朝臣多益須卒
九ウ七　20「若」右傍　朱書
苦天
一〇オ二　20「日」右傍　朱書
月天
一〇オ四　「正四位下治部卿犬上王」　上欄
和銅二年六月癸丑散位正四位下犬上王卒
一〇オ五　21「五言遊覧山水」下　朱書
一首塙
一〇オ八　21「倫」右傍　朱書
論天
一〇ウ二　「正五位上紀朝臣古麻呂」　上欄
続日本紀慶雲二年十一月己丑以正五位下紀朝臣古麻呂
為騎兵大将軍
一一オ一　23「五言得声清驚情四字一首」　右欄外　朱書
秋宴目録
一一オ二　23「発」右傍　朱書
散天
一一オ三　23「嘯」左傍　朱書
粛天
一一オ五　「大学博士従五位下美努連浄麻呂」　上欄
慶雲二年十二月癸酉授従五位下
一一オ六　24「五言春日応詔」下　朱書
一首塙
一一ウ三　「年三十一」の「一」右傍　朱書
二塙イ
一一ウ六　25「在」左傍　朱書

有塙

一一ウ八　伝6「釈辨正」上欄

養老元年七月庚申以沙門辨正為少僧都

一二オ二～三　伝6「李隆基」上欄　朱書

李隆基唐玄宗也

一二オ四　伝6「朝元」上欄

養老二年四月丁亥秦朝元賜忌寸姓

一二オ六　伝6「文」右傍　朱書

父塙

一二ウ六「正五位下大学頭調忌寸老人」上欄

文武四年六月甲午勅ムム直広肆調伊美伎老人等撰定律令賜禄各有差

大宝元年八月詔贈従五位下調忌寸老人正五位上以預撰律令也

一三オ三「贈正一位太政大臣藤原朝臣史」上欄

養老四年八月癸未右大臣正二位藤原朝臣不比等薨云々

近江朝内大臣大織冠鎌足之弟二子也

十月壬寅贈太政大臣正一位

一三ウ六　31「吉」右傍　朱書

芳天

一三ウ七　31「漆姫」上欄　朱書

漆姫謂宇太郡漆部里女也神仙感応食仙草上天事見日本霊異記

一三ウ七　31「拓媛」上欄　朱書

拓恐柘訛塙本作坧云異本作洛又異本作柘按万葉集巻三載仙柘枝歌三首左注云吉野人味稲与柘枝仙媛歌也中臣人足朝臣遊吉野詩一朝逢柘民［今本作招一本作拓］藤原万里卿遊吉野川梁前柘吟古［今本作招］高向諸足朝臣従駕吉野宮詩柘歌泛寒渚［今本作拓云一本作招］皆此事也当作柘為正

一三ウ八　31「莫」右傍および左傍　朱書

（右傍）

「按莫与鶴不対恐魚字之訛」と墨書し、朱でミセケチ

魚天（左傍）

一三ウ八　31　頭注「濔或作浪」下　朱書

塙本同

一四オ二　32　「夏身」「秋津」　上欄
夏身吉野郡菜摘村是也万葉集三湯原王芳野作歌云吉野尓有夏実之河乃川余杼尓云々
秋津即蜻蛉野見雄略天皇四年八月紀大和志云蜻蛉野在川上荘西河村

一四ウ一　「六」　右傍　朱書
五塙

一四ウ一　「上」　右傍　朱書
下塙

一四ウ一　「左」と「史」の間　右傍　朱書
大塙

一四ウ五　34　「令」　右傍　朱書
今天

一四ウ六　「大学博士従五位下刀利康嗣」　上欄および左欄外
和銅三年正月甲子授従五位下（上欄）
康嗣慶雲二年仲春釈奠作祭文載在武智麻呂公伝（左欄外）

一四ウ六　「年八十一」　左傍　朱書
天无一字

一四ウ八　35　「景」　右傍　朱書
気塙

一五オ二　35　「風」　右傍　朱書
花塙

一五オ四　「皇太子学士従五位下伊与部馬養」　上欄
文武天皇四年六月甲午勅直広肆伊余部連馬養等撰定律令賜禄各有差
大宝元年八月癸卯遣ムム伊余部連馬養等撰定律令於是始成

一五ウ三　「従四位下播磨守大石王」　上欄
文武三年［七月癸酉十月辛丑］云浄広肆大宝三年七月甲午以従五位上大石王為河内守和銅元年三月丙午正五位下大石王為弾正尹六年四月乙卯授従四位下八月丁巳為摂津大夫養老七年正月丙子授従四位上天平十一年正月丙午授正四位下

一五ウ六　37　「籞」　左傍　朱書
蓹塙

一五ウ八　「大学博士田辺史百枝」　上欄
文武天皇四年六月甲午勅田辺史百枝等撰定律令
一六オ二　38　「陳」　右傍　朱書
垠塙
一六オ五　「従四位下兵部卿大神朝臣安麻呂」　上欄
和銅七年正月丙戌兵部卿従四位上大神朝臣安麻呂卒
一六ウ三　「従三位左大辨石川朝臣石足」　上欄
天平元年八月丁卯左大辨従三位石川朝臣石足薨
一六ウ六　40　「人」　右傍　朱書
文屋校
一六ウ七　40　「巡」　右傍　朱書
廻塙
一七オ一　「従四位下刑部卿山前王」　上欄
養老七年十二月辛亥散位従四位下山前王卒
一七オ六　「正五位上近江守采女朝臣比良夫」　上欄
慶雲元年正月癸巳授従六位上采女朝臣枚夫従五位下四年十月丁卯従五位上和銅二年四月庚辰任造雑物法用司三年四月癸卯為近江守四年四月壬午授正五位下

一七ウ五　「正四位下兵部卿安倍朝臣首名」　上欄
神亀四年二月丙辰兵部卿正四位下阿倍朝臣首名卒
一八オ三　「従二位大納言大伴宿禰旅人」　上欄
天平三年七月辛未大納言従二位大伴宿禰旅人薨
一八オ八〜ウ一　「従四位下左中辨兼神祇伯中臣朝臣人足」　上欄
慶雲四年正月甲午従六位下中臣朝臣人足授従五位下和銅元年九月戊子為造平城宮司次官四年四月壬午授従五位上霊亀元年正月癸巳授正五位下二年二月丁巳紀云神祇大副養老元年正月乙巳授正五位上十月戊寅益封
一八ウ三　45　「所」　右傍　朱書
坌塙
一八ウ四　45　「招」　右傍および上欄　朱書・墨書
拓屋校（右傍・朱書）
招当作柘蓋柘枝仙媛也已見不比等公詩（上欄・墨書）
一八ウ八　「大伴王」　上欄
和銅七年正月甲子無位大伴王授従五位下
一九オ七　頭注「一作肥前守」　下　朱書

目

一九オ七　「正五位下肥後守道公首名」　上欄

養老二年二月丙辰筑後守正五位下道君首名卒

一九オ七と八の間　49　朱書

五言秋宴一首塙

一九ウ三　「従四位上治部卿境部王」　上欄

養老元年正月

二〇オ二　「大学頭従五位下山田史三方」　上欄　朱書

持統天皇六年十月授山田史御形務広肆前為沙門学問新

羅

武智麻呂公伝云文雅有ム山田史御形ムム

二〇ウ一　詩序1　「輝」　右傍　朱書

暉塙

二〇ウ一　詩序1　「影」　右傍　朱書

彩天

二〇ウ四　詩序1　「除」　右傍　朱書

継塙

二〇ウ五　詩序1　「我」　右傍　朱書

吾天

二〇ウ六　詩序1　「剣」　右傍　朱書

叙塙

二一オ一　52　「敏」　左傍　朱書

下塙

二一オ二　52　「■（墨格）」の中　朱書

欲報

二一オ五　53　「潢」　右傍　朱書

漢天

二一ウ二　「従五位下息長真人臣足」　上欄

和銅七年正月甲子

二一ウ七　「従五位下出雲介吉智首」　上欄

神亀元年五月辛未吉智首賜姓吉田連

二二オ二　56　「喜」　右傍　朱書

嘉塙

二二オ四　「主税頭従五位下黄文連備」　上欄

文武天皇四年六月甲午勅追大壱黄文連備等撰定律令

二二ウ一　「従五位下刑部少輔兼大博士越智直広江」　上欄　墨

書・朱書
養老五年正月（墨書）
天武紀六年有大博士百済人率母職原鈔曰大学博士号大
博士也（朱書）
武智麻呂公伝云宿儒有ム越智直広江（墨書）
二二ウ一　「大」と「博」の間　左傍　朱書
学塙（頭注「大字下脱学字」を朱線でミセケチ）
二二ウ六　「従五位下常陸介春日蔵老」　上欄
大宝元年三月壬辰令僧弁紀還俗代度一人賜姓春日倉首
名老授追大壱
二二ウ六　「春日」　右下　朱書
ノ
二二ウ六　「蔵」　左傍
クラヒト
二三オ二　「従五位下大学助背奈王行文」　上欄
養老五年正月甲戌第二博士正七位上背奈公行文
武智麻呂公伝云宿儒有ム背奈行文
二三ウ三　「皇太子学士正六位上調忌寸古麻呂」　上欄
養老五年正月甲戌
二四オ一　「正六位上刀利宣令」　上欄
養老五年正月
二四オ七　64　「土」　右傍　朱書
士塙
二四ウ二　「大学助教従五位下下毛野朝臣虫麻呂」　上欄
養老五年正月
二四ウ八　詩序2　「■」の中　朱書
翕
二五オ六　詩序2　「遺」　右傍　朱書
遺天
二五オ七　詩序2　「此」　右傍　朱書
是天
二五オ八　詩序2　「淳」　右傍　朱書
涼塙
二五ウ五　詩序2　「操」　右傍　朱書
探天
二五ウ五　65　「出」　右傍　朱書

聖塙

二五ウ七　65「並」右傍　朱書

并天

二六オ一「従五位下備前守田中朝臣浄足」上欄

天平六年正月己卯

二六オ六「左大臣正二位長屋王」上欄

天平元年二月癸酉令王自尽

二六オ八　67「籞」右傍　朱書

蓹塙

二六ウ三「五言於宝宅宴新羅客」上欄

按宝宅下条作宝楼即是又按宝上疑脱作字

二六ウ五　68「壮」「延」左傍　朱書

犇天　篇天塙

二六ウ六「五言初春於作宝楼置酒」上欄

作宝即佐保大和志云佐保殿址在南都宿院町西相伝左大臣長屋王亭

二七オ二「従三位中納言兼催造《宮イ》。長官安倍朝臣広庭」上欄

天平四年二月乙未中納言従三位兼催造宮長官知河内和泉等国事阿倍朝臣広庭薨

二七オ二　校異「宮イ」右傍　朱書

諸本無当依続紀補

二七オ七　70「吹」右傍　朱書

叨塙

二七ウ三「大宰大弐正四位下紀朝臣男人」上欄

天平十年十月甲午太宰大弐正四位下紀朝臣男人卒

二七ウ六　72「美稲」上欄

美稲又見多治比真人広成詩応訓久末之禰

万葉集［三］吉野人味稲

続日本後紀興福寺僧位奉賀天皇卌算長歌云三吉野尓有志熊志禰並其人也

二七ウ八　73　校異「与イ」下　朱書

塙

二八オ一　73「許《ス》レ親《ヲ》」訓点　朱書

訓点をミセケチにして、「レ許親」

二八オ一　73「許」上欄

許与猻不対恐有誤

二八オ七　「正六位上但馬守百済公和麻呂」　上欄
武智麻呂公伝云文雅有ム、、百済公倭麻呂
二八ウ七　76　校異「愁ィ」　下　朱書
塙同
二九オ六　「正五位上下ィ大博士守部連大隅」　上欄　朱書・墨書
神亀五年二月癸未勅正五位下鍛冶造大隅賜守部連姓
（墨書）
真末考日本紀天武天皇六年有大博士百済人率母蓋大
博士則大学博士也職原抄大学博士条云号大博士也（朱
書）
武智麻呂公伝云宿儒有守部連大隅（墨書）
二九オ六　「大」と「博」の間　右傍　朱書
学塙（頭注の「博字上脱学字」を朱線でミセケチ）
二九ウ三　「正五位下図書頭吉田連宜」　上欄
文武天皇四年八月乙丑勅僧恵俊等還俗賜恵俊姓吉名宜
授務広肆為用其藝也
神亀元年五月辛未賜吉田連姓
武智麻呂公伝云方士有吉田連宜

三〇オ一　80　「三舟」　右欄外
万葉集［三］弓削皇子遊吉野時御歌云瀧上之三船乃山
尓居雲乃云々春日王奉和歌亦詠之
大和志云御船山在菜摘村東南望之如船
三〇オ一　80　「谷」　右傍　朱書
谿塙
三〇オ二　80　「夢淵」　上欄
夢淵万葉集所謂夢乃和太是也見巻三及巻七
大和志云夢回淵在御料荘新住村俗呼梅回
三〇オ二　80　「々」　右傍　朱書
上天
三〇オ四　「外従五位下大学頭箭集宿禰虫麻呂」　上欄
養老五年正月甲戌
武智麻呂公伝云宿儒有ムムム箭集宿禰虫麻呂
三〇ウ二　82　「五言」と「於左僕射」の間　右傍　朱書
春塙　春日天
三〇ウ三　82　頭注「畀或作斉」　下　朱書
塙同

三〇ウ四　82　「裾」　右傍　朱書
蹉塙
三〇ウ六　「従五位下陰陽頭兼皇后宮亮大津連首」　上欄
和銅七年三月丁酉沙門義法還俗姓大津連名意毗登授従
五位下為用占術也
養老五年正月甲戌
三〇ウ六　「下」　右傍　朱書
上天
三一オ一　83　校異「浸ィ」　右傍　朱書
塙同
三一オ二　83　「霊」　右傍　朱書
虚天
三一オ七　83　「盞」　右傍　朱書
杯天
三一オ八　「贈正一位左大臣藤原朝臣総前」　上欄
天平九年四月辛酉参議民部卿正三位藤原朝臣房前薨
三二オ三　87　「禩」　右傍　朱書
礼塙　祀天

三二オ七　「正三位式部卿藤原宇合」　上欄
天平九年八月丙午参議式部卿兼太宰帥正三位藤原朝臣
宇合薨
三二オ七　「三十」　右傍　朱書
卌塙
三二ウ一　詩序3　「池」　右傍　朱書
地塙
三二ウ三　詩序3　「兄」と「包」の間に○　右傍　朱書
酔花酔月塙
三二ウ四　詩序3　「四」と「時」の間に○　青書
頭注「海尽善尽美対曲裏之双流是日也人乗芳夜以上十
八字当在時属之上」と線で結ぶ
三三オ三　詩序4　「在常陸贈倭判官留在京」　上欄
養老三年七月庚子始置按察使云々常陸国守正五位上藤
原朝臣宇合管阿波上総下総三国
三三オ八　詩序4　「琢」　右傍　朱書
録天
三三ウ二　詩序4　「包列置師咸審才周」　右傍　朱書

茲択三能之逸士使塙
三三ウ四　詩序4　「玉」と「独」の間に○　右傍　朱書
世塙
三三ウ五　詩序4　「解」　右傍　朱書
辨天
三三ウ七　詩序4　「人」と「難」の間に○　右傍　朱書
之塙
三四オ二　詩序4　「歎」　右傍　朱書
欸天
三四ウ八　91　「日」　右傍　朱書
占塙
三四ウ八　91　「逸」　右傍　朱書
遺天
三五ウ一　93　「五言奉西海道節度使之作」　上欄
続日本紀云天平四年八月丁亥為西海道節度使又云神亀元年三月甲申陸奥国言海道蝦夷反殺大掾従六位上佐伯宿禰児屋麻呂丙申以式部卿正四位上藤原朝臣宇合為持節大将軍云々為海道蝦夷也［往歳東山役蓋謂此也］

三五ウ四　「従三位兵部卿兼左右京夫藤原朝臣万里」　上欄
天平九年七月乙酉参議兵部卿従三位藤原朝臣麻呂薨
三五ウ四　「左右京夫藤原朝臣万里」　右傍
養老五年六月辛丑為左右京大夫
三五ウ八　詩序5　「対酒当歌」　右傍　朱書
毓真会文塙イ
三六ウ五　95　「五言遇神納言墟」　上欄
持統六年三月云々於是中納言三輪朝臣高市麻呂脱其冠位擎上於朝重諫曰農作之節車駕未可以動辛未天皇不従諫遂幸伊勢
三六ウ五　95　「遇」　右傍　朱書
過塙（上欄に「遇恐過字之譌」と墨書し、朱でミセケチ）
三六ウ七　95　「吾」　右傍　朱書
帰塙
三六ウ八　95　「帰」　右傍　朱書
去塙
三六ウ八　95　「如」　左下　朱書
」

三七オ一　96「遊」右傍　朱書

遁塙

三七ウ一　98「梁前招吟」上欄

招恐柘字之譌招吟蓋柘枝仙作歌也　梁敝笱在梁之梁非関梁棟梁之梁也

三七ウ二　98　朱書

万葉三［三十九丁］此暮柘之佐枝乃流来者梁者不折而不取香聞将有　古尓梁打人乃無有世伐此間毛有益柘之枝羽裳

三七ウ三「従三位中納言丹墀真人広成」上欄

天平十一年四月戊辰中納言従三位多治比真人広成薨

三七ウ五　99「著」右傍　朱書

看塙

三七ウ六　99「佳野」右傍　朱書

ヨシノ

三七ウ七　99「美稲」上欄

美稲已見紀男人朝臣詩

三八オ二　100「月冰」右傍　朱書

同洛塙

三八オ六「従五位下鋳銭長官高向朝臣諸足」上欄

天平五年三月辛亥

三八オ八　102「風」右傍　朱書

鳳塙

三八ウ一　102「拓」「招ィ」をミセケチ　上欄　朱書

真末按拓当作柘蓋与万里卿詩所柘吟同

三八ウ三「釈道慈」上欄

天平十六年十月辛卯律師道慈法師卒

武智麻呂公伝云僧綱ム律師道慈

三八ウ六　伝7「哲」右傍　朱書

英天

三九オ二　伝7「養老二年帰来本国」上欄

養老二年十月庚辰太宰府言遣唐使従四位下多治比真人県守来帰蓋於此時倶帰也

三九オ八　詩序6「追」右傍　朱書

遐天

三九ウ二　詩序6「二十」右傍　朱書

廿塙

三九ウ二　詩序6　「追」　右傍　朱書

遐天

三九ウ三　詩序6　「不」　右傍　朱書

罔塙

三九ウ六　詩序6　「麻」　右傍　朱書

鹿天

四〇オ一　詩序6　「以」　右傍　朱書

如塙イ

四〇オ二　104　「納」　右傍　朱書

衲塙

四〇オ七　「外従五位下石見守麻田連陽春」　上欄

神亀元年五月辛未答本陽春賜姓麻田連

四〇ウ八　「外従五位下大学頭塩屋連古麻呂」　上欄

養老五年正月

武智麻呂公伝云宿儒ムム丶丶塩屋連吉麻呂

四一オ一　106　「長屋王」　右傍　朱書

天本无屋字

四一オ五　「従五位上上総守伊支連古麻呂」　上欄

慶雲四年五月壬子給従八位下伊吉連古麻呂等絁綿布鍬
并穀以奉使絶域也

四一オ五　校異「下ィ」　下および右傍　朱書

目（下）　塙同（右傍）

四一オ五　「伊支」　左傍および右傍　朱書

ノ岐天（左傍）　雪目録（右傍）

四二オ七〜八　伝8　「宣律師六帖鈔」　上欄

按六巻抄南山道宣行事抄也当時行本分為六巻故云爾延喜十四年四月廿七日薬師寺栄穏大法師奉勅録上律宗章疏目録云六巻行事抄現流布十二巻本三巻終南山道宣集又按現報霊異記云浅井郡有諸比丘将読六巻抄者亦即此也

四二オ八　伝8　「帖」　右傍　朱書

巻塙イ

四二ウ四　伝8　「云爾有疑」　右傍　朱書

等歟今闕焉塙

四二ウ五　110　「無漏」　右傍　朱書

楽土塙イ

四二ウ五　110「**貪瞋**」　**右傍　朱書**

痴騃塙イ

四二ウ五　110「**路険益**」　**右傍　朱書**

行且老塙イ

四二ウ五　110「**在由已壮士去**」　**右傍　朱書**

盍黽勉日月逝塙イ

四二ウ五　110「**復**」　**右傍　朱書**

再塙イ

四二ウ五と六の間および上欄　朱書

山中　・・・・・・・・・・（間）

塙本　山中　山中今何在倦禽日暮還草廬風湿裏桂月水石間残果宜遇老衲衣且免寒茲地無伴侶携杖上峰巒（上欄）

四二ウ七「**従三位中納言兼中務卿石上朝臣乙麻呂**」　**上欄**

天平勝宝二年九月丙戌朔中納言従三位兼中務卿石上朝臣乙麻呂薨在大臣贈従一位麻呂之子也

四三オ三　伝9「**嘗有朝譴飄寓南荒**」　**上欄**

天平十一年三月庚申石上朝臣乙麻呂坐姧久米連若売配流土佐国

四三オ七～八　伝9「**授従三位中納言**」　**上欄**

天平二十年二月己未授従三位天平勝宝元年七月甲午為中納言

四三オ八　伝9「**遠**」**と**「**列**」**の間に○　右傍　朱書**

遺塙

四三オ八　伝9「**列**」　**左傍　朱書**

烈天

四四ウ二「**正五位下中務少輔葛井連広成**」　**上欄**

天平三年正月丙子

武智麻呂公伝云文雅有ムム葛井連広成

四四ウ五　116「**声**」　**右傍　朱書**

香天

四五オ　長久二年奥書の前　朱書

亡名氏　五言歎老　耋翁双鬢霜、伶俜須自怜、春日不須消、笑拈梅花坐、戯嬉似少年、山水元無主、死生亦有天、心為錦絅美、自要布裘纏、城隍雖阻絶、寒月照

無辺、塙本□（読点は墨書）

四五オ六　長久二年奥書「三」をミセケチ　右傍　朱書

二塙

四五ウ　康永元年奥書の後　朱書

一本　天和三年仲元之後夜写于灯下以塞季時美伯之需

而述莫逆之交懐矣　句ゝ歎奇　字ゝ書遅　一行偶読

千里相思　東武細縮読書

四五ウ　左欄外

文化戊寅四月八日再読此書又参攷数条書之上方　狩谷

望之

注

(1) 川瀬一馬「狩谷棭斎著『懐風藻校注』」（『書誌学』四巻六号、一九三五年六月）。

(2) 川瀬一馬「狩谷棭斎の学績――其の著書と手沢本とを中心として――」（『書誌学』四号六巻、一九三五年六月）。

(3) 前掲注（1）論文。以下、本節における川瀬氏論文の引用はこれによる。

(4) 田村謙治「大東急記念文庫蔵棭斎校本懐風藻について」（『かがみ』一二号、一九六八年三月）。

(5) 小杉榲邨の蔵書が、死後すぐに売却されたことは、南陽堂書店・深沢良太郎氏の回想からもうかがえる（反町茂雄編『紙魚の昔かたり　明治大正篇』八木書店、一九九〇年、二二六～二二八頁）。

(6) 久原文庫設立については、村口書房・村口半次郎氏の回想にうかがうことができる（前掲注（5）書、二八九～二九二頁）。

(7) 真柳誠「目でみる漢方史料館（174）北京図書館の伊沢蘭軒旧蔵元版『千金方』」（『漢方の臨床』五〇巻二号、二〇〇三年二月）。

(8) 梅谷文夫『狩谷棭斎』（吉川弘文館、一九九四年）二頁。

(9) 前掲注（4）論文。

(10) 前掲注（8）書、三三三頁。

(11) 梅谷文夫『日本書誌学大系92（1）狩谷棭斎年譜　上』（青裳堂書店、二〇〇四年、三一四頁）掲載の翻刻に基づいた。

ただし、「徴」は、同書で「微」。「宮内庁書陵部収蔵漢籍集覧——書誌書影・全文影像データベース——」公開の『文館詞林』画像（五〇〇—四）に拠り改めて書き下した。

(12) 林羅山・鵞峰二代にわたる『本朝編年録』『本朝通鑑』編纂と、引用された懐風藻本文の性格については、拙稿「『本朝編年録』『本朝通鑑』と『懐風藻』」（『古代中世文学論考』三〇集、新典社、二〇一四年一〇月）で論じた。

(13) 文化一五年は四月二二日に改元されている。

(14) 「東武細縮読書」の奥書を持つ現存伝本は、塩竃本のほかに、拙稿「『懐風藻』未紹介写本三点」（『汲古』六二号、二〇一二年一二月）で紹介した遼寧本がある。遼寧本は塩竃本の転写本と思われるが、両者の間には誤写と思われる異同が散見される。一例を挙げれば、塩竃本の目録「大神朝臣安麻呂」が、遼寧本では「大神朝臣宴麻呂」になっている。本稿中で例示している棭斎書入本にはなく成斎書入本のみにある「一写本安作宴」の「宴」字は、この遼寧本と一致する。このような例からは、成斎が対校本とした「東武細縮読書」本と、棭斎が対校本とした「東武細縮読書」本との間には、塩竃本と遼寧本との間にあるのと同じ程度の相違があったことが推測される。「東武細縮読書」本は、塩竃本を祖本としながら、転写される過程の誤写により異同が生じていき、その結果、同じ「東武細縮読書」奥書を持ちながら、塩竃本と遼寧本のように、本文が少しずつ異なる伝本が存在することになったのではないかと思われる。このことは、塩竃本を対校本とした屋代弘賢校本（不忍文庫本）の書入文字と、弘賢の転写本を対校本としたと見られる棭斎の書入文字との間にも、若干の異同が見られることからも推測される。

(15) 伊佐岑満における懐風藻受容、また屋代弘賢から始まると見られる狩谷棭斎門下における塩竃本の継承については、今後の課題としたい。

初出一覧

本文篇

解　題　新稿

翻　刻　『水門――言葉と歴史――』（水門の会編、勉誠出版）二三号、二〇一一年七月

研究篇

第一章　『懐風藻箋註』と鈴木真年――新資料『真香雑記』の「今井舎人」――

『水門――言葉と歴史――』（水門の会編、勉誠出版）二五号、二〇一三年一一月

第二章　今井舎人と鈴木真年――鈴木真年伝の新資料――

『汲古』（古典研究会編、汲古書院）六八号、二〇一五年一二月

第三章　鈴木真年の知的環境

新稿

第四章　書誌と伝来

「今井舎人とは誰か」（『古代研究』〈早稲田古代研究会〉四四号、二〇一一年二月）をもとに大幅に加筆修正した。

第五章　『懐風藻箋註』と群書類従本『懐風藻』
「『懐風藻箋註』と群書類従『懐風藻』」（『早稲田大学日本古典籍研究所年報』四号、二〇一一年三月）をもとに大幅に加筆修正した。

第六章　『懐風藻箋註』本文の性格
新稿

第七章　『懐風藻箋註』引用典籍一覧および考証
『古代研究』（早稲田古代研究会）四五号、二〇一二年二月

第八章　『懐風藻』版本書入二種——河村秀根・慈本書入本の紹介と翻刻——
『水門——言葉と歴史——』（水門の会編、勉誠出版）二四号、二〇一二年一〇月

第九章　狩谷棭斎書入『懐風藻』——川瀬一馬「狩谷棭斎著『懐風藻校注』」修正——
『水門——言葉と歴史——』（水門の会編、勉誠出版）二六号、二〇一五年一〇月

あとがき

初めて静嘉堂文庫にうかがったのは、二〇一〇年四月二七日のことであった。この年の春、初めて科学研究費補助金（若手研究B）に採択され、『懐風藻』の本文研究に着手することになった。応募当初より、もし採択されたら、まずは『懐風藻箋註』の翻刻から始めようと思っていた。『懐風藻』の注釈書は、同じ上代文献である『万葉集』に比べると圧倒的に数が少なく、昭和に入ってから作られたものしかない。江戸時代に成立したという『懐風藻箋註』に、どのようなことが書かれているのか、早く知りたかった。科研費採択の連絡を受けた私は、早速、静嘉堂文庫に閲覧希望の旨を書いて送り、いそいそと『懐風藻箋註』の調査に向かったのであった。

それ以来、静嘉堂文庫には、鈴木真年の旧蔵書や『懐風藻』伝本の調査などで、たびたびお世話になってきた。閲覧を申請すると、いつもすぐにお返事を下さり、急な閲覧希望に対しても快く都合をつけて下さる。貴重な所蔵文献を、研究の資料として惜しみなく閲覧させて下さり、複写も快く取らせて下さる。一度、閲覧室で文庫長さんであろうか、風格のある男性が文献を見ていらした。闖入した私に、柔和な笑みを浮かべ、「うちの蔵書はどうですか」と鷹揚な感じで声をかけて下さった。自分が何と答えたのかはすでに覚えていないのだが、その男性が二度三度うなずきながら、「必要なものはどんどん見ていって下さい」とおっしゃったその表情と言葉は、静嘉堂文庫の精神に触れた体験として、今でも鮮明に記憶に残っている。

静嘉堂文庫に対しては、本書刊行にあたり、所蔵資料を充分に閲覧させて頂いたこと、影印・翻刻掲載の許可を下さったことに改めて御礼申し上げたい。特に、成澤麻子氏には、初めての閲覧から、本書における影印・翻刻掲載に至るまで、七年間、常にお世話になってきた。閲覧・掲載に関わる実務的なことを初めとして、閲覧で生じた疑問や相談ごとに応じて下さった。心から御礼申し上げる。

『懐風藻箋註』については、すでに三〇年前に、沖光正氏が詳細に紹介し、伝来、筆者、本文の性格などについて考究している。それらの沖氏による研究成果が、私の考察の出発点である。これだけ詳細な紹介と論考であるからには、翻刻もされているはずだがと、ずっと思い続けていたが、力不足で探し出せずにいた。そうしたところ、二〇一六年七月、図らずも上代文学会例会で沖氏にお会いすることができ、翻刻した当時、静嘉堂文庫に一部寄贈されたということをうかがった。『懐風藻箋註』を初めて翻刻し、研究に先鞭をつけたのは沖氏であり、本書も本来ならばまず沖氏が出すべきものであったろう。沖氏に代わってなどと言うとおこがましいが、結果的に私が本書を刊行することになったのは偶々のことである。

鈴木真年は想像以上に興味深い人物であった。あれほど多くの雅号を使用した人はいるのだろうか。鈴木真年のものとは気づかれないまま眠っている資料が、きっとほかにもあるに違いない。真年関連資料の画像を掲載させて頂いた早稲田大学図書館、国立歴史民俗博物館、閲覧させて頂いた天理大学附属天理図書館、西尾市岩瀬文庫、東京大学史料編纂所に御礼申し上げる。

『懐風藻箋註』が江戸期成立の注釈書ということで、考察には『懐風藻』版本への書入を参照した。特に、文字に関するものだけではなく、内容に踏み込んでいる書入として、河村秀根、慈本、狩谷棭斎のものを取り上げた。それぞれの所蔵機関である名古屋市鶴舞中央図書館、静嘉堂文庫、大東急記念文庫にも御礼申し上げたい。

本書は、『懐風藻』本文研究の一環として刊行するに至った。『懐風藻箋註』の本文の性格と、鈴木真年の本文考証とに関しては、『懐風藻』の伝本・本文調査を行っている視点から考察した。『懐風藻』伝本を閲覧させて頂いた各所蔵機関に御礼申し上げる。

目下、本文研究も含めて、『懐風藻』研究に取り組んでいる。日々の研究において、仁平道明先生、大谷雅夫先生からは有形無形の貴重な教えを賜り、懐風藻研究会では髙松寿夫氏、井實充史氏から、時に師として時に先輩として様々な助言を賜っている。ここに特に記して、御礼申し上げたい。その他、ここに挙げきれないが、直接的間接的に教示賜っている多くの諸先生諸先輩方に、心より御礼申し上げる。

いつか、今は亡き上野理先生、戸谷高明先生の御学恩に報いることができればという思いでいるが、なかなか難しいだろう。しかし、その思いを胸にして、少しずつ進んで行ければと思っている。

最後になったが、本書の刊行をお引き受け下さった汲古書院代表取締役三井久人氏、編集、校正などの実務をご担当下さった編集者飯塚美和子氏に、心より御礼申し上げる。飯塚氏には、不慣れな私を刊行まで導いて頂き、一冊の本を作るとはどういうことかを教えて頂いた。深謝申し上げる次第である。

本書の刊行に際しては、独立行政法人日本学術振興会平成二九年度科学研究費助成事業（科学研究費補助金）（研究成果公開促進費、学術図書　課題番号一七ＨＰ五〇三七）の交付を受けた。また、本書は、科学研究費補助金基盤研究Ｃ「『懐風藻』伝本および本文に関する研究」（課題番号二六三七〇二〇一）の補助を受けての研究成果の一部である。

二〇一七年一二月三一日

土佐　朋子

編著者略歴

土佐　朋子（とさ　ともこ）

1971年　三重県に生まれる
早稲田大学大学院文学研究科博士後期課程退学
現在　東京医科歯科大学教養部准教授
主要論文　「紀古麻呂『望雪詩』の論――理想の天子論――」（『国語国文』86巻9号、2017年9月）、「藤原宇合『悲不遇』詩の論――藤原宇合の賢者論――」（『國學院雑誌』116巻1号、2015年1月）、「田中教忠旧蔵本『懐風藻』について――未紹介写本補遺――」（『汲古』64号、2013年12月）など。

静嘉堂文庫蔵『懐風藻箋註』本文と研究

平成三十年二月七日　発行

編著者　土佐朋子
発行者　三井久人
整版印刷　富士リプロ㈱

発行所　汲古書院
〒102-0072　東京都千代田区飯田橋二-五-四
電話　〇三（三二六五）九七六四
FAX　〇三（三二二二）一八四五

ISBN978 - 4 - 7629 - 3637 - 1　C3095

KYUKO-SHOIN, CO., LTD. TOKYO.

索　　　引

凡　　例

1、この索引は、本書の「研究篇」の本文・引用文・注から、人名・神名・書名・文献名を採録し、原則として通行の読み（読み未詳の項目は音読み）に従い五十音順に並べ、当該頁を示したものである。ただし、鈴木真年およびその雅号、『懐風藻箋註』『懐風藻』は頻出するためこれを除き、第八章と第九章の「書入翻刻」については索引の対象としなかった。

2、索引は人名・神名と書名・文献名の二部に分ける。

3、人名は明治期以前を対象とする。ただし、鈴木真年が関わった系譜に関する人名・神名で、本論の記述に直接関わらないものは除く。また、書名・文献名に含まれるものも除く。

4、書名・文献名は近世以前を対象とする。

5、「〇〇本懐風藻」など『懐風藻』の伝本の呼称に含まれるものについては、原則として採録しなかったが、書写者名や書入者名が含まれている場合は、その書写者名や書入者名を「人名・神名索引」に採録した。

6、第五章および第六章については、本文異同を示すために引用された『懐風藻箋註』本文に含まれるものはこれを採らない。

7、第七章の「引用典籍一覧」については、以下の通りとする。

（1）ゴチック体で示した箇所は索引の対象としない。

（2）典籍名については索引に立項したが、典籍の引用文中の人名・神名・書名・文献名は原則としてこれを採らない。

（3）経典・詞華集・史書などの注釈（『詩経』毛伝、『書経』孔安国伝、『文選』李善注、『史記』張守節注など）は、「書名・文献名索引」に分類した。

人名・神名索引

書名・文献名索引